In seiner Buchreihe beschreibt der Autor in kurzweiligen Romanen aus den Lebenserfahrungen des jungen Gustav, die in den 1980er Jahren in den Niederlanden, Frankreich, Belgien, Grossbritannien und Norwegen spielen. Die Bücher sind durchgängig packend geschrieben und fesseln einen von Anfang an.

Große Träume – ob die auch in Erfüllung gehen?
Retrospektiv die Vergangenheit und Jugend durchleben – darum geht es in Gustav Knudsens Romanen. Eine Zeitreise in die 1980er Jahre – Back to the roots. Knudsen erzählt Erlebnisse aus der Ich-Perspektive, nimmt die Lesenden dabei quasi mit in eine andere Zeit. In eine Zeit, in der man noch unsicher war, was man aus seinem Leben machen soll, erreichen will, auf wen man sich verlassen kann.

Thematisch geht es in den Romanen um berufliche und private Perspektiven und Herausforderungen, Freundschaft, Familie, Liebe und Vertrauen, Erwachsenwerden und vielem mehr. Darum, über seinen eigenen Schatten zu springen und sich selbst zu akzeptieren – mit allen guten und schlechten Eigenschaften, mit allen Fehlern. Die einen letztendlich dahin bringen, wo und wie man jetzt ist.

Mit diesen Büchern erhält man einen tiefen und abenteuerlichen Einblick in die Welt eines jungen heranwachsenden Mannes, dessen lektionreiches Leben sich während den 1980er Jahren abspielt. Zudem wird dem Leser durch die gereifte und trotzdem emotionale Sprache das Gefühl gegeben die Konfrontationen des jungen Mannes mit Liebe, Lust und Begierde selbst miterlebt zu haben.

Der avantgardistisch flüssige Schreibstil des Autors ist versehen mit einem amüsanten, aber auch berührenden Touch, der es dem Rezipienten leicht macht, sich mit dem Protagonisten zu identifizieren.

Hervorragend gelingt es dem Autor, sich als Lebensbeobachter zu betätigen und seinen Hauptakteur in Situationen zu begleiten, mit denen der Rezipient sich mühelos aufgrund eigener Erfahrungen identifizieren kann. Spannend und gefühlvoll geschrieben – immer wieder mit einem unerwarteten Twist, der zum Weiterlesen anreizt.

Gustav Knudsen

Blaues Licht

Was ist obszöner?
Sex oder Krieg?
Zu lieben oder zu töten?

Bibliografische Information der Deutschen Nationalbibliothek: Die Deutsche Nationalbibliothek verzeichnet diese Publikation in der Deutschen Nationalbibliografie; detaillierte bibliografische Daten sind im Internet über dnb.dnb.de abrufbar.

Zweite, überarbeitete Auflage
© 2025 - Gustav Knudsen
Verlag:
BoD · Books on Demand GmbH, Überseering 33,
22297 Hamburg, bod@bod.de
Druck:
Libri Plureos GmbH, Friedensallee 273, 22763 Hamburg

ISBN: 978-3-7519-0667-8

„Prolog"

Die letzten Tage hatte ich viel Zeit am menschenleeren Strand verbracht, bei langen Spaziergängen. Die Kälte und der Wind bliesen mir den Kopf frei. Die Strandcafés waren geschlossen und zum Teil sogar demontiert, um sie vor den „Winterstürmen" und den Wellen zu schützen. An den Abenden nutzte ich die Zeit, um mich mit Adri und Wilma zu unterhalten. Mal so richtig. Bislang waren unsere Gespräche eher kurz und unverbindlich. Für Wilma war ich ja eh „die Drecksau". Zu ihr hatte ich nicht wirklich Zugang, sie lehnte mich rigoros ab.

Jetzt aber, wo ausser uns dreien niemand auf der „Boerderij" war, ergab sich das zwangsläufig. Alberto war „über die Feiertage" bei Freunden, Jack ebenso – irgendwo in Rozenburg. Willeke bei ihren Eltern. Nico bei einem seiner Bandkollegen in Hellevoetsluis. Die sonst so lebhafte „Boerderij" war still, nicht „besinnlich", einfach nur still, ruhig und leer. Als wenn das Leben eingefroren wäre.

Meist sassen wir, in warme Decken eingemummelt, in der Küche. Das war der wärmste Raum im gesamten Haus. In meinem Zimmer wollte und konnte ich mich nicht aufhalten. Es war ungemütlich, vollgestellt, kein Platz um sich zu bewegen. Die Kartons, Taschen und Kisten standen so, wie ich sie nach meiner Rückkehr aus Deutschland ausgeladen hatte, im Weg. Lediglich ein schmaler Gang zum Bett war frei geblieben. Das Zimmer hatte eher den Charakter eines Lagers denn eines Wohnraumes. Ich fühlte mich in dem Zimmer einfach nicht mehr wohl. Wen wundert das?

Aber das sollte sich ja bald ändern, in knapp drei Wochen stand der Umzug an. Unser Umzug. Ich würde dann – endlich – mit Willeke in unser „gemeinsames" Haus ziehen.

Manchmal ging ich in Willekes Zimmer. Setzte mich auf ihr Bett. Ich konnte sie spüren, ihren Geruch wahrnehmen, ihr in Gedanken nahe sein.

Es war später Abend des zweiten Weihnachtstages. Ich hörte ein Auto auf den Hof fahren. Tatsächlich, es war Willeke. Sie war zurück. Mein Herz hüpfte vor Freude und Aufregung. Wie hatte ich sie vermisst. Obwohl sie „nur" zwei Tage weg war. Mir kam es vor wie eine kleine Ewigkeit. Sofort lief ich in den Hof, konnte es gar nicht abwarten sie wieder in den Arm zu nehmen. Küsste sie, über und über, immer und immer wieder.

„Hoi, lass' mich doch erst einmal aussteigen, lass' mich erst einmal ankommen. Hilf mir lieber beim Tragen". Wie ein junger Hund freute ich mich, lief um sie herum. Sprach wieder und wieder ihren Namen aus. „Willeke, Willeke". Auch Wilma kam aus dem Haus. Ihre Freude darüber ihre beste Freundin wieder zu sehen war auch sehr gross. Sie begrüssten sich in bekannter Manier – Küsschen links, Küsschen rechts – umarmten sich herzlich. „Lasst uns rein gehen".

Willeke konnte sich aus der „Umklammerung" durch uns beide befreien. Im Haus nahm sie Adri in den Arm und begrüsste auch ihn sehr herzlich. „Schon verrückt wie sehr man seine Freunde vermissen kann". Ihre Augen strahlten. „Wieder zu Hause, endlich".

In einem ruhigeren Moment, ich half Willeke dabei ihre Sachen auf ihr Zimmer zu bringen, reichte sie mir einen Briefumschlag. „Hier, das soll ich dir von meinem Vater geben".

„Mir?" Ich kannte den Mann nicht, wieso also ein Brief für mich. „Wieso?" Willeke forderte mich mit einem Augenaufschlag erneut auf den Brief entgegen zu nehmen. „Lies am besten, ich weiss nicht was er geschrieben hat. Und auch nicht warum". Ich öffnete den Umschlag, setzte mich auf ihr Bett.

„Ich möchte zu dir als Vater der Frau sprechen, der Frau an deiner Hand, meiner Tochter. Von dem Entschluss, dich zu dieser Frau zu bekennen. Sicherlich ein grosser Entschluss. Den du durch dein Geschenk, die wunderschöne Halskette, dem Ausdruck deiner Liebe, unterstrichen hast. Ich habe das Funkeln in ihren Augen gesehen – und glaube mir – ich kenne meine Tochter, besser als jeder Mann, besser als du. Dieser Entschluss, dein Entschluss bedeutet: Ich übernehme Verantwortung. Verantwortung, um die man sich nicht herumdrücken kann. Ich hoffe – ich wünsche - das ist dir bewusst. Immerhin geht es hier um meine Tochter. Sei ehrlich und aufrichtig zu ihr. Wähle sie also mit Bedacht und Respekt als „Hauptmahlzeit", auch wenn es unzählige Leckereien in deiner Umgebung gibt. Bedenke bei der Suche nach "Leckereien" immer eins: Der Triumph des Augenblicks ist köstlich. Ein Mann, der glaubt, dem „Geheimnis der Frau" auf die Spur zu kommen, wenn er nur genug ausprobiert, ist wie ein General, der an allen Fronten kämpft - du kannst letztendlich nur verlieren. Nach dem, was Willeke mir von dir erzählt hat, möchte ich dir, von Mann zu Mann, sagen: Verspiel' es nicht, weil sich die Welt – deine Welt – sonst ins Leere dreht".

Cornelis

Stumm, sprachlos schaute ich zu Willeke. Erst nach einer Weile fragte ich sie „Wie kommt dein Vater dazu, mir das zu schreiben?" „Wieso? Was steht denn in dem Brief? Ich habe ihm natürlich von dir erzählt. Dass wir gemeinsam ein Haus beziehen werden, dass ich dich sehr liebe – selbst, dass ich mir ein Kind mit dir gewünscht habe, aber auch was für ein Schlawiner du bist. Er ist mein Vater, keiner kennt mich so gut wie er".

„Schlawiner? Was soll das heissen?" Sie gab mir einen Kuss auf die Stirn. „Das weißt du doch ganz genau". Ich gab ihr den Brief – „Hier, lies selbst".

Während Willeke den Brief las schaute ich sie an. „Der Mann hat Recht", traf genau in die Wunde, die erst vor wenigen Tagen ich selbst aufgerissen hatte. Es hatte mich Monate gekostet herauszufinden, zu verstehen, was Willeke mir bedeutete. Sie schaute mich an, nahm meine Hand. „Du MUSST meinen Vater kennenlernen, er MUSS dich kennenlernen".

Ich war sowieso, seit meiner Rückkehr aus Deutschland, „nahe am Wasser gebaut", vergrub mein Gesicht in ihrem Haar. Willeke musste das nicht unbedingt als erstes nach ihrer Rückkehr sehen, den Eindruck bekommen, plötzlich eine „Heulboje" an ihrer Seite zu haben.

Ich nahm den Brief, steckte ihn wieder in den Umschlag, stand auf und verliess ihr Zimmer. „Ich geh' in die Küche. Kaffee trinken". Das war aber eine Ausrede. Ich wollte alleine sein. „Ich komm' gleich auch wieder runter, ich pack' erstmal meine Sachen aus" rief Willeke mir hinterher.

Den Brief hielt ich in den Händen, in mein Zimmer gehen wollte ich nicht, also setzte ich mich ins Auto, las den Brief erneut und erneut, bevor ich dann wieder ins Haus ging, in die Küche, wie ich als Grund vorgegeben hatte. Der Mann, ihr Vater, Cornelis, hatte mich voll an den Eiern. „Wenn ich seiner Tochter „Unheil" antue wird er mich töten", das war sonnenklar. Das wollte ich natürlich nicht, weder das eine noch das andere.

Kurz darauf kam Willeke auch wieder in die Küche. Sie nahm sich einen frisch gebrühten Kaffee und setzte sich zu mir. „Das ist schon lieb von meinem Vater, oder?" „Schon lieb? Das ist eine sehr eindringliche Ermahnung an mich, findest du nicht?" „Echt? Empfindest du das so?" Ich las ihr den Brief nochmals vor. „Also, ich verstehe das so - Wenn ich das ernst mit dir meine und nicht aufhöre anderen Röcken nachzulaufen, bin ich fällig". „Ja, aber das habe ich dir doch auch schon gesagt, es wird nicht mehr fremdgevögelt". Sie lachte mich an. „Die Lektion hast du doch gerade erst gelernt".

Wir setzten uns noch eine Weile zu den beiden, Adrí und Wilma, die sich im „Wohnzimmer" irgendeinen Dreck im Fernseher anschauten. Adri zückte seine Rauchwaren. „[1]*Blowtje roken?*" Warum nicht? Ich hatte frei, hatte „Urlaub", brauchte nicht früh raus. Dürften also gerne zwei oder drei werden. „Naja, ganz so lange auch nicht". Wilma schaute zu mir herüber. „Irgendwann will ich auch schlafen gehen". Ja, klar, sie übernachtete ja im „Wohnzimmer". Es dauerte noch ein paar Tage, bis sie dann Willekes Zimmer übernehmen konnte. „Du kannst auch gerne in meinem Zimmer schlafen" schlug ich vor. „Hast du nicht selbst gesagt die Bude ist bis zum Rand vollgestellt?" Das stimmte. „Aber das Bett ist frei". „Und du, wo schläfst du?" Ich konnte es mir nicht verkneifen. „Ja, auch in dem Bett". „Ähm, nein danke".

Willeke versetzte mir einen Hieb in die Rippen. „Hör' doch mal auf damit. Oder soll ich Wilma mal fragen? Wir zu dritt?" Wilma sah Willeke mit aufgerissenen Augen an. Ich ebenso. „Das würdest du machen?" Es setzte einen weiteren Hieb. „Na klar, warum denn nicht?" Willeke schmunzelte. „Natürlich nicht, du Idiot". Sie legte ihre Hand auf Wilmas Oberschenkel. „Ein Scherz. Ich wollte seine Reaktion sehen. Das dauert dann wohl doch noch, bis er es endlich rafft". Dabei sah sie mich an. Mehr grinsend sagte sie „Du bist echt eine Drecksau". Wilma stimmte sofort zu. „Ja, echt, eine Drecksau bist du". Adri lachte in seinem Sessel. „Also, ich könnte behilflich sein". Wilma sah Willeke an. „Alles Drecksäue, alle Typen".

---

[1] Joint rauchen?

„Marion"

Die Feiertage waren vorbei, langsam kehrten unsere Mitbewohner wieder auf die „Boerderij" zurück. Schnell fand das bekannte Treiben und Zusammenleben wieder statt. „Endlich wieder was los in der Bude". Nico hatte zwei seiner Bandkollegen mitgebracht. Alberto eine grosse Kühlbox mit frisch Geschlachtetem. „Du machst Essen ..." Nico hatte Alberto angesprochen, zückte seine Gitarre, zeigte zu seinen Kollegen, „... Wir machen Musik".

Am späten Nachmittag hörten wir Jack bereits von weitem kommen. Seine Kawasaki war unüberhörbar. In seinem „Schlepptau" hatte er Koos und Dees. Wir feierten jetzt auf unsere Art „[2]*kerstfeest*".

Aus meinem Zimmer hatte ich den Heiz-Fiffi geholt, ihn in einer Ecke der Küche angeschlossen. Die abgestrahlte Wärme, aber vor allem die aufsteigenden Dämpfe aus den Kochtöpfen auf dem Herd, hatten die Fensterscheiben beschlagen lassen. Joints machten die Runde, Biere wurden klirrend und zuprostend angestossen. Bald würde es was „zu futtern" geben. Und obendrein im „vertrauten Kreis".

Es klopfte an die Küchenfensterscheibe. Sehen konnte man allerdings nichts und niemanden. Jack stand als nächster, am dichtesten an der Haustür. An seiner Stimme war zu erkennen, dass er die Person zumindest kannte, eine weitere Männerstimme war zu hören. Jack hielt die Küchentüre auf. „Kom binnen". Es war Hans, unser Vermieter. Ihm folgte eine Frau mit schwarzen Haaren. Sie trug einen hellen, wadenlangen Kamelhaar-Mantel. Sehr chic. „Hoi mensen, goedenavond".

---

[2] Weihnacht

Jack stellte Hans vor. „Dit is Hans". Koos und er kannten sich wohl auch, sie begrüssten sich mit „High Five". Seine Begleitung hatte anscheinend leicht Atemnot. „Mensch, ist das hier warm drin". Sie zog den Mantel aus. Erst an ihrer Figur, an ihrer Taille, erkannte ich, dass es Marion war. Eigentlich wollte ich sie begrüssen. Willeke hielt mich ganz kurz zurück. „Finger weg".

Was? Sollte das ab jetzt immer so gehen. Ich gab Marion, ganz holländisch, Küsschen links, Küsschen rechts. Legte dabei aber ganz demonstrativ - auch um Willeke deutlich zu zeigen „So nicht" – meine Hände um ihre Taille. „Was ein Gerät". Sie trug ein kurzes Stretchkleid, ihre Brüste, vor allem ihre Brustwaren drückten sich durch den dehnbaren Stoff. Die Begrüssungszeremonie ging weiter. Das dauerte einen Moment. Ich bat Hans sich zu uns zu setzen. Willeke sah mich „scharf" an. Dagegen musste ich etwas unternehmen. Nachher, jetzt nicht.

Schnell waren zwei weitere Gedecke auf den Tisch gestellt, für Hans ein Bier aus dem Kühlschrank, für Marion ein Glas. „Was möchtest du trinken?" „Ich nehme auch einen Schluck Bier – von Hans".

„Eigentlich wollten wir nur kurz …" Hans ging zu Willeke. „…Eigentlich wollten wir nur kurz die Hausschlüssel bringen. Wir fahren morgen für 14 Tage in den Winterurlaub, nach Österreich". „Ja, und?" Willeke schaute ihn. „Marion hat gemeint, dass ihr vielleicht vorher, also vor dem 15ten schon etwas im Haus machen wollt, irgendwas einräumen oder streichen oder so".

Marion war zwischenzeitlich auch dazu gekommen, stand jetzt auch bei Willeke. Sie hatte ihre Haare gefärbt, kaum wieder zu erkennen. Wenn da nicht, ja, wenn da nicht ihre hammermässige Figur wäre.

Willeke gab mir mit einer Kopfbewegung zu verstehen, dass ich ihr folgen solle. Sie ging ins Wohnzimmer. „Bist du scharf auf die, auf die Frau unseres Vermieters?"

„Spinnst du?" „Das seh' ich doch, du sabberst doch beinahe". Ich wollte ja schon vorhin etwas zu ihr, zu Willeke gesagt haben, als sie mir den dummen Spruch - „Finger weg" - eingeschenkt hatte. Nahm ihr Gesicht zärtlich in beide Hände, küsste sie. „Lass' es mich mal mit den Worten deines Vaters sagen: Selbst, wenn ich die Leckereien nicht vernaschen soll, so kann ich sie aber doch sicher weiterhin anschauen – und auch verlockend finden. Oder seh' ich das jetzt total falsch?" „Ja, das kannst du natürlich". „Willeke, das mach' ich auch". Erneut küsste ich Willeke, diesmal inniger. „Keine kann mit dem Gesamtpaket Willeke mithalten". Sie strahlte. „Und jetzt lass' uns rüber gehen, die sind wegen uns hier". Demonstrativ nahm ich ihre Hand. „Seht her, das ist meine Freundin. Seht her, wir sind ein Paar".

Wir assen gemeinsam, unterhielten uns. Marion hatte sich zu Willeke gesetzt, sie sprachen wieder über Mode und teure Klamotten.

Es war schön reichlich spät, Hans und Marion verabschiedeten sich. „Also, dann sehen wir uns in eurem neuen Zuhause". Willeke war aufgestanden, hatte Marions Mantel geholt. „Danke nochmals. Und euch einen schönen Urlaub". Hans kürzte die Verabschiedung ab, klopfte auf den Tisch. „Leute, bis nächstes Jahr. Bleibt gesund".

Wilma hatte sich zu Willeke gesetzt. „Dann kann ich ja auch mal eure neue Wohnung sehen, jetzt wo du schon den Schlüssel hast". „Oh ja, ich bin gespannt wie es dir gefällt". Willeke stand vom Tisch auf. „Ich geh' nach oben". Ich folgte ihr. „Ich komm' mit". Willeke nahm lediglich ihre Kladde vom Nachttisch, verschwand sofort wieder. Ich legte mich schlafen. „Gute Nacht, mein Süsser". Weg war sie.

„Neue Perspektiven"

Wilma war ganz „hibbelig", als wir beim Frühstück zusammen sassen. „Wann wollt ihr denn rüber?" „Wie rüber?" „Ja, in eure Wohnung, in euer Haus". „Wollten wir das?" „Ja, das habe ich doch gestern alles mit Willeke besprochen". Ja dann. „Dann frag' sie bitte gleich, ich weiss von nichts". Ich liess es „automatisch" etwas ruhiger angehen. Wenn ich keinen Urlaub hatte musste ich immer früh raus, von daher genoss ich es, dass ich „keine Termine" hatte. An Arbeitstagen bestand mein „Frühstück" meist aus einem Becher Kaffee im Stehen.

Kurz darauf erschien auch Willeke in der Küche. Sie hatte noch geduscht und schon wieder ihre Kladde in der Hand. „Dann gehen wir gleich rüber?" „Und dann machen wir was genau da?" Wieso jetzt so eine Hektik? „Aber frühstücken können wir schon noch, oder?" „Ja, klar, aber trödel' nicht rum". Sie verschwand mit Wilma nach oben, beide kamen kurz darauf in „Arbeitsklamotten" wieder in die Küche. Was heisst jetzt Arbeitsklamotten. Alte, ältere Kleidungsstücke. Selbst in diesen Sachen sah Willeke zum Anbeissen aus. Das sagte ich auch. „Du siehst zum Anbeissen aus". Wilmas Blick, den sie mir zuwarf, war unmissverständlich – Halt bloss die Klappe. Ich hatte verstanden. Trödel' nicht rum.

Aus dem Auto nahm ich noch schnell ein wenig Werkzeug heraus - und ganz wichtig – ein Rollbandmass. Wir nahmen den „Querfeldeinweg" durch die Sträucher. Keine hochhackigen Schuhe, kein Problem.

Willeke schloss die Wohnungstür auf. Sie war kaum geöffnet da quetschte sich Wilma bereits durch, stand im Salon. „Oh, wie gross – und so hell". Irgendwie war ich scheinbar gar nicht da. Willeke lief mit ihrer Freundin durch das Haus, mal kamen ihre Stimmen aus diesem Zimmer, mal aus jenem. Ich sah mich um, schüttelte mich ein wenig. „Ganz schön kühl hier". Den Kamin müsste man auf jeden Fall mal anmachen, auch um zu sehen ob er einwandfrei zieht. Dafür brauchte man natürlich Kaminholz. Gab es aber nicht.

In die obere Etage rief ich Willeke zu „Ich geh' nochmal rüber, auf die Boerderij und fahre von dort mit dem Auto zum Baumarkt in Oostvoorne".

„Oki, was holst du denn?" „Brennholz". Beide kamen nach unten. „Magst du vielleicht auch direkt Farbe für die Wände mitbringen?" Ich schaute Willeke an. „Weiss und irgend so einen Aprikose-Ton". Wo sollte hier irgendwas Aprikose werden? „Willst du das nicht lieber selbst aussuchen. Aprikose ist ja ein dehnbarer Begriff". „Okay, dann erstmal nur Weiss".

Ich bat sie um ein Blatt aus ihrer Kladde. „Soll ich da jetzt ein Blatt rausreissen?" „Ja, was sonst?" Nahm das Bandmass, notierte mir grob die Wandflächen der einzelnen Räume. „Also bis nachher". Ein wenig froh war ich schon, „lass' die mal machen, da störst du eh nur".

Schnell holte ich auf der „Boerderij" mein Auto. Von Rockanje aus war der Baumarkt nicht weit. Einmal abbiegen und dann nur geradeaus, keine zehn Kilometer. Bevor ich losfuhr rauchte ich mir aber erst einmal in „aller Ruhe" eine Zigarette. Schnaufte tief durch. „Weiber können doch stressen, so viel Freude sie einem auch bereiten".

Die benötigten Farben, samt Malerwerkzeuge wie Pinsel, Rollen, Abklebeband und das Brennholz hatte ich schnell gefunden, bezahlt und ins Auto geladen. Einfach einen Eimer Farbe mehr gekauft. Sicher ist sicher. Im Eingangsbereich des Baumarkts war ein kleines Schreibwarengeschäft. Ich schaute auf die Schlagzeilen des „Algemeen Dagblad", wollte eine mitnehmen, sah dann aber nur noch das Datum. Woensdag, 30.12.1981 – wie ein Blitz fuhr es mir durch Kopf. „Woensdag – Gehaktdag". Also schnell zum Metzger. Gehaktballen, das kannten meine Mitbewohner, aber echte Frikas? Das mach' ich heute für alle. Das Hack könnte ich auch locker eine Weile im Auto lassen, kalt genug war es allemal.

Als ich ankam war Willeke allein im Haus. „Wo ist Wilma?" Die ist wieder rüber, hier ist ja nichts zu tun – und sie wollte auch „nur" mal schauen. Ich lud die Farbe und das Brennholz aus. Zwei unterschiedliche Hölzer hatte ich gekauft. Pinie zum „Anfackeln" und Hartholz für das behagliche Glühen. Die Farbeimer stellte ich in der Küche ab. „So viel Farbe?" Willeke schaute. „Naja, besser zu viel als zu wenig". Sie hakte sich bei mir ein, schlug ihre Kladde auf und zeigte auf ein paar Zeichnungen. „Ich stelle mir das schon so schön alles vor.

Und du, freust du dich?" Ich drehte sie zu mir, nahm sie ganz in den Arm. „Oh ja, sehr. Und wir können auch schon loslegen. Toll, dass Hans uns bereits die Schlüssel gegeben hat". „Ich zünde mal den Kamin an, ich möchte wissen ob er auch richtig zieht. Und dann gehen wir mal deine Pläne durch, okay?" Schnell brannten die leichten und trockenen Pinienstücke, kein Rauch kam in das Zimmer, der Kamin funktionierte perfekt. Schnell drei Scheite Hartholz nachgelegt. Wohlig warm knisterte das Holz im Kamin. „Das ist ja voll romantisch". Willeke stand vor dem Kamin und streckte ihre Hände den Flammen und der wärmenden Glut entgegen. Meine Arme legte ich um ihre Hüfte, küsste sie, hinter ihr stehend, zärtlich auf den Hals. „Ich möchte mit dir schlafen". Willeke drehte ihren Kopf. „Jetzt? Hier?" „Ja". Sie drehte sich ganz zu mir herum, legte ihre Arme um meinen Hals. „Ich auch". Wir zogen uns aus, legten uns nicht weit vom Kamin entfernt auf den Boden. Ich drang in sie ein, bewegte meinen Unterleib. Nur kurz, dann drückte sie mit ihren Armen gegen meinen Brustkorb. „Mann, ist der hart". Willeke drehte mich auf den Rücken. „Der Boden". Kurze Pause. Sie lachte. „Dein Schwanz auch". Sie setzte sich auf mich, stützte ihre Arme auf meine Oberschenkel und zog die Knie bis fast an ihre Brust ran. „So bist du auch noch tiefer in mir – und ich habe die volle Kontrolle". Sie hob und senkte ihren Unterleib, spannte und entspannte ihren Beckenbodenmuskel.

„Ja, kontrollier' mich" dachte ich mir. Dann hörte ich mich selbst sagen „Hier muss auf jeden Fall Teppich rein, über die Spanplatten muss was drüber". Willeke lachte. „Daran denkst du jetzt?" Mit meinen Armen um ihre Taille gelegt unterbrach ich sie in ihrer Bewegung. „Hör' mal auf". „Wieso?" „Nicht dass ich mir einen Splitter in den Hintern scheuere". Willeke beugte sich vor, küsste mich. „Du bist eine Marke".

Wir waren aufgestanden und herumgelaufen, der Salon hatte schon eine angenehme Raumtemperatur. Sie küsste meinen Penis, nahm ihn ganz kurz in den Mund. „Ooooh, mach' ruhig weiter". Willeke lachte. „Im Gegenteil, komm' mal mit deinem Ding vom Fenster weg. Ein paar kleine Gardinen sollten wir schon anbringen, meinst du nicht?" Das Verkehrteste war das bestimmt nicht. Die Fensterbank war kurz oberhalb meiner Knie. Willeke lachte abermals. „Wie du da stehst - Wer im Glashaus wohnt sollte nicht am Fenster vögeln". Wir lachten beide. Nahmen uns in den Arm. „Hol' doch mal das Massband – und pack' das Ding jetzt ein".

Ich konnte jetzt die exakten Abmessungen ablesen. Breite: 4 Meter 83. Für die Höhe trat sie ans Fenster heran, hielt sich die Hand an die Brüste. Bis hierhin. Willeke schrieb alles in ihre Kladde. „Komm', das machen wir direkt in allen Zimmern, dann kann ich Stoff auswählen und kaufen". Wir liefen durch die Räume, Willeke notierte. Wir blieben immer wieder kurz in den Räumen stehen, nahmen uns verliebt in die Arme. Es war nicht nur die Wärme des Kamins die durch uns floss. Ja, ich hatte meine „Hauptmahlzeit", wie ihr Vater es ja genannt hatte, gefunden. Dass sie nebenbei noch das totale „Leckerchen" war machte es nur noch appetitlicher, die Mahlzeit noch vollständiger.

Es dämmerte schon leicht. Was? Schon so spät? Wir hatten die Zeit aus den Augen verloren. „Lass' uns langsam mal rüber gehen". Ich hatte noch einen ganzen Haufen Hack im Auto. Erzählte Willeke von meinem Vorhaben „Frikas" für die Meute zu machen. „Dann sollten wir noch Kartoffel und Gemüse dazu kaufen. Das Dorf ist ja nicht weit, das Auto steht ja hier vor der Tür".

Gesagt, getan. Schnell bei Albert Heijn durch die Gemüseabteilung. Bier mitnehmen war nie ein Fehler. Der Einkauf war schnell erledigt, kurz darauf waren wir auf der „Boerderij".

Wir luden alle Einkäufe auf dem Küchentisch ab. „Heute gibt es „Frikas". Willeke erklärte das sei so was wie „Bal gehakt". „Na, eben nicht – das sind Frikas" versuchte ich das klar zu stellen. Aber das würden sie schon sehen und schmecken.

Das Kochen machte richtig Spass. Willeke half, kümmerte sich um Kartoffel und Gemüse. Sie fasste mir immer wieder mal um die Hüfte, gab mir einen Kuss. Verliebt sein ist schön. So schön.

Ich hatte eine grosse Schüssel aus einem der Schränke genommen, sie anständig ausgewaschen und warf das „Hack" hinein. War doch schon ein anständiger Klumpen gewolftes Fleisch. Das fiel mir jetzt erst richtig auf. Waren aber auch einige Mäuler zu stopfen. Eine ganze Packung Eier ging drauf, dazu bestimmt fünf oder sechs Zwiebeln, fein geschnitten. Die Tränen liefen mir das Gesicht herunter. Willeke sah mich an. „Weinst du?" „Ja, aber nicht aus Traurigkeit, das sind die Zwiebeln". Was mir auffiel war, dass sich das holländische Pappbrot, zweimal getoastet, ganz hervorragend zur Frika-Herstellung eignete. „Kann also doch was". Setzte gleich mehrere Pfannen auf den Herd. Die Frikas sahen gut aus und rochen auch so.

Die Küche hatte sich gefüllt, nach und nach trudelten alle ein. Wilma deckte den Tisch ein, Nico half ihr dabei. Wilma kam zu mir an den Herd, brachte mir ein eiskaltes Bier. „Tolle Wohnung habt ihr gefunden. Ich wünsche euch, dass ihr sehr glücklich dort seid". Ich sah sie an, aus ihrem Mund mal kein „Drecksau" zu mir. Was war los?

Nico hatte einige Gläser „Zaanse Mosterd – Grof gemalen" auf den Tisch gestellt. Genau das Richtige für Frikas.

Die Frikas fanden riesigen Anklang. „Ja, das ist was ganz anderes als Bal gehakt. Lekker, zeg". Anfangs war das ein riesiger Berg, der sich aber zusehends verkleinerte. Das freute mich sehr – „hat sich doch gelohnt".

Jack, Koos und Dees waren auch während des Essens dazu gekommen. Es war schön, meine Freunde um mich versammelt zu sehen. Schon eine verdammt gute Gemeinschaft. Auch wenn jeder so seine „Macke" hatte, aber das machte es irgendwie auch aus. Unterschiedlich mehr oder minder „Normale". Da fällt man als „Bekloppter" gar nicht so auf.

Dees und Wilma räumten alles Geschirr ab, die „Männer" kümmerten sich um Getränke und Rauchwaren. Willeke hatte auch ein paar Teller in die Hand genommen. „Du setzt dich mal schön hin, am besten zu deinem Freund". Wilma nahm ihr das Geschirr ab. Wir feierten bis tief in die Nacht. Es war weit nach Mitternacht als ich mit Willeke nach oben ging. Der letzte Tag des Jahres war angebrochen.

„Lass' und da weiter machen wo wir heute tagsüber aufgehört haben". Willeke hatte sich bereits ausgezogen und war ins Bett gekrochen. „Was meinst du?" „Ich setz' mich wieder auf dich, ohne Splittergefahr". Sie lachte. Ein wenig erstaunt war ich schon. „Kannst du auch wieder das mit deinem Muskel machen?" „Hat dir das gefallen?" „Ja, sehr sogar". Willeke setzte sich erst auf meinen Bauch, half mir mit der Hand „auf die Sprünge". Erst dann griff sie unter sich und führte meinen Penis in sich ein. „Woher kannst du das - mit dem Muskel?"

Willeke war nicht ganz acht Jahre älter als ich, sexuell deutlich „erfahrener". „Das trainiert man unter anderem für die Schwangerschaft". Ich sah sie an. „Was heisst trainieren für die Schwangerschaft?" Willeke schmunzelte breit. „Weißt du das schon nicht mehr? Ich möchte ein Kind von dir". Arrgh, da wird mir direkt alles schlaff. Willeke bemerkte das, griff mit einer Hand an meinen Hodensack. „Kein Grund schlapp zu machen". Sie beugte sich zu meinem Gesicht vor, küsste mich, mein Penis flutschte aus ihr raus. „Nein, alles gut. Wir haben doch drüber gesprochen. Frauen denken da ab einem gewissen Alter sicher anders drüber als Männer. Ganz besonders als du, oder?" „Was meinst damit einem „gewissen Alter"?" „Tja, biologische Uhr. Tick Tack". Willeke lachte.

Ich war ruhiger geworden. „Willeke..." Sie legte mir den Zeigefinger auf den Mund. „Nicht jetzt". Wir streichelten uns noch eine Weile, dann schliefen wir ein.

In der Nacht wurde ich wach, meine Blase drückte. Ich griff über Willeke hinweg zur Nachttischlampe, schaltete sie ein, kletterte über sie hinweg, schaute sie an. Da war er wieder, der kleine Speichelfluss, der aus einem Mundwinkel lief. Naja, lief ist übertrieben. Ich sah sie an, schmunzelte. Selbst das liebte ich an ihr. Ich beugte mich über ihr Gesicht, leckte den kleinen „Faden" auf.

Willeke war kurz aufgewacht als ich ins Zimmer zurückkam. „Wo warst du?" „Nur schnell pissen". Sie schaute mich an. „Na, zum Glück Unterhose angezogen". Sie grinste, schlief aber auch direkt wieder ein. Ich musste auch schmunzeln, wusste genau, was sie gemeint hatte. Stand ich doch schon einmal mitten in der Nacht mit schlaffem Penis vor Wilmas Gesicht. Das wäre jetzt auch zu blöd gewesen. Wo sie, Wilma, heute zum ersten Mal nicht „Drecksau" zu mir gesagt hatte. Ich kroch wieder ins Bett, schmiegte mich an Willekes weichen, warmen und wohlriechenden Körper.

„Malen nach Zahlen"

Ich wollte noch „vor Mittag" erneut zum Baumarkt in Oostvoorne. Einige Farben, diesmal aber Lacke, für Fenster- und Türrahmen samt Türen, kaufen. Den gesamten heutigen Tag wollte ich nutzen um einiges im Haus zu renovieren. Morgen, der Neujahrstag würde sich auch anbieten. Je nachdem wie heftig der Jahreswechsel verlaufen sollte. So war zumindest die Planung. Wenn wir doch schon den Schlüssel vorab bekommen hatten. Nur noch eine Woche, dann wäre auch das erst einmal wieder vorbei, dann musste ich wieder auf die ESSO zurück. Ich kaufte so einiges an „pastelligen" Farben, aber auch einige kräftige Farbtöne, die mir besonders gut gefielen. Da sollte für jeden von uns was dabei sein. Dazu so einiges an Pinseln und Farbschalen. Vom Baumarkt bis zur „Boerderij" waren es auch nur knapp zehn Minuten Fahrtzeit mit dem Auto. Deutlich vor Mittag war ich wieder zurück.

„Morgen Süsse". Willeke war in der Küche. „Wollen wir gleich rüber, ein wenig was tun?" Willeke schloss mich zur Begrüssung in ihre Arme. „Aber so was von. Ich zieh mich schnell um, dann kann es losgehen". Nach wenigen Minuten stand Willeke wieder in der Küche. Umgezogen null. „Was ist, wolltest du nicht …?" „Ne, ich habe alles dabei, mach' ich drüben". Sie hielt einen Stoffbeutel hoch. Wir fuhren mit dem Auto herüber, auch wenn es nur ein paar Meter waren. Besser als Tragen.

„Ich zünde den Kamin an, dann sprechen wir kurz was wir machen, was wir streichen wollen. Du kannst dir auch die Farben aussuchen". Mit zwei kleinen Stücken Pinienholz zündete ich den Kamin an, legte dann etwas Hartholz nach. Vor den Kamin stellte ich ein Funkenflug-Schutzgitter. Willeke war nach oben gegangen, hatte alle Türen geöffnet, damit die Wärme überall hinziehen konnte. Aus dem Auto holte ich eine Kiste mit den Farben und den Malutensilien, stellte alles in der Küche auf die Anrichte. „Ne Willeke, so kann ich nicht arbeiten". Schaute sie an. „Das geht nicht, das geht nicht gut".

Sie hatte sich umgezogen, trug ihre schlabberige, übergrosse Latzhose. Ihre blanken Brüste schauten unter den Trägern hervor. „Wie soll ich da arbeiten? Soll ich anstreichen oder willst mich geil machen?" „Die trage ich so gerne, die ist so bequem". Ich ging zu ihr herüber, griff beide Brüste. „Ne, echt nicht, dann zieh' wenigstens ein Shirt an". Willeke lachte. „Echt? Macht dich das so scharf?" „Was soll das heissen? Du machst mich grundsätzlich scharf. Aber in dem Dress erst recht. Ich könnt' jetzt sofort über dich herfallen". „Okay, ich zieh mir was an, ein Oberteil". Ja, bitte".

Gemeinsam klebten wir alle Fensterscheiben ab. Willeke hatte sich einige Farben ausgesucht. „Das machen wir hier, das machen wir dort" – und entsprechend die Farbdosen verteilt. „Draussen können wir gerne kräftige Farben nehmen". „Ja, aber das machen wir erst im Frühjahr, jetzt ist es draussen zu kalt. Ich streiche dann lieber die Wände weiss". Die Arbeiten waren aufgeteilt.

Wir kamen gut voran. Es war schon wieder fast dunkel, also etwa 18 Uhr, als wir in der Küche alle Malutensilien reinigten und alles zusammengepackt hatten. Willeke zog sich die Hosenträger ihrer Latzhose über die Schultern, augenblicklich sank die Hose bis an ihre Knöchel. Ich hob sie sofort auf die Küchenanrichte, zog ihren Slip herunter und zog auch meine Hose herunter. Steckte erst einen Finger in sie, sie massierte meinen Penis bis er sich versteifte. Im Stehen steckte ich ihn in sie hinein. „Mal ein ganz anderer Pinsel" scherzte sie. Ich beachtete das nicht so, ich wollte in ihr kommen.

„Hoi, wo seid ihr?" Ich zuckte zusammen, hielt inne. Ich hatte nichts mitbekommen, kein Klopfen an der Türe, gar nichts. Wilma stand in der Küche. „Oh, scheisse. Fickt ihr gerade?" Aufgeschreckt zog ich meinen Penis aus Willeke heraus, stand jetzt mit dem voll durchbluteten Teil vor der Anrichte. Wilma war das sichtlich peinlich. „Ich hatte doch geklopft".

Willeke sprang mit einem Satz von der Küchenanrichte, zog die Latzhose hoch. „Pack' den Pimmel ein, wir haben Besuch". „Echt, sorry". Wilma hatte voll die Bombe, einen knallroten Kopf. „Sorry". „Ist schon okay, bleib' hier". „Willeke streifte sich die Hosenträger über die Schultern. „Komm' mal mit, ich zeig' dir was wir gemacht haben". „Das habe ich gesehen". „Nein". Willeke lachte. „Nicht das, was wir bereits gestrichen haben". Die beiden gingen nach oben, ich zog meine Hosen an.

Aus der oberen Etage konnte ich hören wie die beiden herzhaft kicherten. Dann kamen sie wieder runter. „Das ist aber schön geworden" sagte Wilma als sie die Küche betraten. „Ja, hätte noch schöner werden können" grinste ich Wilma an. „Ja, sorry. Woher sollte ich wissen ...". Willeke nahm sie in den Arm. „Ist schon okay".

Wilmas Gesichtsfarbe hatte sich schon ein wenig normalisiert. „Ihr kommt aber doch auch gleich? Wir feiern drüben Jahreswechsel. Alle sind da, nur ihr fehlt noch". Willeke griff mir in den Schritt. „Noch eben den Pinsel ausschütteln, vielleicht noch ein paar Spritzer weiss". Sie lachte sich schlapp, schlug Wilma auf die Schulter. „Noch ein paar Spritzer. Hahaha". Das fand ich irgendwie gar nicht so zum Brüllen. „Willeke". „Ja, sei nicht so steif". Sie schlug Wilma erneut auf die Schulter. „Sei nicht so steif, Hahaha". Jetzt musste ich dann aber doch lachen. Mein Blick ging zu Wilma. „Du bist die Drecksau, nicht ich". Wilma zuckte mit den Achseln. „Hier, deine Freundin ist die versaute Drecksau". Sie lachte ebenfalls.

Wilma war bereits wieder zu Fuss zur „Boerderij" unterwegs. Wir räumten noch ein paar Sachen zusammen. „Sag' mal, war das jetzt wirklich lustig, wie du vor Wilma gesprochen hast?" „Ach komm' ein bisschen Spass kannst du doch ab, oder?" Das konnte ich sehr wohl.

„Aber vor Wilma? Du weißt doch wie sie über mich denkt". „Na, dann sei froh, dass du sie nicht oben gehört hast". „Wie, was?" Ja, Mann, die ist jetzt seit Monaten Single, seit dein Arbeitskollege weg ist, die könnte auch mal einen Fick gebrauchen". Mein Gesichtsausdruck sagte wohl alles. „Ohne Worte", um es mal so auszudrücken. „Ja, Mann, so wie du gesagt hast „Geile Titten" denkt sie auch „Geiler Schwanz", sie ist doch auch nur aus Fleisch. Sicher, eine Frau, hat aber auch Bedürfnisse". „Du meinst jetzt aber nicht mich, oder?" Willeke sah mich an. „Ich glaube das ist ihr im Moment egal".

„Wir fahren mal rüber" wollte ich das Thema wechseln. Auf dem Weg, auch wenn es nur ein paar Meter waren, fragte ich Willeke nochmals. „Auf der Boerderij sind doch genug die Wilma gerne einen wegstecken würden, meinst du nicht?" Sie sah vom Beifahrersitz rüber. „Würdest du denn mit jeder?" Sie lachte. „Ja, würdest du". Ich versuchte mich aus der Affäre zu ziehen. „Ich will nur dich, Willeke". „Klar, aber auch erst seit neuestem".

Auf der Boerderij war die Hölle los. Ich konnte gar nicht so schnell zählen wie ich Leute sah. Neben den mir bereits hinlänglich bekannten Gesichtern auch jede Menge neue, noch nie gesehene Menschen. Neben dem Küchentisch, an dem jetzt noch mehr Stühle und Sitzgelegenheit als sonst schon standen, hatten unsere Mitbewohner einen weiteren Tisch aus dem Wohnzimmer geräumt, auf dem Unmengen von Flaschen standen. Alles „harter Stoff".

Das Wohnzimmer war komplett leergeräumt, alles auf die andere Seite des Hauses, da wo Jack und ich unsere Zimmer hatten. Das war jetzt eine riesige Tanzfläche. Musik lief bereits, ebenfalls satt laut. Ich arbeite mich durch die Leute durch, erst zu denen, die ich noch nicht kannte. Was für eine Küsschen-Arie, es schien nicht aufzuhören.

Kurz ging ich dann auf mein Zimmer, wollte mich umziehen. Auf dem Weg begegnete ich Wilma. „Hör' mal.

Sorry wegen eben". Sah sie an, nahm sie nett in den Arm. „Halb so wild" lächelte Wilma mich an. Dann sah ich ihr in die Augen. „Such' dir heute einen netten Typen, tut dir bestimmt gut". Sie lachte mich an. „Ja, wird echt Zeit". Eigentlich nur aus Spass ergänzte ich „Und wenn nix geht, ich biete mich an". Ihre Augen weiteten sich. „Ja, wirklich?" „Wilma, nein. Das war Spass". Im Treppenhaus schaute ich noch mal schnell zu Wilma hinunter „Aber mit ihr ficken würde ich schon" sagte meine Stimme im Kopf. Hatte ja keiner gehört. „Ruhe bitte".

Als ich nach unten kam warf ich einen Blick in „unser Wohnzimmer". Dort wo keine Möbel standen waren Bierkisten aufgestapelt. Wie in einem Getränkemarkt. Die ersten Joints machten die Runde, Flaschen stiessen aneinander. „Gezondheid Mensen". Irgendjemand hatte das gesagt. „En Geluk" kam es aus einer anderen Ecke zurück. Hauptsache „Hoch die Tassen".

Ich suchte Willeke, fand sie endlich. Umfasste sie von hinten um die Taille. „Hallo Süsse, ich freu' mich sehr auf unser neues Jahr". Sie drehte leicht den Kopf und gab mir einen Kuss. „Ja, mir geht es genauso".

Noch im alten Jahr, bis Mitternacht waren es noch ein paar Stunden, versuchte ich mir selbst meinen Vorsatz laut zu sagen. „Keine anderen Weiber mehr". „Was?" hörte ich eine Stimme neben mir. „Ach das habe ich nur zu mir selbst gesagt". Das Gesicht kannte ich nicht.

Was für eine geile Party. In der Küche wurde getrunken, geredet, gelacht. Im Wohnzimmer war voll die Disco. Immer wieder ging ich dort hin, tanzte, je nach Musik, um dann wieder in die Küche rüber zu gehen. Immer wieder neue Gesprächspartner. Bekannte und Unbekannte. Die Unbekannten wurden im Laufe des Abends weniger, man kam sich näher.

Das lag an der lockeren Art der Holländer und Holländerinnen und natürlich am Alkohol. Und an den Joints. Oder allem zusammen.

Im Wohnzimmer hörte ich die ersten Klänge von „Europa" von Santana. Suchte Willeke, wollte mit ihr tanzen. Ergriff ihre Hände, wir gingen in die „Disco". Sie war schon leicht „betüdelt", wackelte ein wenig. Wir tanzten, küssten uns. Aus dem Augenwinkel sah ich Wilma in einer Ecke stehen. Sie liess sich heftig von irgendjemand befummeln.

Es war einige Stücke, einige Biere, einige Joints später, als Wilma neben mir stand und mich am Arm fasste. „Kann ich deinen Autoschlüssel haben?" Was? Wo willst du hin? Gleich ist Mitternacht, Zeit das neue Jahr zu begrüssen".

„Ne, ich will mit …" Sie nannte irgendeinen Namen. „Ich will mit ... allein sein". „Im Auto?" „Hast du eine bessere Idee?" Und ob ich die hatte. „Wilma, geh' in mein Zimmer. Willst du echt wie so eine Crack-Nutte ins Auto? Um mit dem Typen zu ficken?" Sie sah mich mit grossen Augen an. „Wirklich?" Ich fasste sie an den Schultern. „Wilma". „Danke".

Wenig später zählten fast alle die Sekunden herunter. „Zehn, Neun, Acht …" Ein wildes Angestosse mit Gläsern und Flaschen. Es dauerte bestimmt, gefühlt zumindest, bis eine Stunde ins Neue Jahr bis alle Küsschen links, Küsschen rechts verteilt waren. „Geluk". „Gezondheid". Irgendwann wusste ich schon gar nicht mehr ob ich „Männlein" oder „Weiblein" abküsste.

Bis dann irgendwann, den Kuss kannte ich. Das war kein Küsschen, weder links noch rechts, das war eine wilde Zunge, die ich im Rachen hatte. „Mein Schatz, ich wünsche dir, dass all' deine Träume in Erfüllung gehen". Ich sah Willeke an. „Das sind sie schon, das sind sie schon". Wir prosteten uns zu, gingen in die „Disco". Tanzten in das neue Jahr. Irgendwann kam dann auch Wilma wieder.

Sie war sehr „derangiert", ihre Haare durcheinander, ihre Augen leuchteten. Willeke nahm sie in den Arm. „Geluk en Gezondheid". Sie küssten sich. Echte Freundinnen. Mir gab sie Küsschen links, Küsschen rechts. Kniff mir in den Hintern. „Danke".

Wie lange es ging kann ich nicht mehr sagen, lange. Sehr lange. Willeke weckte mich irgendwann. Ich sass auf einem Stuhl, völlig breit und zugekifft. „Geh' schlafen". Mein Blick ging in die Runde. Voll das Leben in der Küche. Ich nahm mir stattdessen ein frisches Bier. Ich war wieder da. „Gezondheid. En Geluk".

„Geluk en Gezondheid" tönte es aus mehreren Kehlen zurück. Flaschen klirrten aneinander. Koos kam zu mir. „Komm', wir rauchen einen, mein Freund". Gute Idee.

„Cornelis"

Das neue Jahr fing furchtbar an. Mein Kopf dröhnte wie auf einem Rangierbahnhof. Ich sah mich um, war in Willekes Zimmer. Musste sofort pinkeln – und dann sofort was trinken. Bier.

In der Küche sassen Leute. Schon wieder? Oder immer noch? Egal. Ein Bier musste her. Mit einem Feuerzeug entfernte ich den Kronkorken von der Heineken-Flasche. „Gezondheid". Das Wort dröhnte in meinem Kopf. „Aua". Ich musste an die frische Luft, mir so einiges „durch den Kopf gehen lassen". Der Hof war immer noch vollgeparkt mit Autos. Wo waren die alle, oder die meisten abgeblieben? Ganz kurz warf ich einen Blick ins Wohnzimmer, erst bei uns auf der Seite, dann in Willekes Haushälfte. Überall, echt überall lagen Leute. In den kuriosesten Positionen. Schienen aber alle recht glücklich zu sein. Ich ging auf mein Zimmer. Wilma lag in meinem Bett, glücklich mit ihrem Typen. Ich zog die Tür wieder zu.

An Kaffee oder gar Frühstück war nicht zu denken. Die Küche sah aus wie nach einem Fliegerangriff. Leergut, wo man hinsah. Ascher, Dreck, leere Chipstüten. Ein Grossauftrag für die Stadtreinigung. „Eigentlich müsste man jetzt mit einem Hochdruckreiniger hier durch". Das waren meine Gedanken, ich verliess das Haus. Aber wohin? Es war lausig kalt, alles hatte geschlossen. Natürlich war keine Bar oder Café geöffnet. Noch einmal kurz ins Haus holte ich eine Jacke aus meinem Zimmer, leise. Wollte weder Wilma noch ihren Lover wecken. Vorsichtshalber klopfte ich zuvor aber an, man weiss ja nie. Wilma sah kurz auf, lächelte mir zu.

An der Scheune vorbei lief ich durch die Dünen bis herunter zum Strand. Erst einmal den Wind um die Ohren und den Kopf frei blasen lassen. Sehr schnell merkte ich wie sehr ich noch vom Vorabend betrunken war. Meine Stirn war eiskalt, ähnlich der „Eiger-Nordwand" fühlte sich das an. Und auch der stechende Schmerz in meinem Kopf hätte locker mit dem Einhämmern eines Eispickels verglichen werden können. „Aua, mein Kopf".

Sicherlich gut zwei Stunden war ich bereits unterwegs, jetzt war ich erst recht durchgefroren. In der Küche wollte ich mich etwas aufwärmen, vielleicht war jetzt ja „die Zeit" für einen Kaffee. Es war natürlich weniger „die Zeit", sondern die Frage ob auch in meinem Magen bleiben würde was ich zu mir nehmen wollte. „Mann, geht es dir beschissen".

Einige Leute waren bereits wieder auf dem Damm, auch einige meiner Mitbewohner. Oh nein, nicht schon wieder dieses „Frohes neues Jahr" – und vor allem – nicht schon wieder dieses Küsschen-Ritual. Ich ging in Willekes Zimmer, sie schlief noch. Gab ihr sanft einen Kuss, liess es mir nicht nehmen erneut ihr Speichel-Bächlein aus dem Mundwinkel aufzulecken. Sie öffnete die Augen, legte einen Arm um meinen Hals. „Guten Morgen – und frohes neues Jahr". „Dir auch meine Süsse, auf dass es unser Jahr wird".

„Komm' zu mir ins Bett". Ich schaute sie an. „Auf keinen Fall, ich bin froh, dass ich lebe, mehr geht nicht. Steh' auf, es ist gleich Mittag". „Waas? Schon?" Willeke schaute zum Fenster, zog aber direkt wieder die Bettdecke über das Gesicht. „Ist das hell. Das tut ja weh". „Ja, das kenn' ich" schmunzelte ich. Meist sagt man sich selbst an solchen Tagen „Nie wieder Alkohol". Glücklicherweise nimmt der Gedanke dann im Laufe des Tages ab. Ich musste grinsen. Willeke liess ich in aller Ruhe wach werden, stieg die Treppe herunter. Wo ich hinschaute – leere Flaschen, Dreck und Müll. Und verkaterte Gesichter.

Wilma war inzwischen auch aufgewacht, hatte sich einen Kaffee genommen. Ihre Wangen strahlten rosig und gut durchblutet, ihr Gesicht, ihre Augen strahlten. Ich wünschte ihr die übliche Floskel, auch hier Küsschen links, Küsschen rechts. „Gut siehst du aus. Was so ein Fick alles bewirken kann". „Du …" Ich unterbrach sie. „Ja, ich weiss, Du Drecksau". „Nein, das wollte ich nicht sagen. Du … hast Recht. Danke für dein Zimmer". Ich grinste. „Bestimmt auch besser als mit dem nackten Hintern im Auto". „Um Klassen besser" nickte Wilma mir zu.

So langsam waren wir vollzählig, alles war aus den Löchern hervorgekrochen. Mehr oder minder „beschädelt" Doch machten wir uns daran irgendwie alles wieder in einen „bewohnbaren" Zustand zu bringen. Alberto hatte zwei grosse Futtertröge aus der Scheune geholt. „Alle leeren Flaschen hier hinein". Unmengen an Bierkisten, diesmal allerdings nur Leergut, stapelten sich im Hausflur. Die Frauen hatten sich mit Eimern und Putzmaterial „bewaffnet" – ein richtiges „Putzgeschwader". Welch ein Anblick, gleich mehrere Frauen, die auf Knien rutschend den Boden schrubbten. „Müsstest du eigentlich direkt was wegstecken" dachte ich mir. Aber auch direkt danach „Du Drecksau". Es waren aber eben auch nur Gedankenspiele.

Allerdings war ich sowieso noch viel zu breit für irgendwas. Wahrscheinlich hätte ich bei der kleinsten Anstrengung kotzen müssen. Das ist dann auch kein schöner Anblick. Und Mega-Peinlich. Ich grinste in mich hinein. Mir war das einmal passiert, als ich betrunken - sehr betrunken mit einer Frau geschlafen hatte. Die war so was von „not amused".

Die Futtertröge und die Bierkisten mit Leergut schleppten wir „Männer" in die Scheune. Hier waren sie erst einmal „aus den Augen, aus dem Sinn". Die Entsorgung würde bestimmt Tage, wenn nicht gar Wochen, benötigen. Das konnte man unmöglich in einem einzigen Supermarkt abgeben. Was sollten die denken? Wenn sie diese Menge überhaupt annehmen würden.

Auf der Motorhaube des Ford Escort sitzend hatte ich mir eine Zigarette gedreht. Eine hübsche Frau kam zu mir. „Hoi, wir haben uns doch schon mal gesehen". „Ach ja?" „Ja, ich bin Mariella. Erinnerst du dich?"

Ich versuchte nachzudenken, ohne Erfolg. Wäre es jetzt schlau einer hübschen Frau zu sagen, dass man sich nicht an sie erinnere? Sie kam mir zum Glück zuvor. „Ja, in Hellevoetsluis, im Park". Ja, sie hatte Recht. „Wir wollten uns noch mal getroffen haben, hat sich aber nie ergeben. Schade. Es ist sehr cool bei euch". Ich musterte sie jetzt von Kopf bis Fuss. Hübsche Frau. Wir unterhielten uns noch eine Weile. Smalltalk. Bevor sie dann wieder in Richtung Haus ging fragte sie: „Hast du noch meine Telefonnummer? Ruf' mich gerne mal an".

Verdammt gute Frage, hatte ich die Telefonnummer noch? Wenn ja, wo? Ich sollte sie mir zur Sicherheit einfach noch mal geben lassen. „Ich weiss nicht, magst du mir die noch mal aufschreiben?" Ich schloss das Auto auf, fischte einen Fetzen Papier - eine Tankquittung - und einen Stift aus dem Handschuhfach, hielt ihr beides hin. „Hier, dann hab' ich sie auf jeden Fall". Während sie schrieb, sagte ich. „Und schreib' am Besten deinen Namen dazu".

Ich weiss nicht genau wie lange ich auf der Motorhaube verbracht hatte. In jedem Fall tat es gut. Die frische Luft, trotz Kälte, brachte ein wenig Klarheit in meinen Kopf. Irgendwann kam Willeke zu mir. „Wollen wir denn gleich mal rüber? Noch etwas renovieren". Die Antwort kam schnell und eindeutig. „Auf keinen Fall, also ich nicht, ich bin viel zu fertig für was auch immer". Sie lachte. „Gut, dass du das sagst, ich kann eigentlich auch gar nichts". Willeke an der Hand ziehend nahm ich sie in den Arm. „Dann lass' uns doch einfach so dahinvegetieren. Vielleicht später nur mal kurz die Fussböden ausmessen, alles in deiner Kladde notieren". „Wozu das?" Ich hatte den Gedanken nicht vergessen – „Da muss Teppich her". „Wir könnten nach Rotterdam fahren um Teppiche auszusuchen". Willeke lachte. „Damit du dir keinen Splitter in den Hintern ziehst?" Genau so war es.

Wir waren ja vor einiger Zeit in einem grossen Einrichtungszentrum in Rotterdam – „Prins Alexander" – dort sollten wir fündig werden. Willeke war begeistert. „Oh ja, sehr gerne. Und Stoffe für Gardinen. Und ..." „Alles andere sehen wir dann" versuchte ich ihren Redeschwall zu ersticken. Ich konnte mich noch sehr gut an die „Strapaze" unserer letzten Shopping-Tour dort erinnern. Zumindest war es das für mich.

Der Rest des Tages verlief wie vorausgesagt. Wir vegetierten so vor uns hin. Jeder für sich. Mehr oder minder desolat. Erst am Abend waren so ein wenig die Lebensgeister zurückgekehrt. Die „Säufersonne", der Mond war aufgegangen. Wir hatten uns mit Wilma verabredet, wollten in „De Chinese Muur" essen gehen. Ihr „Neuer" war leider schon wieder fort. Wobei „Essen" nach einem solchen Saufgelage noch eine sehr höfliche und dezente Bezeichnung war. Einfach nur Fleisch futtern. Das traf es eher.

Die kleine Chinesin begrüsste uns in gewohnter Manier. Freundlich, lächelnd. Für sie und ihre Landsleute war es ein „normaler" Tag. Das chinesische Neujahr war erst viel später als wir es feiern. Das wollte ich von ihr genauer wissen. Sehr freundlich erklärte sie *Der Neujahrstag, wird nach dem traditionellen chinesischen Lunisolarkalender berechnet, fällt auf einen Neumond zwischen dem 21. Januar und dem 21. Februar*".

Willeke hatte bereits auf der Hinfahrt mit Wilma „getuschelt" und gekichert. Im Restaurant ging das munter weiter. „Und, dein Neuer? Hast du es dir anständig besorgen lassen?" Wilma grinste nur. Das war doch in ihrem Gesicht abzulesen. Eigentlich eine müssige Frage. Da musste ich mal nachhaken. „Redest du auch so über mich? Von wegen besorgen und so? Besorg' ich dir es denn anständig?" wollte ich von Willeke wissen. „Also bis jetzt, ja. Solltest du aber doch wissen, bist ja immer dabei". Willeke lachte laut. Ich stand auf. „Ich hol' mir was zu futtern. Führt ihr mal euer Fachgespräch ohne mich".

Während ich mir anständig gegrilltes Fleisch auf den Teller lud, ging mir Willekes Frage nochmals durch den Kopf. „Besorgt –

also wirklich". Möchte gar nicht wissen was die sich sonst so alles erzählen.

Wir fuhren nach Rotterdam, heute war wieder ein „normaler" Tag, alle Geschäfte hatten geöffnet. Alles wie immer. Nur deutlich weniger Verkehr auf den Strassen. Da viele Holländer Urlaub hatten, vermutete ich.

Unterwegs hatte Willeke ihre Hand auf meinen Unterarm gelegt, ich hatte beide Hände am Lenkrad. „Sag' mal, wollen wir auf dem Rückweg in Schiebroek anhalten?" „Was ist da?" „Das ist ein Stadtteil von Rotterdam, da wohnen meine Eltern. Ich könnte ihnen alles Gute für das neue Jahr wünschen. Vielleicht gibt es sogar noch Oliebollen". „Oliebollen, was ist das?" Willeke holte tief Luft. „Du weißt mal irgendwas nicht? Dann erzähl' ich dir das mal".

„Oliebollen werden traditionell zu Silvester und Neujahr gegessen, werden aus einem Teig aus Mehl, Eiern, Hefe, Salz und lauwarmer Milch hergestellt".

Gut, dass sie mich nicht gestern nach so etwas gefragt hatte, allein der Gedanke an irgendetwas Fettiges hätte mich wahrscheinlich kotzen lassen. „Und ..." Sie machte eine Pause, „du lernst auch meine Eltern kennen – und sie dich". „Bist du sicher? Ist das dein Ernst?" Bei Eltern vorstellig zu werden verband ich mit etwas Negativem. Das erschien mir so verbindlich, so bindend, so verpflichtend. Erst recht, da ich noch die geschriebenen Zeilen ihres Vaters im Kopf hatte. „Echt, der ... dein Vater will mich bestimmt töten". Willeke grinste mich an. „Du bist doof". „Wir schauen mal, erst gehen wir mal shoppen, okay?"

Willeke hatte sich in der Stoffabteilung des Einrichtungszentrums richtig „ausgelebt". Einige der gewählten Gardinenstoffe gefielen selbst mir ausgesprochen gut. „Dann frag' ich nachher meine Mutter ob wir ihre Nähmaschine ausleihen und direkt mitnehmen können".

Einen kleinen Stoffballen bewegte ich in der Hand. „Wieso wir, mit Nähmaschine habe ich so gar nichts an der Pelle". Und dass wir dahin fahren war mir noch nicht so klar. Anscheinend war das aber schon beschlossene Sache. Von Willeke. Sie hatte erst gar nicht nochmals nachgefragt. Das war jetzt so. Punkt.

Wir hatten noch so einige Teppiche ausgewählt und gekauft. Die kleineren, Läufer, nahmen wir direkt mit, grössere sollten uns geliefert werden. Willeke hatte auch noch eine schöne Anrichte für die Küche gefunden. Ein halbhoher Schrank mit Türen und einigen Schubfächern. Das alles war auf einem Lieferschein vermerkt. „Wenn Sie da noch bitte die Lieferadresse eintragen". Der Verkäufer schob mir den Zettel herüber, ich notierte die Anschrift. Gut, dass Willeke noch mal „drüber geschaut" hatte. Ganz automatisch hatte ich die Anschrift der „Boerderij" eingetragen. „Da wohnen wir dann nicht mehr". Sie strich das geschriebene durch - „so ist das jetzt" – und zeigte auf die korrekte Adresse.

„So, dann fahren wir jetzt nach Schiebroek". Ich schaute zu Willeke. „Und das ist genau wo?" „Soll ich fahren?" kürzte sie die Beschreibung für mich ab. Das war eine hervorragende Idee.

Schiebroek war nicht weit vom Einrichtungszentrum in Prins Alexander entfernt. Willeke kannte sich bestens aus. Wir fuhren quer durch das „Molenlaankwartier" und waren zügig da. Auf dem Parkplatz des Woonwijk nahm ich sie an die Hand. „Sag' mal, bevor ich da alles Mögliche gefragt werde und irgendeine falsche Antwort gebe – wissen deine Eltern ...? Wissen deine Eltern von deinem Nebenjob? Also nicht bei Van der Valk, sondern der andere?" In Willekes Augen war ihr Entsetzen abzulesen. „Nein. Und erzähl' bloss nichts. Würdest du deinen Eltern davon erzählen?"

Wie sollte ich das beantworten. Ich war nicht in der Situation. Allerdings würde ich das auch garantiert nicht erzählen – dass ich mich gegen Geld verkaufe, verkaufen müsste. „Verlass' dich ganz auf mich. Kein Sterbenswort". Sie gab mir einen Kuss. Da wir aber das Thema gerade zur Sprache hatten, hakte ich nach. „Sag' mal, wie hättest du dir das vorgestellt mit der kleinen Annemieke?" So hatte Willeke ihr Wunschkind ja benannt. „Willeke reagierte ein wenig, na sagen wir mal, „aufgebracht".

„Würdest du zu einer schwangeren Nutte gehen?" Ich mochte es nicht, wenn sie sich selbst mit „Nutte" betitulierte. Nicht nur das, ich mochte es generell nicht, dass sie sich verkaufte. Ein paar Mal hatte ich sie gefragt, gebeten, diesem Nebenjob nicht weiter nachzugehen. „Das hätte sich dann erledigt". „Wenn du das für Annemieke als selbstverständlich betrachtest, was ist dann mit mir? Mit dir? Mit uns? Ich frage dich jetzt also noch einmal, ein letztes Mal, versprochen. Möchtest du das nicht drangeben?" Kleine Tränen rannen ihre Wangen herunter. „Und wo soll mein Geld herkommen?" Es tat mir weh, es tat mir leid, dass ich sie zum Weinen brachte. „Ich kümmer' mich um die Scheiss Kohle".

Ich war ein wenig aufgebracht. Musste ihr jetzt endlich sagen, erklären, dass ich gar nicht so souverän damit umgehen konnte wie es den Anschein erweckte, wie ich es überspielte, wenn sie immer wieder mal für einige Tage „weg" war. „Willeke, dass bei Van der Valk ist gar nicht das Problem, der Rest schon".

„Lass' uns nachher weiterreden". Sie wischte sich mit einem „Tempo" die Tränen aus dem Gesicht, setzte sich nochmals auf den Beifahrersitz um ihre Schminke aufzufrischen. „Bitte, kein Wort zu meinen Eltern, versprichst du mir das?" Ich nahm ihre Hand, half ihr aus dem Auto. „Bist du meine Freundin, oder nicht?". Sie nahm meine Hand. „Ja, ich bin deine Freundin. Wäre sogar gerne deine Frau. Und auch die Mutter von unserer

Annemieke. Das weißt du doch. Das weißt du, oder?" Ich küsste sie auf den Hals. „Lass' uns gehen".

Hand in Hand schlenderten wir auf das Haus ihrer Eltern zu. Wenn wir so „Händchen hielten" fühlte ich mich immer wie ein König, ein Gewinner, der stolz sein „grosses Los" präsentieren durfte. „Hauptspeise", so hatte ihr Vater es in seinem Brief bezeichnet. Für mich war Willeke allerdings der „Hauptgewinn".

Willekes Mutter empfing uns an der Tür. „Cornelis, het is Willeke" rief sie nach hinten durch. Er kam hinzu. Wie ich es mittlerweile von allen Holländern gewohnt war – Küsschen links, Küsschen rechts. „Hoi, ik ben Amalia". Hoi, ik ben Cornelis". Beide waren etwa Mitte 50. Typische Holländer, gross und schlank. Willeke war ihrer Mutter wie aus dem Gesicht geschnitten. „Kommt rein". Ich nahm Willeke in den Arm. „Ach da hast du deinen bezaubernden zweiten Vornamen her". Ihre Mutter schmunzelte. „Mach' der Mutter Komplimente, das ist die halbe Miete", das wusste ich.

„Ga zitten. Kopje Koffie?" Das waren alles keine Fragen, sondern Aufforderungen. Willeke verschwand mit ihrer Mutter in die Küche. Ich hörte sie reden. Also nur ihre Stimmen, nicht was sie redeten. Cornelis, ihr Vater setzte sich zu mir. Sofort fragte er drauf los. „Wie alt sind Sie? Was machen Sie? Wo kommen Sie her? Wie lange sind Sie schon in Holland? Ist der Papst ein heiliger Mann? Gibt es ein Leben nach dem Tod?" Und was weiss ich sonst noch alles. „Sie müssen nicht Sie zu mir sagen" bat ich ihn zuerst.

Dann gab ich ihm einige Antworten. Um nicht ganz so den „Jungspunt" darzustellen sagte ich aber „Ich werde 24" anstatt „Ich bin 23". Willeke und ihre Mutter, Amalia, waren unterdessen zurück, hatten Kaffee, Milch und Zucker auf einem Tablett auf den Tisch gestellt.

„Oh, dein Freund ist jünger als du". Sie strich Willeke über die Haare. „Genau wie bei uns. Cornelis ist auch jünger als ich". Nach ihrem Alter fragte ich nicht. Macht man nicht. Amalia lächelte Willeke an. „Jüngere Männer tun uns Frauen immer gut, nicht?" Cornelis schaute weiter fragend, während Amalia die Kaffeetassen füllte. Ich spürte das sehr genau – auch hatte ich plötzlich seinen Brief wieder im Kopf, Wort für Wort. Vor allem den Tenor - … du bist fällig, wenn …

„Ich komme aus dem Rheinland". Ja, Köln würden sie auch kennen. Klar, eine Weltstadt wie Köln es war, die musste man kennen, oder zumindest schon mal besucht haben. „Du sprichst aber schon gut holländisch. Willeke nahm meine Hand, die sich an der Kaffeetasse festhielt. „Er ist Belgier". „Ach, ein Frittenfresser". Cornelis lachte. „Arschloch, blödes" – dachte ich.

Willeke hatte aber sehr schnell raus, dass mir das alles sehr unangenehm war, ich mich „unkomfortabel" fühlte und erzählte, dass wir gerade vom Shoppen kämen, für die neue Wohnung. „So, du willst also mit meiner Tochter zusammenleben?" Meine Gedanken schossen in rasendem Tempo durch meinen Kopf. „Sag' nichts Falsches oder Unbedachtes, der vergräbt dich sonst im Garten". So wie Cornelis das betont hatte. „Meine Tochter".

Nachdem ich dann noch so einiges von meinem Job erzählt hatte, ich arbeite auf der ESSO, also im Europoort, lockerte sich die Anspannung ein wenig – bei mir. Willekes Mutter, Amalia, half mir ein wenig, auch sie bemerkte was Cornelis, wahrscheinlich jeder Vater einer Tochter, machte. Er wollte mich ins Kreuzverhör nehmen. Amalia gab mir einen Kuss auf die Wange, schaute mich an – „Welkom in de familie". Das war so lieb, gab mir Kraft. „Wenn unsere Willeke dich ausgewählt hat bist du auch der Richtige". „Ja Mama, das ist er. Er macht mich glücklich, sehr sogar". Ich hätte heulen können.

„Bloss nicht" zuckte es durch mein Hirn. Cornelis blickte mich an. „Wollen wir draussen auf der Terrasse eine Zigarette rauchen? Du rauchst doch, oder?" Selbst wenn ich Nichtraucher gewesen wäre – ich hätte mitkommen MÜSSEN. Er zog eine Packung „Camel zonder Filter" aus der Hemdtasche, bot mir eine an.

„Willeke hat uns viel von dir erzählt als sie Weihnachten hier war. Ich hatte ihr einen Brief für dich mitgegeben. Hast du ihn bekommen?" „Ja, und auch gelesen". „Verstehst du was ich dir sagen will?" „Ja, du wirst mich töten, wenn ich mit Willeke spiele, stimmt's?" Cornelis lachte. „Naja, töten nicht. Aber es wäre schon besser, wenn du dann Holland verlässt. Schnell". Er streckte mir seine Hand entgegen. „Welkom in de familie".

Ich war - ja was war ich? Ich war verstört. „Cornelis, kann ich einen Schnaps haben?" Er legte einen Arm über meine Schulter. „Ja, zeker". Wir gingen wieder nach drinnen. Willeke lächelte mich an. Sie war bestimmt genau so froh wie ich, dass ich die „Aufnahmeprüfung" bestanden hatte. „Mama, gibt es Oliebollen?" Amalia stand auf. „Komm' Willeke, wir machen schnell welche". Sie verschwanden wieder in die Küche. Cornelis unterhielt sich weiter mit mir, wollte einiges zu meiner Arbeit wissen. Er selbst war Schreiner, kannte sich als mit handwerklicher Arbeit aus.

Das sei nur „in etwa" zu vergleichen versuchte ich zu erklären, beschrieb ihm den Job mit den bis zu einigen Tonnen schweren Bauteilen. „Und sehr dreckig und schmierig alles". Dann sagte er: „Ich bin froh, dass du einen anständigen Beruf hast, was mit den Händen, nicht so ein langweiliger Schreibtischtyp". So richtig was anfangen konnte ich damit nicht. Wollte er irgendetwas ausdrücken damit? Oder nur so eine daher gesagte Floskel?

Willeke kam mit einer Porzellanschüssel voller heisser, dampfenden, frittierten Kugeln, stellte sie auf den Tisch.

Amalia hatte in einer hübschen Glasschale Puderzucker. „Den musst da drüber machen. Und zwar reichlich".

Ich hatte gerade den ersten Bissen in den Olibol gemacht als Cornelis fragte: „Und Willeke, wann werde ich denn Opa?" Es erforderte schon reichlich Körperbeherrschung von mir, den Olibol nicht direkt wieder in hohem Bogen auszuspucken. „Ähm, äh, ja – wir arbeiten dran". Nahm einen Schluck Kaffee zum runterspülen. „Ja, mehrfach täglich". Willeke schlug mit der Handinnenfläche auf meinen Oberarm. „[3]Hij is gek". Amalia lachte. „Du gefällst mir. Das glaube ich, dass du Willeke zum Lachen bringst".

„Ich mach' uns noch mal Kaffee, magst du mir helfen?" Amalia sah mich an. „Ja, sehr gerne". „Dann komm' mit". Ich folgte ihr in die Küche. Amalia legte eine Hand auf meinen Arm. „Weißt du wie glücklich das mich macht – mit dir und Willeke, unserem Mädchen. Willeke hat mir so stolz von euch erzählt. Du hast ihr eine Halskette mit Diamanten geschenkt?". Ich nickte. Sie gab mir einen Kuss auf die Stirn. Sehr unsicher und unbeholfen stand ich einfach nur blöd da. „Äh, was soll ich machen, wo ist denn der Kaffee?" „Das war ein Vorwand, ich wollte dir das nur sagen". Ich spürte sehr genau wie ich einen roten Kopf bekam. „Du bist ein guter Junge".

Willeke schwatzte dann noch eine Weile mit ihrer Mutter über Nähmaschine, Stoffe, Nähte und all' dieses Zeugs. „Wir sollten los, was meinst du?" Ich wollte dann doch los. So nett es auch war, aber ich musste mal weg, raus aus der, für mich nicht alltäglichen Situation.

Amalia und Cornelis standen in der Tür, nachdem wir uns verabschiedet hatten. Willeke war glücklich, das spürte ich ganz deutlich. Sie legte ihren Arm um meine Hüfte. „Das war

---

[3] Er ist verrückt

toll. Du warst toll. Meine Eltern sind begeistert von dir, insbesondere meine Mutter". „Das freut mich. Habe ich dich also nicht blamiert?" „Genau das Gegenteil, mein Süsser".

„Wieviele hast du denn schon bei deinen Eltern angeschleppt?". „Niemanden, du bist der erste. Klar, Freunde schon, da kennen sie schon ein paar. Aber so wie dich, keinen. Du bist der Mann den ich liebe".

Ich erzählte ihr von meinem Gespräch mit ihrer Mutter in der Küche. Eigentlich war es ja kein echtes Gespräch. „Sie hat Recht, du bist ein guter Junge". Ich grinste Willeke an. „Jetzt brauchst du mir noch über den Kopf streicheln, wie bei einem Hund".

Die Nähmaschine lud ich in den Kofferraum. „Jetzt aber ab nach Hause, ich bin echt geschafft". Nach ein paar Kilometern, Willeke fuhr erneut den Wagen, fragte sie „Wie war es denn mit meinem Vater?" „Ja, war okay, er will mich nicht töten". Sie lachte. „Das hast du ihn echt gefragt?"

Als wir am Europoort vorbei waren, es war nicht mehr weit bis nach Rockanje, hielt Willeke auf einem Seitenstreifen an. Sie nahm meine Hand. „Ich suche mir jetzt einen Job, irgendwas, nur nicht mehr das was ich bisher gemacht habe, das verspreche ich dir". Ich nahm sie in den Arm. „Das macht mich so glücklich, das kannst du dir nicht vorstellen". Wie sehr mich die Vorstellung, dass sie ihren Arsch anderen Männern für Geld hinhielt „krank" machte, konnte und wollte ich ihr nicht sagen. „Willeke, das macht mich so glücklich".

Dabei war es nicht Eifersucht, die mich quälte. Nein, „[4]*Jaloezie is kut*", das hatten wir beide lernen müssen. Es war schön, dass sie sich gefunden hatte. Sie sich selbst mit dem Respekt behandelte, der jedem Menschen zusteht.

---

[4] Eifersucht ist Scheisse

Ficken, ja, feine Sache – aber sich ficken lassen, für Geld – das ist keine feine Sache.

Es blieben nur noch wenige Tage, dann müsste ich zurück an die Arbeit, zurück zur ESSO. Mein Urlaub war dann zu Ende. Die letzten drei Tage wollte ich etwas mit Willeke unternehmen, nicht nur im Haus streichen und irgendetwas renovieren. Fragte Willeke beim Frühstück ob wir einfach ein paar Tage noch, zwar nicht viel, aber immerhin, wegfahren wollen. „Hast du denn schon eine Idee? Oder einfach so, auf Verdacht?"

Mein Vorschlag war für zwei Tage nach Middelburg zu fahren. Eine sehr schöne Stadt, keine lange Anreise. Die Schönheit und den Reiz der Stadt hatte ich bei meinem letzten Ausflug, den ich mit Astrid dort hin unternommen hatte, kennen gelernt. Von Astrid erzählte ich aber nichts. Zu sehr schmerzte in mir noch der Selbstfindungsprozess, den ich erst kurz vor Weihnachten erlebt hatte.

„Middelburg"

Willeke wollte schnell „einige" Sachen packen. Das kannte ich ja bereits, was Frauen mit „einige" Sachen meinten. Also einige Taschen würden es dann werden. Ich rief ihr noch zu „Wir bleiben nur zwei Tage". Ob sie das gehört hatte oder nicht war sowieso nebensächlich. In meinem Zimmer zwängte ich mich durch den schmalen Gang, der noch zwischen den Kisten und Kartons verblieben war und angelte Kleidung für exakt zwei Tage heraus. Und Geld steckte ich noch ein. Ganz wichtig.

Willeke kam, wie erwartet, mit zwei grösseren Taschen zum Auto. „Ich habe auch mal ein paar Bücher eingepackt, die habe ich noch aus der Schule. Dann kann ich dir mal was vorlesen, so zur Geschichte und so. Du bist ja immer an Klugscheisser-Wissen interessiert" grinste sie mich breit an. Damit hatte sie vollkommen Recht, war ich auch.

Wir fuhren von Rockanje aus direkt auf den Haringvlietdam und blieben einfach auf der N57. Diesmal ohne Umwege und Zwischenstopp, einfach die knapp 75 Kilometer runterlutschen. Ich wollte auch eine andere Reise haben, keine Wiederholung meiner, bereits mit Astrid absolvierten Fahrt. Ich war mit Willeke unterwegs. Und schon die Fahrt war vollkommen anders. Willeke las mir aus ihren Schulbüchern vor. Immer wenn wir an etwas Besonderem vorbei kamen schlug sie eine Seite in einem Buch auf und las. Es war so schön nur ihrer Stimme zuzuhören.

Ich fühlte mich – ich fühlte mich sicher. Angekommen. Nicht mehr auf der Flucht. Ja, das war der richtige Ausdruck. Auf der Flucht. Vor mir selbst. Nie wollte ich mich auf eine „Beziehung" einlassen. Hatte Angst mich zu offenbaren. Mich nicht von meiner verletzlichen Seite zu zeigen, erst recht nicht meinem Gegenüber eine Angriffsfläche zu bieten. Ich erinnerte mich an eine kurze Liaison. Diese Frau, eigentlich war sie noch keine Frau im klassischen Sinne, wie auch ich kein Mann in dem

Sinne war, sagte mir immer „Du läufst umher wie ein Tiger im Käfig, kommst nie zur Ruhe, was ist mir dir los?"

Bei Willeke war das anders, ich hatte in ihren Armen geweint, ihr jede Möglichkeit geboten mich anzugreifen. Das hatte sie nicht getan, im Gegenteil, sie hatte mir moralisch den Rücken freigehalten, hatte mich bestärkt und gestärkt. Mein Blick ging zu ihr herüber. „Willeke, ich liebe dich". Sie lächelte mich an. „Oh, das ist schön, ich liebe dich auch. Sehr sogar". Ich war über die Maßen glücklich. In nur wenigen Tagen sollte ich endlich mit ihr, mit Willeke, eine gemeinsame Wohnung beziehen.

Lediglich auf der ehemaligen Arbeitsinsel der Deltawerken, „Neeltje Jans, hielten wir an. Willeke sagte, dass sie dort ein exzellentes Muschelrestaurant kenne, das wäre doch „mein Ding". Sie hatte nicht zuviel versprochen. Das Restaurant „Proef Zeeland", eigentlich zum Dorf „Vrouwenpolder" gehörend, hatte alles was mein, und wahrscheinlich nicht nur mein Herz, in Sachen Muscheln und Fisch begehrt. Eine herrliche Rundumsicht kam hinzu – das Restaurant war komplett von Wasser umgeben. Dazu der Anblick dieses monumentalen Bauwerks, der „Oosterschelde-Sturmflutwehr".

Der Satz, den Willeke mir aus ihrem Schulbuch vorgelesen hatte, stimmte. *„Gott hat die Welt geschaffen, aber der Holländer hat Holland geschaffen"*.

„Willst du ein Bier trinken?" Willeke zeigte auf die Getränkekarte. „Hier gibt es belgisches Bier". Ich warf einen Blick in die Karte. Welch eine Auswahl. „Ich fahr', bestell' dir ruhig". Eine Frau die einen ermuntert auch mal ein Bier zu trinken. Unbezahlbar.

Den Bierauftakt eröffnete ich mit einem herrlichen „Leffe Blond", dabei blieb es aber nicht. Bestellte noch zwei weitere bevor ich dann zu „Duvel", dem Teufel, wechselte.

„Erinnerst du dich noch an unseren Ausflug nach Brügge? Dort gab es auch diese leckeren Biere". Willeke sah mich an. „Da wo du mir in der dunklen Gasse an die Wäsche wolltest?"

Über den Tisch griff ich zu ihrer Hand. „Du hattest doch gar keine Wäsche an, also Unterwäsche". Wir mussten beide lachen. „Ja, ich erinnere mich sehr gut. Das war sehr schön. Also auch die Stadt".

Wir fuhren weiter. Willeke fuhr weiter. Es waren noch gut 20 Kilometer bis Middelburg. Ich blätterte in ihrem Schulbuch. Einige Notizen, kleine Zettel rutschten heraus. „Das ist, das war deine Handschrift?" Ich hielt die Zettel hoch.

„Ja". Ich stellte sie mir als Schülerin vor, dabei hatte ich im Ohr wie Amalia, ihre Mutter gesagt hatte „Unser Mädchen". Und jetzt war es „meine Frau". Würde ihr Wunschkind, Annemieke so aussehen wie sie?

Wir fanden eine wunderschöne kleine Pension, Sint Jan, direkt in der Altstadt von Middelburg, buchten uns ein, luden unsere Taschen aus. „So, unser Urlaub fängt an". Die Pension hatte Flair, das Haus war aus dem 18.Jahrhundert, mit direktem Blick auf den „Vismarkt".

In einem der vielen Café hatten wir einen Platz gefunden, bestellten uns, typisch für einen Sonntag, Appeltaart und, auch wenn es Winter war, Vanille-Eis. Willeke hatte ihre Schulbücher mitgenommen, ich „studierte" die von der Rezeption mitgenommenen Touristen-Broschüren.

Diese Stadt mit ihrer Jahrhundertealten Historie war wirklich eine „Perle". Das „Zeeuws Museum", in der „Onze-Lieve-Vrouwe Abdij" aus dem 11.Jahrhundert wurde direkt angekreuzt. Ebenso wollten wir den Abteiturm „De lange Jan" erklimmen.

„Aber wir besuchen auch, zumindest für einen halben Tag, Vlissingen". Willeke wollte dort unbedingt hin. Dagegen war aber auch so gar nichts einzuwenden. Zum einen waren es nicht einmal zehn Kilomter bis in die Hafenstadt, bis zum Meer. Zum anderen war es ein „Muss" ans Wasser, ans Meer zu fahren. Selbst ich, nach nur wenigen Monaten am Meer lebend, wurde vom Wasser magisch angezogen.

Bei der Auswahl unserer Pension hatten wir eine „glückliche Hand" bewiesen. Sie lag unmittelbar am „Binnenhaven", der durch den „Kanaal" direkt mit der Nordsee verbunden war. Alles liess sich spazierend erkunden, ein Auto war nicht nötig. Zu einer Seite lag der Yachthafen, auf der anderen das Universitätsgelände – in einem riesigen Park eingebettet. Welch eine Lebensqualität.

In der Nähe des Bahnhofs sahen wir schräg gegenüber, an der Loskade, einen Bootsanleger. Wir buchten für den kommenden Tag eine „Rundfahrt Middelburg". „Und danach?" wollte Willeke wissen. „Wollen wir dann das Zeeuws Museum besuchen?" Ich mochte es, wenn man tagsüber reichlich unternahm. Sicher sass ich auch gerne einfach nur in einem Café oder einer Bar, das aber eher abends. Willeke war einverstanden. „Aber dann lass' uns heute durch Middelburg bummeln, ja?"

Dazu brauchten wir keinen Stadtplan oder Führer. Middelburg war voller Sehenswürdigkeiten. Einfach „drauflos gehen" und sich treiben lassen.

Man kann gut und gerne mehr als einen Tag damit verbringen, durch die kleinen Gassen in der Altstadt von Middelburg und an den Grachten entlang zu spazieren. Welch ein Kleinod, diese Stadt.

In der „Lange Noordstraat" sahen wir ein Schild vor einem Geschäft. „Feinste Schokolade aus Belgien – Callebaut". Da wollte ich rein. „Etwas naschen hat noch keinem geschadet".

„Bin ich dir nicht süss genug?" Willeke legte einen Arm um meine Hüfte. „Doch schon, aber wenn ich an dir nasche, meine Süsse, dann verbrenne ich nur Kalorien, bei Schokolade ist es ja andersherum".

Es wurde eine leckere Auswahl feinster Pralinés und Schokolade. „Wir könnten ja mal versuchen beides zu kombinieren". Ich lächelte Willeke an. „Was meinst du damit?" „Na, ich lutsche mal an der Schokolade, mal an dir". „Das hört sich reizvoll an. Insbesondere die Vorstellung, dass du an mir lutscht reicht mir eigentlich schon". Willeke stellte sich auf die Zehenspitzen, gab mir einen Kuss, steckte ihre Zunge in meinen Mund. „So ungefähr?" „Ja, in etwa".

Sollte ich Willeke erzählen, dass ich, wenn sie schlief, ihren kleinen Speichelfluss aus dem Mundwinkel aufleckte? Nein, lieber nicht. Oder doch?

In der „Wijngaardstraat" fanden wir ein schönes Restaurant. Hier wollten wir essen. Hinter der spätgotischen Fassade öffnete sich ein kulinarischer Tempel. Wir wählten ein 6-Gänge-Fisch-Menu, dazu Wein. Statt eines Desserts nahmen wir eine Käseplatte mit Trauben und „Krentenbrood". „Waas? Süsses Brot?" entfuhr es mir spontan. „Das passt ganz hervorragend, lassen Sie sich überraschen. Vertrauen Sie auf unsere Empfehlung". Das war sicherlich nicht das erste Mal, dass sich die Bedienung mit dieser Frage konfrontiert sah.

Es war dermassen köstlich. Also jetzt nicht nur die „süsse" Käseplatte. Einfach alles. Fangfrischer Fisch, die Beilagen, einfach alles. „Natürlich alles hier aus der Region" merkte die Bedienung an, während sie unsere Bestellung servierte.

Wir waren zurück in der Pension, es war früher Abend, vielleicht so gegen zehn Uhr. Willeke nahm eine Dusche, ich drehte einen Joint. Einen kleinen. Nur für mich. Der Geruch füllte das Zimmer. „Mach' wenigstens das Fenster auf" rief Willeke mir aus der Dusche zu. „Und ich möchte gleich auch etwas rauchen". In einem Sessel gemütlich zurückgelehnt hatte ich den Mini-Joint bereits genüsslich geraucht. Willeke kam aus dem Bad, auf ihrem Kopf der „Handtuch-Turban".

Ihr Körper war feucht, sie hatte sich nur flüchtig abgetrocknet. Kleine Wassertropfen perlten an ihr herunter. Ich stand auf und leckte ihre Brüste. „Ne, lass' mal, dreh' uns lieber eine Tüte". Dann setzte sie sich auf das Bett, nahm den Turban vom Kopf, nachdem sie sich das Haar getrocknet hatte. Sie sah so schön aus, ihre langen, blonden Haare fielen über die Schulter, reichten bis über ihre Brüste.

Den angezündeten Joint nehmend liess sie sich auf den Rücken fallen, nahm einen tiefen Zug, den sie mit einer riesigen Rauchwolke wieder ausatmete. Nach einem weiteren Zug, wieder inhalierte sie sehr intensiv, hielt sie die Tüte in die Luft. „Hier". Ich ging herüber um den Joint zu greifen. Unvermittelt zog sie mich an meinem Shirt. „Willst du an mir naschen?" „Ähm, muss das sein?" Willeke richtete ihren Oberkörper auf. „Du Arsch". Sie lachte dabei. „Ich dachte das wäre dein Hobby, deine Lieblingsbeschäftigung". „Was jetzt?" „[5]Neuken" bekräftigte Willeke ihre Aussage. Schnell stand ich vom Bett, auf das Willeke mich gezogen hatte, auf. Von einem kleinen Tisch, der neben der Türe des Zimmers stand, holte ich die Pappschachtel mit den Pralinés, die wir dort abgestellt hatten. Eine der Pralinés nahm ich aus der Schachtel und „fütterte" Willeke damit, ein weiteres steckte ich mir selbst in den Mund.

Die Schokolade schmolz zart und cremig in meinem Mund. Ich beugte mich zu Willeke vor und liess einen kleinen Schokoladenbach aus meinem Mund auf ihren Unterkörper laufen. Dann steckte ich meinen Kopf zwischen ihre Schenkel

---

[5] Ficken

um ihn wieder aufzulecken und den Schmelz über ihre Klitoris zu verteilen.

„Gefällt dir das?" Willeke fuhr mit ihren Fingern durch meine Haare. „Das gefällt mir, ob mit oder ohne Schokolade" hauchte sie. „Mach' weiter". Ich griff nochmals eine Praliné, steckte sie mir auch in den Mund und verteilte die geschmolzene Schokolade mit meinem Mund in ihrem Schambereich. Das machte mich selber auch sehr an. Schnell streifte ich meine Hose und Unterhose über meinen, schon sehr erigierten, Penis. Leckte sie weiter bis sie kurz vor dem Höhepunkt war. Erst dann schob ich meinen Unterleib zwischen ihre gespreizten Beine. Willeke führte, mit der Hand „lenkend", meinen Penis in sich ein. Sie zog ihre Beine an, ich hob sie über meine Schultern um noch tiefer in sie eindringen zu können. Sie war feucht und warm, ein schönes Gefühl. Wir küssten uns, mit meiner Zunge leckte ich den Schokoladenschmelz von ihren Zähnen.

„Das war schön. Du hast schon verrückte Ideen. Das solltest du nochmals machen". „Was, mein Schatz?" „Mich mit der Schokolade ablecken". „Ist das so eine „Besorgung", von der du mit Wilma neulich gesprochen hast?" Willeke lachte. Ihr Unterleib zuckte. Ich hatte gespürt, dass sie einen tollen Orgasmus hatte. Für Männer ist es ja eher „schwieriger" einen Orgasmus vorzutäuschen. Mach' das mal glaubhaft, dass das nur vorgetäuscht ist, wenn du gerade in eine Frau abgespritzt hast.

Willeke schaute mich an. „Und du, hat es dir gefallen?" Ich hätte in einen romantischen Redeschwall verfallen können. Stattdessen küsste ich sie erneut. „Du machst mich glücklich, in jeder Hinsicht". Wir krochen unter das Plumeau, schliefen kurz darauf ein. Ich zumindest.

Direkt nach dem Frühstück machten wir uns auf den Weg. Direkt zum Kanal, zum Bootsanleger. Wir waren warm angezogen, auf dem Wasser, auf dem Boot, würde es bestimmt noch etwas „eisiger" sein. Willeke trug ihren Burberry Trenchcoat aus Baumwolle. Ein dermassen schickes Teil. Ich war in einen gefütterten Parka der Bundeswehr eingepackt. Gut, modisch passten wir „Null" zusammen, aber der Parka wärmte – und war robust. Ich benutzte gerne die Beschreibung, die ich erst einige Zeit vorher in dem Film „Das Boot" gehörte hatte. Wie sagte der KaLeu immer so treffend: „Das muss das Boot ab".

Die Bootstour führte durch den Kanal durch Walcheren in Richtung Veere. Es bot sich uns eine wunderbare Aussicht auf Walcheren. Am Ende des Kanals durch Walcheren macht das Ausflugsboot einen Stopp in der Schleuse von Veere. Danach ging es hinaus auf das „Veerse Meer", nach einem kurzen Stopp in Veere ging es über das Naturschutzgebiet Veerse Meer zurück. Gut drei Stunden später legten wir wieder am Liegeplatz an der Loskade in Middelburg an.

Bevor wir in „Zeeuws Museum" wollten musste aber eine heisse Schokolade oder ein heisser Kaffee her, den wir unterwegs, auf dem Weg durch die Stadt in einem Café nahe der Abtei tranken. Das Museum, in der Abtei untergebracht, war ein beeindruckendes Bauwerk. Ursprünglich aus dem sehr frühen 12.Jahrhundert, war es mehrfach durch Brand und zuletzt im 2.Weltkrieg von Angriffen durch Nazi-Deutschland stark beschädigt worden. Erst 1965 konnte es in der jetzigen Form komplett restauriert wieder eröffnet werden. Das alles war natürlich auf grossen Informationstafeln, die illustriert und bebildert waren, nachzulesen.

Das Innere des Museums verschlug mir die Sprache. Wandteppiche, die ich in der Form - und vor Allem Grösse - nie zuvor gesehen hatte, stellten die Seeschlachten aus dem 16. Jahrhundert, während des so genannten Achtzigjährigen Krieges dar. Zu der Zeit befreiten sich die Holländer von ihren Feinden, den Spaniern. Und natürlich auch vom Katholizismus.

Auf detailreichen Abbildungen, die man nur erkennen konnte, wenn man sich erst aus einigen Metern Entfernung und dann näher herantretend die Bereiche anschaute. Brennende Schiffe, Verteidigungsanlagen hatten die Weber der damaligen Zeit in "unendlichen" Arbeitsstunden festgehalten. Ein Stück Zeitgeschichte, mehr als beeindruckend. Ich betrachtete die Arbeiten, „andächtig und ehrfürchtig". Willeke zog ein Schulbuch aus ihrer Handtasche. Ja, sie besass eine Handtasche. Die im Übrigen ihren Look in dem edlen Mantel komplettierte.

Eine wahrhaftige Schönheit, die da neben mir stand. Sie schlug eine Seite auf, nachdem sie etwas in dem Buch geblättert hatte. „Nicht die Niederländer, sondern die Seeländer haben die Spanier vertrieben". Ich sah in das Buch. „Da, schau' hin". Sie zeigte auf die Textstelle in ihrem Geschichtsbuch. „*Niet de Hollanders maar de Zeeuwen hebben de Spanjaarden verdreven!*"

„Wollen wir denn noch „De lange Jan" hochsteigen?" Der Abteiturm, achteckig und mit seinen knapp 90 Metern Höhe ein imposanter Aussichtspunkt konnte „erklommen" werden. Irgendwas um die 200 Stufen seien zu erklimmen - hatte ich irgendwo gelesen. „Wollen wir nicht irgendwo hingehen wo es warm ist?" Willeke bibberte ein wenig. Das Museum war auch nicht sonderlich beheizt, von daher konnte ich das nachvollziehen. „Bitte, ich frier' mir den Arsch ab". Um ihre Worte zu unterstützen hatte sie sich ganz dicht an mich heran gestellt. „Mir ist echt kalt". Ich griff ihr an den Hintern. „Ich hätte einen Heizstab für dich".

Was von mir scherzhaft gemeint war löste aber eine Reaktion bei ihr aus. Sehr direkt und sehr ernst waren ihre Worte. „Du weißt, dass das nicht mein Lieblingsthema ist". „Willeke, das war Spass, ich weiss das sehr wohl". Dass ich ihren Hintern anfasste und streichelte war völlig in Ordnung, auch dass ich ihr Komplimente zu ihren „geilen Kiste" machte. Alles andere war tabu.

Sie hatte mir vor nicht allzu langer Zeit, unter Tränen, geschildert wie sehr sie von den Praktiken ihrer Freier, dem Arschfick, angewidert war. „Ich weiss das, mein Süsser. Ich reagiere nur sehr sensibel auf das Thema, weißt du? Aber das ist ja jetzt auch in der *Das war einmal Schublade*, versprochen". Das hatte Willeke mir vor ein paar Tagen, nach dem Besuch bei ihren Eltern bereits gesagt. „Dann lass' uns weiter gehen, irgendwo hin wo es wärmer ist". Ich nahm Willeke an die Hand.

Einige Querstrassen weiter war ein holländisches Traditionsgeschäft für „Dessous und Lingerie" – Hunkemöller. „Wollen wir, willst du mal hier rein? Da ist es geheizt und mir wird bestimmt auch warm" grinste ich. „Das macht dich an, du geiler Bock? Soll ich mal was anprobieren?"

Willeke hatte eine kleine Auswahl über ihren Arm gelegt und war in eine Umkleide verschwunden. Ihren Mantel hatte sie abgelegt und mir gegeben, fein ordentlich über meinen Arm gelegt. Wie „so etwas" aussehen konnte war ja an den „Puppen" bereits zu sehen. Ich öffnete leicht den Vorhang ihrer Umkleidekabine und stellte mich mit hinein. „Macht dich das an? Kriegst du schon ein Rohr?" Ich sah sie an. „Am meisten mag ich, wenn du nur deine Kette trägst, das weißt du doch". Ich liebte es, sie nackt, nur mit ihrer Halskette zu sehen, an deren Ende der Diamant mit ihr um die Wette strahlte.

„Entschuldigung mein Herr. Sie müssen aus der Kabine kommen". Durch den Vorhang hörte ich eine Frauenstimme. Ich schob den Vorhang soweit beiseite, dass ich mit dem Kopf hervor lugte. „Ich wollte mir das aber schon anschauen". Die Verkäuferin, eine junge Frau, lachte. „Das kann ich verstehen, aber das geht nicht. Das wird hier gar nicht gerne gesehen. Da müssen Sie sich wohl noch etwas gedulden". Ich verliess die Umkleide. Es dauerte eine ganze Weile, lief ein wenig durch die Regalreihen, schaute mir einige „Puppen" an. Das machte mich schon ein wenig an.

Dann ging ich zurück Richtung Umkleidekabinen. Willeke rief meinen Namen. „Ja, ich bin hier draussen, wo sonst?" Sie zog den Vorhang auf. „Das gefällt dir, oder?" Sie hatte Recht, aber so was von Recht. Eine Schnür-Korsage, die ihre Brüste etwas nach oben anhob und sie noch praller aussehen liess. „Ich weiss, dass du auf so etwas stehst, alles was sich auspacken lässt".

Intuitiv suchte ich nach meiner Sonnenbrille, natürlich hatte ich gar kleine dabei. Ich war geblendet von ihrer Schönheit. Die Schnür-Korsage war es, ja, das machte mich scharf. Über ihren Brüsten glitzerte der Diamant an ihrer Halskette. Mein Blick ging weiter in ihr bezauberndes Gesicht. Ihre blonden Haare kamen zu der schwarzen Lingerie noch mehr zur Geltung. „Darf ich dir das kaufen?" Mein Mund stand offen, vielleicht habe ich sogar gesabbert. Willst du?" Willekes Augen schienen das zu sagen. „Und dann willst du mich auch bestimmt ausziehen, das stehst du doch voll drauf". Die Verkäuferin trat wieder hinzu. „Würden Sie bitte … - würden sie bitte den Vorhang wieder zuziehen?"

„Das nehmen wir". Mehr konnte ich nicht sagen. Wenn es nicht Winter wäre und Willeke sowieso fror hätte ich sie „genötigt" nur ihren Mantel drüber zu ziehen und fertig.

Willeke kam aus der Umkleide, wir gingen an die Kasse. „Hast du denn deine hochhackigen Schuhe mitgenommen?" Sie sah mich an. „Den Rest kannst du dir sparen. Hoheit will jetzt nicht vögeln. Hoheit will jetzt was essen. Ich habe Hunger". Sie kannte mich verdammt gut, konnte meine Gedanken lesen. Wir schlenderten weiter. An der „Koningsbrug" war ein „Frites Kiosk". Willeke steuerte direkt drauf zu. „Lass' uns mal holländisch essen gehen, mal was ganz Normales". Wir traten ein. Willeke zog ihren Mantel aus. „Bloss keine Mayo drauf kleckern".

Es war noch nicht allzu spät als wir in die Pension zurückkehrten. Wir rauchten uns einen dicken Joint, der mich um einiges aus der Bahn warf. Mehr oder minder wie „ein Schluck Wasser in der Kurve" hing ich in dem gepolsterten Sessel. „Leck mich am Arsch, bist du breit". Das hatte Willeke jetzt sehr nett formuliert, genau das war ich. Sie hatte sich auf einen Stuhl gesetzt, der an einem kleinen Tisch, so eine Art Schreibtisch, nur in sehr klein, stand. Drehte einen weiteren Joint.

„Magst du mir eine Show liefern?" Willeke sah mich an. „Was für eine Show?" „Ziehst du deine Korsage an, dazu deine hohen Schuhe und deinen Mantel?" Sie gab keine Antwort, drehte die Tüte fertig, zündete sie an und reichte sie mir, nachdem sie zwei tiefe Züge inhaliert hatte. Ich wurde nur noch breiter, hatte mich in dem Sessel zurückgelehnt, die Augen geschlossen. „Mann, bin ich bekifft".

Erst als ich das „Klock, klock, klock" ihrer Schuhe auf dem Holzfussboden hörte öffnete ich wieder meine Augen. Willeke stand leicht breitbeinig vor mir. Ich sah hoch. Tatsache, sie hatte sich die Korsage angezogen, ihren Mantel hielt sie mit beiden Händen, die sie auf ihre Taille gestützt hatte, weit geöffnet. So als würde sie gleich zu ihren imaginären Colts greifen. Wie man diese Pose von Marshall Wyatt Earp aus den Westernfilmen kennt.

Nach dem Frühstück räumten wir das Zimmer. Es sollte ja nach Vlissingen gehen und von da dann, am späten Nachmittag, zurück nach Rockanje. Es waren höchstens zehn Kilometer bis nach Vlissingen. Wir sassen stumm nebeneinander. Willeke durchbrach das betretene Schweigen. „Wollen wir direkt mal zum Strand fahren?" Erst auf dem Parkplatz setzten wir fast zeitgleich mit dem Reden an, sahen uns an. „Lass' uns etwas am Wasser gehen, lass' uns reden".

Uns war beiden klar, dass die gestern Abend praktizierte „Sex-Spielart" nicht die eleganteste Wahl von uns beiden war.

„Ausprobieren – gut und schön – aber das war ein Griff ins Klo". Wir lachten beide bei diesen Worten.

Der lange Spaziergang am Meer tat uns gut, wir sprachen uns aus, fanden wieder zueinander, fanden wieder zu unserem gegenseitigen Respekt. „Lass' uns in Zukunft andere Wege finden. Dinge die weniger verletzend sind".

Die Rückreise, von Vlissingen aus waren das gut 80 Kilometer bis nach Rockanje, war entspannt. Zumindest was das Fahren anbelangte. Über die N57 kamen wir zügig voran. Einen Zwischenstopp wollten wir nicht einlegen. Lieber zeitig zu Hause ankommen und dann in Rockanje vielleicht noch eine Kleinigkeit essen und trinken.

Gegen acht Uhr abends trafen wir in Rockanje ein. Wir wollten noch einen „Happen" essen. Im „t'Oude Raethuys". Wir beschränkten uns auch auf „Happen essen", blieben nicht lange, fuhren auf die Boerderij". Wilma freute sich sehr ihre Freundin wieder zu sehen. Sie hatten sich bestimmt viel zu erzählen. Was auch immer. Ich ging in mein Zimmer, legte meine Arbeitskleidung für den kommenden Tag parat.

Bevor ich zu Bett ging trank ich noch ein Glas Bier in der Küche, nicht einmal das komplett leer, manövrierte mich durch schmalen Gang zu meinem Bett und legte mich ab.

„Der grosse Umzug"

Der erste Tag des neuen Jahres auf der ESSO lief schleppend an. Erst einmal wieder „reinkommen" in den Rhythmus. Es wurde auch viel unter den Arbeitskollegen erzählt, immerhin hatten wir uns ja alle einige Zeit nicht gesehen. Ab Mittag ging alles schon wieder routinierter, die Handgriffe sassen.

Nach Feierabend fuhr ich in Brielle vorbei. Dort war ein Möbelhaus, unten an der Turfkade, die zu meinem Stammparkplatz geworden war. Bei unserem letzten Besuch hatte ich schon einen Blick in das Schaufenster geworfen. Die modernen Möbelstücke gefielen mir. Ganz wichtig – es musste ein Bett, am besten gleich zwei her. Es blieben ja auch nur noch wenige Tage bis zum Umzug.

„Ja, aber wir haben doch Betten" antwortete Willeke als ich ihr vom Besuch im Möbelhaus erzählte. Mein Bett war nicht einmal mein Bett, es stand bereits in dem Zimmer als ich auf der Boerderij eingezogen bin. Das konnte ich also auch nicht mitnehmen. Es gehörte mir schlicht und ergreifend nicht. „Ausserdem ist es schmal, da können wir eh nur übereinander drin liegen". Wenn wir das taten, in einem Bett schlafen, war ich „danach" an die Wand gequetscht wie eine Briefmarke. Willeke lag „grundsätzlich" auf der dem Raum zugewendeten Seite, so dass sie sofort aus dem Bett steigen konnte. „Ich brauch' einfach mehr Platz, auch wenn wir gemeinsam in einem Bett liegen". Sie lachte. „Ist das nicht kuschelig?" Kuschelig und ausgeruht waren für mich zwei getrennte Aspekte. Deswegen schlief ich auch meist bei mir, alleine im Bett, wenn ich arbeiten musste. „Und deine Matratze wolltest du doch in das kleine Zimmer feuern, für Besuch". Selbst ihr Bett, ihre Matratze, war nur unwesentlich breiter. Für eine Person okay.

Ich erzählte Willeke weiter von dem Möbelhaus in Brielle, dass ich Möbel gesehen hatte, die mir gefielen. „Gibt es da auch mehr als nur Betten?" „Ja, du solltest dir das mal anschauen".

Das Möbelhaus sei leicht zu finden. „Da wo mein Parkplatz ist, an der Turfkade".

„Komm', lass' uns doch mal runter gehen, in deinem Zimmer krieg' ich Platzangst". Damit hatte sie Recht. „Ja, hier kannst du keiner Katze auf den Arsch hauen". Sie sah mich an. „Was heisst das?" Ich versuchte diesen deutschen Ausdruck zu übersetzen. Willeke stand bereits in dem schmalen Gang, der das Bett mit der Tür verband. Im Aufstehen schlug ich ihr auf den Hintern. „Das bedeutet das".

„Also bei mir scheint es noch zu klappen, mein Arsch ist anscheinend klein genug" grinste sie mich an. „Naja, klein genug ist relativ, du hast einfach eine geile Kiste". Den Spruch kannte sie ja bereits von mir, auch was er bedeutete. „Danke für das Kompliment".

Es hatte mir gut getan über das zu reden was mich beschäftigt hatte. Und es tat gut jetzt im Kreis meiner Mitbewohner und Freunde zu sitzen und einfach nur zu quatschen. Gut, so richtig „mitfeiern" war für mich nicht, weil ich eben wieder im Arbeitsleben stand.

Bevor ich mich ins „Reich der Träume" verabschiedete kam Willeke noch mit bis an den Treppenansatz. „Weißt du was, ich fahre morgen schon tagsüber mit dem Bus nach Brielle und schaue mich in dem Laden um. Und du kommst direkt nach der Arbeit da hin. Wie findest du das?" Der Vorschlag gefiel mir sehr, ihr „Auge" und ihr Geschmack waren mir nicht nur wichtig. Sie hatte das auch, „Auge und Geschmack". Das fehlte mir komplett. „Das ist eine tolle Idee, ich freu' mich darauf dich dort zu treffen". Gab ihr einen Kuss auf die Stirn. „Und weißt du was?" Willeke sah mich fragend an. „Was?" „Du nimmst dir Geld aus dem Wäscheschrank mit, in dem Laden findest du bestimmt so einiges".

Sie ging an mir vorbei, stieg eine Stufe auf der Treppe empor, drehte sich zu mir. Jetzt waren wir auf „Augenhöhe". „Ich freue mich auch auf dich, nicht nur morgen. Jeden Tag". Ich umfasste Willekes Taille, zog sie an mich heran. „Geh' zu den anderen zurück, ich muss schlafen". Kuss, Abmarsch.

Die folgenden Tage, selbst das anstehende Wochenende, waren voller Arbeit für Willeke und mich. Uns blieben nur noch wenige Tage Zeit um alles im neuen Haus herzurichten. Von daher war klar, dass ich am Wochenende „voll ranklotzen" wollte, sollte sie doch danach tagsüber alleine alles regeln müssen. Möbel und Teppiche würden angeliefert werden, es blieb jetzt das Meiste an Willeke hängen. Das fand ich nicht so fair, liess sich nun aber nicht mehr ändern.

Die „Lackierarbeiten" an Fenstern und Türen waren übers Wochenende erledigt. Wilma hatte uns sehr unterstützt, dafür war ich ihr sehr dankbar. Wollte mich mit irgendetwas „Nettem" bei ihr bedanken. Sie lehnte aber ab. „Blödsinn, wir sind doch Freunde, das ist doch wohl selbstverständlich".

Fehlte also nur abschliessend alle Wände und Decken weiss zu tünchen. Das sollte schnell passieren, noch war nichts „möbliert" und die Fussböden waren auch noch nur mit Spanplatten ausgelegt, Teppiche fehlten noch.

Nach Feierabend fuhr ich direkt zur „zweiten Schicht" rüber. Willeke war extrem fleissig, ich war mächtig stolz auf sie. Mehr als das, sie hatte die meiste Arbeit an den Hacken und musste auch alles mit den Lieferanten „überwachen". Ohne Willeke hätte das alles nicht funktioniert, ich konnte mich schlecht in „Zwei teilen".

Nachdem ich freitags meine „Auslöse" im „Traurigen Hund" abgeholt hatte, von Heinz mit den letzten Neuigkeiten versorgt war, kaufte ich in einem Blumenladen einen riesigen Blumenstrauss für Willeke. Das war das Mindeste was ich ihr „schuldig" war. Heute war der offizielle Einzugstag, der 15. Januar 1982.

Jetzt sah es schon aus wie ein „richtiges Zuhause". Willeke hatte alles eingeräumt, mit Liebe dekoriert. Es war richtig, ihr „freie Hand" zu lassen. Ihre Handschrift gab dem Haus das, was es benötigte. Personality.

Willeke hatte unsere Freunde eingeladen, „eine kleine Housewarming-Party" nannte sie das. Selbst ihre Eltern, Amalia und Cornelis, waren gekommen.

Ich war glücklich. Glücklich, dass endlich alles fertig war. Glücklich, dass Willeke sich um alles gekümmert hatte. Sie strahlte, führte unsere – ihre Gäste - durchs Haus, präsentierte alles mit Stolz. „Das hat alles eure Tochter geschafft" hob ich ihre Leistung, insbesondere ihren Eltern gegenüber, hervor. Gut, einige Dinge fehlten noch, aber eins nach dem anderen. „Ein grosser Tisch fehlt, bei so vielen Freunden die wir haben".

Für einen Moment hatte ich Willeke beiseite gezogen um mich bei ihr „von Herzen" zu bedanken. Holte den Blumenstrauss aus dem Auto. „Das soll nur eine kleine Aufmerksamkeit sein, ich kann es gar nicht in Worten beschreiben was du geleistet hast". Sie legte ihre Arme um meinen Hals. „Jetzt ist es endlich wahr, heute wird unsere erste Nacht in unserem Haus sein". Das verstand ich nicht direkt so wie sie es meinte. „Wie? Was meinst du? Erste Nacht?" Willeke gab mir einen saftigen Kuss. „Na, so wie Hochzeitsnacht. Unsere erste Nacht eben".

Die Einweihungsparty war ein gelungenes Fest. Viele Freunde hatten uns schöne und nützliche Dinge geschenkt und uns „Geluk en Gezondheid" gewünscht. Toaster, Deko-Kram, selbst Bettwäsche war dabei. Ich war sprachlos ob der Herzlichkeit der Menschen.

Bis irgendwann am Abend Willekes Eltern uns verliessen ging es eigentlich auch ganz „gesittet" zu. Willeke hatte die Leute „gebeten" vorerst nicht ganz so heftig

„aufzutrumpfen", sich mit dem Saufen und Kiffen vorerst etwas zurück zu halten. Klappte auch, wie gesagt „vorerst".

Spät in der Nacht leerte sich dann das Haus, einige der Gäste übernachteten auf der „Boerderij", zwei Zimmer waren jetzt zusätzlich frei. Eines davon würde ab morgen Wilma „offiziell" beziehen. Die nächste Party war bereits fix.

Willeke räumte noch ein wenig die „Getränkeleichen" zusammen. Beim Rundgang durch die Räume war auch zu erkennen – „hier und da müssen wir morgen noch mal mit weiss drüber streichen". So ist das aber nun mal nach einer Party. Normalerweise sicher kein Thema, es fiel halt sehr auf, weil alles noch so neu war.

Wir waren beide geschafft. Wie frisch verliebt fragte Willeke „Zu dir – oder zu mir?" An der Hand führte ich sie zur Treppe. „Hochtragen kann ich dich nicht". Nicht weil sie zu fett war, zu viel wog, sondern weil die holländischen Treppen immer eine Herausforderung darstellen, schon unter „normalen" Bedingungen. „Erst zu dir – dann zu mir".

Wir schliefen glücklich und geschafft bei Willeke ein. Ein Zimmerwechsel war nicht möglich, wir waren einfach eingepennt.

Wir frühstückten „zum ersten Mal" in unserem Haus. Der Toaster, den wir von Ad und Marja als Gastgeschenk bekommen hatten, kam sofort zum Einsatz. Der Kamin war entzündet, das Holz knisterte und gab seine Wärme ab.

Die Situation war nicht nur neu, auch so ganz anders als sonst, auf der „Boerderij". Ich genoss unsere Zweisamkeit. Mal nicht direkt ganz so ein Trubel - bereits kurz nachdem man die Augen geöffnet hatte.

Willeke hatte einen kleinen Tisch, vorerst ein „Provisorium", wie sie es nannte, im Durchgang zur Küche aufgestellt. Ihr Blumenstrauss stand mitten auf dem Tisch. „Es ist so schön hier, es ist so schön dass wir hier zusammen sind". Sie hatte ihre Arme, hinter mir stehend, um meinen Oberkörper geschlungen. Ich war glücklich. Fast ein Jahr hatte ich mich durch einige Irrungen und Wirrungen hier in Holland durchkämpfen müssen. Jetzt war ich Zuhause. Und als Krönung die schönste und beste aller Frauen an meiner Seite.

Willeke zog sich aus. „Was wird das?" fragte ich erstaunt. „Schlaf' mit mir". „Jetzt?" „Ja. Jetzt. Hier". Sie zog mich vor den knisternden Kamin.

Willeke kam aus dem Bad, hatte ein Handtuch um ihren Körper gewickelt. Auch das war eine neue Erfahrung. Wir konnten nackt durch's ganze Haus laufen. Ihr gefiel das augenscheinlich. „Das ist schon anders als auf der Boerderij, ganz anders". Sie hatte das Radio eingeschaltet, tanzte im Wohnzimmer. Beim Blick durch das Küchenfenster sagte sie „Ist zwar noch sehr kalt draussen, aber wir brauchen auch einen Tisch und ein paar Stühle. Für draussen".

Mein Arm umfasste ihre Taille. Sie roch so gut. „Ich kümmer' mich drum". Entknotete das Handtuch über ihren Brüsten. Es glitt zu Boden. Ich sog an ihren Nippeln. Willeke strich dabei durch meine Haare. „Es war wunderschön mit dir zu schlafen. Und auch keine Splittergefahr mehr". Mit den Füssen strich sie über den Teppich. Ich musste lachen.

Wir setzten uns zu einem zweiten Frühstück an den Tisch. Ich bestrich mir einen Toast mit „Calvé Pindakaas". Ich war süchtig nach der Erdnussbutter. „Verslaafd" wie der Holländer es nennt.

Dann fuhren wir ins Dorf. Ein erster Einkauf bei Albert Heijn stand auf dem Programm. Und auch ein Geschenk für Wilma wollte Willeke besorgen. Heute war ja auch ihr erster Tag als „offizieller" Bewohner auf der „Boerderij". Das wollte gefeiert werden.

„Was wollen wir denn für sie holen? Hast du eine Idee?"
Die hatte ich. „Wir kaufen eine nette Glückwunschkarte".

„Wie? Eine Karte? Das meinst du nicht ernst?" Willeke sah mich etwas verwundert an. „Ist das nicht ein bisschen armselig?" „Nein, gar nicht. Und dann stecken wir etwas Geld dazu, das kann sie gut gebrauchen".

„Das würdest du machen? Wie viel denn?" Ich zuckte mit den Achseln, dachte an das Geldbündel, das jetzt in meiner Nachtkommode lag. Wilma hatte uns, insbesondere mir, durch ihre Unterstützung bei den Arbeiten im Haus in den letzten Tagen unseres Umzugs sehr geholfen. „Fünfhundert?" „Echt?" Ja, zu wenig?" Willeke schaute mich an. „[6]*Ben jij gek?*"

Mir fiel ein wie leicht dieses Geld durch das „Caravan-Business" verdient war. Andererseits aber auch, dass ich in der Woche der Raubzüge beinahe meine grosse Liebe, Willeke, verloren hätte. „So machen wir das, oder?"

---

[6] Bist du verrückt?

„Elfstedentocht"

Auf der „Boerderij" war wie immer der Teufel los. Die Küche war vollbesetzt. Unzählige Freunde, zum Teil welche, die von gestern bei uns gleich geblieben waren, sassen an dem grossen Tisch. Wilma führte uns in „ihr neues Zimmer". Endlich hatte sie einen eigenen Raum für sich, musste nicht mehr im Wohnzimmer schlafen. Ich freute mich sehr für sie.

Ich hatte Willeke auf dem Weg - wir waren zu Fuss gekommen, logisch, waren es nur ja nur wenige Meter von unserem Haus aus - den Umschlag mit der Glückwunschkarte gegeben. „Gib du ihr das, sie ist deine Freundin".

Wilma freute sich fast ein Bein ab. „Ihr seid verrückt, ihr seid verrückt". Sie fiel uns um den Hals. Erst Willeke, dann mir. Wilma hatte in der letzten Woche nicht nur bei uns fleissig geholfen – ganz „nebenbei" hatte sie auch ihr Zimmer hübsch gemacht. Frisch gestrichene Wände liessen den Raum heller und etwas grösser erscheinen. Stolz zeigte sie, insbesondere Willeke, was sich alles verändert hatte. Ich liess die beiden allein, drehte eine Runde durch beide Häuser. Es war irgendwie komisch, vor etwas mehr als einer Woche hatten wir hier noch gewohnt.

Ich ging in den Hof, vorbei an der Scheune, warf einen Blick hinein. Meine Gedanken gingen zurück. Hier hatte ich das erste Mal mit Willeke Sex gehabt. Dann weiter zu den Tieren. „War schon eine verdammt schöne Zeit hier, irgendwie vermisse ich das dann doch" – dachte ich mir während ich mich umsah. Kehrte dann war zurück in die Küche, setzte mich zu Dees und Koos. „Und? Schon eingelebt in eurer Wohnung?" Dees hatte mich am Arm genommen. „Dein Glück ist jetzt komplett, oder?"

Dann erzählte sie von der „Elfstedentocht" in Friesland, dass auch in diesem Jahr „Königlicher Besuch bei dem einmaligen Wettbewerb komme. „Hast du das schon mal gesehen?" fragte sie mich. „Was? Königlicher Besuch?" „Nein, die Elfstedentocht". Ich wusste nicht einmal was das ist. „Solltet ihr euch anschauen. Ist einen Besuch wert". „Klingt interessant. Wo genau ist das?" Na, wie der Name schon sagt. Es geht durch elf Städte in Friesland".

Da hatte ich in der Tat noch nichts von gehört, auch in Friesland war ich noch nicht. Ostfriesland, das war mir ein Begriff. Hauptsächlich als Heimat von Otto Waalkes. Mehr aber auch nicht. Es gab also auch ein Friesland in Holland. Interessant. Da wollte ich mit Willeke drüber reden. Vielleicht könnten wir am kommenden Wochenende einen Ausflug dorthin machen. Je nachdem wie die Wetterlage war.

Jetzt war aber erstmal „Party-Time" angesagt. „Hoch die Tassen" und „[7]lekker Blowtje roken" – so stand es im Programmheft. Alberto hatte zwei seiner beliebten „Schmorkaninchen" zubereitet. Bei der Anzahl der Gäste eine kluge Entscheidung. Dazu gab es reichlich Pommes. „Eine Friteuse brauchen wir auch" – das war mir sofort klar. Das sollte Willeke in ihre Kladde schreiben, ganz wichtig.

Obwohl das Fest so richtig „in Fahrt" war musste ich gehen. Zu sehr steckte noch der Vorabend in meinen Gliedern. Dem Drang mich „abzulegen" konnte ich nicht widerstehen. Verabschiedete mich in die Runde „[8]Mensen, tot kijk". Willeke kam zu mir. „Du willst gehen?" „Ich will nicht, ich muss".

Spürbar angeschlagen eierte ich die kurze Strecke nach Hause. „Schön, dass wir um die Ecke wohnen". Trank mir noch ein „Gute Nacht Bierchen" und legte mich dann ins Bett. Herrlich, die Ruhe. Und so viel Platz im Bett. Das war eine überaus gute Entscheidung, dass wir uns „geeinigt" hatten,

---

[7] Joint rauchen

[8] Leute, man sieht sich.

dass jeder sein Zimmer und jeder sein Bett hatte. Schnell und tief schlief ich ein.

Ich sass schon einige Zeit beim Frühstück, dann erst kam Willeke nach unten. Ihr Haar war zerzaust, ihre Augen vom Mascara schwarz unterlaufen. Ich musste lachen. „Meine Fresse, siehst du noch fertig aus". „Lass' mich mal bitte in Ruhe, ich habe Kopfschmerzen". Willeke setzte sich mit einem Becher Kaffee stumm an den Tisch. Ja, war bestimmt noch ein schöner Abend, das war ihr anzusehen. Ich hielt meine Klappe. Besser so.

Es dauerte bis kurz vor Mittag, trotz Dusche war Willeke keine zehn Cent wert. Das Einzige was sie sagte, immer wieder war „Mann, bin ich fertig". Mir fiel wieder die Friteuse ein. Jetzt Willeke nach ihrer Kladde zu fragen erschien mir nicht der richtige Zeitpunkt. Ich kramte einen Zettel, den Kassenbon von Albert Heijn, hervor und notierte meinen Gedanken darauf. „Zwischengeparkt" sozusagen.

Ich versuchte alles zu vermeiden was mit „Krach" zu tun hatte, hatte Willekes wehleidigen Gesichtsausdruck gesehen als ich etwas Musik hören wollte. Dieser Blick. Ruckzuck hatte ich die Anlage wieder ausgeschaltet. Also ging in nach oben, auf mein Zimmer. Beim Blick in die Runde merkte ich „Hier fehlt echt noch so einiges". Die Kartons mit Büchern hatte ich in der Holzbaracke abgestellt. „Also, hier muss ein Regal hin – und hier auch". Kritzelte in Willekes Kladde, die ich aus ihrem Zimmer geholt hatte, den Grundriss auf und wo ich was stellen könnte. Schlug eine weitere, leere Seite auf. „FRITEUSE" schrieb ich über die ganze Seite. Dass es bloss nicht in Vergessenheit gerät – oder gar überlesen wird.

Es war Abend. Ja, wirklich, einen ganzen Tag hatte Willeke gebraucht um „bei zu kommen". Sie war auch nach oben gekommen, hatte in ihrem Zimmer rumgekramt. Mit einer wehleidigen Stimme hörte ich sie aus ihrem Zimmer. „Maachst du uns was zu Essen. Biiitte".

Kurz ging ich herüber zu ihr. „Was möchtest du denn gerne?"
„Egal, Hauptsache ich muss nichts machen, ausser essen".
Mein Grinsen wurde immer breiter. Ungefähr so breit wie sie
anscheinend noch immer war. Sie schaute auf, zum
Türrahmen. „Das waren echt zwei heftige Tage, ich brauch'
Urlaub. Oder eine Kur. Einen Sanatoriumsaufenthalt".

„Hühnersuppe". Daran erinnerte ich mich.
Hühnersuppe hilft immer, wenn man krank ist. Huhn war aber
keines im Haus, ich änderte den Plan leicht ab. „Dann
Gemüsesuppe". Nur noch irgendetwas Fettiges müsste dazu.
Ich fand „Gerookte Worst" im Schrank. Das ist es. Nach einer
guten Stunde rief ich Willeke. „Komm' was essen, Süsse. Das
wird dir bestimmt guttun".

Willeke schlurfte heran als hätte sie gerade eine schlimme
Operation hinter sich gebracht. „Echt, das Leiden Christi". Ich
musste lachen. „Was habt ihr denn noch so gezaubert? Wann
bist du überhaupt gekommen?" Nichts, aber gar nichts hatte
ich von ihrer Rückkehr mitbekommen. „Frag' mich nicht, ich
weiss es sowieso nicht".

Willeke schlürfte sich die Suppe rein. „Kann ich
Sojasosse bekommen, holst du mir das bitte". Jeder wehleidig
ausgesprochene Satz von ihr liess mich lachen. „Kann ich dich
was fragen?" „Aber bloss nichts Schlimmes". Sie blickte von
ihrem Teller auf. „Nein, gar nicht". Ich machte eine kleine
Pause. „Kannst du mir was über die Elfstedentocht erzählen?"
„Wie kommst du denn jetzt da drauf?" „Dees hat mir davon
erzählt, das soll toll und interessant sein". „Gleich, nach der
Suppe".

Willeke schob den leeren Teller fort, stand auf. Ohne
dass sie es sagte konnte ich ihre Stimme hören. „Kaaanst du
das wegräumen? Biiiitte".

Willeke ging nach oben, kam kurz darauf mit ihrem Geschichtsbuch und einer Wolldecke wieder herunter. Das Buch schob sie mir über den Tisch. „Hier, aber lies selber". Mit der Wolldecke verkroch sie sich auf die Couch.

Wir konnten uns weitestgehend einrichten, viele Dinge einfach kaufen. Sicher, dass ich mit meinen Freunden Wohnwagen gestohlen hatte, war nicht unbedingt rühmlich, aber das Geld hatte es uns in vielerlei Hinsicht vereinfacht die Möblierung in kurzer Zeit zusammen zu haben.

Die Couch war ein Bordeauxfarbener Viersitzer aus Leder, ein so genanntes „Chesterfield Sofa". Trotz aller Einkäufe in den Einrichtungs- und Möbelhäuser waren immer noch gut 30.000 Gulden von dem Raubzug übrig. Dazu kam das Geld was ich monatlich für meine reguläre Arbeit bekam. Etwas weniger als 5.000 Gulden. Finanziell brauchten wir uns echt keine Sorgen machen. Denn trotz allem lebten wir bescheiden.

Willeke hatte sich in einer Ecke der Couch unter der Decke eingemummelt. „Komm' zu mir und nimm mich in den Arm. Ich möchte mich bei dir anlehnen". Sie klopfte mit einer Hand auf den Ledersitz. So wie man seinen Hund herbeiruft. Ich musste durchgehend grinsen. „Was bist du fertig". Setzte mich zu ihr, Willeke lehnte sich an meine Schulter, warf die Decke über uns. „Mir geht es beschissen. Und dann hab' ich auch noch meine Periode bekommen. Das ist so Scheisse".

In dem Geschichtsbuch blätterte ich, bis ich den Abschnitt gefunden hatte. „De Elfstedentocht". „Soll ich dir das vorlesen, Süsse?" Willeke hatte ihren Kopf auf meine Schulter gelegt, schaute mit in das Buch. „Oh ja"

Die Elfstedentocht ist die weltweit größte Eisschnelllauftour. Über 10.000 Eisläufer trotzen dem Eis. Die Wasserstraßen zwischen elf friesischen Städten bilden die 200 Kilometer lange Bahn der Elfstedentocht. Aus diesem Grund kann dieses sensationelle Eislaufereignis nur in sehr kalten Wintern stattfinden. *Leeuwarden, die Hauptstadt von Friesland, ist der traditionelle Start- und Zielort. Die anderen zehn Städte, an denen die Elfstedentocht vorbeiführt sind Sneek, IJlst, Sloten, Stavoren, Hindeloopen, Workum, Bolsward, Harlingen, Franeker und Dokkum. Von hier aus kehren die Teilnehmer zurück nach Leeuwarden. Ziel des Laufs ist eine Windmühle, die „Bullemolen".*

Die Fotos in dem Buch zeigten zugefrorene Grachten und Läufer auf Schlittschuhen. „Da will ich hin. Das will ich sehen. Wollen wir da hinfahren?" Ich gab ihr einen Kuss auf ihr Haar. Blätterte weiter, jetzt wollte ich natürlich auch wissen wo dieses „Friesland" liegt und was es sonst bietet. „Lies ruhig mehr vor, ich höre dir gerne zu". Willeke gab mir einen Kuss auf den Hals. Es war schön sie in den Armen zu halten. Sie hatte sich ganz in mich „reingekuschelt", wie so ein kleines Kätzchen.

Unser nächster Wochenendausflug war beschlossene Sache. Wie würde es da aussehen, mit den gefrorenen Grachten und Seenflächen. Klar, ein paar Fotos hatte ich jetzt gesehen. Aber „in echt" ist das noch mal etwas ganz anderes.

Auf der ESSO ging es in bekannter Weise weiter. Die Bauteile schienen kein Ende zu nehmen, oder es wurden ständig neue angeliefert. Der Palettenberg vor der Werkstatt wurde jedenfalls nie wirklich kleiner, so hatte es den Anschein.

Es war Mitte der Woche, ich fuhr nach der Arbeit nach Brielle, wollte bei Koos vorbei. Er sollte uns einen grossen Tisch „zimmern", das war sein Beruf. Bei der Gelegenheit könnte er vielleicht sogar etwas Passendes und Stabiles für den Garten bauen. Willeke wünschte sich auch für draussen eine Sitzgelegenheit. Und bei unserem Freundeskreis sollte das nach Möglichkeit auch dauerhaft sein. Robust.

In der Nobelstraat sah ich einen Mann und Frau laufen. Der Mann gross, die Frau kleiner und kompakter. Das waren

Frank und Silke, kein Zweifel. Ich hupte kurz. Als sie sich umdrehten erkannten sie auch mich. Frank kam ans Fenster. „Ich fahr' kurz an die Seite", zeigte ich nach vorne, „Da ist ein guter Platz".

Das war eine freudige Überraschung. Frank war auch seit ein paar Tagen wieder „im Einsatz". Sie wohnten erneut in der Pension. Von Silke war nur ein Teil des Gesichts zu erkennen, der Rest war dick eingepackt. Schal, Mütze, Handschuhe.

Wir erzählten uns was so alles passiert war in den letzten Wochen und Monaten. Ich hatte sie ja seit Monaten nicht mehr gesehen, seit ich mit Achim und Rainer auseinandergezogen war. Völlig unerwartet fragte Frank „Kennst du nicht jemanden der zwei Fahrräder kaufen will?" „Machst du jetzt in An- und Verkauf?" scherzte ich. „Nein, unsere beiden Leihfahrräder. Jetzt im Winter nutzen wir die gar nicht". „Dann gib sie doch einfach zurück". Das wollte er eben nicht erklärte Frank. Er wolle sich die „klauen lassen", also als gestohlen melden. Dann bekämen sie wenigstens etwas Geld dafür zurück, sozusagen. „Interessant. Komm' doch mal vorbei". Nannte ihm meine neue Adresse. Musste weiter zu Koos.

Koos sass mit seiner Freundin gemütlich im geheizten Wohnzimmer. Dees machte schnell ein „Bakje Thee", Koos drehte einen Joint. Ohne grossartige Umschweife erklärte ich meinen Wunsch. „Es soll schon ein recht grosser und vor allem stabiler Tisch werden. Nicht ganz so gross wie auf der Boerderij, so stabil aber schon, für zehn Personen". Koos holte einen Zeichenblock hervor, schnell hatte er eine Skizze erstellt.

Ja, das gefiel mir. „Und wenn du magst auch was für draussen. Sechs bis acht Leute sollten daran Platz finden. Sechs reicht aber".

Das wolle er mit Ad zusammen machen. Der war ja auch „vom Fach". Die einzige Bedingung war, es sollte zum Rest der Einrichtung passen, zumindest der Tisch für die Wohnung. „Du hast das ja gesehen bei uns". „Ja, dann kalken wir die Tischplatte und Beine".

„Oki, so machen wir das". „Wir bringen das dann mit dem Pickup von Ad, dauert aber bestimmt zwei Wochen". „Alles zusammen?" Ich zückte mein Portemonnaie. Hatte immer ein paar Hundert Gulden dabei, das hatte ich mir angewöhnt während der Umzugszeit. „Hier ist eine Anzahlung oder Geld für Materialeinkauf". „Der Tisch für die Wohnung wird dann aus Ahorn, weiss eingelassen - für draussen schau' ich noch". Wie unter Zimmermännern üblich reichte er mir seine kräftige Hand. „Okay, Deal".

Ich musste, wollte los. Auf dem Weg zum Auto fiel mir ein – „Woensdag – Gehaktdag". Also noch schnell zum Metzger. Würde dann Frikas machen. Mittlerweile stand Willeke auch voll auf die deutsche Variante des „Bal gehakt".

Wilma war zu Besuch, ich freute mich sie zu sehen. Sie sass mit Willeke auf der Couch und beide quatschten. Dass sie vor nicht allzu langer Zeit, also kurz zuvor, einen durchgezogen hatten roch ich. Der kalte Qualm stand noch im Raum. Das Holz im Kamin knisterte. Muckelig warm. „Ihr solltet mal kurz durchlüften, was meint ihr?" Mit der Eingangstür fächerte ich etwas frische, kalte Luft von draussen herein. „Ne, mach die Tür zu".

Ich ging direkt weiter in die Küche. „Heute gibt es Frikas. Du bleibst zum Essen, Wilma?". Sah kurz ins Wohnzimmer. „Das war keine Frage, du bleibst zum Essen".

Während ich mit den Vorbereitungen zugange war fragte ich Wilma „Was ist eigentlich mit deinem Typen? Der von der Party?"

„Wat een klootzak. Der hat mich nur gevögelt und sich dann nicht mehr blicken lassen". Ein leichtes Schmunzeln konnte ich mir nicht verkneifen, fragte aus der Küche heraus „Wilma, hat er es dir wenigstens richtig besorgt? So nennt ihr beiden das doch". Beide Frauen lachten. „Das willst du nicht wirklich wissen". „Nein".

Die frisch gebratenen Frikas stellte ich auf den Tisch, einige Saucen und Zaanse Mosterd dazu. Dazu ein paar Scheiben Brot. Und eiskaltes Grolsch. „Kommt essen, Ladies". Erzählte den beiden von meinem Besuch bei Koos und Dees, dass ich zwei Tische in Auftrag gegeben hatte. „Sind so in zwei bis drei Wochen fertig". Dann wäre unser Salon, unser Wohnzimmer, unser Essbereich, unsere Küche komplett. „Ach ja, Willeke, eine Gartengarnitur gibt es auch gleich dazu, das wolltest du doch".

Wilma stocherte mit ihrem Besteck in den Frikas. „Kannst du am besten einfach auf die Hand nehmen, ohne Besteck" liess ich sie wissen. „Und das dann?" Sie hielt ihre leicht fettigen Finger in meine Richtung. Ich beugte mich vor, nahm ihre Hand und leckte ihr die Finger ab. „So, nur halt eben selber ablecken".

Nach dem Essen hockte ich mich noch mit den beiden eine Zeit zusammen, wir tranken noch ein gemeinsames Bier und rauchten ein Joint, dann verabschiedete ich mich. „Gute Nacht". „Der ist echt eisern in der Woche" hörte ich Wilma noch. Das musste auch sein. Jeden Morgen kam ich auf der ESSO an einer grossen Tafel vorbei. In grossen Lettern war dort angeschrieben „Seit soundsovielen Tagen ohne Unfall". Frag' mich viele Tage, viele auf jeden Fall. Und so sollte das auch bleiben. Dafür gab es einen speziellen Sicherheitsbeauftragten, der immer mal unangemeldet erschien, alles in Augenschein nahm, die Sicherheitsschuhe und Arbeitskleidung beäugte, sogar die Werkzeuge kontrollierte er. Werkzeugmaschinen mit losen oder wackeligen Kabeln mussten „sofort" ausgetauscht werden.

Willeke weckte mich aus der Tiefschlafphase auf, als sie zu mir ins Bett krabbelte. Ich war schon eingeschlafen. „Es ist so kalt bei mir, wärm' mich ein bisschen".

Wärmer war es bei mir im Zimmer auch nicht, nur unter dem Plumeau. Schnell nahm ich Willeke in den Arm, wir legten uns als „Löffelchen" aneinander. Bevor ich einschlief hatte ich einen Blitzgedanken. „In der Baracke ist mein Elektro-Fiffi, hol' dir den doch morgen ins Zimmer".

Wochenende, unser Ausflug nach Friesland stand an. Meinen kurzen Termin im „Traurigen Hund" hatte ich hinter mich gebracht, „Auslöse" in Empfang genommen.

Willeke hatte die Tageszeitung, „Algemeen Dagblad", auf dem Küchentisch ausgebreitet. „Hier lies mal, die Elfstedentocht wurde abgesagt, es ist nicht kalt genug". „Was heisst das?" „Ja, was heisst wohl? Abgesagt eben. Dass es nicht stattfindet, was sonst". Willeke lächelte. „Oder ist das auf Deutsch wieder was anderes?"

„Friesland"

„Wollen wir aber trotzdem nach Friesland fahren?" wollte ich wissen, während ich den Artikel las. Von meiner Seite aus stand dem nichts im Wege, ich war auch schon voller Vorfreude und hatte aus Willekes Geschichtsbuch einiges herausgesucht, was ich gerne sehen wollte. Wobei Geschichtsbuch nicht die richtige Bezeichnung war, es war eher ein Loblied auf die Niederlande mit dem Titel „Ons Holland". „Ja, das machen wir".

Unser Gepäck war eingeladen. Ich hatte mich für die direkte Strecke nach Sneek entschieden, die über den so genannten „Afsluitdijk" führt, der die Nordsee vom IJsselmeer trennt. Die Strecke am Meer entlang, bis hoch nach Amsterdam, kannten wir noch von unserem Wochenende anlässlich des Formel 1 Grand Prix in Zandvoort. Wir entschieden uns für die „schnelle" Variante, über die Autobahn, quer durch den Europoort. Nach gut zweieinhalb Stunden waren wir in „Den Oever", hier machten wir Rast, assen eine Kleinigkeit, tranken Kaffee. Ich hatte im „Ons Holland" über den Afsluitdijk gelesen. Freute mich darauf „übers Meer" zu fahren. Fast wie Jesus, nur fortschrittlicher. Im Auto fahren statt übers Wasser laufen.

Fahrerwechsel. Willeke hatte das Steuer übernommen. Ich wollte die Aussicht und den Weitblick zu beiden Seiten geniessen. Hier in „Den Oever" begann der Afsluitdijk. Eigentlich ist es gar kein „Deich" sondern ein Damm, da Deiche ein Hinterland haben, das durch den Deich geschützt wird. Hier war das „Hinterland" aber ebenfalls Wasser, das IJsselmeer, vormals als „Zuiderzee" benannt. Das schlaue Buch wusste mehr. *Der Afsluitdijk ist 32 Kilometer lang, 90 Meter breit und wurde zwischen 1927 und 1932 gebaut. Durch den Bau wurde die ehemalige Zuiderzee in das heutige Binnengewässer IJsselmeer verwandelt und gleichzeitig ein Schutz vor Sturmfluten errichtet. Über zwei Schleusen ist die Durchfahrt zwischen IJsselmeer und Nordsee nach wie vor möglich: die Stevinsluizen im Westen und die Lorentzsluizen im Osten.*

„Schau' dir das mal an, wir fahren über das Wasser, wir durchqueren die Nordsee. Soweit das Auge reicht Wasser". Völlig enthusiastisch tätschelte ich Willekes Arm. „Ja, irre. Aber auf dem Rückweg fährst du, ich bekomme nur wenig mit, muss mich auf den Verkehr konzentrieren". Ich war platt. Wie bei „uns unten", in Zeeland, war der Afsluitdijk mehr als eine Meisterleistung holländischer Ingenieure. Der Beweis, dass der Mensch, speziell die Holländer, der Urgewalt eines der Weltmeere getrotzt hatten und ein Land, grösstenteils unterhalb des Meeresspiegels liegend, für sich gewonnen hatten. Irre. Willeke bekräftigte meine Begeisterung. „Die Holländer können schon was". Ich sah zu ihr herüber. „Und dann haben sie auch noch die schönsten Frauen. Ich liebe Holland". Willeke blickte für einen Augenblick zu mir herüber. „Du bist schon ein Schleimer, aber das weißt du ja selber".

Bei Zurich endete die, für mich, emotional bewegende Fahrt über den Deich, wir waren in Friesland. Bis nach Sneek lagen nur noch knapp 20 Kilometer vor uns, deutlich weniger als die Fahrt über die Nordsee. Die Landschaft hatte sich verändert, nicht nur weil wir nicht mehr über Wasser fuhren. Alles war satt grün, Polderflächen dominierten. Überall waren Kühe zu sehen.

Kurz vor Sneek kamen wir an einem „Van der Valk" vorbei. Ich sah Willeke an. Dachte sie an das gleiche wie ich? Ja, das tat sie. „Das ist bald Geschichte, ich habe es dir, und vor Allem mir selbst versprochen". Sie drückte meinen Oberschenkel, hatte ihre rechte Hand vom Lenkrad genommen. Ich hielt sie fest. „Wollen wir unsere Tradition, unsere Gewohnheit auch hier fortführen?" „Was für eine Tradition?" Leicht beugte ich mich zu Willeke auf dem Fahrersitz herüber, küsste sie auf den Hals. „Sex in einer Pension, Sex in einem Hotel". Sie drückte mit ihrer Hand meinen Oberschenkel etwas fester. „Naja, Tradition. Du bist einfach nach mehreren Tagen ohne Sex wieder mal geil, das ist es doch". Willeke grinste.

Wie Recht sie hatte. „Aber du musst es auch wollen, kein Mitleidssex". „Nein, ich möchte auch mit dir schlafen. Ich bin nur immer erstaunt wie direkt du mich danach fragst. Und immer wieder neue Formulierungen findest". Ich schaute sie an. „Soll ich vielleicht einfach fragen „Ficken?". „Nein, da gefällt mir „Wollen Hoheit vögeln" schon besser".

Ich nahm ihre Hand, die noch immer auf meinem Oberschenkel lag. „Wollen Hoheit vögeln?" „Ja, Hoheit wollen". Willeke lachte. „Ist ja auch sehr schmeichelhaft, dass ich dich geil mache". Mit einem Griff zum Rückspiegel drehte ich ihn so, dass sie sich betrachten konnte. „Schau' dich an, wundert dich das?".

Bei meinem Kompliment betrachte ich sie von der Seite. Ihre langen, blonden Haare, die über ihre Schultern fielen, ihr schönes Gesicht. Dann ging der Blick weiter an ihrem Körper herunter, zu den Brüsten, die durch den Sicherheitsgurt in zwei verlockende Hügel geteilt waren. Meine Hand griff danach. „Hey, dem Fahrer während der Fahrt nicht an die Titten packen".

„Weißt du was das Geilste daran ist?" Ich machte eine kurze Pause. „Dass du meine Frau bist, die schönste der Welt". „Du bist und bleibst ein Schleimer". Willeke gab mir einen Kuss auf die Wange. „Ich liebe dich, mein Schleimer". Meine Bezeichnungen, meine Kosenamen wechselten immer wieder mal zwischen „meine Freundin" und „meine Frau". Letzteres benutzte ich, wenn ich besonders stolz auf sie war oder um meiner Liebe noch mehr Ausdruck zu verleihen. So wie jetzt. Ich liebte sie, meine Frau.

Wir fanden eine kleine Pension direkt an der „Stadsgracht". Wie so viele Orte in Holland war auch Sneek von Wasser umgeben. Die Pension war in einem monumentalen Gebäude im Zentrum von Sneek untergebracht. Hinter dem Empfang öffnete sich ein parkähnlicher Garten, der vom renommierten Gartenarchitekten Piet Oudolf angelegt worden war. Das Zimmer in der ersten Etage war recht überschaubar, nicht klein, aber auch nicht wirklich gross. Dafür war es sehr angenehm beheizt.

Wir zogen unsere Jacken aus. „Lekker warm". Ich stellte die Taschen in eine Ecke des Zimmers. Die raumhohen Fenster boten einen phantastischen Blick über den Garten bis hin zur Stadsgracht. „Tolle Lage, toller Ausblick". Willeke stand neben mir, schaute auch zum Fenster hinaus. „Zieh' dich aus, das ist ein noch schönerer Anblick". Sie lachte. „Kannst es nicht erwarten? So scharf bist du auf mich?" Wir zogen uns aus. Willeke legte sich aufs Bett, zog ihre gespreizten Beine an. „Dann komm', mein kleiner Spritzer, besorg' es mir". Ihr ganzer Körper vibrierte, so sehr lachte sie.

Wir duschten, einer nach dem anderen, zogen uns wieder an und machten uns auf den Weg in die Stadt. Da die „Elstedentocht" abgesagt war hatten wir also keine Eile um irgendwo zeitig zu sein, konnten uns durch die Strassen treiben lassen.

Sneek war eine wunderschöne, überschaubare Ortschaft. Wassersport ist ein wichtiger Faktor, für ganz Friesland, hier war das aber sehr stark zu spüren. Besonders fiel mir auf, dass die Menschen hier ihren eigenen Dialekt sprachen - und diese Tradition sehr pflegten. Selbst für Willeke, als „echte" Holländerin, war es nicht einfach die Sprache, Frysk, zu verstehen. Und noch etwas fiel mir auf – Fahrradfahrer. So viele, dass es mir auffiel, das sollte schon etwas heissen – in Holland. Wo ja quasi jeder mit dem Fahrrad unterwegs ist.

Wie sehr die Friesen ihr Land lieben las ich auf einer grossen Tafel im Ortkern. *„Nea waard dy fêste, taaie bân ferbrutsen,* *dy't Friezen oan har lân ferbûn*" – Nie wurde das feste Band zerrissen, das Friesen und ihr Land verbindet.

Erst nach Stunden unseres ausgiebigen Sightseeing-Spaziergangs betraten wir ein Restaurant. „Eetenstijd". Mir taten auch die Füsse weh. „Ganz schön was weggelatscht".

Danach gingen wir zur Pension zurück. Ich liess mir direkt ein „Fussbad" in der kleinen „Sitzbadewanne" ein. Das tat gut. Willeke hatte ihre Hose ausgezogen und setzte sich zu mir auf den Wannenrand. „Das ist eine sehr gute Idee".

„Wollen wir denn nachher noch etwas unternehmen? Noch mal raus gehen?" Ich schaute die neben mir sitzende Schönheit an. „Ne, für heute habe ich genug. Ich bleibe hier". Willeke planschte mit ihren Füssen in dem Fussbad.

„Ein traditioneller Abend wäre doch schön, oder?" „Wie? Traditioneller Abend?" Willeke griff mir um die Hüfte. „Dummerchen, deine Worte. Tradition. Sex in der Pension".

Was sie sagte überraschte mich schon ein wenig. Das war doch erst ein paar Stunden her. „Wir haben doch vorhin …". Sie gab mir einen Kuss seitlich auf den Hals. „Das war doch deine Geilheit, eine schnelle Nummer. Mal eben schnell abspritzen. Ich meine so richtig miteinander schlafen, uns lieben". Ich sagte nichts. Was auch. Hatte Willeke mir doch bei unserer ersten Begegnung gesagt: „Wenn dich eine Frau nach Sex fragt, überleg' dir gut was du antwortest". Der Satz war hängen geblieben. Und nach unserem ersten Sex würde ich mich ihr niemals verweigern. Niemals.

Wir hatten uns aufs Bett gelegt, es uns gemütlich gemacht, einen dicken Joint gedreht, den wir rauchten. Ich stand kurz auf um mir ihr Buch „Ons Holland" zu holen, bei der Gelegenheit öffnete ich das Fenster ein wenig, schaute noch einmal über die Parkanlage. Die Wege waren jetzt sehr stimmungsvoll beleuchtet. Im Frühjahr und Sommer war das garantiert ein sehr romantischer Ort.

Blätterte in dem aufgeschlagenen Buch bis ich wieder das Kapitel „Friesland" gefunden hatte. Hatte mich seitlich hingelegt, so dass ich bequem in dem Buch lesen konnte. Ich hatte etwas gefunden. „Wollen wir denn morgen weiter nach Leeuwarden, schau' mal wie schön es da ist".

Willeke hatte mir den Hosenbund meiner Boxershort etwas heruntergezogen. „Das ist aber auch sehr schön". Sie kraulte meinen Hodensack, mein Penis richtete sich nach kurzer Zeit auf. Dann kroch sie über meine Hüfte, nahm meinen Penis in den Mund. „Herrschaftszeiten". Sie war so ein Luder. Ihr Unterkörper lag an meinen Rippen. Ich steckte ihr einen Finger in den After. Sie hörte kurz auf zu saugen und zu lecken, sah mich an.

„Willst du mal?" „Wie, willst du mal?" „Deinen Schwanz da reinstecken". An ihrer Sprache merkte ich schon, dass es jetzt sie war, die geil war. Sie hockte sich auf die Knie, stützte ihren Körper auf den Ellenbogen ab und reckte mir ihr Hinterteil entgegen. Ich drang in ihren After ein.

„Uuaah, das ist eng". Ruckartig bewegte Willeke ihren Unterleib von mir weg. „Was ist los?" „Das ist eng, dein Arschloch ist eng". Willeke drehte sich um, legte sich auf das Bett. „Hast du Angst?" Ich war verdattert, so hatte ich bestimmt auch geschaut. „Angst? Wovor? Nein, das ist nur sehr eng". Sie sah mich an. „Aber warum?" Was sollte die blöde Fragerei. Warum ist ein After wohl eng. Weil es ein Muskel ist, ein Schliessmuskel. Willeke lachte, gab mir einen Kuss, lachte weiter. „Das ist wieder mal so eine Sache zwischen unseren Sprachen". Sie erklärte mir dann, dass „Eng" im holländischen eine ganz andere Bedeutung habe. Nämlich „beängstigend, gespenstisch". Ich musste auch lachen.

„Nein dann ist es natürlich nicht eng, also gespenstisch. Wie sagt man das denn auf Holländisch?" „Nauw". Wir lagen uns lachend in den Armen. Willeke ergriff meinen Penis. „Gut, dass Pimmel in beiden Sprachen das gleiche meint". Sie schloss ihre Hand zu einer Faust. „Das ist also eng". „Ja".

Nach dem Frühstück brachen wir direkt auf. Nach Leeuwarden. Vorher auf einen Abstecher zum „Sneeker Meer". Die Landschaft faszinierte mich. Friesland ist sattes Grün – und Wasser. „Wenn ich irgendwo in Holland gerne leben würde dann hier, in Friesland". Willeke blickte mich an. "Willst du wegziehen?" „Meine Süsse, wenn - dann nur mit dir".

Leeuwarden war wunderschön. Wir schauten uns so einiges an. Wieder einmal half Willekes Buch „Ons Holland" sehr beim Auffinden einiger sehens- und besuchenswerter Plätze. So zum Beispiel das Geburthaus vom „M.C. Escher" - ein begnadeter Grafikkünstler - in diesem Palast aus dem 18. Jahrhundert war jetzt das Keramikmuseum Princessehof untergebracht. Und auch die Tänzerin, Kurtisane und vermeintliche Spionin „Mata Hari" – eigentlich Margaretha Geertruida Zelle - wurde in Leeuwarden geboren.

Die Altstadt wird von Grachten und Gassen durchzogen - ein sehr idyllischer Anblick. Und auch für Willeke, für eine Frau, hatte Leeuwarden so einiges zu bieten. Die „Kleine Kerkstraat" nahe dem Oldehove gehört zu den charmantesten Einkaufsstraßen Hollands. Individuelle Geschäfte in historischen Gebäuden. Ich steckte Willeke Geld zu. „Kauf' dir was". Sie blickte mich an. „Was gefällt dir denn?" „Nein, kauf' du dir was, was dir gefällt. Nur für dich".

Das tat sie dann. Lauter coole Hippie-Klamotten hatte sie gewählt. Mir gefiel das. Das war meine Willeke. Bisher waren meine Wünsche ihr gegenüber bei Kleidungsstücken vornehmlich durch meine sexuellen Phantasien bestimmt.

Ich glaube es gefiel ihr, dass ich sie nicht dazu animierte sich als „Luder", ein klein wenig „nuttig", zu kleiden, sondern so wie sie eigentlich war - eine süsse „Hippie-Maus". Ja, das war sie, eine süsse – und dazu sehr hübsche Hippie-Maus.

Viel zu schnell verstrich die Zeit, ein Wochenende vergeht irgendwie schneller als ein Arbeitstag. Wir mussten auch an unsere Rückreise denken. 250 Kilometer Autofahrt lagen noch vor uns, also etwa drei Stunden Fahrtzeit. Noch blieb uns aber Zeit.

„Wollen wir etwas essen gehen?" Willeke hatte sich an meinem Arm eingehakt, wie sie es immer tat, wenn sie sich besonders „wohl" fühlte. Ich mochte das ebenso, konnte ich doch mit Stolz geschwellter Brust der Welt zeigen „Seht her ihr Leut', das ist meine Frau".

Wir setzten uns in ein „Eethuis", bestellten uns „Smulrolletjes" und andere holländische, frittierte Schweinereien. Willeke ging zur Toilette, nahm ihre Einkaufstasche mit.

Sie hatte sich umgezogen, präsentierte eines ihrer gekauften Kleidungsstücke. Sie sah einfach hinreissend darin aus.

Ich hatte mir auch Seven-Up als Getränk bestellt. Willeke kannte mich gut genug mittlerweile. „Du denkst schon wieder an morgen, oder?" Ich trank wenig bis gar keinen Alkohol, wenn die Arbeit auf der Raffinerie anstand. „Ein oder zwei Bier gehen aber, ich fahre dann zurück". Das nahm ich gerne an, bis Amsterdam etwa wollte ich aber fahren. Willeke sollte auf dem Rückweg auch den Ausblick und das Gefühl erleben über den Afsluitdijk, übers Wasser zu fahren, geniessen können – ohne sich auf den lästigen Autoverkehr zu konzentrieren.

„Wir machen dann bei Amsterdam eine kleine Pause, rauchen uns eine, und dann kannst du übernehmen". Wir rauchten nicht während der Autofahrt. Ich sowieso nicht, immer schon. Ein nach Zigaretten riechendes Auto war mir ein Ekel.

Es war bereits dunkel als wir in Rockanje ankamen. „Hey, wo fährst du hin?" Willeke war „aus Gewohnheit" den Weg zur „Boerderij" eingebogen. Sie musste lachen. „Stimmt, hier wohnen wir nicht – nicht mehr".

„Zwei Gazellen"

In meinem Zimmer legte ich meine Arbeitskleidung für die ESSO parat. Dann noch mal schnell ins Bad. Ich nahm Willeke in den Arm. „Süsse, ich muss schlafen", zeigte ich auf die Uhr, die auf dem Kaminsims stand. „Es ist spät, für mich jedenfalls".

Ich hatte mich gerade hingelegt, ein wenig die erste Kälte im Zimmer „weggebibbert". Willeke kam herein, setzte sich zu mir aufs Bett. „Nicht noch ein bisschen kuscheln?" „Ne Süsse, du weißt, ich muss schlafen". Sie griff unter das Plumeau, unter meine Boxershort, zog die Vorhaut meines Penis ganz weit nach hinten. „Ooch, schade. Dann schlaf gut, mein kleiner Spritzer".

„Willeke, bitte. Bitte nicht". Ich musste ihre Hand festhalten. Sie gab mir noch einen Kuss. „Ist schon irre wie standhaft du bleibst, aber dafür lässt du dich ja an den Wochenenden richtig gehen". Von wegen standhaft, ich hatte sie am liebsten gepackt. „Schlaf gut". Sie legte nach, gab keine Ruhe. „Mehr noch, du besorgst es mir". Ich musste lachen. „Willeke, geh' rüber, besorg' es dir selbst". Beim Hinausgehen warf sie mir einen Kuss zu, mit so einer Handbewegung. „Pass' auf dich auf bei der Arbeit".

Es war kurz vor dem Wochenende. Es klopfte an der Haustür. Willeke öffnete. Ich hörte Stimmen. „Kommst du mal bitte, das sind zwei Deutsche". Ich ging zur Türe, eine grosse und eine kleinere Person standen da, beide total dick eingepackt. Trotz der Vermummung erkannte ich sie. Frank und Silke. „Kommt rein".

„Oh, ist das schön warm hier". Silke hatte sich direkt vor den Kamin gestellt. „Und überhaupt, habt ihr es schön hier". Ich stellte die beiden vor, ich stellte Willeke vor. „Ist das deine Frau?" wollte Silke wissen. „Deine Frau", das verstand Willeke natürlich. Sie legte einen Arm um meine Hüfte, schaute mich an, als wenn sie jetzt ganz bewusst auf meine Antwort warte. „Das ist meine Freundin, seit einigen Monaten schon". Ich sah zu Willeke, die mir mit ihren Augen immer noch an den Lippen hing. „Ja, das ist meine Frau". Willeke stellte sich auf die Zehenspitzen und gab mir einen Kuss auf die Wange. „Und das ist mein Mann". Ich errötete leicht.

Die dicken Jacken, Mütze und Schals der beiden nahm ich entgegen, brachte sie zur Garderobe. Willeke war in die Küche gegangen. „Wer ist das?" Ich erzählte ihr von Frank und Silke. Woher wir uns kannten. Sie machte eine Kopfbewegung Richtung Salon. „Die hat riesige Titten". Meine Mundwinkel verzogen sich zu einem breiten Grinsen. „Stehst du auf so was?" „Also Willeke". Gab ihr einen Kuss auf die Stirn. Auch um weiteren Erklärungen auszuweichen. Mir war klar, dass sie die Frage provokant gestellt hatte. „Für einen Tittenfick geradezu prädestiniert". Sie schubste mich. „Das war mir klar, das würde dir gefallen, he?" Ich gab keine Antwort. Eigentlich hatte ich ja schon alles gesagt.

Frank packte etwas Dope und Gras aus, begann einen Joint zu drehen. Willeke hatten den beiden Bier angeboten, sah auf das Tütchen auf dem Tisch. „Oh, Weed". Das sei für sie, erklärte Silke. Sie rauche ja kein Dope. Frank solle dann doch eine richtig dicke Tüte mit Gras drehen, damit sie, die beiden Frauen, diese rauchen können. „Ihr müsst holländisch reden, Willeke ist Holländerin". „Woher, wieso sollen wir das können?" Silke schaute Willeke fragend an.

Das konnte ja nicht angehen, dass meine Freundin in ihrem eigenen Haus von der Unterhaltung ausgeschlossen ist. „Dann Englisch". Frank kam auch schnell wieder auf das Thema Fahrräder. Er hatte, bei unserem letzten Zusammentreffen, in Brielle, bereits davon flüchtig erzählt. „Willst du uns die nicht abkaufen?" Ich wollte wissen ob das wirklich so einfach gehe wie er das sich vorstelle. „Die musst du bestimmt als gestohlen melden". Das sei alles kein Problem, sie würden sowieso bald nach Deutschland zurück, sein Montageeinsatz sei bald beendet. „Und überhaupt, die sind mir einfach geklaut worden". Das passiere doch sowieso immer mal wieder. Also „völlig normal". Ich übersetzte für Willeke. „Lass' mal sehen, die Räder". Wir gingen nach draussen.

Ein Damen- und ein Herrenrad. Beide Gazelle, wunderschöne Fahrräder, in einem Top-Zustand. Edelstahlfelgen, Trommelbremsen. Das Herrenrad mit 28 Zoll Felgen, das Damenrad mit 26 Zoll Felgen. Willeke nahm sich direkt das Damenrad - beide Fahrräder waren an der Hauswand abgelehnt – stieg auf das Rad. „Passt. Vielleicht den Sattel etwas höher". Sie zeigte auf Silke. „Sie ist ja auch kleiner als ich".

Willeke drehte eine Runde. „Was sollen die kosten?" Das war eine sehr gute Frage, auf die ich keine Antwort hatte. Willeke ergänte „Das ist Top-Qualität, ein besseres Fahrrad als eine Gazelle findest du nicht". Gut, dass Frank, ausser Gazelle, nicht verstand was sie gesagt hatte. Nichts loben was du eventuell kaufen möchtest. Ganz schlechte Verhandlungsbasis. „Was sollen die Fahrräder denn kosten?" „400 Gulden, beide". Frank führte das Gespräch. „Für geklaute Räder?" „Weißt du was so ein Rad kostet?" Das wusste ich, in etwa. Schon einige Hundert Gulden. Neu. „Frank, es sind geklaute Räder". Und überhaupt, wie wollten sie denn dann nach Hause kommen wollen? „Wir nehmen ein Taxi".

Silke und Willeke hatten sich komplett aus dem Gespräch zurückgezogen, waren im Haus unterwegs. Ich hörte sie, auf Englisch, reden. „Pass' auf, ich geb' dir zweihundert. Und ich fahr' euch zurück. Dann hast du nochmals dreissig, wenn nicht vierzig Gulden Taxi gespart. Bar. Jetzt". Frank überlegte kurz. „Okay, Deal". „Aber wir fahren erst morgen früh, dann muss ich sowieso zur Arbeit, das liegt dann auf dem Weg". Frank schaute mich an. „Kannst du mich dann zur CHEVRON bringen? Und Silke in Brielle absetzen?" „Klar".

Als beide Frauen wieder zu uns zurück kamen fragte Silke nach. „Seid ihr euch einig geworden?" „Ja, alles geregelt".

In mein Zimmer wollte ich Geld zu holen, stieg das Treppenhaus empor. Jetzt erst wurde Willeke richtig klar, dass es sich um ein „krummes Geschäft" handelt. „En de Politie?" Wenn mal eine Kontrolle sei, die Fahrräder hätten doch auch Nummern. Ich hatte die Antwort und die Lösung aber schon parat. „Ich weiss wie ich das mache, glaub' mir". Willeke zweifelte nicht einen Moment. „Ach, du Gangster. Du bist echt ein Gangster, das weiss ich ja".

„Ich bring' die Räder direkt mal hinten in die Barracke" übergab ich Frank das Bargeld. Frank drehte noch einen Joint. Kurz darauf bat ich Frank und Silke mit nach oben. „Das ist dann euer Zimmer". Willeke holte Bettwäsche und zeigte den beiden alles. „My Husband is going to sleep". Wie gut sie mich kannte. Ach, wie süss sie war. „My Husband". Das war ich doch gar nicht. Ich nahm sie am Arm. „I am your Loverboy, not your Husband". Willeke antwortete auf Holländisch „Nein, du bist mein Mann".

Willeke war bereits aufgestanden, als ich am Morgen in die Küche kam. „Schon wach? Was ist los?" Da ich ja immer nur einen schnellen Kaffee trank hatte sie für „deine Gäste", wie sie sagte, ein richtiges Frühstück aufgetischt. Nein, was war sie für eine liebe und aufmerksame Frau.

Frank und Silke kamen dazu, assen etwas und kurz darauf mussten wir aber los. Ich nahm Willeke noch in den Arm, das war ja sonst nicht, sie schlief meist noch, wenn ich mich auf den Weg machte. „Du bist das Beste was mir je passieren konnte, du bist so eine gute Frau, du bist so ein gutes Wesen. Ich liebe dich".

Silke liess ich in Brielle, am Ortseingang aussteigen, Frank setzte ich bei CHEVRON ab, fuhr dann zur ESSO.

In der Frühstückspause bat ich Kees darum, mir einen kleinen Koffer mit „Schlagzahlen" ausleihen zu können. „Ich muss was am Auto regeln". „Aha, mit Schlagzahlen". Ihm war klar, dass das nicht stimmte. „Montag müssen die aber wieder hier sein, okay". „Versprochen".

Auf dem Heimweg hielt ich in Brielle, kaufte dort in einem Werkzeugladen einen kleinen Winkelschleifer. Konnte man immer gebrauchen, wie sich jetzt herausstellte. Dann ging ich weiter zu einem Fahrradgeschäft, wo ich zwei stabile Fahrrad-Bügelschlösser kaufte. Ironischerweise war es auch der Laden, in dem Frank die Räder ausgeliehen hatte. Ich sah mich ein wenig „interessiert" nach Gazelle-Fahrrädern um. „Ganz schön teuer". Gut 800 Gulden kostete so eine Gazelle. Eine.

Jetzt noch schnell im „Traurigen Hund" vorbei. Woche rum, „Auslöse" abholen, schnelles Bierchen, Wochenende.

Innig begrüüste ich begrüsste Willeke, die schönste und beste aller Frauen, lud das gekaufte Werkzeug und die Fahrradschlösser und die Schlagzahlen aus. „Wofür ist das alles?" Die Fahrradschlösser brauchte ich nicht gross erklären. Fahrradschlösser halt. Dann erklärte ich Willeke mein Vorhaben. Mit dem Winkelschleifer würde ich die Original Seriennummer aus dem Fahrradrahmen, die unterhalb des Tretlagers „eingeschlagen" waren, entfernen um dann mit Hilfe der Schlagzahlen eine ähnliche Kombination einzuhämmern. Sie sah mich an. „Und das hat du alles bereits im Kopf gehabt?" „Ja".

Während meiner Handgriffe erklärte ich ihr, dass die Politie natürlich Listen habe, in denen die Nummern aller – zumindest der meisten – gestohlenen Fahrräder stehen, aber eben nur der gestohlenen. Alle Seriennummern von Gazelle konnten sie unmöglich besitzen. „Aus geklaut mach' neu" grinste ich. „Du erstaunst mich dann doch immer wieder. Du bist doch schon ein Gangster. Das steckt in dir drin". Am nächsten Morgen, nach dem Frühstück wollte ich das direkt machen. Die beiden Räder waren ja in der Baracke, im Schuppen, gut untergebracht. Hinter dem Haus war auch der optimale Arbeitsplatz. Ich drehte die Fahrräder um, stellte sie auf Lenkrad und Sattel, kam so bequem an die Unterseite des Tretlagers.

„Willeke, hol' mal bitte einen Zettel, damit wir die Zahlen und das System notieren können". „Warte, ich hol' meine Kladde". Ich schaute sie an. „Auf keinen Fall, nur einen Zettel". Der sollte danach auch direkt entsorgt werden, nix in die Kladde schreiben. „An was du alles denkst".

Den Schlagzahlen war ein Rahmen beigefügt, in den man die einzelnen Zahlen einlegen konnte. Ähnlich einem Setzkasten, wie man ihn in einer Druckerei verwendet. So war alles in einer Linie und über den zentralen Stempelkopf, auf den man dann mit einem Hammer schlug, bekamen alle Zahlen die gleiche Einpresstiefe.

Nachdem die Unterseite mit dem Winkelschleifer geglättet war, konnte die Zahlenfolge eingeschlagen werden. „Wäre halt nur blöd, wenn genau diese, von mir gewählte Kombination, zu einem gestohlenen Fahrrad gehört". „Meinst du?" „Willeke, woher soll ich das wissen. Wenn, dann haben wir eben Pech gehabt". Das Ganze dauerte keine dreissig Minuten. Wir hatten quasi fabrikneue Gazelle Fahrräder.

Den Kasten mit den Schlagzahlen räumte ich direkt wieder ins Auto, damit ich sie erst gar nicht vergessen konnte. Den Winkelschleifer räumte ich, samt Fahrrädern, in den Schuppen. „Echt praktisch so ein kleines Lager". Schloss die Tür. Willeke nahm mich an die Hand, wir gingen ins Haus. „Echt praktisch so ein Gangster im Haus".

Erst zündete ich den Kamin an. Hielt Willeke meine geöffnete Hand entgegen. „Gib mir mal bitte den Zettel". Warf ihn direkt in die auflodernden Flammen. Wenig später schon knisterten die Holzscheite, machten eine wohlige Wärme in der gesamten unteren Etage.

Willeke war mit irgendetwas in der Küche beschäftigt, als ich von hinten an sie herantrat und ihr unter den Pullover, ihren roten „Blauen Peter" griff und ihre Brüste streichelte. Sie dreht sich um, sah mir ins Gesicht. Unsere Augen trafen sich, sprachen dasselbe. „Vor dem Kamin?" „Ja". Wir gingen hinüber, zogen uns aus und schliefen miteinander.

Es klopfte an der Haustür, im gleichen Moment ging sie auch schon auf, Wilma kam herein. „Och ne, seid ihr schon wieder zugange. Immer wenn ich komme seid ihr am vögeln". Sie wollte sich umdrehen. „Ich komm' später noch mal".

„Nein, komm' rein, komm' an den Kamin, hier ist schön warm". Willeke hatte sie mit einer Hand heran gewunken. „Soll ich euch dabei zuschauen?" Mit der anderen Hand drückte Willeke gegen meinen Brustkorb. „Geh' mal von mir runter, wir haben Besuch". Wir standen auf. Mein Penis zeigte steil nach oben. Verlegen hielt ich eine Hand davor. „Sei mal nicht so genant, Wilma hat den jetzt schon oft genug gesehen". Damit nicht genug, Willeke machte sich auch noch einen Spass daraus, meinen Penis kurz in den Mund zu nehmen.

„Genant", was für ein Wort. Unangenehm war das mir das aber trotzdem, auch wenn „genant" nur ein französischer Ausdruck dafür war. Machte es nicht besser.

„Willeke. Lass' das". Das musste ja nun wirklich nicht sein, dass sie das Teil vor ihrer Freundin in den Mund nahm. Ob sie sich einen Spass daraus machte? Oder es mehr war konnte ich nicht einschätzen. „Wilma, willst du auch mal?" „Willeke, tickst du noch ganz richtig?" Ich war mehr als empört. Und auch Wilma reagierte ähnlich. „Willeke, du Drecksau". Willeke jedoch war belustigt. Belustigt? Sie lachte sich schlapp. „Hahaha, toller Scherz". Ich ging direkt in die Küche, sammelte meine Klamotten auf und zog mich an. Hatte voll die Bombe, mein Kopf glühte.

Einige Minuten lang traute ich mich nicht zu den beiden ins Wohnzimmer zurück zu gehen. „Meine Fresse, wie peinlich". Das war das Einzige was ich leise vor mich hin sagte.

Willeke sass jetzt mit Wilma auf der Chesterfield-Ledercouch. Immer noch nackt. Etwas Scheidensekret lief aus ihr heraus. „Willst du dir nicht mal was anziehen?" fragte ich entrüstet. Sie machte keine rechten Anstalten. „Zieh' dir was an, bitte".

Willeke kam zurück, hatte sich ein leichtes Kleid angezogen. Nein, sie kam nicht zurück, sie schwebte beinahe. Setzte sich wieder zu Wilma. Begann zu kichern, grundlos. Ich machte etwas Musik, drehte einen Joint. Das Kichern wurde mehr, richtig albern. „Was ist denn los mit dir?" „[9]*Niets, helemal niets*" Aber genau das war es eben nicht. Das Gekicher hörte nicht auf.

Dann prustete Willeke los. Unter Lachen sagte sie: „Wilma, ich habe ein neues Wort gelernt. Eng". Sie lachte laut auf. Wilma sah sie an. „Eng, was ist daran neu?".

„Oh, ne. Wie ist die denn unterwegs" dachte ich mir. Willeke griff zu einem silbernen Kerzenständer auf der Fensterbank. Vielleicht war er auch nur silberfarben. Das war jetzt aber egal. Sie zog die Kerze heraus, legte sie in ihre Handfläche, schloss die Hand und hielt sie Wilma hin. „Zieh' mal an der Kerze". Wilma griff zur Kerze, versuchte sie zu bewegen. Willeke zog ihre Hand weg, stand leicht auf, tippte sich an den Hintern. „Das ist eng". Das Ganze wurde mit schallendem Gelächter begleitet, von beiden. Tränen liefen Willeke übers Gesicht. „[10]*Dat betekent nauw*", wieder brach sie

---

[9] Nichts. Gar nichts.

[10] Das bedeutet eng.

in Gelächter aus. Wilma sah mich an. Unter Lachen sagte sie „Da steht ihr Typen doch drauf". Die beiden lagen sich gegenseitig in den Armen, Tränen vor Lachen liefen ihre Gesichter herunter. Nach einer kleinen Lachpause fragte Wilma sie - „Hast du schon …?"

Ich verstand überhaupt nichts mehr. Mit wem sass ich da in einem Zimmer? Willeke stand auf, schwebte zum Küchenschrank, öffnete eine Schublade, holte ein kleines Plastiktütchen hervor. „Ja, ich habe vorhin eine Hand voll genommen. Macht voll locker". Locker, hatte ich gerade das Wort „locker" gehört? „Das nennst du locker? Ihr seid ja völlig neben der Spur, was ist das?" „Das sind Paddestoelen, Psylocibine, Magic Mushrooms. Hier nimm ein paar".

„Wo hast du das her?" Wilma griff beherzt in das Beutelchen, steckte sich einige in den Mund. „Die sind von Jack". Jetzt war die Situation auch für mich verständlich. Oder sagen wir verständlicher. Ich wusste von der Wirkung der Pilze. Ein wohliges Gefühl tritt ein, oft verbunden mit erhöhter Lust auf Sex. „Ach deswegen warst du so, sagen wir mal, merkwürdig vorhin, so anders als sonst. Du nennst mich „genant" und bist selber einfach hemmungsloser.

„Echt, ich fasse es nicht". Ich sah zu Wilma. „Und du auch?" Statt zu antworten prustete sie los „Muuuaah. Ja, ich habe auch ein paar schon auf der Boerderij genommen". Ich schaute die beiden an. Ihre Pupillen waren weit aufgerissen, dunkel und riesig gross.

Für einen Moment war Ruhe. Wilma zog ihren Pullover über den Kopf. Ihre Brüste wippten auf und ab, als das Bündchen über ihre Brustwarzen streifte. „Du wolltest doch immer mal einen Tittenfick mit mir. Ich wär' dann jetzt soweit". Sie blickte zu Willeke, lachte sich schlapp. Was sollte das jetzt, was sollte der fragende, durch Lachen begleitete Blick?

Willeke gab mir, also nicht mir speziell, die Antwort. „Brauchst du meine Zustimmung. Besorg's ihr". Wieder lagen sie sich in den Armen. Ich blickte zu den beiden Bekloppten auf der Couch. Aber insbesondere auf Wilmas Brüste. „Echt, unfassbar. Seid ihr unterwegs". Es war aber egal was ich sagte - ich hätte auch Nudelsalat sagen können – sie hätten genau so gelacht.

Ich war aufgestanden, hatte Wilmas Brüste in die Hände genommen. „Eigentlich sollte, eigentlich müsste ich dich ficken. Aber ne, du packst die Tüten jetzt wieder ein". Wilma hatte mir in den Schritt gefasst. „Ja, fick' mich". „Nix da, Lady, wir gehen an die frische Luft".

In dem Zustand konnte ich die beiden nicht allein lassen, sich selbst überlassen. Für mich wäre das sicher das Beste und Einfachste gewesen. Ich holte ihre Jacken von der Garderobe. „Auf geht's. Raus. Alle beide". Ich war überrascht wie einfach das klappte. Sie standen tatsächlich auf und zogen sich an.

Wir liefen durch die Dünen Richtung Strand. Die beiden gackernden Hühner liefen ein paar Schritte voraus. Hier war das egal, hier würden wir garantiert keinen Leuten begegnen. Es dauerte bestimmt eine Stunde, vielleicht sogar mehr, bis sie wieder auf ein „relativ" normales Level „runterkamen".

Willeke wartete auf mich. „Echt, würdest du Wilma ficken? Wenn ich dabei bin?" Sie zubbelte an mir herum. „Lass' uns da später mal drüber reden. Wenn überhaupt. Und hör' bitte auf an mir rumzufingern".

Wir hatten den gesamten Strand abgelatscht. Der Wind und die Kälte hatten ihnen, Gott sei Dank, die ganze Gedankenscheisse aus dem Hirn gepustet. Sie hakten sich beide, jede an einem Arm bei mir ein. „Ist schon schlimm mit zwei so gestörten Weibern, oder?"

Ich schaute nach links zu Willeke, dann nach rechts, zu Wilma. „Jepp. Zum Glück kennen wir uns. Halb so wild. Schon vergessen".

Ich hatte mich aus ihrer „Einhakung" gelöst, nahm beide jeweils an eine Hand. Mit den Armen hin und her schlenkernd liefen wir weiter am Wasser entlang.

„Zimmermanns Kunst"

Es war schon leicht dämmerig als wir wieder zuhause ankamen. „Ich mach' uns was zu essen. Ich mach' euch was zu Essen, vielleicht hilft das ja noch etwas".

Die „schlimme Phase" nenne ich es mal, das Gekicher und das Gegacker, schlimmer als eine Klasse zehnjähriger Mädchen waren vorbei. Jetzt sassen da wieder zwei Frauen. Zwar immer noch mit sehr grossen Pupillen, das würde sich aber irgendwann wieder normalisieren. „Wilma, du kannst heute gerne bei uns bleiben. Aber eines vorweg – wenn auch nur eine von euch beiden versucht in mein Bett zu kommen, egal ob du …". Ich zeigte auf Willeke. „… Oder du". Ich zeigte auf Wilma. „Was dann?" „Ja, seid ihr doof, was glaubt ihr denn? Dann fick' ich sie? Nein, dann gibt es Theater". Sie lachten. „Ficken wär' mir lieber als Theater". Wilma lachte erst recht, sie hatte das ja auch gesagt.

Irgendwie waren sie schon süss in ihrer Verstrahltheit. Beide. Ich hatte natürlich noch Willekes Worte im Ohr. „Fremdgevögelt wird nicht in unserem Haus". Aber wäre das dann überhaupt Fremdvögeln. Sie kannten sich doch. Sie waren doch Freundinnen, also sich gar nicht fremd.

Gut, dass ich, dass nur gedacht und nicht gesagt hatte. Eins aufs Maul wär' mir sicher, bestimmt. Ich liess die beiden irgendwann alleine, legte mich zu Bett. Mein Gott, was können Weiber anstrengend sein. Und dass man so geil wird von den Pilzen, ist ja irre. Kurz bevor ich einschlief ertappte ich mich bei dem Gedanken „Wenn es sich ergeben sollte will ich – werde ich mit Wilma ficken".

Ich hatte bereits Kaffee gemacht, als die beiden nach unten kamen. Ich hatte einen kurzen Blick in unser Gästezimmer geworfen bevor ich die Treppe nach unten nahm. Wilma war nicht da.

„[11]*En Ladies. Alles kits achter de rits?*" „Morgen, ja. Alles kloek in de broek. Alles hip in de slip. Alles fijn achter het gordijn". Schön sie wieder normal zu sehen. Zu Spässen aufgelegt. Wilma druckste ein wenig herum. „Du, … Wir … Ich …" „Was denn?" „Ich hab' mit deiner Freundin, ich hab' mit Willeke rumgemacht. Wir haben rumgemacht".

Ich trank einen Schluck Kaffee. „Das habe ich gesehen". „Was? Hast du uns zugeschaut?" Ich musste lachen. „Nein, ich hab' gesehen, dass du nicht im Gästezimmer geschlafen hast, ich habe vorhin kurz reingeschaut".

„Süsser, du bist nicht sauer?" fragte Willeke. Worüber sollte ich sauer sein? Hätte Wilma nichts gesagt, wüsste ich ja auch von nichts. Ich griff über den Tisch, nahm jeweils eine Hand der beiden. „Habt ihr es euch wenigstens richtig besorgt?"

Die Frage, den Satz, hatte ich noch nicht ganz ausgesprochen, „Hahaha". Konnte mein lautes Lachen nicht zurückhalten. „Du bist nicht sauer?" „Nein, kein Stück. Nur nächstes Mal holt ihr mich bitte dazu". Das presste ich unter Lachen heraus.

Die Woche wurde geteilt. Woensdag – Gehaktdag. Willeke hatten es schon umbenannt. „Frika-Day", so nannte sie es. Die Wohnung schön geheizt, das Holz im Kamin glühte. Die Wohnung pico-bello aufgeräumt, wie immer. „Komm' mal mit Süsser, ich zeig' dir was". Willeke lief nach draussen, um das Haus herum, zum Schuppen. Dann holte sie „ihr" Fahrrad, das Damenrad aus dem Schuppen, danach das Herrenrad.

Die Räder waren nicht wieder zu erkennen. Sie hatte in den letzten Tagen, ohne ein Wort darüber zu erzählen, alles auseinander montiert, fein säuberlich geschliffen und jetzt standen sie da. Frisch lackiert. „Tada. Schau". Das Damenrad hatte einen ultramarinfarbenen Rahmen, schwarze

---

[11] Und Ladies. Alles klar?

Schutzbleche. Das Herrenrad genau umgekehrt. Ich war platt. „Das sind ja neue Fahrräder, also komplett neu. Nicht mehr zu erkennen". Ja, jetzt können wir überall damit hin, das sind jetzt wirklich unsere".

Nicht nur sprachlos, extrem stolz war ich auf sie. „Wie findest du den Partner-Look?" „Ich weiss nicht was ich sagen soll. Ehrlich, ich bin sprachlos". Ich lief um die Räder herum. So was von sauberer Lackierarbeit. „Du kannst dir gar nicht vorstellen wie stolz ich auf dich bin". Zog Willeke heran, musste sie küssen. Selbst die Metallverschlüsse der Fahrradschlösser hatte sie passend zum jeweiligen Rad gestrichen.

„Du solltest irgendetwas mit Gestaltung machen, du hast echt ein Händchen für so was. Für die feinen Dinge, für Schönes". „Gefällt dir also?" Gefallen war gar kein Ausdruck. Sie hatte uns unsere eigenen Räder geschaffen. Ein Ausdruck ihrer Kreativität. Räder wie es keine zweiten gab. „Danke, danke, danke. Und nochmals Danke". „Ja, jetzt hör' mal auf. Ohne dich wären die ja gar nicht hier".

Dagegen war mein Anteil ein Fliegenschiss, ich hatte lediglich etwas Geld investiert und ein paar Zahlen eingeschlagen. Das was Willeke präsentierte war aber viel mehr. Ausdruck ihrer Kreativität und gleichzeitig hatte sie, für mich, etwas Einmaliges geschaffen. „Danke, ich kann es nicht oft genug sagen. Danke". „Ne, jetzt hör' auf, mach' uns Frikas. Da freue ich mich schon den ganzen Tag drauf".

„Die Zeit fliegt". Das dachte ich, als ich wieder im „Traurigen Hund" Heinz traf. „Unser nächster Einsatz wird auf der SHELL sein. So in gut zwei Monaten geht es dort los. Dass ihr schon mal Bescheid wisst. Die Mannschaft wird vorerst so bleiben. Später kommen weitere Kollegen dazu". Das klang interessant. Neue Raffinerie, neue Kollegen.

Ich fuhr nach Hause, es dämmerte bereits. Ich sass noch nicht allzu lange mit Willeke zusammen, wir unterhielten uns darüber wie die Zeit verflog.

Fast ein Jahr war ich jetzt in Holland. Oder anders ausgedrückt, fast neun Monate mit ihr zusammen. „Da ist ganz schön was passiert in der Zeit". Willeke wusste es mit wenigen Worten zusammen zu fassen. Ja, das stimmte. Sollte ich vielleicht irgendwann mal aufschreiben, war eine turbulente Zeit.

Es verdunkelte sich mit einem Schlag. Ad war mit seinem riesigen Dodge in Einfahrt eingebogen. Der Pickup füllte das komplette Fenster aus. „Was für ein Panzer". Ich ging zur Haustür, auch Koos sprang aus dem Wagen heraus. Neben dem riesigen Truck wirkte er kleiner als er in Wirklichkeit war. „Hoi, wir haben eure Möbel dabei". Koos zeigte auf die Ladefläche, auf der ein riesiger Tisch verzurrt war. „Echt, so ein Trümmer?" „Genau wie du es haben wolltest". Auf der Ladefläche erschien der Tisch mir „wahnsinnig gross".

Ad und Koos wuchteten das Tischgestell von der Ladefläche und bugsierten es in die Wohnung. „Sah schon besser aus, gar nicht mehr so wuchtig". Die Maße waren gut gewählt. Dann noch die massive Tischplatte. „Alles Ahorn, verleimt, nichts geschraubt", erklärte Koos. An der Unterseite der Tischplatte waren einige Riegel mit einem Falz eingelassen. „Macht es nicht nur stabiler, da kann sich auch nichts verziehen".

Willeke war total begeistert, strich immer wieder mit der Handfläche über die Tischplatte. „Ist der schön. Und die Farbe passt total zu den anderen Möbelstücken". Koos erklärte wie sie das Möbel „gekalkt" hatten, sah ein wenig aus wie eine Lasur. „Nein, das ist nur am Ende eingewachst, wenn also was sein sollte könnt' ihr den Tisch einfach neu einwachsen". Willeke strich erneut über die Tischplatte. „Was sollte denn da dran sein?" Ad lachte. „Du kennst doch eure Freunde, du kennst doch uns".

Unsere beiden Handwerker-Freunde luden noch einen kleineren Tisch ab. „Für draussen". Der war nicht minder schön, auch nicht weniger stabil gebaut. Nur eben etwas kleiner. „Hast du direkt beides machen lassen?" Willeke fasste mich am Arm. „Ja, wie du siehst, ja".

Wir setzten uns direkt an unseren neuen Tisch. „Das wollen wir feiern. Bierchen?" Schnell war eine dicke Tüte gedreht, Willeke hatte Biere aus dem Kühlschrank geholt. Aus ein paar Metern Entfernung sah sie zu uns und dem Tisch herüber. „Sieht aus wie ein Bild von Edward Hopper. Wie ihr da sitzt – und vor allem der grosse Tisch".

„Ich freu' mich total auf die ersten Gäste. Ad, komm' doch zum Essen zu uns, bring' Marja mit. Und du …" sie blickte zu Koos, „… du kommst mit Dees. Direkt morgen Abend".

„Also bei uns würde das passen", antwortete Ad. „Bei dir?" Er sah zu Koos herüber. „Ja, das passt". Willeke hüpfte aufgeregt von einem Bein auf das andere. „Das ist toll. Dann werden wir nachher anständig einkaufen". Sie zog an meinem Pullover. Also war ich mit dem „wir" gemeint. „Reichlich Bier nicht vergessen". Koos zwinkerte mir zu.

Wir rauchten noch eine Tüte, tranken noch eine Runde Bier, dann mussten die beiden wieder los.

Willeke hatte bereits alles vom Tisch abgeräumt, wischte mit einem Tuch die Tischplatte ab, dabei beugte sich bis an den gegenüberliegenden Rand. Ihr Hintern streckte sich mir entgegen.

„Lass' uns Sex haben". „Was? Jetzt?" „Ja, auf dem Tisch". Ich drehte Willeke um, dass ich sie anschauen konnte, zog ihren Pullover über ihren Kopf. Dann das Shirt. Saugte an ihren Brüsten.

„Dann können wir direkt mal testen was der Tisch so aushält". Drückte ihren Oberkörper sanft auf die Tischplatte, zog ihr Hose und Slip aus. Ich selbst war auch „ratzfatz" nackt. „Du hast Einfälle". Willeke wies mir, mit der Hand meinen Penis führend, den Weg zum Ziel. „Ja, steck' ihn rein". Der Tisch war stabil. Test bestanden.

Willeke schrieb fleissig einen „Einkaufszettel". Sie hatte bereits alles im Kopf was sie für uns, für unsere Gäste auftischen wollte. „Viel Fleisch vor Allem". Wir machten uns auf den Weg Richtung Oostvoorne. Hier gab es alles. Metzger, Gemüsehändler. Getränke sowieso. „Darum kümmerst du dich, den Rest mach' ich". Willeke hatte alles im Griff, mich eingeschlossen.

Wir luden alles zuhause aus. „Stell' mir alles direkt hier auf die Küchenanrichte. „Ich muss nur noch mal schnell rüber, zur Boerderij". Sie war schon auf dem Weg nach draussen. „Ich nehm' das Fahrrad", ging sie zum Schuppen. Ich schaute ihr noch hinterher. „Was für eine geile Kiste". Auf dem Fahrradsattel sitzend war ihr Hintern noch strammer.

Es dauerte nicht wirklich lange bis Willeke wieder zurück war. „Mann, ist das kalt draussen. Selbst die paar Meter nur, ich frier' total". Sie hatte sich direkt vor den Kamin gestellt, rieb ihre Hände ineinander. Dann machte sie sich direkt in der Küche „ans Werk". Töpfe klapperten. Ich ging zu ihr in die Küche. „Berge" von Gemüse und Kartoffeln hatte sie über die Küchenarbeitsplatte verteilt, in eigene Bereiche unterteilt. Auf einem Holzbrett hatte sie die „Fleischmassen" abgelegt. Sah ein bisschen aus wie „Familie Kannibalen".

Mit beiden Händen griff ich um ihre Taille herum, streifte ihren Pullover samt Shirt hoch, bis ihre Brüste „frei lagen". Zärtlich massierte, knetete ich sie, rollte ihre Brustwarzen zwischen Daumen und Zeigefinger. Schnell wurden ihre Nippel härter. Ich spürte auch wie mein Penis dicker wurde, leicht steif war er schon. „Süsser, aber nicht jetzt". Willeke drehte ihren Kopf, schaute mich über ihre Schulter hinweg an. „Ich hab' jetzt echt anderes zu tun".

Ein leckerer Duft kam aus der Küche. Ich musste doch mal in die Töpfe gucken. „Toll, was du alles schon gezaubert hast". Ich gab Willeke einen Kuss seitlich auf den Hals. Sie mochte das sehr. „Danke". „Wofür?" „Für dein Kompliment". Ich küsste sie erneut.

Es waren etwa vier Stunden seit unserem Einkauf vergangen. Es klopfte an der Haustür, ich öffnete. Wilma stand in Begleitung von Alberto, der einen riesigen Topf trug, vor der Tür. „Hoi, kommt rein". Wir gingen in die Küche zu Willeke. Alberto stellte den Topf ab. „Musst du jetzt noch eine gute Stunde weiter schmoren, das sollte genügen". Ich hob den Deckel an. „Schmorkaninchen". Sah Alberto erstaunt an. „Hat Willeke bestellt, sozusagen". „Ja, als ich vorhin drüben war". Sie umarmte Wilma, dann Küsschen links, Küsschen rechts.

Sie habe auch Wilma, Alberto und Adri zum Essen eingeladen, erklärte mir Willeke. Super, das gefiel mir. „Dann haben wir ja volle Hütte, toll".

Wilma stand am Tisch. „Oh, was für ein toller, was für ein grosser Tisch. Wo habt ihr den denn gekauft?" „Den haben uns Koos und Ad gebaut" war Willekes Antwort aus der Küche. Wilma strich auch mit ihrer Hand über die glatte Tischplatte. „Wirklich toll. Da haben auch reichlich Leute dran Platz".

Wilma an die Taille fassend schob ich sie zweimal vor und zurück, so als ob ich sie von hinten „nehme". „Und stabil ist er auch, unser erstes Nümmerchen haben wir schon". Wilma ging von mir fort, ein oder zwei Schritte. „Willst du auch mal?" Ich lachte. „Willeke, da ist sie ja wieder, die Drecksau in deinem Typen". Wilma hatte das in Richtung Küche gesagt. Willekes Antwort kam prompt. „Hör' mal auf Wilma so anzulabern".

Alberto interessierte das alles nicht. Er hatte sich direkt daran gemacht sich um das Fleisch zu kümmern. Das war irgendwie seine Passion. Kochen. „Magst du mir kurz helfen? Wir holen noch zwei Bänke rein". Ich gab Wilma ein Handzeichen um mit mir nach draussen zu gehen. Passte perfekt, dass Ad und Koos auch gestern direkt die „Garten-Garnitur" mitgebracht hatten. So hatten wir ausreichend Sitzplätze, nur mit unseren Stühlen hätte das nicht gereicht. Im Garten zählte ich kurz durch, kam auf neun Personen.

Mit einem lauten Motorengeräusch fuhr ein Motorrad in die Einfahrt. Das würden Koos und Dees sein. Der Sound kam eindeutiger von einer Kawasaki. Es klopfte. „Kom binnen". Zu meiner Verwunderung war es Jack. „Mann, dich habe ich ja ewig nicht gesehen". Er war bei Koos und der habe ihm von dem „Feestje" erzählt.

„Du bist willkommen, jederzeit" führte ich ihn durch das Haus, er war noch nicht bei uns gewesen. Wann hatte ich ihn zuletzt getroffen? Ich überlegte. Das war auf jeden Fall Wochen her.

Kurz darauf hörte ich den Truck von Ad eintreffen. Koos und Dees waren mit ihm und Marja gekommen. „Das ist meiner Frau zu kalt auf dem Motorrad". Langsam füllte sich das Haus. „Setzt euch, der Tisch bietet Platz für uns alle".

Ich ging zu Willeke, die immer noch mit Alberto in der Küche rumfuhrwerkte. Das sah alles schon sehr lecker aus. „Ich fahr' mal schnell rüber und hole Adri. Der muss ja nicht auf Krücken hier her humpeln".

Ich nahm meine Jacke von der Garderobe. „Wilma, versorg' doch mal alle mit Getränken, bitte". Im Gang zum Bad hatte ich mehrere Kisten mit Bier, und auch Pepsi und Seven-Up, gestapelt. Softdrinks aber deutlich weniger als Bier. Da war es kühl genug, die Getränke sollten trinkbare Temperatur haben.

Als ich dann wenig später mit Adri zurückkam war schon richtig „Leben in der Bude". Unsere Freunde sassen um den Tisch. Das sah richtig gut aus. Flaschen, Gläser, Ascher. Überall stand etwas, es wurde „um die Wette" gedreht. Mehrere Joints machten gleichzeitig die Runde. Auch Willeke und Alberto waren jetzt endlich aus der Küche heraus und hatten sich den übrigen gesellt.

„Freunde, schön dass ihr alle hier seid. Das habe ich schon ein wenig vermisst. Euch um uns rum zu haben". Sie hoben ihre Flaschen und Gläser. „Gezondheid". „Geluk". „Geluk en Gezondheid".

Mein Blick ging in die Runde. Zehn Leute sassen am Tisch. Da hätten locker noch mal sechs weitere hingepasst. Ich hob abermals meine Flasche um anzuprosten. „Auf Ad und Koos, die uns diese einmaligen Möbelstücke gemacht haben". Koos stand auf. „Auf die Zimmermänner". „Auf euch, Koos und Ad. Danke".

Willeke hatte den „ersten Gang" aufgetragen. „Thunfischsalat mit Kartoffeln und grünen Prinzessbohnen", eine kalte Vorspeise. Danach gab es „Putenbrustspieße mit Satesaus". Es war nicht nur alles lecker, ich war auch Megastolz auf die Köchin, meine Freundin.

„Einweihungsparty"

Ein Scheinwerferpaar erleuchtete die Einfahrt. „Hast du noch jemand eingeladen?" Willeke schaute mich an. „Eigentlich nicht, nicht dass ich wüsste". Es klopfte, vor dem Fenster waren, wegen der Dunkelheit, nur Silhouetten zu erkennen. „Kom binnen".

Hans kam herein, begleitet von seiner bezaubernden Freundin Marion. „Oh, Party-Time?" fragte er etwas überrumpelt. „Wir wollten euch mal besuchen, schauen wie ihr euch eingelebt habt". Ich nahm ihre Jacken, brachte sie zur Graderobe. Besonders Marions Mantel in Empfang zu nehmen machte mir Spass. Ich mochte es sie anzusehen, ihren Körper anzusehen. Vom ersten Treffen an hatte ich das ja gesagt - „Was für eine Granate". Willeke „tat so", als wolle sie mir bei der Garderobe helfen. „Fass' sie bloss nicht an, das ist die Frau unseres Vermieters". „Aber Willeke, wo denkst du hin?" grinste ich sie an. „Ne, ich kenn' dich genau, du lässt die Finger von ihr". Ich blickte zu ihr. „Okay Schatz".

Willeke führte die beiden, Hans und Marion, durch das Haus, es machte ihr sichtlich Freude alles zu zeigen, wie sich das Haus verändert hatte. Hans hatte sich relativ schnell „abgeseilt", sich zu uns an den Tisch gesetzt. Die beiden Frauen machten ihren „Rundgang" alleine weiter. Mit einem Handgriff holte ich weiteres Geschirr aus dem Küchenschrank, stellte es zu Hans – und auf den Platz neben ihm. „Ihr bleibt zum Essen". Hans schaute zu mir. „Ich weiss nicht, stören wir nicht?" Jack, der ihm schräg gegenüber sass, polterte herüber. „Das sind nur ein paar Freunde, du kennst doch fast alle, ihr bleibt".

Kurz darauf kam Willeke mit Marion zurück, sie setzten sich. „Ich hab' Marion eingeladen zu bleiben, das ist doch okay, oder?" „Siehst du Hans, die Entscheidung haben unsere Frauen schon getroffen". Er lachte. „Ja, aber schon vor längerer Zeit. Eigentlich machen sie das ja immer".

„Zeit für ein tussendoortje". Joints wurde gedreht. Das Holen immer neuer Biere wurde mir inzwischen „lästig". Ich nahm eine ganze Kiste aus dem Gang mit, stellte jedem ein Bier auf den Tisch. Die halbe Kiste war leer. Und bei dem „Durst" den wir immer hatten, konnten die übrigen Flaschen gar nicht warm werden. Wenn wir etwas besonders gut konnten, dann war es das – Feiern, Trinken, Lachen.

Lediglich Alberto trank kein Bier. Er trank sowieso nicht, oder nur ganz, ganz selten. Für Adri hatte ich einen bequemen Sessel an den Tisch herangezogen, so konnte er sein Bein richtig ausstrecken. Ist schon doof, wenn man immer auf seine eigene „Behinderung" achtgeben muss.

Alberto war auch schon wieder in der Küche. Er hatte mal eben das Zepter übernommen. Wuselte zwischen den Töpfen hin und her, zog Schüsseln und Schalen aus dem Küchenschrank. Er kannte sich aus, so als sei er in unserer Küche geboren. Willeke stand auf, um ihm zur Hand zu gehen. „Bleib' mal sitzen, bei deinen Gästen. Ich mach' das schon". Alberto warf ein paar Handtücher auf den Tisch. „Verteil' das mal, dann kann ich da Töpfe drauf stellen".

Ruckzuck war er zurück, hatte zwei grosse Schmorschalen in den Händen. Adri hob einen Deckel an. „Deine berühmten Schmorkaninchen, lekker". Damit nicht genug. Eine grosse Schale dampfenden Reis, eine weitere mit gefüllten Paprika, Holländisches Hutspot – Kartoffeln mit Möhren zu einer Art Puree zerstampft, und was weiss ich noch alles. Sie beide, Alberto und Willeke hatten echt „gezaubert".

Während alle genüsslich assen machten reichliche Biere die Runde. Ich fragte Willeke über den Tisch herüber „Bist du glücklich, bist du zufrieden?" „Ja, es ist wie auf der Boerderij, alle unsere Freunde sind hier. Es ist einfach klasse". Wieder fiel es mir ein – „Happy Wife, Happy Life".

Stunden waren vergangen. Stunden in denen „gespachtelt" wurde, Unmengen von Bier unsere Kehlen herunterlief, das Wochengehalt eines Arbeiters weggekifft wurde. Hier fühlte ich mich wohl.

Alberto hatte nach und nach Geschirr, Töpfe und Essensreste in die Küche gebracht, „Danke Alberto". Ich lief durch die Küche als ich vom Pinkeln zurückkam. Um das Bad für die Frauen frei zu halten pisste ich einfach in den Garten. Das war auch deutlich einfacher. Reissverschluss runter, laufen lassen.

„Puuh, da muss aber morgen einer mit dem Hochdruckreiniger durchgehen". So, oder ähnlich muss es nach dem Luftangriff auf Arnhem ausgesehen haben. Ich konnte mir ein breites Grinsen nicht verkneifen.

Es war dermassen warm in der Wohnung. Brennholz nachlegen konnte ich mir sparen. So viele Leute, die ihre Körperwärme abstrahlten. 12 Leute, die jeder mindestens mit 80 Watt abstrahlten.

Marion hatte Musik ausgesucht, tanzbare Musik und bewegte ihren Astralleib dazu. Ich schob den Tisch am Sofa beiseite. Tanzfläche war geschaffen. Sie, ihr Körper, machte mich so an. Marion trug wieder ein Etuikleid, das knalleng anliegend ihren Körper betonte. Ich tanzte nur kurz um sie herum. „Was für eine Granate. Bestimmt voll das Fickschwein. Die ist bestimmt voll laut im Bett" schoss es mir durch Kopf. Am liebsten hätte ich ihr Kleid nach oben geschoben und sie genommen. Ich musste aufhören, mein Kopfkino abschalten. „Setz' dich lieber wieder, das gibt sonst Ärger". Die Stimme in meinen Kopf hatte Recht. „Setz' dich. Oder zumindest geil' dich nicht weiter an der auf". Das kam jetzt aber nicht aus meinem Kopf, ich sah zur Seite. Willeke hatte das in mein Ohr gesprochen. Erwischt. Sie kannte mich doch verdammt gut. „Ich habe dir das doch schon vorhin gesagt. Lass' die Finger von ihr". Als wolle Willeke mir ihre Attraktivität noch einmal

„deutlich ans Herz legen" gab sie mir einen Kuss, steckte ihre Zunge tief und intensiv in meinen Mund.

Es wurde bis tief in die Nacht, bis in die frühen Morgenstunden getanzt und gefeiert.

Hans und Marion waren die Ersten die gingen. Die Verabschiedung dauerte, wie immer, lange. Die musst du erst einmal alle durchküssen – links, rechts. Das ist nicht „mal eben" erledigt. Ich konnte mich nicht erwehren Marion fest in den Arm zu nehmen, ihre Körperrundungen an mich zu drücken, während ich sie auf die Wangen küsste. „Da, in ihren Körper, wollte ich rein".

Jemand kniff mir in den Hintern. Volle Pulle. „Aua, das hat wehgetan". Drehte mich um. Es war Willeke. „Pass' auf, dass dir keiner abgeht". Ein breites Grinsen zog über ihr Gesicht. Dann nahm sie meine Hand. „Magst du mit mir tanzen?" Sie schmiegte sich an mich. Was für ein Song lief, ob langsam oder schnell, war so was von egal. Sie hatte mich auf den Teppich zurückgeholt. „Du bist die Schönste aller Frauen, ich liebe dich". Küsste sie auf den Hals. „Danke für alles was du heute gezaubert hast. Willeke, ich liebe dich". Sie drückte mich fest an sich. „Na bitte, geht doch".

Alberto wollte auch aufbrechen, es war locker gegen vier Uhr. „Wie geht das mit Adri? Wie kommt er zurück?" Ich sah zu Adri, der glücklich bedröhnt in seinem Sessel verharrte. „Alberto, du hast doch nichts, oder so gut wie nichts getrunken". „Ja, so wie immer". Ich griff die Autoschlüssel, die auf dem Küchenschrank lagen. „Nimm' das Auto, dann ist es deutlich einfacher für Adri. Ich komm' das morgen – später – bei euch drüben abholen". „Zeker weten?" „Ja".

Alberto half Adri aus dem Sessel. Wilma kam zu Hilfe. „Dann komm' ich auch direkt mit. Was ist mit dir, Jack?" Ja, ich auch, ich lass' die Kawa hier stehen". Irgendwie war das wie ein Signal aus einer Startpistole im Stadion. Auch Koos, Dees, Ad und Marja holten ihre Jacken von der Garderobe. „Wir sind auch weg". Ad nahm seine Frau in den Arm. Was für ein Anblick. So ein Klotz von Mensch – und so lieb. „Marja fährt, sie hat nicht so viel getrunken".

Die Verabschiedung dauerte ewig, gefühlt. Dann waren wir allein. Nur der Dreck und das Leergut blieben. Ich wollte „etwas aufräumen", zumindest das Leergut in die Bierkästen. „Lass' alles stehen, tanz' lieber mit mir". Willeke hatte ihre Arme um meinen Hals geschlungen. „Das war ein wunderschöner Abend, nicht?" „Ja, schön solche Freunde zu haben".

Wir tanzten nicht wirklich, lagen uns einfach in den Armen. „Das wird eine Menge Arbeit, eine Menge Aufräumarbeit". Über Willekes Schulter hinweg hatte ich auf das „Schlachtfeld" geschaut. „Ach, halb so wild. Schau' dir lieber etwa Schönes an. Schau' mich an". Sie küsste mich, wieder mit reichlich Zunge. Ich war zwar schon reichlich blau, konnte mir aber denken was jetzt, oder in Kürze folgen würde. „Schau' mich an", diesen Satz sagte Willeke oft, wenn wir miteinander schliefen. Und dann kam er auch, der Satz. „Schau' mich an. Schlaf mit mir". „Süsse, ich bin blau, da geht gar nix, bei mir". Willeke griff mir in den Schritt. „Bist du sicher, auch nicht, wenn ich etwas nachhelfe?". „Yes, gar nix geht da".

Meine Antwort zählte aber nicht, sie zog mich, die Treppe hoch, in ihr Zimmer. Sie hatte sich ausgezogen - hatte ich kaum mitbekommen - und machte sich jetzt daran mich ebenfalls auszuziehen. Ob blau oder nicht, ihren Körper zu betrachten war eine Freude. Was für ein hübsches Wesen. Willeke zog mich aufs Bett, fummelte an meinem Penis und Hodensack. „Süsse, da geht nix, da steht nix". „Dann leck' mich, das kriegst du hin, oder?"

Mit Zunge und Finger brachte ich sie zum Höhepunkt. Sie schlug mir fest auf den Rücken, sagte allerlei „dreckiges

Zeugs". „Bist du irre? „Willeke, du tust mir weh". Ich war kurz vor einem Kreislaufkollaps.

Der nächste Morgen war grausam. Zumindest rein optisch. Dreck, Abfall, Geschirr und Töpfe ohne Ende. Leergut und übervolle Ascher über den gesamten Tisch verteilt. Überall lag etwas rum. Ich musste sofort die Haustür öffnen. Luft musste rein. Egal wie kalt es draussen war.

Willeke kam wenig später auch dazu. Ihre Haare waren total zersaust ihre Augen strahlten aber. „Wie geht es dir Süsse? Gut geschlafen?" „Ja, es war schön. Wieso bist du rüber gegangen?" Ich hatte mich in mein Zimmer verzogen, vorbeugend.

„Schön". Mein Rücken nannte das anders. Er war an einigen Stellen gerötet. Ein paar Kratzspuren ihrer Fingernägel hatte sie mir auch verpasst. Ich wollte mir gar nicht vorstellen, wenn sie mir mal mit der Vehemenz ins Gesicht schlagen würde. Das würde scheppern, das war mir klar. Willeke war manchmal sehr grob, wenn sie in Fahrt war. Das hatte ich mehrfach schmerzlich erleben müssen. Deshalb war ich rüber gegangen. „Damit ein jeder richtig viel Platz hat im Bett". Kleine Notlüge.

„Können wir nicht die Haustür wieder zumachen. Es ist kalt". „Noch ein wenig durchlüften". Ich ging nach oben, holte eine Wolldecke aus ihrem Zimmer. „Hier, mummel' dich auf der Couch ein. Ich räum' hier schnell alles weg, den Tisch ab".

Die Türe, die das Wohnzimmer mit dem Flur verband, zog ich zu. „Du machst gar nichts, ich erledige das. Du hast gestern alles gegeben, hier bin ich dran".

Schnell hatte ich einige leere Bierkisten aus dem Gang vor dem Bad geholt, den Mülleimer aus der Küche. Ganz schnell war der Tisch leer. Noch mit einem Tuch die letzten Spuren beseitigen. „Siehst du, war doch gar nix hier". War es auch nicht, die richtige Herausforderung war die Küche. „Soll ich dir nicht helfen?" Nein, du bleibst auf der Couch, ich mach' dir gleich den Kamin an, du machst gar nichts".

Ich setzte mich neben Willeke auf die Couch. „Ich rauche mir erst mal eine Zigarette". „Keinen Joint?" „Nein, das weißt du doch, ich muss morgen wieder ran". „Ja, leider. Drehst du mir einen ganzen kleinen Stick?" Das machte ich gerne. Dann ging ich in die Küche. „Auf in den Kampf".

Nach dem ersten Durchgang des Abwaschs zündete ich den Kamin an. Willeke war leicht eingenickt auf der Couch. Ich beugte mich leicht zu ihr herunter, leckte ihren Speichel aus dem Mundwinkel. „Was machst du?" Ich erzählte ihr, dass ich das schon mehrfach gemacht habe, dass sie leicht sabberte. „Echt? Und du hast nie was gesagt". Ich gab ihr einen Kuss auf die Wange. „Ich lecke alles auf, was aus dir rausläuft – so was von gerne". „Ja, das machst du prima".

„Weiter geht's, die Küche ruft". Es hat schon ein paar, vielleicht zwei oder knapp drei Stunden gebraucht bis auch die Küche wieder so aussah wie vor etwas mehr als einem Tag. Übrig geblieben waren nur einige Säcke mit Müll – und jede Menge Leergut.

Wir hatten es geschafft. „Du hast es geschafft". Das wollte ich so nicht gelten lassen. „Ich habe nur aufgeräumt was du alles für uns zubereitet hast, das war auch reichlich Arbeit". Ich liess mich neben ihr auf die Couch fallen, atmete tief aus. „Also, ein kleines Bier trinke ich jetzt schon". Willeke hatte ihren Kopf an meinen Brustkorb gelehnt, ich strich durch ihr langes Haar.

„Hättest du das gedacht, dass aus uns ein echtes Paar wird? So wie wir jetzt zusammenleben?" Ich sprach ruhig und sanft über ihren Kopf hinweg. Sie drehte ihren Kopf leicht nach oben, schaute mich an. „Gedacht nicht, aber gewünscht schon". „Wirklich?"

Ich musste noch zur „Boerderij", das Auto abholen. Das wollte ich erledigt wissen bevor es dunkel wurde. Der Tag war eh an mir vorübergezogen.

„Ich geh' mal eben rüber. Willst du mitkommen?" Willeke blieb auf der Couch. „Nein, ich bleib' hier. Vielleicht putz' ich noch mal feucht durch".

Das war gut, mit ihren kleineren Händen kam sie auch viel besser in die Ecken. So was durfte ich natürlich nicht sagen, denken ging schon. „Also, bis gleich".

Der Spaziergang tat gut, auch wenn es nur ein kurzer Weg war. Die eisige Luft blies mir den Kopf frei.

Jack sass mit Wilma und Adri in der Küche. Aber da waren noch zwei Leute, Mann und Frau. Adri sagte direkt „Die Schlüssel liegen da auf dem Schrank. Danke Mann". „Keine Ursache, immer wieder gerne.

„Meine Königin"

„Hat es euch gefallen?" „Das hast du bei uns gelernt, so zu feiern". Damit hatte Adri Recht.

Die Frau war aufgestanden. Ein Unterschied war kaum festzustellen. So klein war sie. „Bonjour, je m'appelle Catherine". Der Typ stand ebenfalls auf. „Hi, I'm Luc". Ja was denn jetzt? Französisch oder Englisch? Ich reichte beiden die Hand. Betrachtete Catherine. Die erste kleine Frau, die nicht überproportional grosse Brüste hatte. Eine sportliche Figur. Jack sprach mit ihnen Französisch. Als Kanadier war das klar, Kanada war ja auch ein zweisprachiges Land.

Lange wollte ich nicht bleiben, eigentlich nur das Auto abholen. Ich nahm die Schlüssel vom Schrank. „So, dann bin ich wieder weg". Jack stand auf. „Warte mal kurz". Er ging mit mir hinaus, Richtung Auto. „Ich hätte da eine interessante Sache, vielleicht ist das was für dich" Ich schaute ihn an. „Wenn du Interessantes sagst ist das doch bestimmt irgendwas Krummes?" „Ich komm' die Tage zu euch rüber, dann erzähl' ich dir das". „Okay.

„Aber um eines gleich vorweg zu nehmen. Dieses Mal, egal was es auch ist, muss und werde ich Willeke davon erzählen. Besser noch sie ist direkt dabei". „Bist du sicher?" Ich erinnerte ihn daran wie schlimm es für mich bei unserem „Caravan-Business" war Willeke anlügen zu müssen. „Ja, 100 Prozent sicher".

Es duftete lecker als ich wieder das Haus betrat. Willeke war in der Küche. „Wir können gleich etwas essen, für dich ist es ja schon bald wieder Zeit". Wie Recht sie hatte, ich hatte schon vor einiger Zeit wieder an die neue Woche gedacht. Das war irgendwie schon ein wenig „zeremoniell" – mich auf die ESSO einzustimmen.

Wir verputzten die letzten Reste des gestrigen Abends, unterhielten uns noch eine Weile, dann musste ich mich „Bettfertig" machen. Willeke war nach oben gekommen. „Darf ich mich zu dir legen?" „Ja, aber nicht zu lange, du weisst ja ...". Sie zog sich bis auf ihren Slip aus. Wie weich und warm ihr Körper war. Und ihr betörender Körpergeruch. Also, nicht Schweiss, ein Hauch ihres Parfums umgab sie immer. Sie hatte ihren Oberkörper auf meinen Brustkorb gelegt, so anschmiegsam, einfach schön. Das einzige „nicht weiche" an ihr waren die festen Nippel, ihre Brustwarzen.

Wir küssten uns, ihre Hand nahm meinen Penis, sie bewegte sie sanft auf und ab. „Willeke, bitte nicht". Sie hörte aber nicht auf. „Willeke, bitte nicht". „Nur ein bisschen". Ich drehte mich zur Seite, zeigte ihr meinen Rücken. „Schau' mal, das bisschen von gestern". Sie streichelte mit der Handinnenfläche über die geröteten Stellen und die Kratzer. „Ist das von mir?" „Also bitte, glaubst du das war der Heilige Geist, der mich im Schlaf ausgepeitscht hat?" Sie lachte. „Der Heilige Geist – nein, das war die geile Willeke". „Ja, genau. Die war das".

Sie nahm meine Schulter, drehte mich wieder in Rückenlage und verschwand mit ihrem Kopf unter das Plumeau. „Willeke, bitte ... bitte mach weiter". Es war so warm in ihrem Mund, mit ihrer Zunge machte sie mich irre. Mit einer Hand hatte sie das Plumeau beiseitegeschoben. „Ich krieg' keine Luft hier unten". Machte aber dennoch weiter.

Genau wie ich, musste sie gemerkt haben, am Zucken meines Unterleibs, dass ich kurz vor dem Abspritzen war. Ich schob mein Becken weiter vor, um weiter in ihren Mund zu stossen. Sie liess meinen Penis frei. „Schau' mich an". Dann eindringlicher. „Schau' mich an". Ich öffnete die Augen, sah sie an - in dem Moment entlud sich die Sperma-Ladung in ihr Gesicht, in ihre Haare. Schwer atmend stellte ich die Frage „Wolltest du, dass ich dich anspritze?" Willeke sah hoch zu mir, in mein Gesicht. „Ja. Und du sollst sehen, dass ich es will".

Die neue Woche auf der ESSO begann. Kees kam zu uns. „Wisst ihr schon wer von euch mit zur SHELL rüber geht?" Mir war nichts bekannt, nur das es „irgendwann rüber" gehen sollte. Er hatte einen Zettel in der Hand, hielt ihn hoch. „Für die SHELL werden noch Schweisser gesucht". Ich ging zu ihm, bat ihn um den Zettel, um mir das durchlesen zu können.

„Schweisser gesucht. Für die Montage von Rohrleitungen". Etwas kleiner darunter stand. „Wir bilden auch aus. In nur 6 Wochen zum Zertifikat".

Kees schaute mich an. „Interessiert dich das?" „Ja, sehr sogar". In den ganzen Monaten, die ich jetzt auf der Raffinerie „rumturnte" war ich immer schon begeistert von den Schweissern. Sie trugen weisse Lederjacken, die die Hitze und Helligkeit beim Schweissen reflektierten, waren immer sauber, brauchten keine schweren Bauteile bewegen. Ich hatte mal mit einem gesprochen. Er war aus Malaysia. Erst dachte ich nämlich er war vom Schweissen so braun gebrannt. „Wir tragen nichts, wir brauchen eine ruhige Hand. Das machen die Vorrichter. Wir schweissen nur. Sonst nichts".

„Willst du dich anmelden? Dann besorge ich dir die Formulare". Sofort erzählte ich Kees von meiner Begeisterung. „Dann schreib' ich deinen Namen auf die Liste?" „Ja, Kees, mach' das bitte".

Es vergingen einige Tage. Kees kam zu mir. „Komm' nach der Mittagspause mal in unser Büro". Fragend schaute ich ihn an. „Was ist?" „Es geht um die Schweisserausbildung".

Im Büro sassen eine Handvoll Männer. Kees erklärte den Ablauf und was die Ausbildung beinhaltet. „Aber der erste, wichtige Schritt ist, dass ihr bei euren jetzigen Firmen kündigen müsst. Ihr werdet dann Mitarbeiter direkt bei SHELL. Diese Arbeiten werden nicht an Nachunternehmer vergeben, das habt ihr sicher schon bemerkt". Richtig, nicht einer von Heinz' Mitarbeitern war als Schweisser eingesetzt.

Ich wollte mehr wissen. Zur Ausbildung, zu den Zeiten, zur Bezahlung. In der Ausbildungszeit würden wir, logischerweise, nicht das Gehalt erhalten wie jetzt. Etwa 2.000 Gulden. Danach aber, bestandene Prüfung vorausgesetzt, würde das Gehalt dann auf 6.000 Gulden steigen. 6.000 Gulden. Mir schwirrte der Kopf. Das ist ja Wahnsinn. Diese Zahl hatte den Ausschlag für meine Entscheidung gegeben. „Also ich mach' das. Kees, du kannst mich fest eintragen".

Am späten Nachmittag, kurz nach dem Koffie-Bus kam Kees erneut zu mir. „Okay, dann ist nächsten Freitag, also in gut 10 Tagen dein letzter Arbeitstag hier. Du musst bei deinem Boss kündigen".

„Und dann? Wie geht das dann weiter?" „Du hat dann Pause - vier Wochen Urlaub nennen wir es mal, dann fängst du auf der SHELL an".

„Eine Woche vorher meldest du dich hier". Er gab mir ein DIN-A4-Blatt. Mein Name und meine Daten, Ausweisnummer, etc. waren bereits aufgedruckt. „Ich freue mich, sagte Kees, „es hat mir immer Spass gemacht dich im Team zu haben".

Das waren Neuigkeiten, das musste ich sofort Willeke erzählen. „Was? Dann verdienst du noch mehr Geld? Und Urlaub hast du auch noch?" Ich beruhigte sie. Erst musste ich ja bei Heinz kündigen, vor Freitag war das nicht möglich. Oder sollte ich anrufen? Das mit ihm persönlich, von Angesicht zu Angesicht, zu besprechen war mir aber wichtiger.

„Dann bist du in Holland angestellt, direkt bei SHELL. Nein, eigentlich heisst es ja ROYAL DUTCH PETROLEUM COMPANY, du arbeitest also für unsere Königin, für Beatrix".

„Ho, Ho, fahr' mal einen Gang runter" musste ich Willeke einbremsen, sie überschlug sich förmlich. Das war aber gar nicht so einfach. „Wenn ich das meinen Eltern erzähle, du arbeitest für Beatrix".

Ich holte mir erst mal ein Bier. „Lass' die mal am Rad drehen, die fängt sich auch wieder" setzte ich mich auf die Couch. „Wenn, dann fange ich bei SHELL an, und nicht bei Beatrix. Ich kenn' die doch gar nicht". „Mann, das ist unsere Königin". Das wusste ich wohl, aber unsere – meine Königin war sie sowieso nicht. „Doña Fabiola Fernanda María de las Victorias Antonia Adelaida de Mora y Aragón", also Königin Fabiola, die Ehefrau von König Baudouin, das war die Königin der Belgier. „Willeke, du bist meine Königin, meine ganz persönliche Königin. Alles andere ist Schnickschnack". Sie sah mich an. „Was ist Schnickschnack?" „Ja, eben Gelaber. Leeres, unwichtiges BlaBla".

Die Woche ging schnell vorbei. Immer wieder war ich mit meinem Kopf bei der anstehenden Ausbildung. Vermehrt sprach ich Schweisser an, die auf der Raffinerie beschäftigt waren. Selbst meine Pausenzeiten verbrachte ich dort, wo mindestens einer von ihnen zugange war. Beobachte ihre Handgriffe. Das war schon ein „entspannter" Job, zumindest machte das einen solchen Eindruck auf mich. Nichts und niemand konnten diese Männer aus der Ruhe bringen. Eher war es andersherum. Alles wartete bis ein Schweisser seine „Elektroden" beiseitegelegt hatte.

Heute konnte ich endlich mit Heinz meine Pläne besprechen. Wir trafen uns wie gewöhnlich im „Traurigen Hund", bei Henk in Rockanje. Direkt setzte ich mich zu Heinz an den Tisch. Zuerst der übliche Briefumschlag, meine „Auslöse". Dieses Ritual würde ich bestimmt vermissen. Dann erzählte ich von meinen Plänen. „Das wäre dann nächstes Wochenende dein letzter Arbeitstag für mich?" So war es, so wäre es. „Das ist natürlich schade, du bist schon ziemlich lange bei mir, für mich im Einsatz, kennst dich gut aus".

Sicher, da waren zwei getrennte Betrachtungen in mir. Zum einen lockte mich schon die neue Herausforderung, sicherlich auch das „Ungewisse". Auf der anderen Seite machte mir mein aktueller Job auch Spass. „Und was kannst du da verdienen?" Schon sehr begeistert erzählte ich Heinz von den Konditionen. „Ja, das ist natürlich deutlich mehr als jetzt". Was sollte ich machen, wie sollte ich entscheiden? Die Frage war aber eher rhetorisch, müssig, hatte ich mich doch schon entschieden. „Heinz, klappt das mit der Kündigung innerhalb der Wochenfrist?" „Sicher". Er wolle mir da natürlich nicht im Wege stehen. Wenn ich das sowieso vorhabe könne er mich auch nicht „halten". Ich bedankte mich bei ihm. „Für alles. Für alles was ich durch dich auch in den letzten Monaten hier erleben durfte". Gut, auf einige Sachen hätte ich gerne verzichtet, aber die gehörten wahrscheinlich genau so zum Weg wie die schönen Dinge, die mir in gut zehn Monaten widerfahren waren. Allein der Umstand, dass ich hier in Holland, hier in Rockanje, meine Traumfrau getroffen hatte. Dann das war Willeke für mich, ein Traum. Mit Sahnehäubchen obendrauf. So dick wollte ich aber Heinz gegenüber nicht auftragen. „Meine Freundin" reichte vollkommen aus. „Also, dann sehen wir uns nächste Woche noch mal, zum vorerst letzten Mal".

Heinz stand auf, reichte mir seine Hand. „Und wenn es nicht klappt, warum auch immer, komm' gerne zu mir zurück". „Danke. Gute Heimreise".

„Montpellier Trips"

Jetzt war es also amtlich. Ich würde eine Arbeitsstelle bei einem niederländischen Unternehmen antreten. Hörte sich auch wirklich nach was an. Ich arbeite bei „ROYAL DUTCH PETROLEUM COMPANY". So richtig dicke Hose.

Bei meiner Rückkehr nach Hause war ich gut drauf. Vorher schon. Willeke war damit beschäftigt Wäsche zusammen zu falten. Ein paar kleine Stapel lagen vor ihr auf dem Tisch. „Hoi, meine Königin". Sie drehte sich um. „Hat alles geklappt? So wie du es dir vorgestellt hast?" „Ja, Süsse. Noch eine Woche, dann habe ich vier Wochen Urlaub. Danach fängt etwas ganz Neues an".

Gedanken wegen des Arbeitsausfalls machte ich mir nicht, nicht mal ansatzweise. Ich hatte reichlich Geld ansparen können. Mein Gehalt konnten wir niemals ausgeben, selbst wenn wir uns anstrengten war das nicht möglich. Und auch Willeke hin und wieder mit etwas ganz Besonderem zu beschenken war jederzeit möglich. Aus dem „Caravan-Business" hatte ich weit über 25.000 Gulden „auf Halde". Also, wir hatten ein sorgenfreies Leben. Geldsorgenfreies.

Zur Mittagszeit kam Jack. Ganz unspektakulär, ohne laute Motorengeräusche. Ich öffnete ihm die Türe. „Komm' rein. Wo ist deine Kawa?" „Ich bin rüber spaziert. Für die kurze Strecke ist es unsinnig das Motorrad anzuschmeissen. Ist nicht gut für den Motor, wenn er nicht mal warm werden kann".

Nicht nur deswegen war der Fussweg eindeutig besser. Der „Duinzoom" war eine Einbahnstrasse. Gezwungenermaßen musste man eine Riesenschleife durch Rockanje fahren um zu uns zu kommen.

„Können wir reden?" „Ja, sicher. Willst du erstmal ein Bier, oder ...?" Weiter kam ich nicht. „Ja, Bier". Jack kam direkt und ohne Umschweife zur Sache. So war er, ein Mann der klaren Worte. Direkt – und verlässlich.

„Willeke, komm'. Setz' dich zu uns". Sie setzte sich auf die Couch zu Jack. Blickte ihn kurz sehr direkt an. „Hast du mal wieder so ein Gangsterding in petto?"

„So könnte man es nennen. Ich find' das eher harmlos". „Dann lass' mal hören, wie harmlos das ist". Wir prosteten uns zu. „Aber erst - Gezondheid". Die Flaschen schlugen klirrend aneinander. Jack erzählte von Luc und seiner Freundin Catherine - „Du hast sie ja kurz gesehen". Die beiden hatten LSD-Trips bestellt, die Jack jetzt besorgen werde. Bis dahin war es „harmlos". Aber - und jetzt kam der Knackpunkt – die müssten geliefert werden. Nach Frankreich, nach Montpellier. Dort lebten die beiden. „Und was hat das jetzt genau mit mir zu tun?" wollte ich wissen. „Wenn ihr beide, also du und Willeke, die liefert wäre das optimal. Ein Paar hat an der Grenze, den Grenzen garantiert weniger Probleme".

Mal abgesehen davon, dass ich mir noch immer nichts darunter vorstellen konnte – LSD-Trips – hatte ich noch nicht ganz kapiert was das eigentlich bedeuten sollte. Jack zog eine kleine Dose aus seiner Jacke, legte ein winziges Stückchen Papier auf den Tisch. „Hier, so sehen die aus".

Was denn, ein Papierschnipsel, etwa so gross wie das ausgestanzte Stück eines Bürolocher? „Was ist das überhaupt?" Ich hatte keine Ahnung. Willeke antwortete. „Das ist so was wie die Pilze die ich mir neulich eingeworfen habe, nur synthetisch. Ich griff direkt ihre Hand. „Wehe du ziehst dir das rein".

Noch zu gut hatte ich den Abend mit ihrer Freundin Wilma in Erinnerung. Zwei völlig entfesselte Weiber, die sich kaputtgelacht hatten und geil wie „Nachbars Lumpi" waren. Das brauchte ich nicht noch mal. „Aber für ein so einen

Schnipsel fahr' ich doch nicht nach Frankreich. Wie weit ist das überhaupt?"

Es ging nicht um einen Schnipsel.

„Sie haben 5.000 Stück bestellt". Wie jetzt? „5.000 von den Dingern, das ist ja dann ein ganzer Sack voll". Jack schaute mich an, grinste dabei. „Du hast echt keine Ahnung davon, oder?" „Ne, kein Stück".

Jack erklärte mir, dass die LSD-Trips auf einen grossen Bogen, etwa ein DIN-A4-Blatt gross, aufgebracht sind. Knapp 500 Stück pro Blatt. Er machte mit der Hand eine Abmessung. „Etwa so viel wie ein paar Seiten einer Zeitung". Im Prinzip wäre es also so, dass wir eine Zeitung nach Frankreich bringen würden? Im Prinzip. Nur ging es hier nicht um eine Zeitung, sondern um illegale Drogen. „Ich zahle euch für den Transport 20.000 Gulden. 10.000 wenn ihr losfahrt, den Rest zahlt Luc, wenn ihr in Montpellier liefert".

Ich sah zu Willeke rüber. Hatte Jack das gerade wirklich gesagt? „20.000 Gulden. So viel kostet das Zeug, die Papierschnipsel?" „In Frankreich noch viel mehr. Luc verdient natürlich auch noch einiges". Ich sah wieder zu Willeke. „Was sagst du denn zu der ganzen Sache?" „Erstmal gar nichts, nicht so auf die Schnelle".

„Jack, das müssen wir besprechen, also Willeke und ich, in aller Ruhe besprechen. Untereinander. Da gibt es sicher so einiges noch zu bedenken, das verstehst du?"

„Sicher". Er legte ein zweites irgendwas, so ein Locherschnipselchen auf den Tisch. „Ihr könnt' das ja auch mal probieren, ich lass" das hier". Ich sah ihn an. „Für mich auf keinen Fall, danke. Danke, nein". „Ich lass' es einfach mal hier".

Bevor Jack uns verliess hatte Willeke eine letzte, nicht unwichtige Frage. „Warum machst du den Transport denn nicht selber?" In einigen Sätzen schilderte er seine Betrachtung. Auf dem Motorrad könne er die Papierbögen eigentlich nur am Körper transportieren. Das wäre aber nicht so gut, weil sich durch die Körperwärme der Wirkstoff lösen würden. Dann natürlich auch dass knapp 1.200 Kilometer auf einem Motorrad eine sehr weite Distanz sei. „Aha, mehr als 1.000 Kilometer ist das entfernt?" Ich unterbrach in kurz.

Dann aber für ihn, Jack, der wichtigste Aspekt. Er könne eigentlich Holland nicht verlassen, weil er ansonsten, bei einer eventuellen Passkontrolle Gefahr laufe wieder nach Kanada „ausgeliefert" zu werden. „Was? Warum das?" Darüber wollte er aber nicht reden. Jetzt nicht. „Vielleicht später mal".

„Und ihr als Paar seid da eindeutig die bessere, risikolosere Option". „Wir kommen rüber, sagen dir Bescheid. In ein paar Tagen. Ist das okay?"

Wir sassen uns eine ganze Zeit sprachlos gegenüber, es dauerte bis Willeke fragte „Sollten wir das wirklich machen?" „Lass' uns das nachher besprechen, vielleicht überlegt … jeder für sich … erst einmal seine Bedenken, was meinst du?"

In meinem Kopf ratterte es. 20.000 Gulden. Vom letzten „Coup" wusste ich nur zu gut, was ein finanzielles Polster bedeutet. Das alles, ich schaute mich um, das alles hätten wir nicht „mal eben" realisieren können. Die Einrichtung, ein Jahr Miete im Voraus – das hätte bei jedem anderen, auch bei mir – ein grosses Loch ins Portemonnaie gerissen. Die Risiken, bis hin zu Gefängnis, schob ich beiseite. Wie hatte Jack schon beim „Caravan-Business" gesagt: „Es wird nichts passieren". Und es war ja auch nichts passiert – nichts Nachteiliges.

Natürlich beschäftigte uns der Gedanke pausenlos. „Was meinst du …?" Immer wieder mal begann Willeke eine Frage los zu werden. „Süsse, wir machen gleich einen Spaziergang zum Strand, dann sprechen wir über alles. Gib' uns noch etwas Zeit, okay".

Über einen schmalen Weg, der durch die Dünen, entlang des Friedhofs führte, kamen wir ans Meer. Wir liefen an der Wasserlinie entlang, Hand in Hand. „Was denkst du, ist das in Ordnung? Sollen wir das machen?"

Wir blieben stehen, ich schaute Willeke an. „Sag' du zuerst was deine Gedanken sind". „Ja klar, du hast ja schon öfter solche Gangsterdinge gemacht, das weiss ich ja. Für mich ist das neu, ein wenig mulmig ist mir dabei schon. Was ist, wenn wir erwischt werden? Oder sonst irgendetwas passiert?" „Was meinst du mit irgendetwas?" „Na, irgendetwas eben, ich weiss es doch auch nicht". Ich nahm beide Hände von Willeke. „Es wird nichts passieren. Und wir werden auch nicht erwischt". „Woher willst du das wissen?" Das wusste ich natürlich nicht. Woher auch?

„Schieb' das Negative beiseite. Sieh' mal das Positive. Wir machen Urlaub, Urlaub in Frankreich. Nächste Woche ist meine letzte Arbeitswoche, dann habe ich sowieso vier Wochen frei. Und stell' dir das Geld vor – 20.000 Gulden". „Meinst du wirklich es läuft einfach glatt, wenn ich mir das wünsche?" „Ja, genau so".

Willeke gab mir einen Kuss. „Da steckt schon ein Gangster in dir drin. Wie eiskalt du das angehst". Ich griff an ihren Hintern. „Wie wäre es, wenn da gleich was ganz anderes drinsteckt? In dir?" „Du musst jetzt an Sex denken? Also wirklich". „Nicht? Dann lass' uns zu Jack gehen und ihm unsere Entscheidung mitteilen". „Okay, dann los".

Willeke rannte am Strand entlang. „Komm', gib Gas. Du musst dich schon bewegen, wenn du mich willst. Fang' mich, fang' mich ein". Kurz vor dem Haringvlietdam bogen wir links ab, in das Waldgebiet rund um das „Quakjeswater". Der See war zugefroren. In Gedanken spielten sich die Bilder ab, wie es war als ich mit Astrid hier war, wir uns im See liebten.

Wie kam ich jetzt gedanklich zu Astrid? Schon seit „Ewigkeiten" hatte ich nicht mehr an sie denken müssen. Jetzt waren aber alle Erinnerungen präsent. Und zwar so was von präsent.

„Der Strichachter"

Jack sass in der Küche, ebenso Wilma und Adri. Sie hatten gerade erst gefrühstückt. Es war aber bereits Nachmittag, etwa drei Uhr. „[12]*Hoi mensen*". „[13]*Ga zitten*" begrüsste uns Adri. Er hatte trotz seiner „Derbheit" eine unwahrscheinlich freundliche Art. Bei ihm war man immer willkommen, er freute sich über jeden Besuch – und das zeigte er auch.

„Jack, wollen wir uns mal unterhalten?" Willeke war ungeduldig, wollte direkt unsere Entscheidung mitteilen. „Ja, gleich. Wir gehen dann hoch, in mein Zimmer".

Obwohl Jack immer nur sporadisch auf der „Boerderij" war hatte er natürlich sein eigenes Zimmer. Das war, insbesondere jetzt, sehr von Vorteil. Ich würde „ungern" unsere Pläne - unseren Deal - vor den anderen besprechen wollen.

Wir nahmen Platz in Jacks Zimmer, so gut es ging. Sehr spartanisch eingerichtet. Ersatzteile für seine Kawasaki lagen auf dem Boden verstreut herum. „Ich mach' mal eben etwas Platz. Er räumte einen Stuhl frei. „Setzt euch, bitte". Er selbst setzte sich auf sein Bett.

„Habt ihr es euch überlegt?" Willeke antwortete, wie aus der Pistole geschossen. „Ja, wir machen das".

„Super, das ist super". Jacks Freude ob der positiven Antwort war spürbar. „Allerdings …". Ich legte eine kleine Pause ein, „… Allerdings geht das nicht vor nächster Woche, ich muss noch arbeiten". Erzählte auch Jack von den, bei mir anstehenden Veränderungen. „Hey Mann, das hört sich doch super an, also das mit dem neuen Job. Glückwunsch".

---

[12] Hallo Leute.
[13] Setzt euch.

Grundsätzlich sei das kein Problem, im Gegenteil, er müsse ja auch noch „einkaufen" gehen. Das würde also genau in den zeitlichen Ablaufplan passen. „Also haben wir einen Deal?" „Ja". Jack stand auf, besiegelte erst mit Willeke per Handschlag unsere Vereinbarung, dann mit mir. Er griff in die Innentasche seiner Motorradjacke und zog einen Briefumschlag hervor. Ein recht grosser Briefumschlag. Einen nach dem anderen Einhundert-Gulden-Schein zählte er auf den kleinen Tisch. „..., 95, 96, 97, 98, 99, 100. Zehntausend Gulden, wie abgemacht".

Ich zog das Bündel mit den Geldscheinen herüber. Willeke hielt meine Hand fest. „So viel Geld. Weißt du ..." Sie hielt inne. „Nimm du das Geld". Ich schob Willeke den Stapel Geldscheine herüber. „Also, ich komm' dann zu euch sobald ich alles besorgt habe". Jack war schon wieder im Begriff sein Zimmer zu verlassen. „Habt ihr den Trip probiert?"

Das hatten wir nicht. Genau das Gegenteil. Ich hatte Willeke ein Versprechen abringen müssen. „Eine Bedingung habe ich allerdings, wenn wir das machen". Eine Bedingung? An mich?" „An dich. An mich. An uns. Wir nehmen nichts von dem Zeug, können wir uns das versprechen?"

Wir setzten uns noch „auf einen Kaffee" zu Wilma und Adri, redeten ein wenig, dann gingen wir nach Hause. Auf dem Weg bat ich Willeke um ein weiteres Versprechen. „Kein Wort. Zu niemanden".

An unserem grossen Esstisch zählte Willeke erneut die Scheine. „So viel Geld. Weißt du ..."

So hatte sie vorhin bei Jack auch schon angefangen, den Satz allerdings nicht zu Ende gebracht. „Weißt du wie oft ich mich dafür habe ficken lassen müssen?" Das wusste ich nicht, wollte es aber auch nicht wissen. Sie hatte ihren Entschluss ihren „Nebenjob" aufzugeben nicht nur gefasst, sondern auch umgesetzt. Dann verteilte sie das gezählte und aufgestapelte

Geld über die Tischplatte. „Wahnsinn, so viel Geld". Ich hob sie an der Taille hoch, setzte sie auf die Tischplatte. „Das ist deins". Ungläubig sah Willeke mich an. „Wieso meins?" „Die andere Hälfte bekommen wir in Frankreich. Wir machen das zusammen, also bekommt jeder die Hälfte. Logisch, oder?"

„Meinst du damit wirklich meins, für mich alleine?" „Ja, deins". Willeke drehte ihre Beine auf den Tisch, ging auf die Knie, stützte ihren Oberkörper auf der Tischplatte ab. „Nimm mich hier, auf dem Tisch, auf dem Geld".

Ich kletterte zu ihr auf den Tisch, zog ihre Hose und ihren Slip herunter. Flüchtig und schnell, nur so weit das ich von hinten in sie eindringen konnte. Mein Penis war steif, ich war bereit. Sie zog ihren Pullover und ihr Shirt über den Kopf. Ihre Brüste wippten im Rhythmus der Stösse vor und zurück.

„Kommt mir ein wenig vor wie bei Bonnie und Clyde. Wie zwei Gangster ficken wir auf der Kohle". Willleke hatte sich umgedreht und sass jetzt auf den Geldscheinen. Sie lachte. Sperma lief aus ihrer Vagina heraus, auf das Geld. „Vor ein paar Tagen erst haben wir erzählt was wir alles bereits erlebt haben. Mit dir ist es … mit dir war es nie langweilig".

Mit einer Handbewegung schleuderte sie die letzten Tropfen Sperma von meinem Penis auf die Geldscheine ab. „Ein bisschen pervers bist du aber schon, gib's zu". Ich küsste ihre Stirn.

„Ich geh' duschen. Machst du uns den Kamin an?" Willeke war vom Tisch geklettert, watschelte mit herunter gelassenen Hosen aus dem Zimmer. Das wollte ich auch gleich machen, duschen. Aber zuerst „einheizen". Wenige Minuten später kam Willeke ins Zimmer, die ersten Knistergeräusche der Holzscheite waren zu vernehmen. Sie trug lediglich einen Handtuch-Turban auf dem Kopf. „Ich zieh' mich erst gar nicht an. Ich bleib' nackt. Ich will so oft mit dir schlafen wie es nur geht. So oft wie du kannst".

Diesem Körper konnte ich schwerlich widerstehen. Ich streichelte über ihre Rundungen. „Du bist so schön, weißt du das?" „Scheint so zu sein, so oft wie du mir das sagst".

„Geh' auch mal duschen, wasch' dir den Pimmel. Aber zieh' dir danach nichts an, komm' einfach nur zurück". Was für ein wunderbarer Start ins Wochenende. Geld lag auf dem Tisch. Wir hatten uns zu einer gemeinsamen Entscheidung gefunden, die uns garantiert noch mehr zusammenführen würde. Ein wunderschöner Frauenkörper erwartet mich. Eine wunderschöne Frau erwartete mich.

Ich lief durch die Küche, suchte zwei Fischkonserven aus dem Küchenschrank. „Tinte für den Füller?" feixte Willeke. Wir kuschelten uns vor dem Kamin auf den Teppich, liebkosten unsere Körper.

Meine letzte Arbeitswoche war angebrochen. Etwas wehmütig dachte ich an die letzten Wochen zurück. Das würde ich schon sehr vermissen. Trotz der harten Arbeit waren die Zeiten, die Zeiten mit meinen Kollegen sehr schön gewesen. Ein starker Zusammenhalt hatte sich entwickelt. Ich dachte aber darüber nach, dass ein „komfortables Reiseauto" sicherlich nicht verkehrt sei. Mir fiel das Angebot ein, das Hans mir gemacht hatte. Ob er noch den Mercedes hatte?

Von der ESSO fuhr ich direkt nach Vierpolders, zu Hans, zur Autowerkstatt. Im Büro sass Marion, seine Frau. „Hoi, alles goed?" Ich begrüsste sie, Küsschen links, Küsschen rechts. Sie trug eine Brille. „Die brauch' ich für Papierkram". Meine Pornovorstellung war komplett. So stellte ich mir das immer vor. Eine hübsche Frau, streng in ihrem Erscheinungsbild, mit Brille. Die sich dann ihre zusammen gebundenen Haare öffnet, ihre Brille absetzt – um dann zum absoluten Luder zu werden.

„Hans ist in der Werkstatt, geh' einfach mal hin". Ich ging zur Tür, blickte noch einmal kurz zurück. „Die will ich ficken, echt, die will ich so was von ficken" schwirrte es in meinem Kopf. Musste mich schon sehr beherrschen um ihr, Marion, das nicht sofort zu sagen. Willeke hatte Recht als sie mir gesagt hatte „Am liebsten würdest du jede besteigen. Meine Triebhaftigkeit war schon sehr dominant. Aber bei wem nicht in dem Alter?

„Hoi, das ist eine Überraschung". Hans nahm einen Lappen, wischte sich ein wenig das Motorenöl von den Händen. „Was führt dich her?" Ich erzählte ihm, dass ich gemeinsam mit Willeke in Urlaub nach Frankreich wolle. Von dem wahren Hintergrund nicht. Das tat nichts zur Sache. Und eben aus dem Grunde suche ich ein „Reiseauto". Hans überlegte. „Ich habe immer noch den „Strichachter", den hast du ja bereits gesehen. Das ist das Reiseauto schlechthin". Ja, nur war der eben auch mit 4.800 Gulden schon anständig teuer.

Wir waren jetzt im Hof vor der Werkstatt. Die Silhouette des 280 CE war schon faszinierend. Was für eine automobile Schönheit. Diese Linienführung. Eleganz in Blech. Aber, letztendlich auch nur ein Auto. Marion war dazu gekommen. „Das war eine schöne Party bei euch. Und das Haus ist so schön geworden. Da habt ihr richtig was draus gemacht". „Willeke hat daraus was gemacht, ich war da weniger dran beteiligt. Aber danke für das Kompliment, das gebe ich ihr so weiter".

„Der Mercedes ist schon schick, oder? Interessierst du dich?" Auch ihr erzählte ich von unserem bevorstehenden Urlaub, und dass ich danach bei der „ROYAL DUTCH PETROLEUM COMPANY" anfangen würde. „Dann bist du irgendwo schon ein echter Holländer geworden". Es war aber eigentlich egal was Marion sagte, es blieb nur ein Wort in meinem Kopf. Ficken.

„Hans, der Mercedes steht jetzt schon so lange hier, mach' ihm doch einen guten Preis". „Ja, mach' ihm doch einen guten Preis". Ich wiederholte Marions Worte. Hans grinste. „Zahlst du bar?" „Im Prinzip ja, nur gerade jetzt nicht, das Geld habe ich zuhause. Etwas anzahlen könnte ich aber". Das war natürlich wirklich vom Preis abhängig. Hans ging mit Marion ein paar Schritte zur Seite. Leise unterhielten sie sich.

„Was hältst du von 4.000? Ich mach' dir noch eine Inspektion – und wir bringen dir dann das Auto nach Rockanje". Ich überlegte kurz, aber wirklich nur sehr kurz. „Gekauft".

„Schaffst du das bis Donnerstag? Dann kann ich direkt bei der Gemeinde alles anmelden und meinen Versicherungstypen von der „Nationale Nederlanden" anrufen".

„Ach, du bist bei Wouter?" Ich schaute Hans an. „Ja, kennst du ihn?" Hans erklärte, dass er sehr viel mit ihm zu tun habe. „Ich ruf' Wouter an, dann kann er dir alle Papiere fertig machen, und du kannst praktisch direkt losfahren". Das war ein Angebot. „Ja, bitte. Mach' das".

„Also, wir kommen dann am Donnerstag zu euch. Grüss' deine Frau von uns". Das war einfacher als ich gedacht hatte. Und unkomplizierter.

„Ich soll dich schön von Marion grüssen. Und von Hans". Mit diesen Worten kam ich ins Haus. „Wo hast du sie denn getroffen?" „Ich war kurz in der Werkstatt". Von dem Rest, dem Autokauf erzählte ich nichts. Damit wollte ich Willeke dann überraschen. Am Donnerstag. Ich war aber schon irgendwie „aufgeregt", fummelte an ihr herum. „Hast du dich an der Granate wieder aufgegeilt? So nennst du sie doch immer".

„Ja, ich hab' voll Bock auf Sex". „Ne, mein Lieber, das musst du dir wohl mit einer Wichsvorlage behelfen, dafür steh' ich nicht zur Verfügung". Willeke lachte. Sie bekam das sehr wohl mit, dass ich einfach nur „einen wegstecken" wollte. „Wirklich, manchmal bist du wirklich wie ein Hund".

Ich liess nicht von Willeke ab, griff ihr in den Schritt, unter den Pullover, quetschte ihre Brüste. „Jetzt hör' mal auf, ist doch nicht normal". Sie ergriff meinen Arm, hinderte mich daran weiter an ihren Titten zu fummeln. „Wenn du es so nötig hast, geh' nach oben und hol' dir einen runter". Ich sah sie an. „Ja, echt. Es geht doch gar nicht um mich, du suchst nur ein Loch wo du reinspritzen kannst. Gib's einfach zu".

Ich bat Kees freitags etwas später anfangen zu dürfen, so bliebe mir eine Reserve um zum Rathaus zu gehen wegen der PKW-Anmeldung. Ich wusste ja nicht genau wann Hans mir den Benz bringen würde. Donnerstag, das war vereinbart, nur wann?

„Hast du ein neues Auto?" Ich erzählte Kees von dem Mercedes und auch dass wir nach Frankreich fahren, Urlaub machen. „Mercedes-Benz. Gutes Auto. Deutsches Auto" lobte er. Das mit der Verspätung sei keine Sache. „Ist ja sowieso dein letzter Arbeitstag".

Es dämmerte bereits. Zwei Scheinwerferpaare erhellten die Hofeinfahrt. Willeke sah zum Fenster hinaus, erkannte den schwarzen SL von Hans. „Das ist Hans. Und noch jemand".

Ich ging zur Haustüre, bat beide herein. Marion hatte den „Strichachter" gefahren. Mit einem kleinen Handzeichen, ich legte meinen Zeigefinger auf meine Lippen, gab ich beiden zu verstehen „Nichts vom Mercedes sagen, noch nicht". Marion hatte das sofort durch. „Du willst deine Frau überraschen?" Ich nickte nur. Willeke stand bereits an der Tür. „Kommt rein, schön euch zu sehen". Sie nahm die Jacken der beiden, hängte sie an der Garderobe auf. „Euer Gruss, den ihr habt ausrichten lassen, hat mich sehr gefreut. Mehr aber noch, dass ihr jetzt hier seid".

Hans und Marion setzten sich auf die Couch, tranken einen Schluck vom Bier, dass Willeke herbei „gezaubert" hatte. Wie hatte sie das gemacht? Dass quasi aus dem Nichts heraus Getränke auf dem Tisch standen?

„Weißt du, dass er nur von dir geschwärmt hat?" Willeke hatte Marion eine Hand auf ihren Arm gelegt. „Der ist so was von scharf auf dich". Ich sah Willeke an, mein Kopf glühte. Was redet die da? Ist die bescheuert? „Das habe ich bemerkt, er zieht mich mit seinen Blicken förmlich aus". Beide lachten. „Schwanzgesteuerte Hunde. Hans ist auch so ein Hund. Aber irgendwie sind das alle Typen".

Meine Fresse, wie unangenehm. Kichernd gingen die beiden Frauen in die Küche. Hans sah mich an. „Kein Problem, auf scharfe Weiber muss man scharf sein, sonst ist man kein Mann. Deine ...", er nickte mit dem Kopf Richtung Küche, „... würde ich auch - sofort".

Dann zog er eine Mappe aus seiner kleinen Aktentasche, die neben ihm auf dem Boden lag. Und schob sie zu mir rüber. „Alles erledigt, alles geprüft. Hast du Geld hier?" „Ja". Ich nahm die Mappe, ging nach oben, in mein Zimmer. Aus dem „Geldbunker" zählte ich 4.000 Gulden ab. Aus Willekes Zimmer hörte ich die beiden Frauen. Schaute kurz hinein. Sie „durchstöberten" Willekes Kleiderschrank. Marion hielt sich gerade ein Kleidungsstück vor den Körper.

Das Geld gab ich Hans. „Zähl' bitte nach". „Wird schon stimmen, mach' ich gleich. Und ... ich habe Wouter angerufen. Er hat alles soweit vorbereitet, ihm fehlt lediglich das Kennzeichen". Das konnte ich natürlich gleich morgen sagen, sobald ich bei der Gemeinde war. Jetzt war da schon alles dicht. Feierabend.

Wir rauchten gerade einen kleinen Joint. Marion und Willeke kamen herunter. „Wir haben mal eine kleine Modenschau abgehalten. Wir haben beide die gleiche Kleidergrösse. Ich gebe Willeke ein paar Kleider, ich brauch' eh neue". Hans blickte Marion an. „Da weiss ich ja schon was das bedeutet – ich brauch' eh neue". Marion lachte. Ja, du schenkst mir was, oder?"

„Wieso seid ihr eigentlich mit zwei Autos unterwegs?" Willeke hatte Marion gefragt. Ich war gespannt auf die Antwort. „Wir müssen noch ein Auto an einen Kunden ausliefern. Ein richtig schönes Auto ist das. Wollen wir mal schauen?" Sie stand auf, zog sich das Kleid zurecht, wir gingen nach draussen.

Marion schloss die Fahrertür auf. „Sieh' dir das an, voll die fette Luxuskarre". Willeke streckte ihren Oberkörper in das Wageninnere. Marion flüsterte mir zu. „Jetzt bist du dran, du übernimmst".

„Was für eine tolle Limousine". Willeke schwärmte. „Das ist ein Coupe, keine Limousine", erklärte Hans, ganz Autohändler. Willeke fuhr mit der Hand über das Lenkrad, das Armaturenbrett und die Sitze. „Alles nur Leder und Holz, wie ein Wohnzimmer".

„Setz' dich doch mal rein". Ich hielt Willeke jetzt die Türe ganz weit auf. „Das ist schon was anderes als dein Rallye-Auto". „Unser, nicht dein" erwiderte ich. „Dann eben als unser Rallye-Auto. Das ist Luxus pur".

„Würde dir so ein Auto gefallen?" wollte ich wissen. „Gefallen? Das ist ein Traumauto". Ich beugte mich auch in den Fahrgastraum. „Das ist deins". „Ach, du spinnst. Du hast doch Marion gehört. Das ist ein Kundenauto". Marion kam an meine Seite. „Ihr seid die Kunden, Schätzchen. Das hat dein Freund gekauft". Sie sah uns beide an. „Und jetzt ist es deins. Von mir - für dich" überreichte ich Willeke die Autoschlüssel.

Willeke war ausgestiegen. „Ihr verarscht mich doch. Alle drei". Hans hielt ihr die Papiere entgegen. „Viel Spass mit deinem neuen Auto". Willeke stand da wie „bestellt und nicht abgeholt". „So, wir müssen los". Hans war bereits zu seinem Auto gegangen.

Ich begleitete Marion die paar Schritte. Sie hakte sich bei mir ein. „Wenn du mich nicht weiter angeierst können wir echt gute Freunde werden. Mehr wird nicht passieren". Sie gab mir die Küsschen links, Küsschen rechts. „Wenn du was echt Geiles suchst, nimm' deine Frau. Die ist nämlich echt geil". Ich blieb mit offenem Mund zurück. Willeke war bereits wieder im Haus, sass auf der Couch, Tränen kullerten ihre Wangen herunter. Ich konnte nicht einmal fragen warum.

„Das sind Freudentränen. Ich fass' es nicht, was du getan hast". „Wie getan?" „Du hast mir ein eigenes Auto geschenkt, du bist doch völlig verrückt. Warum nimmst du das nicht für dich? Was hat das überhaupt gekostet? Bist du verrückt?"

„Ho, nun mal langsam. Eine Frage nach der anderen". Ich erzählte von meiner eigentlichen Idee, ein „Reiseauto" zu besorgen. Als ich Willeke aber in dem Daimler sah wusste ich sofort – das wird ihr Auto. Eine Lady gehört nicht in ein Rallye-Auto. Mir hingegen machte es ungemein Spass den Ford Escort über die engen Polderwege zu „scheuchen".

„Süsse. Und in solch einem Daimler wird uns bestimmt keiner für Gangster halten. Noch dazu kommen wir damit dermassen bequem nach Frankreich. Das wäre im Escort nicht so ohne weiteres der Fall".

Am Morgen nahm ich die Papiere mit, fuhr zur Gemeinde. Innerhalb weniger Minuten war der „Strichachter" angemeldet. Dann hielt ich in Brielle noch bei Wouter am Büro der „Nationale Nederlanden".

„Ich brauch' nur das Kennzeichen, alles andere habe ich bereits von Hans bekommen, deine Bankverbindung haben wir sowieso". Die Versicherungspolice war schnell fertig ausgefüllt. Ab zur ESSO.

Ab der Nachmittagspause war es schon seltsam. Das sollte das letzte Mal sein, dass ich mit meinen Kollegen zusammenstand, rauchte und schwatzte. Kurz vor Feierabend kam Kees noch einmal zu mir, vorerst auch zum letzten Male. „Vergiss nicht dein Spind komplett leer zu räumen. Und dann sehen wir uns in vier Wochen wieder, auf der SHELL. Bleib' gesund". Ausser dreckigen Arbeitsklamotten gab es eh nichts in meinem Spind. Schnell noch das Vorhängeschloss mitgenommen. Das war es dann.

Jetzt ein ebenso letztes Mal in den „Traurigen Hund", mit Heinz noch einmal ein kurzes Gespräch führen. „Dein Gehalt geht dann wie immer direkt auf dein Bankkonto. Bleib' gesund" wünschte er auch mir. Blieb mir nur mich nochmals für die Zeit und das was sich, auch durch ihn, für mich eröffnet hatte, zu bedanken. „Danke Heinz"

„Süsse, ich bin da. Und zwar jetzt für ein paar Wochen". Warf die Kennzeichen auf den Tisch, daneben legte ich die Versicherungspolice. „Das montiere ich morgen früh direkt, dann kannst du mit deinem Auto fahren. Willeke wollte das immer noch nicht so recht wahrhaben. Jetzt musste sie es aber glauben, die Kennzeichen sagten alles. „Ich mag es immer noch nicht glauben wie verrückt du bist. Wie kann ich mich bedanken?" Ich sah sie grinsend an. „Halt einfach nur die Klappe und mach' die Beine breit". Willeke lachte und grinste gleichzeitig. Wusste sie sehr wohl das Gesagte als Scherz zu deuten. „Wann? Wie breit? Wie oft?" „Willeke, Danke reicht vollkommen, das war Spass". „Das weiss ich Süsser".

Direkt nach dem Frühstück montierte ich die Kennzeichen. „Dann machen wir nachher direkt eine Spritztour, damit du dich an das Fahrgefühl im Daimler gewöhnen kannst". Sie schaute mir bei der Befestigung der Kennzeichen zu.

„Autofahren macht Spass"

„Was du schon alles für mich getan hast. Sagenhaft". Ich drehte mich nur kurz um. „Ich liebe dich halt, das ist auch schon alles".

Willeke wollte gerne nach Renesse. Wir fuhren auf die N57. Die ersten Meter waren gewöhnungsbedürftig, aber das sind sie immer. In jedem neuen Auto, das man noch nicht gefahren ist. „Der ist ja riesig gross". Ich sah zu ihr herüber. „Das hast du zu mir noch nie gesagt". Sie lachte. „Er ist gross genug". Aber wirklich, der Mercedes bot Platz ohne Ende. Hervorragende Ledersitze. Und eine Laufruhe. „Echt geile Karre".

Auf der Schnellstrasse war der Komfort, aber auch die Kraft des Coupes, deutlich zu spüren. Bei Reisegeschwindigkeit „glitt" der Benz nur so dahin, trat man jedoch mal richtig auf das Gaspedal spürte man, dass der Motor weit über 180 PS lieferte. Willeke strahlte. „Willst du auch mal fahren?" „Später, du fährst. Es ist dein Auto". Sie sah kurz zu mir herüber, es hatte den Anschein als würden wir auf unserem Ledersofa durch die Gegend schweben. „Du bist verrückt, anders kann ich es gar nicht nennen. Du bist verrückt. So ein tolles Auto. So ein tolles Geschenk".

Wir blieben einige Stunden in Renesse. Verbrachten dort einen netten Nachmittag. Wirklich „schön" fand ich Renesse auch schon vorher nicht, zu sehr ist der Ort vom Tourismus geprägt.

„Autofahren macht Spass. Nein, Mercedes fahren macht Spass". Willeke hatte sich schon sehr gut angefreundet mit dem Wagen, jetzt auch die Abmessungen besser im Griff. Gerade in engen Kurven war es anfangs noch etwas „problematisch", das war alles weg. Sie war die Fahrerin. Und wenn ich zu ihr herübersah, wurde klar. „Das war ihr Auto, sie gehörte einfach in eine Luxuskarosse.

Willeke fuhr auf der Rückfahrt einen kleinen „Umweg", über Hellevoetsluis, Vierpolders, Brielle, dann erst über Oostvoorne zurück nach Rockanje.

So richtig gemütlich hatten wir es uns gemacht, der Kamin knisterte, Willeke zauberte ein Abendessen, ich blätterte ein wenig in einem ihrer Schulbücher. Geographie. Müsste sich was finden lassen zu Frankreich.

Es klopfte an der Tür, ich hatte durch das Fenster Wilma bereits gesehen. „Nicht, wir vögeln gerade" rief ich zur Tür. Willeke öffnete ihr, bat sie herein. „Ich dachte ..." „Das war ein Scherz, wenn wir vögeln hat der doch weder Augen noch Ohren für irgendetwas anderes".

„Setz' dich, wir wollen gleich essen. Isst du mit uns?" „Habt ihr keinen Besuch?" „Nein, ausser dir ist sonst keiner hier. Wie kommst du darauf?" Wilma schaute zum Fenster. „Weil da noch ein Auto steht, so ein dicker Mercedes". Willeke griff ihr an die Schultern. „Das ist meiner, mein neues Auto". „Waas?" „Ja, Wilma, das ist mein Auto. Das habe ich geschenkt bekommen". Wilma starrte sie an. „Du willst mich verscheissern, das glaube ich nicht". Willeke nahm sie an die Hand, zog Wilma hinter sich zur Haustür, dann nach draussen. Erst als Willeke die Autotür aufschloss liess ihre Skepsis etwas nach. Kurze Zeit danach kamen sie wieder herein.

„Die kaufst ihr nicht nur eine Halskette mit Diamanten, jetzt auch noch ein Auto. Und was für eins". Sie ging zu Willeke in die Küche. „Warum finde ich nicht auch so einen Typen?"

„So eine Drecksau meintest du?" rief ich zu ihr herüber. Willeke steckte ihren Kopf um die Ecke. „Das bist du ganz und gar nicht. Du bist keine Drecksau. So was wie dich ... ich kann das gar nicht sagen was du bist".

War das jetzt gut oder schlecht? Das war mir auch egal, Willeke glücklich zu sehen, sie glücklich zu machen war mir das Wichtigste, wichtiger als alles andere.

Wir assen das was Willeke zubereitet hatte. „Erinnerst du dich an unser erstes Treffen?" fragte ich Wilma. Sie schaute mich an. „Vielleicht wärest du jetzt an Willekes Stelle, wenn …". Die Pause hatte ich bewusst eingelegt. Mir war klar, dass sie nachhaken würde und wollte ihr dann passend zu ihren gerne genutzten „Drecksau" eine passende Antwort liefern. „Wenn was?" Hatte ich doch gewusst, dass sie das fragen würde. „Wenn du mir an dem Abend einen Tittenfick angeboten hättest".

„Du Drecksau". „Hör' doch mal auf immer wieder mit Wilma darüber zu reden". Willeke lachte belustigt. „Dann macht es doch einfach mal, dann ist das aus der Welt". „Niemals". Wilma schaute mich an, böse. „Niemals, merk' dir das".

Sie war aber nicht wirklich böse. Sie hatte sich daran gewöhnt, oder abgefunden, dass ich mir mittlerweile einen Spass daraus machte so, vor Allem so anzüglich, mit ihr zu reden. Ich mochte sie, natürlich auch weil sie Willekes beste Freundin war. Sie mochte mich, vielleicht aber auch nur weil ich Willekes Freund war. Wenn das nicht so wäre hätte ich vielleicht schon lange von ihr eine eingefangen – oder mit ihr gefickt. Wer weiss das schon?

Wir hatten schon einige Joints geraucht, lagen mehr oder weniger – der eine mehr, der andere weniger – bekifft in den Möbeln. Mit lautem Getöse fuhr ein Motorrad in die Einfahrt. Entweder Koos oder Jack, eine andere Möglichkeit gab es nicht. Der Krach kam von einer Kawasaki.

Es war Jack. Ich ging direkt mit ihm nach oben. Das ging Wilma nichts an. Er zog eine Stofftasche unter seiner Jacke hervor, zog eine Zeitung, das „Algemeen Dagblad", hervor. Zwischen jeder Seite war ein, mit lustigem Motiv bedrucktes

Blatt eingelegt. „Das ist das ganze Paket?" „Ja, eigentlich nur eine Tageszeitung, also don't worry". Dann griff er aus der Innentasche seiner Lederjacke noch einen Zettel. „Hier ist die Adresse in Montpellier. Wenn ihr Mittwoch da sein könntet wäre das perfekt".

Wir gingen nach unten, setzten uns zu den beiden Frauen, sprachen über dies und das. Willeke erzählte auch Jack von ihrem Auto. „Damit fahren wir in Urlaub". „Wie Urlaub?" Wilma blickte erstaunt.

„Ach, habe ich dir ja noch gar nicht erzählt. Wir machen Urlaub in Frankreich". „Dann habt ihr genau das richtige Auto für so eine Reise. Ein Mercedes ist absolut zuverlässig". Jack hob den Daumen nach oben. „Top".

„Soll ich dich mitnehmen? Ich fahr' jetzt" bot Jack an. Wilma lehnte ab. „Nein, da laufe ich lieber als auf der Höllenmaschine mitzufahren". Ich hielt Wilma noch einen Moment auf. „Wenn du möchtest kannst du in der Zeit mein Auto haben, das steht hier sowieso. Ungenutzt." Willeke baute mein Angebot noch ein wenig aus. „Und wenn du magst ... das wäre ganz lieb von dir ... versorgst du meine Pflanzen und Blumen?" Sie reichte Wilma ihren Wohnungsschlüssel. „Fühl' dich wie zuhause" lächelte Willeke Wilma an. „Nein, sei einfach zuhause. Du hast kräftig mitgeholfen, dass es ein Zuhause geworden ist". Wilma verabschiedete sich von uns. Von mir mit Wangenküssen. Von Willeke mit einer herzlichen Umarmung und Kuss auf den Mund. „Dann habt einen schönen Urlaub, ihr beiden Hübschen". „Danke Wilma".

Willeke räumte noch etwas auf. Dann legte sie ihre Arme um mich. „Die beiden Hübschen gehen jetzt nach oben". "Ach ja?" „Ja, und da machen wir auch was ganz Hübsches, das versprech' ich dir".

„Die Möse"

Dieser Sonntag war besonders. Ich konnte es ganz ruhig angehen lassen. Auch meine Gedanken an die neue Arbeitswoche, die sich relativ zeitig bei mir meldeten, waren ausgeblendet. Es gab keine neue Arbeitswoche. Einen ganzen Monat lang nicht.

Ich hatte mir den „SHELL-Atlas" aus dem Auto geholt und studierte darin die Route und nebenher in Willekes Erdkundebuch nach den Städten entlang der Route. Gut 1.200 Kilometer lagen vor uns, das wollte ich aber nicht einfach runterreissen, sondern ausreichend Zeit einplanen. Wir fuhren schliesslich in den Urlaub. Aber aufgeregt war ich schon. Für einen Moment flackerte auch so was wie Bedenken, Zweifel auf. Davon sprach ich aber nicht. Willeke sollte sich absolut sicher fühlen. Das Beste war der Reise genau diesen Anstrich zu verleihen. „Wir fahren in Urlaub – nach Frankreich".

Als erstes, aber auch besonders wichtiges Etappenziel hatte ich Nancy ausgewählt. Das waren etwa 500 Kilometer Fahrtstrecke. „Was meinst du Süsse, fahren wir dann morgen los? Dann haben wir satt Zeit, auch um uns ein paar schöne Dinge anzuschauen?"

Willeke war schon voll im Reisefieber. „Ja, morgen ist sehr gut, ich bin schon dabei Sachen zu packen". Ich ging zu ihr nach oben, in ihr Zimmer. Stapelweise lag Wäsche auf ihrem Bett.

„Wie lange bleiben wir eigentlich? Das konnte ich so aus dem Stehgreif gar nicht beantworten. Ich zählte an den Fingern die Wochentage. Mittwoch wollen wir in Montpellier sein. Einen Tag dortbleiben, dann weiter. „Also bestimmt 8 bis 10 Tage". „So lange?" So lange du willst, meine Süsse".

„Was hältst du von Marseille, wollen wir da auch mal hin?" „Oh ja, eine richtige Reise, nur nicht nur im Auto sitzen". Wusste ich das schon einmal für die Reiseplanung.

„Eine Bitte habe ich. Kannst du dein Kostüm einpacken, nach Möglichkeit so dass du sofort darankommst, also zuoberst in eine Tasche". Willeke drehte sich zu mir. „Mein Kostüm, willst du wieder die Hostessen-Nummer mit mir?" „Das verrat ich dir später. Grundsätzlich will ich jede Nummer mit dir, das weißt du doch". Willeke grinste. „Das weiss ich, überrasch' mich einfach".

Ich ging rüber, in mein Zimmer, suchte auch einiges an Wäsche raus. Genau wie ich es von Willeke mit dem Kostüm wollte legte ich einen Anzug raus, sogar mit Krawatte.

Den SHELL-Atlas legte ich in den Mercedes, da wurde er gebraucht. Irgendetwas zu kontrollieren, Öl oder sonst was konnten wir uns sparen, der Wagen kam „frisch aus der Werkstatt".

Unsere Taschen waren gepackt, wir hatten die Nacht zusammen in Willekes Bett verbracht, aber nur ganz lieb gekuschelt. Sonst nix. Ich war das auch noch irgendwie gewohnt. Zu normalen Arbeitszeiten lief zwischen uns sonntags nichts, ich musste ja raus am nächsten Tag.

Nachdem wir ausgiebig gefrühstückt hatten fuhren wir los. Willeke hatte darauf bestanden vorher noch „schnell" alles abzuwaschen. Die Küche, die Wohnung war blitzblank sauber.

Wir hielten in Brielle an der Tankstelle. „Einmal volltanken, bitte". Ich ging schon in das Tankstellenhaus, kaufte noch ein paar Magazine und eine Tageszeitung, zahlte den Betrag. „Da geht ganz schön was rein in den Tank".

Die Magazine und Zeitung warf ich auf den Rücksitz, dort lag auch das „Algemeen Dagblad", das ich von Jack bekommen hatte. Was es mit der Zeitung auf sich hatte erzählte ich Willeke nicht. Sie sollte so entspannt als möglich sein.

Am frühen Nachmittag, so gegen 14 Uhr hatten wir die Grenze zu Luxemburg überquert. Der Mercedes glitt nur so über den Asphalt. Der Wagen war wahrlich das Reisemobil schlechthin. Man spürte kaum wie die Kilometer runtergefressen wurden. Absolut entspanntes fahren. Gleiten.

Die so genannten "BeNeLux – Staaten" hatten mehr oder weniger grenzfreien Verkehr. Wir hatten freie Fahrt. Kurz hinter der Grenze sah ich das Ausfahrtsschild, das ich mir notiert hatte. „Dudelange".

„Lass' uns hier von der Autobahn runterfahren, bitte". Willeke fragte nicht nach, bog einfach ab. An einem kleinen Waldweg bat ich sie anzuhalten. Ich stieg aus, ging zum Kofferraum und holte meine Tasche heraus. Willeke war auch ausgestiegen. „Was machst du?"

Ich zog meine Sachen aus. „Zieh' dich aus". „Spinnst du?" Ich hatte bereits meine Hosen getauscht, trug jetzt die Anzughose.

„Zieh' dich aus, zieh' dein Kostüm an". „Ne, also nicht hier. Ich mach' sicher viel, aber nicht an der Strasse". „Willeke, zieh' dich aus, zieh' dich um. Geh' da hinter ein Gebüsch. Aber zieh keinen Slip und auch kein Shirt an. Ich will deine Brüste sehen, wenn du wieder kommst".

„Du bist doch nicht ganz dicht". Ich sah sie an, nahm ihre Tasche aus dem Kofferraum, hielt sie ihr entgegen. „Geh', zieh' dich um. Ich erklär' es dir gleich".

Nach ein paar Minuten kam sie zurück. Ich griff ihr unter den Rock, dann in das Revers des Blazers. „Du bist nackt? Danke". „Kannst du mir mal erklären was das soll?" Das konnte ich –

und das tat ich. „Wir kommen gleich an die französische Grenze. Bis jetzt war alles ein Kindergeburtstag. Schau' uns mal an, wir sehen doch sehr seriös aus".

„Krawatte habe ich bei dir noch nie gesehen, kriegst du denn noch Luft. Und was heisst seriös. Warum muss ich ohne Unterwäsche weiterfahren?"

Ich zog ein wenig an dem Revers ihres Blazers. Die Rundungen ihrer Brüste waren schön zu sehen, darüber glitzerte ihre Diamant-Halskette. „Du bist zum Anbeissen schön". „Jetzt schwafel' nicht. Was soll das?"

„Wenn wir jetzt an die Grenze fahren soll der Beamte nur Augen für deine Titten haben. Und das wird er, schau' dich an". Ich zog sie am Arm, wir gingen einen Schritt zurück. „Schau' in die Seitenscheibe, schau' wie du ausschaust. Das ist für den Grenzer bestimmt eine willkommene Abwechslung zum Playboy, den er sonst auf seinen Knien liegen hat". „Das verstehe ich immer noch nicht". „Willeke, jetzt wird es Ernst. Wir kommen nach Frankreich. Hop oder Top, eins von beiden gilt jetzt".

Wir fuhren im Schritttempo auf die Zollstation zu, mussten kurz stoppen, vielleicht für eine Sekunde, wurden dann durchgewunken. Ich legte ganz ruhig unsere Pässe wieder in das Handschuhfach, löste den Krawattenknoten. Willeke beschleunigte wieder. Der kräftige Motor zog an, ruckzuck waren wir wieder auf Reisegeschwindigkeit.

Erst als wir die Gegend von Metz erreicht hatten, rief ich meine Erleichterung laut heraus. „Wir sind in Frankreich, wir sind in Frankreich. Wir haben es geschafft".

„Echt, war es das, war das so einfach? Wo ist das Zeug überhaupt?" Willeke grinste breit, ihr Gesicht strahlte. „Dreh' dich mal um, auf dem Rücksitz". „Wo? In den Zeitungen?" „Ja, Süsse, wir haben es tatsächlich geschafft. Ich habe es dir doch gesagt – es wird nichts passieren". „Aber wissen konntest du es natürlich nicht. Bist du froh?"

„Jetzt sind es noch 60 Kilometer bis Nancy, dann sind wir da, da bleiben wir heute". Willeke umklammerte das Lenkrad. „Mit dem Daimler ist das ein Kinderspiel. Das ist das beste Auto das ich jemals gefahren bin". „Und ich habe mich noch nie so sicher gefühlt wie neben dir. Du bist eine tolle Fahrerin".

Wir kamen bei Nancy über eine Brücke, die einen Fluss überquerte. „La Meuse". Ich zeigte mit der Hand auf das Schild. „Mein Lieblingsfluss". „Wieso das jetzt?" „Weil der so einen tollen Namen hat – La Meuse". „Da ist doch die Maas, die auch bei uns fliesst. Was ist daran so toll?"

Ich erklärte Willeke den phonetischen Zusammenhang. Wenn man nur den Wortklang nahm und ihn deutsch aussprach, also „die Möse", bedeutet er etwas ganz anderes. „Was ist die Möse?" Ich griff unter ihren Rock, steckte einen Finger in ihre Möse. „Das ist die Möse".

Wir parkten auf einem grossen Parkgelände, in der Nähe des „Parc de la Pépinière". Ich nahm die Zeitschriften von der Rückbank, verstaute sie in einer der Taschen.

In der Nähe fanden wir direkt eine kleine Pension. Ich wollte auch gar nicht weitersuchen. „Das ist unsere". Wir gingen hinein. Legten unsere Ausweise vor. „Bonjour Madame, Bonjour Monsieur". Scheiss die Wand an, wir waren in Frankreich.

Wir buchten eine Nacht, die junge Frau an der Rezeption gab uns die Schlüssel. Sie sprach kein holländisch, dafür aber ein sehr gutes Englisch, das sich aber wegen des Dialekts ein wenig lustig anhörte.

Wir gingen nach oben. Ein kleines Zimmer mit Ausblick auf die Parkanlage. Das war mir aber erst einmal egal. Ich lief im Zimmer auf und ab.

„Willeke, wir haben es tatsächlich ohne Probleme geschafft." Ich sah sie an, sie war cool, als wenn sie nie etwas anderes machen würde. „So locker wie du bist, bist du der Gangster, die Gangsterbraut".

Ich hatte das Verlangen mit ihr zu schlafen, öffnete ihren Blazer und nahm sofort ihre Brustwarzen in den Mund. „Das wusste ich, das wusste ich schon als ich das Kostüm angezogen habe". Sie streichelte durch meine Haare. Mit einer Hand öffnete sie den Reissverschluss meiner Hose.

„Du hast ja voll den Ständer". Willeke schob sich den Rock hoch. Ich atmete schwer in ihre Brüste. Sie nahm meinen Kopf in ihre Hände. „Schau' mich an, schau' in mein Gesicht". Mein Atmen wurde heftiger. „Die Möse" sagte Willeke. „Macht dich das an? Die Möse, die Möse, die Möse, die Möse". Ich kam in ihr.

Wir gingen zusammen unter die Dusche. „Ich hab' voll Hunger, gehen wir essen?" Ich war wieder einigermassen beieinander.

„Ja, das machen wir. Wir haben Urlaub. Ab sofort". Ich saugte an ihren Nippeln, das Wasser rieselte auf meinen Kopf. Willeke wusch meinen Penis. „Meinst du du kannst noch mal? Aber nicht so eine Karnickelnummer, so eine Rammelei, wie gerade". Dann lachte sie mich an. „Ja, ich merk' das schon. Heb' dir das auf für nachher, wir gehen jetzt erst mal in die Stadt".

In einer Seitenstrasse, nahe der Parkanlage, gingen wir in eine Brasserie. „l'Excelsior". Eine wahnsinnige Atmosphäre strahlte das Restaurant aus. Alle Tische waren mit weissen

Stofftischdecken versehen, liebevoll eingedeckt. Gut, dass wir noch unsere „feine Kleidung" anhatten.

Der adrett gekleidete Kellner empfahl uns „Choucroute Strasbourgeoise, Charolais-Rindertartar, Grillteller Excelsior - Hummer, Zander, Jakobsmuscheln und gegrilltes Lachssteak". Ich sah ihn an. „Genau das nehmen wir. In der Reihenfolge. „Oui Monsieur".

Das Dessert, Crêpes Suzette au Grand Marnier, servierte und flambierte er direkt bei uns am Tisch. Ein Spektakel. So gut hatte ich bisher nirgends gegessen. Wir hatten reichlich Wein dazu getrunken. Weisswein.

Willeke hatte sich umgesehen. „Das ist bestimmt teuer". „Soll ich dir mal was sagen? Das ist so was von egal. Ist dir klar, dass wir innerhalb weniger Stunden 20.000 Gulden verdient haben". „Naja, verdient? Nicht wirklich. Schon eher ergaunert". „Nenn' es wie du willst. 20.000 Gulden, die Summe bleibt die Gleiche".

„Warst du deswegen so geil vorhin? Wegen des Geldes?" „Vielleicht. Aber am meisten, dass wir es geschafft haben. Dass du so cool warst. Auf dich, in deinem Kostüm. Das …" Ich machte eine Pause, hob mein Glas. „Wenn ich es genau nehme, auf dich war ich geil, und bin es immer wieder auf's Neue".

„Du bist ein Gangster. Und ein Spinner. Und ein geiler Spritzer" Auch Willeke legte eine Pause ein. „Ich kann mir also aussuchen wen ich gerade vor mir, wen ich gerade in mir habe". Ihr Lächeln war bezaubernd. „Gezondheid. Auf uns". Die Kristallgläser klirrten hell.

Draussen hatte die Dämmerung eingesetzt. Waren wir wirklich Sunden in der Brasserei gesessen? Hier drinnen bekam man nichts von der einbrechenden Dunkelheit mit. An Decke und Wänden hingen Kristallleuchter. Über jedem Tisch einer. Das Licht, das sich in den geschliffenen Gläsern der Lüster brach, traf auf Willekes Diamanten, der die Strahlen reflektierte.

Willeke hatte sich an meinem Arm eingehakt. Ein Zeichen, dass sie sich sehr wohl fühlte. „Stadterkundung machen wir später. Morgen. Ich möchte mit dir ins Bett". Wir gingen zur Pension. An der Rezeption zog Willeke einige Prospekte und Broschüren aus einem Plexiglas-Ständer. „Hier, für dich".

Sie drehte ihren Rock so dass der Reissverschleiss jetzt vorne war, öffnete ihn, der Rock glitt zu Boden. „Und, bitte langsam, ich möchte auch kommen". Ich zog den Rock an ihren Füssen vorbei, schubste sie auf das Bett und begann sie zu lecken.

Ich spürte, dass sie bald einen Orgasmus haben würde. Ihr Unterleib ging immer wieder nach oben. „Verdomme. Verdomme. *Neuk me. Neuk me*". Auch das sagte sie dann.

Langsam kroch ich zu ihr hoch, stützte mich auf ihre Schultern. Ihr Oberkörper würde unter meinem Gewicht fest gegen die Matratze gepresst. Nur ein kleines Stück weit steckte ich meinen Penis in sie hinein, zog ihn sofort wieder heraus. Das machte ich mehrere Male hintereinander. Sie mochte das.

Dann wurde ihr wohliges Stöhnen lauter, sie schlug mit der Handfläche auf die Matratze. „*Oooh verdomme ... Oooh jaa ... Ooooh ja ...* [14]*Neuk me ... Neuk me nu*".

Mit meiner rechten Hand gab ich ihr einen ganz leichten, wahrscheinlich kaum spürbaren Klaps auf die Wange. „Schau' mich an. Sag's mir ins Gesicht".

---

[14] Fick' mich ... Fick' mich jetzt.

Ich drang tief in sie ein, mein Stossen wurde schneller. Willeke peitschte mich mit Worten an. „Oooh Ja … Jaaa … Ooohh Jaaaa … [15]*Neuk me … Steek je pik in mijn kut … Dieper … Harder … Neuk me*". Unsere Blicke trafen sich. „Uuaah …. Oooh Ja … Willeke …" Laut stöhnend und mit pulsierendem Schwanz entlud sich mein Sperma in Willekes Unterleib.

---

[15] Fick mich … Steck deinen Schwanz in meine Fotze … Tiefer … Härter … Fick mich.

„Vive la France"

Willeke war eingeschlafen. Ich blätterte in den Prospekten. Dann krabbelte ich nochmals zu ihr aufs Bett. Sah sie an. Der Speichelfluss in ihrem Mundwinkel zog mich magisch an. Ich MUSSTE ihn auflecken. Dann glitt ich an ihrem Körper herunter. Auch hier lief einiges an Sekret aus ihr. Ich leckte einmal kurz ihren Unterleib. „Die Möse" dachte ich, dann sagte ich es laut. „Die Möse". Ja der Ausdruck törnte mich an, Willeke hatte Recht. Leckte entfesselt weiter.

Mir fiel ein wie sich mich einmal schlafend oral befriedigt hatte. Ob das bei einer Frau auch geht? Ich verlor mich dabei sie zu lecken, als ich ihre Hand in meinen Haaren spürte. Ich blickte nach oben, in ihr rosiges Gesicht. „Oh, du bist das. Ich habe gedacht ich träume". „Träum' weiter, Süsse". Ich leckte sie weiter, bis ich selber abspritzte. Ach Scheisse, ich war schon wieder angezogen. Die Ladung ging voll in die Boxershort. In die Hose. Im wahrsten Sinne des Wortes.

Ich zog mich aus, ging erneut unter die Dusche. Die Hose brauchte ich nicht mehr anziehen, die war durch. Meine Schamhaare waren vom Sperma verklebt. Merkwürdige Dinge gingen mir durch den Kopf.

Wie viele Menschen hatten wohl schon auf „unserer" Matratze Sex? Wie war das für die Zimmermädchen, wenn sie morgens die vollgespritzten Laken, mit angetrocknetem Scheidensekret abzogen? Und wenn man länger als eine Nacht blieb, wie würden sie die Menschen anschauen? Was würden sie von ihnen denken? Die wichtigste Frage aber schien mir - die müsste ich in jedem Falle in Erfahrungen bringen müssen – wie war es für Willeke, für eine Frau, im Schlaf zum Höhepunkt geleckt zu werden?

Es gab ein typisch französisches Frühstück. Croissants, Marmeladen, Cafe. Heisse Milch, in einem separaten Kännchen dazu gestellt. Fehlte eigentlich nur eine Packung „Gauloises – ohne Filter".

Willekes Gesicht war immer noch rosig. Bei einer fremden Frau hätte ich bei dem Anblick und Gesichtsausdruck gesagt, oder gedacht - je nach Situation - „Frisch gefickt". Ich stand auf, gab ihr einen Kuss auf die Stirn. „Du siehst so richtig frisch gefickt aus". „Ja, und genau so fühle ich mich auch. Das war eine tolle Nacht, ich hatte einen tollen Liebhaber".

„Bist du sicher? Oder hast du das nur geträumt?" Sie setzte ihre Tasse, ihren „Bol" ab, nahm meine Hand und drückte sie ganz fest. „Ich glaube es war beides". Sie sah mich mit ihren leuchtenden Augen an. „Wenn du jetzt meine Freundin Wilma wärest, würde ich garantiert sagen: Der Typ hat es mir richtig besorgt". Ich war verlegen - ach quatsch, sie hatte mir voll geschmeichelt. „Naja, ich bin ja nicht Wilma, dafür fehlen mir auch die Titten". Willeke lachte. „Und zum Lachen bringst du mich auch, was will ich mehr?"

Wir wollten uns in Nancy umsehen, die Stadt erkunden. Die Weiterfahrt erst am späten Nachmittag antreten. Wir starteten unser „Sightseeing" im „Parc de la Pépinière", die grüne Lunge von Nancy. Rosengarten, Pavillons, Springbrunnen, aber auch Golfplätze, Spielplätze und Tiergehege. Ein Paradies mitten in der Stadt. Dann weiter, zum wahrscheinlich schönsten Königsplatz in Europa, dem „Place Stanislas". Nicht minder beeindruckend das Rathaus, „Hôtel de Ville". Gold war eine sehr dominante „Farbe", Fassaden, Statuen, Eingangstore glitzerten im Sonnenlicht. Porte de la Craffe, eines der ältesten Stadttore von Nancy, aus dem 14.Jahrhundert, beeindruckte mit zwei mächtigen Rundtürmen, die früher als Kerker dienten. Wir schlenderten weiter. Ich schaute auf eine Bodenplatte vor der Basilique Saint-Epvre, die so genannte „Plaque 1477" - sie erinnert an die Schlacht bei Nancy. An dieser Stelle stand das Haus, in dem der Leichnam des Burgunderherzogs Karl des Kühnen aufgebahrt wurde, der 1477 vor Nancy gefallen war.

Und dann erreichten wir die „Grande Rue", eine Einkaufsstraße mit alten und sehenswerten Häusern und Baudenkmälern. Das war etwas für Willeke. „Ich möchte etwas in die Geschäfte schauen, etwas shoppen". Über die Plätze und Strassen liefen unzählige Menschen. Mir fielen vor Allem die hübschen Französinnen auf. Viele von ihnen waren im „Business-Dress". Sie trugen Kostüme, so wie Willeke eines hatte. Das Klackern der Absätze ihrer hochhackigen Schuhe hallte über das Kopfsteinpflaster. Mehr als einmal drehte ich mich nach ihnen um. „Französinnen legen voll Wert auf ihr Aussehen, die machen sich echt zurecht, selbst wenn sie nur ein Baguette kaufen".

Willeke, die sich bei mir eingehakt hatte, grinste. „Das hast du nett gesagt, aber du schaust doch sowieso nur auf ihre Ärsche". Mein Mund verzog sich zu einem Lächeln. „Du weißt doch wie sehr ich auf Kostüme, auf Röcke stehe".

Willeke hatte sich einiges in einigen Boutiquen gekauft, war mit Papiertaschen beladen. „Was ist das alles?" wollte ich wissen. „Schicke Klamotten, zeig' ich dir später".

Wir kamen an den „Place Vaudemont", ein hübsches Fleckchen um auf den Terrassen von Cafés und Restaurants ein Päuschen einzulegen, bevor wir dann zum Parkplatz zurück gingen, auf dem wir den „Strichachter" abgestellt hatten. Nancy ist wirklich eine sehenswerte und abwechslungsreiche Stadt.

Willeke schloss Türen und Kofferraum „ihres" Autos auf, verstaute ihre Einkäufe. „Willst du fahren?" Ich hatte mich bereits ins Auto gesetzt, auf den Beifahrersitz. „Nein, du fährst". Ich räkelte mich in dem komfortablen Ledersitz, stellte die Rückenlehne in bequeme Position, nahm den „SHELL-Atlas" aus dem Ablagefach in der Türe.

Die heutige „Etappe" sollte nicht allzu weit sein. Ich hatte eine Strecke, runter ins Burgund herausgesucht, etwa 300

Kilometer, wo wir dann auch über Nacht bleiben wollten. Es blieb uns weit mehr als ein ganzer Tag bis zu unserer geplanten Ankunft in Montpellier.

Wir nahmen jetzt nicht die Autobahn, sondern die „Route nationale 57". Im SHELL-Atlas war etwas vermerkt zu dieser Strecke, das ich Willeke vorlas. *Die Route nationale 57, kurz N 57 oder RN 57, ist eine französische Nationalstraße, die durch die Regionen Grand Est und Bourgogne-Franche-Comté führt und auf die Route impériale 76 zurückgeht.* „Die Strecke nudeln wir doch so runter, das ist ja wie in einer Sänfte". Willeke strich über das Lenkrad. Ihren rechten Unterarm hatte sie auf der ledernen Mittelkonsole abgelegt. Der war quasi „arbeitslos". Die Automatikschaltung wechselte sanft die Gänge, der Mercedes liess sich fast „einhändig" fahren.

„A propos nudeln. Was macht deine Nudel?" Ich schaute zu ihr herüber. „Nudel?" Sie griff mir zwischen die Beine. „Ja, dein Pimmel". Ich nahm ihre Hand. „Alles okay, keine Beschwerden, keine Reklamation". Wir lachten beide.

Kurz hinter Dijon wechselte die Landschaft. Wir waren im Burgund. Weinberge, wohin man auch schaute, nichts als Weinberge. In Beaune legten wir einen Zwischenstopp ein, im Zentrum des Weinanbaugebiets Burgund. Was für eine beeindruckende Stadt - mit Kopfsteinpflasterstraßen, die von den Weingütern der Côte d'Or umgeben wird. Auch hier erkundeten wir zumindest den historischen Ortskern. „Das müssen wir uns auf jeden Fall merken, hier müssen wir nochmals hinkommen. Ausgiebiger". Wir assen eine Kleinigkeit in einem Restaurant, „Le 1311", in einer herrlichen Umgebung im Kreuzgang der Abtei. „Was für ein beeindruckendes Ambiente".

Willeke hatte sich bei mir eingehakt, auch um mich ein wenig „in der Spur" zu halten. Ich hatte schon einige Gläschen Wein getrunken, war mehr als leicht besäuselt. Sie gab mir auffallend oft einen Kuss auf den Hals, fasste meinen Hintern an. „Was ist los Sweetheart? Bist du rollig?" Sie biss mir sanft ins Ohrläppchen. „Ich will keinen anderen Mann als dich. Ich liebe dich". Ich schaute sie an. „Das fällt dir jetzt ein?" Sie kam ganz dicht an mein Gesicht. „Ich will mir dir schlafen". Ich musste grinsen. „Das ist jetzt aber ein schlechter, unpassender Augenblick. Schau' dich mal um. Wir sind in einer Fussgängerzone". „Ach, du Blödmann. Du weißt genau was ich meine".

Wir fuhren weiter, kamen bei „Meursault" an einem mindestens mehrere tausend Jahre alten Schloss vorbei. „Da möchte ich hin, da möchte ich rein". Ich schwärmte Willeke von meinem Traum, in einem früheren Leben ein Ritter gewesen zu sein, vor. Wahrscheinlich nicht das erste Mal.

Ein riesiger Park umgab das nicht minder riesige Schloss. Wein bestimmte hier alles. Eine junge Frau in einem Kostüm, vermutlich eine Hostess, begrüsste uns. Ob wir eine Besichtigung des Weinkellers machen wollen, fragte sie. „Wir sahen sie beide fragend an, sie wiederholte auf Englisch.

Sie ging voraus. Ich schaute auf ihren Hintern. „Geile Kiste". Willeke stiess mir mit dem Ellenbogen leicht in die Rippen. Sie kannte ja so einige Ausdrücke, die mir immer wieder mal auf Deutsch „rausrutschten". „Merci Monsieur". Die Hostess hatte sich umgedreht, schmunzelte. „Ein wenig Deutsch spreche ich schon" sagte sie auf Deutsch. „De rien, Mademoissele. Geile Kiste" wiederholte ich meine Anerkennung. Sexistisch hin oder her, man wird ja noch sagen können was man denkt.

Sie erzählte ohne Ende - über die Geschichte von Château Meursault, die Tradition, die Weine. Immer wieder unterbrochen von Proben, die sie aus den Fässern zog. Ich war blau als wir den Keller verliessen.

Einige der verkosteten Weine hatte ich mir merken können, anhand der Etiketten. Davon nahmen wir jeweils eine Kiste mit 6 Flaschen mit. „Beaune Premier Cru - Bourgogne Terroir d'Exception - Savigny-Lès-Beaune Blanc". Sie nannte mir einen Preis, soundsoviel Franc. Ich zückte mein Portemonnaie. „Wie viel ist das in Gulden?" Die Hostess kritzelte eine Zahl auf einen Zettel, sie hatte das „mal eben" umgerechnet. Aber Gulden würden sie nicht annehmen können. Sie tippte mit einem Finger auf die Geldkarte in meinem Portemonnaie. „Das ist kein Problem".

Irgendwie hatte sie eine Sackkarre hergezaubert, lud die drei Kisten auf und brachte sie zu unserem Auto, eigentlich natürlich Willekes Auto. „Ein sehr schönes Auto haben sie". Ich zeigte auf Willeke. „Ihr Auto, nicht unser Auto". Sie schaute zu Willeke, die neben ihr am Kofferraum stand. „Une très belle voiture, Mademoiselle".

Unsere Reise ging weiter. Ich war richtig in den Ledersessel eingesackt. Der Wein zeigte seine Wirkung. Gut, dass ich bereits die Stationen auf unserer Route auf einen Zettel geschrieben hatte. Willeke lachte, als sie zu mir herüberblickte. „Du bist ganz schön dicht".

Etwa bei „Tournus" sah ich ein Hinweisschild auf eine Tankstelle. „Kannst du da bitte anhalten. Ich muss dermassen pinkeln, ich mach' mir gleich in die Hose. Willeke lachte. „Besser nicht. Eine Hose hast du ja gestern schon versaut". „Wie meinst du? Versaut?". Sie hatte natürlich heute Morgen, in der Pension, die Wäsche eingesammelt, die noch verstreut in Zimmer und Bad lag. „Hast du dir noch einen runtergeholt? Oder wieso ist die Hose so verklebt?" „Nein". Ich erzählte ihr, dass ich ejakuliert hatte während ich sie geleckt hatte. „Ach, wie süss. Mein Süsser. Mein süsser Spitzer". Was bitte war daran süss?

Ich stieg aus, lief direkt zum Waschraum der Tankstelle. Das war knapp. Viel weiter hätten wir nicht fahren dürfen. „Lass' uns auch direkt tanken, voll. Ich gehe drinnen bezahlen".

Ich zahlte die Tankfüllung, dazu kamen ein paar Getränke, die ich aus dem Kühlschrank genommen hatte. „Vittel und Orangina" tippte der Kassierer ein.

Mit der Hand zeigte ich auf den Parkplatz, der direkt hinter der Tankstelle war. „Ich würde gerne mal eine Zigarette rauchen". Auch im Mercedes wurde nicht geraucht. Fast noch wichtiger als in dem, im Vergleich zum Benz, kleinen Ford Escort. „Bis wohin fahren wir denn heute noch?" wollte Willeke wissen. „Nicht mehr weit, bis nach *Mâcon*, noch etwa 40 Kilometer".

Mâcon lag an der „Saône", der Fluss teilte die Stadt. Zu beiden Seiten. Wir parkten in der Nähe der „Pont Saint-Laurent". Von dort schauten wir auch auf den Fluss, auf die Stadt, liessen den Eindruck auf uns wirken. Willeke hatte sich auf eine Steinballustrade gelehnt. Ich umfasste ihre Taille, flüsterte einige „nette" Worte in ihr Ohr. Zwei sichtlich Verliebte auf Urlaubsreise. Wie schön war das denn, bitte schön?

Willeke hatte eine Tasche gepackt, in die sie unsere Klamotten „umgeladen" hatte. „Leichtes Gepäck" sozusagen.

Wir fanden eine Pension, direkt am Flussufer, luden unser Gepäck im Zimmer ab und erkundeten die Stadt. Hier im Burgund, in Mâcon schien das Leben einen gemächlichen Gang zu haben. Wir liessen uns treiben, in den Straßen der Fußgängerzonen. Boutiquen, Terrassen der Cafés, Plätze, die zum Verweilen einluden, Museen, Gemüsemarkt und was weiss ich noch alles. Meine Freundin war begeistert. „Schön hier, das hast du gut ausgewählt".

Das war aber eher zufällig, ein Glücksgriff. Es war Abend, wir wollten essen gehen. Wir fanden ein nettes „Bistro-Restaurant" direkt am Ufer der Saône. Die Atmosphäre - sehr schön - ebenso die Inneneinrichtung im Jugendstil. Das Speisenangebot war nicht „so abgehoben", bot typisch französische Küche - alles hausgemacht mit hochwertigen Produkten.

Wir sassen lange dort, erzählten viel – davon hatten wir ja reichlich auf Vorrat – lachten und tranken Wein. Aus dem Burgund. Hier verstand man es „herrliche Tropfen" zu produzieren. Gut genährt, ein wenig erschöpft von der Lauferei, vor Allem aber glücklich kamen wir in der Pension an.

Ich verspürte „Schmacht", hätte zu gerne einen Joint geraucht. „Drogen ins Ausland schmuggeln, das geht aber gar nicht" lachte Willeke. Ich drehte mir stattdessen eine Zigarette, die ich am offenen Fenster rauchte. „Sollen wir nicht aufhören zu kiffen?" fragte Willeke. „Ist das eine ernst gemeinte Frage?"

Wir kuschelten uns ins Bett, schliefen schnell und tief ein. Zum Frühstück trafen wir uns im Erdgeschoss. Ich war meist, eigentlich immer, vor Willeke wach. Das lag am Arbeitsrhythmus.

Sie trug einen schwarzen, sehr eng anliegenden Rock, der bis leicht unter die Knie reichte. Dazu eine Jacke, ein Jäckchen, mit einem schwarz-weissen Hahnentritt-Muster. Ringsum war die Jacke mit einem schwarzen Saum eingefasst, auch die aufgesetzten Täschchen. Das mit dem „Hahnentritt" erklärte mir Willeke. „Das ist ursprünglich von Coco Chanel. Wie gefällt dir das?"

„Dreh' dich mal, bitte". Ich hatte weniger Augen für das Jäckchen denn für den Rock. Ihr Hintern, prall und knackig, wie ein Apfel in einer Obstschale, zum Anbeissen. „Du siehst dermassen hinreissend aus". „Ja, nicht nur auf meinen Arsch glotzen, der Rest auch?" Ertappt.

Wären da nicht ihre langen, blonden Haare – sie wäre glatt als eine der modebewussten Französinnen durchgegangen. Ich rettete mich aus dem Vorwurf. „Wie ein Model siehst du aus".

„Willst du heute nicht mal fahren, dann kann ich auch ein wenig aus dem Fenster schauen". Willeke warf mir die Autoschlüssel zu. „Geht klar, Madame".

Die letzte Etappe lag vor uns. Montpellier, wir kommen. Ich nahm die Autobahn. Das war noch mal eine ganz andere Sache, auf dem Fahrersitz des Mercedes.

Der Motor hatte eine ungeheure Power. Mit knapp 2.000 Umdrehungen glitten wir durch die Landschaft, ein leichtes Antippen des Gaspedals liess die Automatik einen Gang runterschalten. „Voll das geile Teil, passt zu dir - wie Faust aufs Auge". Ich blickte zu Willeke auf den Beifahrersitz herüber. „Wieso passt ...?" „Weil du auch ein geiles Teil bist".

Südlich von Mâcon begann die Hügellandschaft des Beaujolais. Eine reizvolle Gegend. „Schau' nur, wie schön es hier ist". Ja, als Beifahrer hat man eindeutig mehr von so einer Reise.

Bis etwa „Montelimar" fuhr ich durch, knapp 230 Kilometer. Der Benz liess einen das nicht spüren, das war wirklich das perfekte Auto für so eine Reise. Komfort, Luxus und echte Power. „Deutsche Wertarbeit". Wir tranken an einer Raststätte Kaffee, rauchten vor der Weiterfahrt eine Zigarette. „Dann auf, die letzten Meter". Es waren noch schlappe 160 Kilometer, „die machen wir auf der linken Arschbacke". Ich freute mich weiter fahren zu können.

Wir hatten Montpellier erreicht, es war gegen 17 Uhr. Noch war es hell. Das würde unsere Suche nach der Adresse von Luc sicher einfacher machen. Aber – „am Arsch". Montpellier war so gross. „Das finden wir nie".

Ich hielt an einem Taxistand. Zuvor hatte ich den von Jack geschriebenen Zettel herausgekramt. „Rue de Schlagmichtot". Ich wusste noch nicht einmal wie man das richtig aussprach.

„Rue de Aiguerelles" sagte Willeke als sie auf den Zettel sah. „Du kannst französisch?" „Nicht nur das, ich spreche auch die Sprache". Ihr Grinsen reichte von einem Ohrläppchen zum anderen. Wieso hatte sie das nicht gesagt? Oder schon vorher, bei anderen Gelegenheiten nicht französisch gesprochen? „Du Stück" entfuhr es mir. Willeke schaute noch böse an. „Du sollst das nicht zu mir sagen".

Wir gingen zu einem Taxi, Willeke fragte freundlich. Von der Antwort verstand ich nicht ein Wort. Mir kam das so vor als wenn er gerade an einem „Schnellsprech-Wettbewerb" teilnahm. Wer kann die meisten Worte in einer Minute sagen? Ich sah zu Willeke. „Hast du irgendwas verstanden?" „Nö".

„Frag' ihn bitte wie weit das ist und was eine Fahrt mit dem Taxi ungefähr kostet?" Wieder prasselte ein Wortschwall durch die geöffnete Scheibe auf mich ein. „Etwa 160 Franc". „Was heisst das in Gulden?" „Ja Mann, woher soll ich das wissen?" Ich hatte zum Glück in Mâcon in einer Bank etwas Geld umgetauscht, schaute auf den Wechselkurs auf dem Kassenbon, der sich noch in meiner Hosentasche befand. „Etwa 50 Gulden".

„Hör' mir bitte genau zu". Ich hielt Willeke an den Schultern. „Gib ihm die Kohle", zählte ich 160 Franc mit den labbrigen Banknoten in ihre Hand, „er soll vorausfahren, wir folgen ihm dann. Aber bitte langsam, also langsam fahren".

Der Taxifahrer steckte das Geld ein, startete seinen Peugeot 404, wir fuhren los.

„Versuch' dir doch irgendetwas zu merken". Willeke lachte. „Und was?" „Ja irgendwas".

Der Typ raste durch die Strassen, wie Luis de Funès im Film „Der Gendarm von Saint Tropez", nur nicht so lustig.

An einer Gabelung hielt er an, hielt den Arm aus dem Fenster. „Ici, Ici". Wild fuchtelte er in der Luft herum, deutete auf ein Strassenschild an einer Häuserwand. Weg war er.

„Die Übergabe"

Nachdem ich, gefühlt, fünfhundertmal um den Häuserblock gefahren war, fanden wir endlich einen Parkplatz. Jetzt „nur noch" wieder die Strasse finden, die hier irgendwo, links oder rechts war.

Mit Jacks Zettel in der Hand, mit den Augen die Fassaden nach Hausnummern absuchend, fanden wir die Adresse. „Sie haben ihr Ziel erreicht". Wir standen vor einem ziemlich abgeranzten, zweigeschossigen Haus. Der Putz und die Farbe blätterten von der Fassade ab. Die Schlagläden im ersten Geschoss waren total ausgeblichen. Welche Farbe mochten die ursprünglich wohl haben? Wer weiss das schon? Die Fenster im Erdgeschoss waren vergittert. In den Etagen darüber gab es Balkone. Konnte man das so nennen? Da würden maximal zwei Kästen Bier Platz drauf finden. Wie zum Teufel konnte man so etwas bauen? Das war nicht einmal Unsinn, das war „Null-Sinn".

Ich suchte nach einer Türklingel. Nichts. Willeke zeigte auf eine Glocke, die an einer Metallkette baumelte. Total verrostet. Die hatte man bestimmt einer Kuh oder Ziege beim Grasen geklaut. „Ist schon anders als bei uns, in Holland". Willeke lachte. „Ja, andere Länder, andere Sitten". Ich musste grinsen, fasste unter ihr Jäckchen an ihre Brust. „Oui, andere Frauen, andere Titten". „Lass' das" zischte sie kurz.

Catherine öffnete. Sie wirkte im Eingang der grossen Holzpforte noch kleiner als ich sie in Erinnerung hatte. „Bonjour". Das Begrüssungsritual kannte ich ja. Genau wie bei uns. Küsschen links, Küsschen rechts. Ich stellte Willeke vor. „Willeke. Catherine – Catherine. Willeke". Sie bat uns ins Haus zu kommen. Innen, im Eingangsbereich, war es etwas besser, aber auch ganz schön „abgerockt". Das Ganze sah eher wie eine Scheune aus. Catherine erklärte, dass das früher die Remise war. Willeke übersetzte, meine persönliche Dolmetscherin. Das war mir aber schon nach zwei Sätzen zu doof. „Können wir Englisch reden?" „Yes, sure".

Dann öffnete sich ein grosser Wohnbereich. Durch die Küche betraten wir den Salon. Sehr hübsch. Zwar nicht unbedingt mein Geschmack, aber sehr hübsch, sehr wohnlich, eingerichtet. Das hätte ich, nach der Fassade und der runtergekommenen Remise, nicht erwartet. Luc stand aus einem grossen Ohrensessel, einem „Fauteuil" auf. „[16]*Bonjour mes amis. Comment ça va?*" Schnell waren einige Gläser auf den Tisch gestellt, eine Flasche Wein dazu. „A votre Santé". Ich hob mein Glas. „Gezondheid".

Wie denn die Reise so war? Wie uns die Fahrt durch Frankreich gefallen habe? Wie uns das Land gefällt? Ob es Probleme gab? Catherine sah mir an, dass das alles ein wenig zu viel Fragen auf einmal waren. „Lass' sie doch erst einmal ankommen". Sie hatte Käse und Brot zu dem Wein auf den Tisch gestellt. „Esst was". Das Angebot nahm ich gerne an. Einige der Käse sahen allerdings aus, als wenn die „weg" könnten, also in den Müll. „Das sind Delikatessen, greif' zu". Mein skeptischer Blick sagte sicher genug. Luc schnitt einige Ecken der verschiedenen Käsesorten herunter. „Bei euch sagt man - Käse schliesst den Magen. Wir Franzosen sagen - Käse öffnet die Herzen".

Ich probierte. „Lekker". Probierte von allen Sorten, dazu immer ein Stückchen Baguette - und Wein. Mein Glas konnte nicht leer werden. Luc goss immer reichlich nach. „Zu Käse gehört Wein – und andersherum". Damit hatte Luc Recht. Die Geschmäcker unterstützten sich ganz hervorragend.

Wir hatten erzählt. Wie unsere Reise bisher verlaufen war. Dass wir bereits Montagmorgen losgefahren waren und uns Zeit gelassen hatten. Im Burgund waren. Und und und. „Hat denn alles geklappt? Jack hat euch alles geliefert?" Ich sah Luc an. „Wieso sollten wir sonst hier sein?" Er musste lachen. „Ja, stimmt".

---

[16] Hallo Freunde. Wie geht es euch?

Da wir schon beim Thema waren wollte ich auch alles schnell „zu Ende" bringen – um dann eine Pension zu suchen. Catherine stellte sofort klar „Mais non, ihr seid unsere Gäste. Komm' mit ..." sie sprach jetzt französisch, konnte mich also nicht meinen. „Ich zeig' dir euer Zimmer". Willeke stand auf und ging mit ihr mit.

Luc war in ein anderes Zimmer gegangen, von dort hörte ich ihn fragen „Sollen wir mal das Geschäftliche machen?" Ich erklärte, dass alles gut im Auto verstaut sei. „Hast du das Geld hier? Jack hat gesagt du zahlst bei Lieferung." Er kam mit einem Packen Französischer Franc. Echt labberiges Geld. Knapp 33.000 zählte er auf den Tisch. Ich nahm wieder meinen Zettel mit dem Wechselkurs aus der Hosentasche. „Hast du mal einen Stift und Papier, dann kann ich das mal schnell umrechnen".

„Passt". Ich nahm die Geldscheine an mich. „Dann hol' ich mal die Lieferung". „Aber nicht mit dem Geld abhauen". Ich sah Luc an. „Meine Freundin ist nebenan, die bleibt hier. Und die kannst du nicht bezahlen". Hob das Geldbündel in die Luft. „das wäre nur eine ganz mickrige Anzahlung". Luc lachte. „[17]*Oui, c'est vrai*".

Er wollte wissen wo wir geparkt haben und er ob mitkommen solle. Das wollte ich nicht. Er brauchte weder wissen wo wir geparkt haben, noch welches Auto wir fuhren. Nichts von alledem. Da kam schon ein wenig der Gangster, der Kleinkriminelle in mir durch. Ich wollte nicht nur die LSD-Trips holen, sondern auch die Geldscheine im Auto deponieren. Musste natürlich keiner wissen wo. Ich nahm einen Zettel und Stift mit, um mir den Weg aufzumalen. Für mich sah alles gleich aus.

---

[17] Ja, das stimmt.

Mit dem „Algemeen Dagblad" ging ich zurück, gab Luc die Zeitung. „Hier, zur Abwechslung mal gute Nachrichten". Er blätterte behutsam die Seiten um, entnahm die „Beilagen", legte sie sorgsam in eine Mappe, die mit Löschpapier ausstaffiert war, das er jeweils zwischen die einzelnen Bögen legte. „Habt ihr getestet?" Ich verneinte. „Das ist nichts für mich".

Willeke war mit Catherine von ihrer „Visite" zurück. „Das ist ein ganz süsses Zimmer". „Wie ist das Bett?" „Ach, du wieder". „Nein, ich will wissen ob es gross genug ist, für uns zwei". „Schau' es dir gleich selber an".

Luc hatte einen fetten Joint gedreht, angezündet – reichte ihn zu mir herüber. Ich nahm zwei tiefe Züge. Die „Schelle", die Ohrfeige, die ich davon bekam war enorm. Ich hatte zuletzt vor drei Tagen geraucht. Sackte direkt auf meinen Stuhl zusammen. War Megabreit, schlagartig. Willeke ging es nicht anders. Wir waren erst einmal „ruhiggestellt". Ohne Worte. Einfach nur bedröhnt. Aber so was von bedröhnt.

Catherine wuselte nebenan, in der Küche umher. „Nachher kommen Freunde, wie wollen gemeinsam essen. Ihr bleibt doch? Oder wollt' ihr ausgehen?" Im Moment wollte ich gar nichts, maximal ein Snickers. Das Kiffen hatte meine Lust auf Süssigkeiten geweckt. „Habt ihr ein Snickers? Oder sonst war Süsses?" Luc scherzte. „Was ist mit deiner Frau?" „Ne, irgendwas anderes Süsses". Catherine brachte mir einen Riegel. „Hier, ein Sniiekerse". Ich lachte mich schlapp über ihre Aussprache. Sniiekerse.

„Komm', ich zeig' dir mal das Zimmer". Willeke hatte mich aus meiner „Mümmelphase" aufgeschreckt. Ich nuckelte gerade genüsslich an dem Schokoriegel. Willeke zog mich an der Hand. Im Obergeschoss war das Zimmer. Sehr schön wäre gelogen. Aber okay, ein Bett, eine kleine Kommode.

„Hast du eigentlich ein paar Sachen aus dem Auto mitgebracht?" „Was für Sachen?" „Klamotten zum Beispiel". Nein, hatte ich nicht. Wie unaufmerksam von mir. Ich musste grinsen. „Hat das mit dem Deal geklappt? Habt ihr das erledigt?" Ich hatte mich auf das Bett gelegt. War einfach nur breit. „Ja Süsse. Wir sind um 10.000 Gulden reicher". „Das war dann ja echt easy. Das müssen wir feiern" schmunzelte Willeke. „Jetzt nicht, heute abend, aber jetzt nicht, ich bin breit wie ein Eimer".

Willeke hatte den Gürtel an meiner Hose geöffnet, wollte den Reissverschluss herunterziehen. „Ich zeig' dir wie gut ich französisch kann". Ich schreckte auf, hielt ihre Hand fest. „Bloss nicht, bei der kleinsten Anstrengung oder Aufregung krieg' ich einen Herzkasper". „Du brauchst doch nichts machen, überlass' das mir". Ich richtete mich auf. „Auf gar keinen Fall, willst du, dass ich sterbe? Wie sieht das aus? Ich hab' einen Herzinfarkt und du meinem Pimmel im Mund". Willeke lachte.

„Ich leg' mich was hin, du kannst gerne nachher kommen um mich zu wecken. Aber sonst auch nichts". Willeke ging nach unten, ganz kurz schaute ich auf ihren Hintern. „Geile Kiste, Süsse". Ich schloss die Augen. Voll das Karussel in meinem Kopf.

„Sweetheart. Aufstehen". Was war los? Wo war ich? Ich brauchte einen Augenblick um mich zu sortieren. „Ich würde gerne duschen gehen und mich umziehen". Willeke stand vor dem Bett. „Ja, mach' doch. Kein Problem". „Eben doch. Du müsstest schon ein paar Sachen holen. Aus dem Auto".

Gerade wollte ich den zerknüllten Zettel mit meiner Notiz, wie ich zum Parkplatz finde, aus der Hosentasche ziehen und Willeke geben. „Ich geh' schon, bin gleich wieder da". Nein, auch sie brauchte beim „Kramen" nicht zufällig auf das Geld stossen. „Halt' sie einfach aus allem raus". Mein Hirn arbeitete zum Glück noch, wieder.

„Was hatte sie jetzt noch gesagt, welche Klamotten? Was soll's, ich nehm' einfach alles mit, dann ist garantiert das Richtige dabei" entschied mein Kopf.

Ich hatte gut daran getan das gemacht zu haben. Willeke zog ein Kleidungsstück nach dem anderen aus den Taschen. „Soll ich das anziehen? Oder lieber das? Wie findest du das?" Meine Antwort war immer gleich. „Ja, schön". Ich sah sie am liebsten nackt. Oder in ihrem Kostüm, ganz einfach.

Der Salon war schon gut gefüllt. Einige Freunde von Luc und Catherine waren eingetroffen. Zwei weitere Frauen halfen Catherine in der Küche. Sie stellte sie mir alle vor, nicht einen Namen hatte ich mir merken können.

Sie hatten „tierisch aufgefahren". Couscous, Tabulé, geschmortes Lamm, Auberginen und und und. Als Dessert stand ein grosses Blech „Clafoutis aux Cerises" auf einem kleinen Tisch. Und Wein, jede Menge Wein. „Vielleicht einen Pastis vorher?" Luc goss mir ein Glas ein, ich nahm einen Schluck. „Leck mich am Arsch, das ist ja hochprozentig". Einer seiner Freunde grinste. „Das musst du mit Wasser auffüllen". Während er mir das Glas mit etwas Wasser und Eiswürfeln auffüllte konnte ich zusehen wie sich der Schnaps mehr und mehr milchig trübte.

Willeke hatte sich umgezogen. Sie trug eine tief ausgeschnittene weisse Bluse, dazu einen geblümten „Glockenrock", über der Taille war ein schwarzes Band, als angedeuteter Gürtel, mit einer Schlaufe zusammengebunden. Das obere Drittel ihre wohlgeformten Brüste schaute aus der Bluse hervor, ihre Nippel drückten sich durch den Stoff. „Ist dir kalt?" „Ein wenig schon". „Das sehe ich Süsse". Sie schaute an sich herunter, drehte auf dem Absatz. Kurz darauf kam sie wieder, hatte einen Pullover übergestreift.

Ich grinste sie an. „Wegen mir hättest du das ruhig anlassen können". „Ist klar. Aber die anderen brauchen mir ja nicht unbedingt auf die Möpse glotzen".

Am Tisch herrschte ein bunter Sprachenwirrwarr. Französisch, Englisch, ich unterhielt mich Willeke auf Holländisch, einige der anderen sprachen untereinander Marokkanisch, so vermutete ich.

Eines aber war klar. Catherine konnte vorzüglich kochen. Und feiern und trinken konnte alle. Hatte ein wenig etwas von der Küche auf der „Boerderij".

Nach dem Essen, was aber schon Stunden angedauert hatte, setzen wir uns in den gemütlichen Salon. Luc holte eine grosse Wasserpfeife hervor, machte eine riesige „Mischung" aus Dope und Tabak, reichte die Pfeife herum. Ich lehnte dankend ab. Der Joint den wir am Nachmittag rauchten, hatte mich genügend „aus der Bahn" geworfen. Ich wollte schlafen. Fit sein für den morgigen Tag. Ich wollte weiter. Jetzt war für mich „richtig Urlaub". Paket geliefert. Einfach machen wonach uns der Sinn steht. Willeke blieb bei unseren Gastgebern. Super. Einfach einpennen.

„Im Süden Frankreichs"

Ich erwachte recht früh. Das Haus war still. Alles schlief noch. So dachte ich zumindest. Stand auf, liess es mir nicht nehmen Willekes kleinen Speichelbach, der an ihrem Mundwinkel herabgelaufen war, aufzuschlecken.

Ich schreckte zusammen als ich Catherine in der Küche bemerkte. „Doch jemand wach?" Sie drehte sich zu mir. „Bonjour. Kaffee?" Stellte mir einen „Bol" auf den Tisch, erwärmte in einem kleinen Topf Milch und stellte ihn dazu. „Ihr wollt heute schon weiter?" Das war richtig. „Ja, nach Marseille, wenn möglich irgendwie am Meer entlang". Catherine verschwand kurz, kam mit einer „Michelin-Strassenkarte" zurück, breitete den Plan auf dem Tisch aus. „Hier, das ist eine schöne Strecke". Sie fuhr mit einem Finger über die Karte. „Hast du einen Stift und ein Blatt Papier, dann kann ich mir was notieren".

Aus einer Schublade im Küchentisch zog sie einen Block und einen Kugelschreiber hervor. „Hier, La Grande Motte, dann weiter nach Saintes Maries de la Mer, in einer Schleife wieder hoch, dann nach Port-Saint-Louis-du-Rhône, Fos sur Mer, über Martigues bis nach Marseille". Die Strecke sah gut aus, zumindest auf der Karte. „Ich würde mir aber Zeit nehmen, es ist alles sehr schön, es gibt viel zu sehen". Catherine faltete die Karte wieder zusammen. „Ihr habt eine Karte im Auto?" Das hatten wir, allerdings nicht so eine detaillierte wie ihre. „Etwas weiter unten in der Strasse ist eine Buchhandlung, dort kannst du so eine Karte kaufen".

Ich hatte bereits meinen zweiten Kaffee getrunken. Das waren echte Schüsseln, Tassen konnte man diese „Bol" nicht nennen. Catherine hatte mir gezeigt wie die Franzosen ihr Frühstück zu sich nahmen. Sie tunkte ihr Croissant, dick mit Butter und Marmelade bestrichen, immer wieder in den Milchkaffee. Schon nach kurzer Zeit schwammen die „Fettaugen" von der Butter oben auf dem Kaffee.

Willeke kam jetzt auch in die Küche. Sie sah furchtbar aus. Dick verquollene Augen. Auf ihrem Kopf sah es aus, als wäre ihr Kopfkissen über Nacht explodiert. Im wahrsten Sinne des Wortes standen ihr die Haare zu Berge. „Gut schaust du aus" musste ich lachen. „Hör' bloss auf". Sie setzte sich zu uns. „Kaffee? fragte Catherine. Ich grinste sie an. „Und halt bloss die Klappe, sag' nichts – und wenn dann leise". Oh, Oh.

Willeke schlürfte ihren Kaffee. „Ich geh' dann nach oben und mach' mich fertig. Dann können wir gleich los. Ich blieb noch etwas bei Catherine in der Küche sitzen. Wir plauschten ein wenig. So dies und das, wir kannten uns ja so gut wie nicht. Was sollten wir da grossartig reden.

Nach etwa 30 Minuten ging ich zu Willeke. „Soll ich schon mal ein paar Sachen mit runternehmen?" Sie zog wortlos eine bunte Jeanshose aus einer der Taschen. „Das zieh' ich an, und das". Sie hatte die Bluse vom gestrigen Abend gegriffen. „Oh, das gefällt mir gut" sagte ich, um irgendetwas zu sagen und das Schweigen zu durchbrechen. „Ja, für dich, du geiler Bock. Aber eines sage ich direkt. Glotz' mir auf die Titten so viel du magst. Aber fass' mich nicht an – und quatsch' mich nicht an". Erneut musste ich grinsen, musste mich sehr beherrschen um nicht laut loszulachen. „Oui, Madame". Ihr Blick war tödlich. „Wenn schon, dann Mademoiselle".

Ich nahm die Taschen. „Mach' lieber die Biege" sagte mein Kopf.

Wir verabschiedeten uns. Willeke lehnte sogar die Küsschen links, Küsschen rechts ab.

Ich trug die Taschen, Willeke die Verantwortung. Blödsinn, ich glaube sie war froh mit nichts was am Hut zu haben. „Ich geh' da schnell in die Buchhandlung, eine Landkarte kaufen". Willeke blieb einen Moment stehen. „Warte, ich komm' mit".

Während ich in einem Metallständer die Karten durchforstete war Willeke in einer Ecke mit Souvenirs und Krimskrams zugange. Sie kam zur Kasse. „Das auch". Sie trug eine orangefarbene Kinder-Sonnenbrille. Bloss keinen Lachanfall bekommen. „So schlimm?" „Kop dicht".

Ich lud alles in den Kofferraum, hatte Willeke bereits die Beifahrertür geöffnet. Ob sie fahren wolle? Die Frage konnte ich mir sparen. Ich nahm das gestern verstaute Geldbündel mit in den Fahrerraum, legte mir meinen Zettel mit den Wegstationen auf das Armaturenbrett. Auf der nächsten grösseren Strasse war auch schon ausgeschildert „Carnon". Da mussten wir lang.

Kurz bevor wir die Stadt verliessen sah ich eine Bank, dort hielt ich an. „Was ist?" Ich erklärte Willeke, dass ich Geld umtauschen wolle. Die dunkelbraunen französischen Geldscheine fand ich nicht nur hässlich und labberig, was sollten wir mit der französischen Kohle. Vor allem mit dem grossen Betrag.

Im Schalterraum legte ich einen Teil auf den Tresen. „Das hätte ich gerne in Gulden". Es dauerte einen Moment. Die Kassiererin hatte die Scheine in einen Zählautomaten eingelegt.

„Wie geht es dir" wollte ich von Willeke beim Einsteigen in den Mercedes wissen. „Fahr' einfach, quatsch' nicht". Wir fuhren los, Richtung Carnon.

Es dauerte nicht einmal 30 Minuten. Willeke hatte vor sich hingedöst. Ich hielt auf einem Parkplatz nahe der „Avenue Grassion Cibrand". Dahinter waren direkt der Strand und das Mittelmeer. Der Strand war sehr gross und feinsandig, reichte bis nach „La Grande Motte". Carnon selbst fand ich eher „schäbig". Ein auf dem Reißbrett entstandener moderner, großer Badeort mit einem zentralen, ausgedehnten Jachthafen. Wir liefen etwas am Strand entlang. „Lass' uns zurückgehen Ich hab' Kopfschmerzen. Mir ist kalt. Biiitte". Wir stiegen wieder ins Auto. Ich schaltete die Heizung ein. Die Temperatur für Fahrer- und Beifahrerseite war getrennt einstellbar. So wurde es für Willeke schnell muckelig.

Die Strecke führte uns quer durch Carnon, nach wenigen Minuten erreichten wir „La Grande Motte". Ich hielt erst gar nicht an. Hier durfte sich ein oder mehrere Architekten ausgetobt haben. Welch ein grausiger Anblick. „Wir fahren direkt weiter. Nach „Saintes Maries de la Mer", da machen wir dann Pause, okay? Das waren noch etwa 50 Kilometer. Leider fand ich es auch hier nicht wirklich „prickelnd". Die schöne Meeresgegend war einfach „zubetoniert". Ferienhäuser und Apartments hatten die Landschaft verschandelt.

Wir fuhren eine Tankstelle an, ich liess den Tank volllaufen. Französische Geldscheine hatten wir ja satt „an Bord". In einem Restaurant, direkt an der Stierkampfarena, bestellten wir uns eine warme Mahlzeit.

„Was habt ihr denn noch gezaubert, dass es dir so schlecht geht?" „Ich hab' einfach zu viel gekifft und zu viel Wein getrunken". Das mit dem Kiffen konnte ich sehr wohl nachvollziehen. Zumindest hatte das bei mir, nach Tagen ohne Dope, voll reingehauen. „Warst du es nicht, die vorgeschlagen hatte damit aufzuhören". „Ja, das war ich, hätte ich mal auf mich selber gehört". Willeke fasst sich an den Kopf. „Immer noch Aua?" „Wird besser, nicht mehr soo schlimm".

Unsere Bestellung wurde serviert. Ich konnte zusehen wie Willeke mit jedem Bissen „zurückkehrte". „Hier willst du aber nicht bleiben, oder? Das ist ja grauenhaft".

Am Eingang des Restaurants hatte ich einige Broschüren aus einem Display mitgenommen. „Parc naturel régional de Camargue" war eine davon. Ich schlug das Prospekt auf. „Schau' mal, das ist nicht weit von hier, das sieht doch toll aus". Willeke blickte auf das Prospekt. „Was denn, was meinst du?" Ich musste lachen. „Süsse, du musst schon die Micky-Maus-Sonnenbrille absetzen, dann erkennst du bestimmt auch mehr".

„Oh, ist das da wo die tollen Pferde herkommen?" Das konnte ich nicht mit Bestimmtheit sagen, war aber anzunehmen, warum sonst sollten die „Camargue-Pferde" heissen? „Ich denke schon". „Bitte, lass' uns dahin, ich will Pferde sehen".

Im Auto suchte ich auf der Karte die Strecke nach „Arles" heraus. Willeke ging es besser, deutlich besser. Sie hatte ihre Füsse auf das Armaturenbrett gestellt und genoss den Ausblick auf die Camargue. Was für eine tolle Landschaft. Vereinzelt waren auch einige der weissen Pferde zu sehen, je weiter wir fuhren umso grösser wurden auch die Herden. Die Strecke bis nach Arles führte eigentlich nur durch die Natur.

In einem Vorort von Arles, Gimeaux, fuhr ich in einen Feldweg ein, hielt an. „Warum hältst du?" blickte Willeke fragend zu mir herüber. „Willst du mit mir schlafen?" „Was? Hier? Wie soll das gehen?" Mich hatte die Idee gereizt, als ich Willeke angeschaut hatte wie sie sich mit den Füssen aufs Armaturenbrett gestützt hatte. „Hier, im Auto". „Das ist zwar geräumig, aber bestimmt kein Wohnzimmer".

Ich griff über sie auf die Seite des Sitzes, drehte die Rückenlehne komplett runter. „Schau', Liegesitze". Dann zog ich die Kopfstütze aus der Rückenlehne heraus. „Die stört jetzt nur". „Na, da bin ich mal gespannt was du dir da ausgedacht hast". „Du wirst sehen, es wird dir gefallen". Ich hatte ihren Hals geküsst und mit einer Hand ihre Brust gefasst, die ich „flott" aus der Bluse schob. „Dreh' dich einmal, so dass dein Kopf und Rücken auf dem Sitz liegen. Deine Beine legst du über die Rückenlehne". Ich kletterte auf den Rücksitz. „Von wegen", bemerkte ich. „Ist doch voll das Wohnzimmer". Ich zog ihr Hose und Slip aus. „Ein bisschen wie beim Gynäkologen liege ich jetzt hier". Willeke lachte.

Wie konnte man solch einen Beruf ergreifen? Gynäkologe. Entweder läuft man den ganzen Tag mit einer Dauererektion rum. Oder man hat gar keinen Bock mehr auf Sex. „Komischer Beruf" sagte ich. „Den ganzen Tag nur auf Muschis glotzen"

Auf meinen Knien hockend leckte ich sie, streichelte ihre Brüste. „Du hast echt Ideen, du bist ein verrückter Kerl". „Geniess' es einfach". Ich robbte über die Rückenlehne und stiess fest in sie hinein. „So oft wie wir miteinander schlafen könnte ich ruckzuck schwanger sein. Willst du dir das nicht noch einmal überlegen?"

„Du denkst jetzt an Kinder?" Ich hatte meinen Penis aus ihr herausgezogen. Wie kann man so eine Frage stellen? Jetzt? „Echt, ich hätte so gern ein Kind mit dir". Während sie redete, mich ansah, massierte sie meinen Penis. „Willeke, also ..." „Also ja?" Ihre Handbewegungen wurden schneller, sie zog meine Vorhaut noch weiter zurück. „Willeke ..." „Ja?" „... ich komme". Ich spritzte auf ihren Oberkörper, bis hoch zu den Brüsten.

Willeke verteilte das Sperma über ihren Oberkörper. „Da ist er ja wieder, mein kleiner Spritzer". Presste mich an sich, rein in das Sperma. Wir lagen eine ganze Weile so. „Ich werde bald 32 Jahre alt. Ich wünsche mir so sehr ein Kind mit dir". Drehte sich jetzt alles in meinem Kopf wegen des „Abgangs"? Nein, es war das Kinderthema.

„Oh nein, Oh nein, Oh nein. Willeke nein. Und was heisst schon 32, du bist doch keine Oma. Wir haben noch Zeit. Gib uns noch Zeit, bitte". Ich hatte richtig Angst, Schiss, dass sie wieder weinen würde. Ich hatte schon ein Mal ihre Bitte „abgeschmettert".

Ungelenk kletterte ich zurück auf die Rückbank. Willeke drehte sich auf dem Beifahrersitz, öffnete die Türe. „Gib mir mal dein Shirt, dann kann ich das wegwischen". Sie zeigte auf die

Spermaspritzer. „Wieso mein Shirt?" „Weil es doch auch deine Sauerei ist". Sie lachte, stieg aus, griff ihre Wäsche und zog sich an.

Während sie die Jeans über ihren strammen Hintern zog hüpfte sie von einem Bein aufs andere. „Stimmt schon, Sex hilft echt gegen Kopfschmerzen. Ich fahre jetzt".

Sie war auch direkt wieder gesprächiger, also normal, so wie immer. „Wie ist das eigentlich alles gelaufen? Mit Luc und so?" „Das habe ich dir doch gesagt, alles prima". Sag' es mir noch mal. Sag' mir noch mal, dass wir 20.000 Gulden ergaunert haben". Sie sah zu mir herüber. „Ich habe dir das vielleicht noch nicht gesagt, oder doch? Das macht mich schon geil, ein bisschen kriminell zu sein". Ich sah Willeke an. „Echt. Das macht dich geil?" „Ja, ich finde es erotisch mit einem Gangster zusammen zu sein. Der mich fickt. Also nicht im Sinne von - übers Ohr haut, sondern im Sinne von - der mich fickt. So wie du, du bist der Gangster".

Wir fuhren in Arles ein. Uralt, riesengroß. Und doch ganz kompakt. Übersichtlich. Straßen mit hohen, eng gestellten Häusern, in denen kaum die Sonne eindringt. Platanenplätze, auf denen sich Cafés und Restaurants drängen - Kein Wunder, dass die Fülle von Motiven in Arles bei Vincent van Gogh die kreativste Phase seines Schaffens auslöste. Hier zelebrierte man die Leichtigkeit des Seins. Hier wollten wir bleiben.

Wir parkten in direkter Nähe der Stierkamparena „Arènes d'Arles", an der „Place de la Major".

„Das ist ja wohl was ganz anderes als die Betonwüste da am Meer". Willeke hatte Recht – „Wir machen es genau so wie unser berühmter holländischer Landsmann van Gogh. Hier bleiben wir".

Es war früher Nachmittag. In einem der Cafés rund um die Stierkampfarena, die die „Rond-Point des Arènes" säumten, tranken wir etwas Erfrischendes. Ich entschied mich für einen Pastis. Fahren brauchte ich heute nicht mehr, das hatte Willeke in die Hand genommen.

Während unsere Bestellung gebracht wurde, stand Willeke auf. „Ich geh' dort mal in den Zeitungsladen", ging quer über die Strasse auf einen bunten Laden zu. Wenig später kam sie mit zwei „Reiseführern" zurück, legte sie auf den Tisch. „Die Camargue" war auf einem davon in grossen Lettern aufgedruckt.

Willeke nahm sich das Buch und begann direkt darin zu blättern. Ich griff das andere Exemplar. „Entlang der Rhône" oder so ähnlich hiess es. Willeke bestellte sich eine weitere eiskalte „Orangina", die in der Flasche, mit einem Strohhalm, gebracht wurde.

Ich hatte mir gerade eine Zigarette gedreht. Willeke schob Aschenbecher und unsere Gläser etwas beiseite, um mir das aufgeschlagene Heft herüber zu schieben. „Schau' mal, hier ...". Sie zeigte auf einen kleinen Kartenausschnitt. „... Hier fängt die Provence an".

Daneben war ein Foto, es zeigte ein riesiges Lavendelfeld in seiner leuchtenden Pracht. Mir war, als würde der Duft der Blüten aus dem Bild heraus, direkt in meine Nase strömen.

„Plan B"

„Ich würde gerne unsere Reiseroute ändern. Nicht mehr nach Marseille, nicht mehr ans Meer. Lass' uns hierbleiben". Ich nippte an meinem Pastis, mittlerweile hatte ich gelernt wie man den Aperitif geniesst, das war nichts zum „einfach reinschütten". „Du meinst hier in Arles? Oder in Frankreich?" „Hier in der Gegend, in der Provence. Sag' ja. Ich übernehme deinen Job als Reiseführer. Du folgst mir einfach". Ich lachte Willeke an. „Ich lauf' dir sowieso hinterher, egal wo auch immer du hinmöchtest". Ich war ihr – nicht hörig – aber ich war ihr, ihren Reizen erlegen. Alles was sie glücklich machte, alles was sie wollte, würde ich für Willeke tun. „So machen wir das. Du bist der Boss, Boss".

„Ich freu' mich, dann lass' uns einfach so lange bleiben wie wir mögen. Dann erkunden wir Avignon und auch Orange". Sie hatte bereits die Landkarte aufgefaltet und einen Bereich mit Kugelschreiber markiert. Willeke war aufgestanden, hatte ihre Arme um meinen Oberkörper gelegt, begann zu singen. *„Sur le pont d'Avignon, On y danse, on y danse, Sur le pont d'Avignon, On y danse tous en rond. Les belles dames font comme ça, Et puis encore comme ça".* Sie wiegte mich dabei sanft hin und her, im Takt ihres Gesangs. Ich versuchte einzustimmen, dieses Lied kannte ich noch aus meiner Schulzeit, dieses Lied kannte jeder. Der Text war mir entfallen, ich summte einfach die Melodie mit. „La La La, La La La ..."

Ich fühlte mich so wohlig, so geborgen in ihren Armen. Ihre Brüste drückten weich gegen meinen Hinterkopf. „Verdammt, sie wäre wahrlich eine gute Mutter" - So viel Liebe und Wärme wie sie ausstrahlte. „Sag' das bloss nicht", sprach meine innere Stimme zu mir, „dann bist du endgültig geliefert. Dann hilft dir keine Ausrede mehr".

Ich wollte mir einen weiteren, mittlerweile dritten, Pastis ordern. „Wollen wir uns erst eine Pension suchen? Nicht dass du dir auch noch ein Ohr abschneidest" schmunzelte

Willeke. Verblüfft schaute ich sie an. „Wieso Ohr?" Sie erzählte mir so einiges über Vincent van Gogh. „Woher weisst du das alles?" „Schon vergessen, er ist Holländer, das lernt man in der Schule". Ich erinnerte mich, an meinen Besuch im „Rijksmuseum" in Amsterdam. Dort waren auch einige seiner Gemälde zu bestaunen gewesen.

Mit dieser Erinnerung kamen aber auch Gedanken an Petra zurück. Was für ein „Gefühlsdurcheinander" hatte sie in mir bewirkt. Ich sah sie deutlich in meinem Gedankenbild. Dunkle Haare, kleiner als Willeke – und um einiges üppiger. Träumst du? Wir wollen los". Willeke unterbrach meine Vorstellung. Ja, ich hatte „geträumt". Ich schob den Stuhl zurück, nahm Willeke an die Hand. Sollte ich davon erzählen? Aber warum, sie hatten sich ja nie gesehen oder kennengelernt, also wozu dann? „Schlafende Hunde soll man nicht wecken" - so sagt man doch.

In einer der kleinen Gässchen rund um die Arena fanden wir eine kleine Pension, in der „Rue de Suisses". Es gab nur wenige Zimmer, aber das Ambiente hatte dafür umso mehr zu bieten. Eine warme, blumige und familiäre Atmosphäre strahlte bereits die Rezeption aus. Steinmauern und freiliegende Balken, mit bunten Glasfenstern und moderner Dekoration komplettierten den Eindruck hier willkommen zu sein. Eine elegante Verbindung von Antike und Moderne. Eine junge Frau empfing uns sehr höflich. „Bonjour Mademoiselle". Willeke hatte das Gespräch übernommen. Ich schaute die junge Frau an. Auch sie trug ein Kostüm aus Rock und Blazer, das schien so eine Art Hoteluniform zu sein.

Willeke hatte mitbekommen wie ich sie musterte. „Das ist echt dein Hobby, Frauen auf den Hintern zu glotzen". Nein, es war mehr als mein Hobby. Diese Kleidung, diese Kombination aus Rock und Blazer, war ein Teil meiner sexuellen Phantasien. Insbesondere die Hinterteile, die von den Röcken betont wurden, machten mich sehr an.

Was die Rezeptionistin gefragt hatte bekam ich gar nicht mit. Willeke sah mich an, griff mich am Arm. „Also, wie lange wir bleiben wollen? Eine Nacht, zwei, drei?" Ich schmunzelte. „Wie wäre es mit bis ans Ende unserer Tage? Süsse, mach' du das alles".

„Also erst einmal zwei Nächte, dann sehen wir weiter". Die „Frau im Kostüm", so war jetzt ihr Name für mich, bat um unsere Ausweise, notierte sich unsere Namen, reichte Willeke einen Schlüssel, der an einem ovalen Messingschild befestigte war. „Ich geh' schon mal nach oben, holst du unser Gepäck. Bitte. Zimmer 12 haben wir". Ich suchte mich zu den Gassen bis hin zum Mercedes durch. Was aber nicht so schwierig war. Die imposante Stierkampfarena war von jedem Punkt aus zu sehen. „Du musst dir nur den Rückweg merken" sagte ich leise zu mir selbst.

Mit dem Gepäck nahm ich auch wieder einige Geldscheine aus dem „Depot". Ich wollte erneut Geld in Gulden umtauschen.

Willeke stand mit einem Handtuch, das sie über der Brust zusammengeknotet hatte, im Zimmer. Das war nicht das erste Mal, dass ich das sah. „Das hat aber gedauert. Hast du dich verlaufen?" Ich liess meine Augen durch das Zimmer wandern, während Willeke ihre Tasche durchwühlte. Zwei Gemälde von van Gogh zierten die Wände. Kunstdrucke, versteht sich von selber. Auf einem war ein grosses Lavendelfeld zu sehen, ähnlich der Abbildung aus Willekes Reiseführer. Das andere zeigte so was wie einen Sternenhimmel – mit viel Phantasie.

Willeke hatte das Handtuch auf den Boden fallen lassen, mit ihrem Hintern wackelte sie provokant und aufreizend hin und her. „Geile Kiste, nicht?" sagte sie, während sie über ihre Schulter sah. Das brauchte sie nicht fragen, oder gar eine Antwort erwarten. Das war Fakt.

Ich ging zur ihr, streichelte über ihre Pobacken. „Geile Kiste, ja. Sehr geil sogar". Sie drehte sich um. „Du gehst erst mal duschen, an dir klebt bestimmt noch genau so viel Sperma wie es bei mir war". Ich gab ihr einen Klapps auf den Hintern, ging ins Bad.

Willeke hatte mittlerweile anscheinend das „passende" Kleidungsstück gefunden. Sie trug einen Pullover mit bunten Kästchen, es sah fast so aus als hätte sie ein Gemälde von Piet Mondrian, eigentlich Pieter Cornelis Mondriaan, übergezogen. Über dem Halsbündchen hatte sie ihre Halskette hervorgezogen, der Diamant funkelte wie eh und je. Ich gab ihr einen Kuss auf die Stirn. „Hab' ich dir eigentlich schon gesagt wie schön du bist?" „Ja, das sagst du immerzu". „Und heute? Hab' ich das heute schon gesagt?" Sie nahm mich in den Arm. „Deine Augen sagen mir das in jedem Moment".

Wir schlenderten herunter an das Ufer der Rhône. Die Häuser der historischen Stadt reichten bis dicht ans Wasser. Man konnte die Geschichte förmlich einatmen. Vor meinem geistigen Auge liefen in Sandalen gekleidete Römer über das Kopfsteinpflaster. Mein Blick ging über den Fluss, der sich durch die pittoreske Stadt schlängelte. Hier ein plätschernder Brunnen, dann römische Ruinen, mittelalterliche Kirchtürme, das breite Band der Rhône - Bienvenue in Arles. Die Stadt hatte mich in ihren Bann gezogen. Gut, dass wir „zufällig" hier gelandet waren.

„Glaubst du an Zufall?" wollte ich von Willeke wissen. „Das kann kein Zufall sein, das ist Fügung, Schicksal, Bestimmung. So wie mit uns beiden überhaupt". Ich sah sie an. Vielleicht hatte sie sogar Recht. Ich musste daran denken wie es mich zur Weihnachtszeit fast magisch zu ihr hingezogen hatte.

Manchmal scheint bei unserem persönlichen Glück eine höhere Macht seine Hände im Spiel zu haben: das Schicksal. War Willeke mein Schicksal? Und wenn, im positiven oder negativen Sinne? „Was grübelst du?" Sie sah es mir anscheinend an, dass ich sehr damit beschäftigt war mir selbst Antworten geben zu können. „Glaubst du wirklich wir sind füreinander bestimmt?"

Ich nahm ihre Hand, so als wolle ich mich an ihr festhalten. „Hör' auf dir dein Hirn zu zermartern. Wo der Kopf nicht mehr weiterkommt, beginnt die Bestimmung". Ich umarmte sie ganz fest. „Dann sind wir füreinander bestimmt". Willeke gab mir einen Kuss auf den Hals. „Ich glaube auch".

Es war unmöglich alles zu erfassen und zu begreifen was Arles zu bieten hat. Wir mussten länger hierbleiben.

Willeke hatte uns ja bereits für zwei Nächte in der Pension eingebucht. Eile hatten wir auch keine. Wir waren im Urlaub! So erkundeten wir immer wieder Teile von Arles, kombinierten das mit ruhigen Momenten in einem der unzähligen Cafés oder Restaurants. Verdammt, es ging uns gut.

Es war herrlich, durch die Gassen von Arles zu bummeln, vorbei an Baudenkmälern; Kunstwerken, Monumenten, Zeitzeugen der Antike – die „Cathédrale Saint-Trophime", die „Venus von Arles", die als Kopie im Treppenhaus des „Hôtel de Ville" am „Place de la République", stand. Dort konnte man am „Löwenbrunnen" herrlich entspannt sitzen, mit den Händen im Wasser spielen. Die Kirche "Saint-Honorat", die „Alychamps", das „Musée d'Arles Antique" - und und und.

Die wenigen Stunden, die wir in der Pension verweilten, verbrachten wir damit miteinander zu schlafen und uns zu liebkosen. Kurzum, wir waren glücklich. Verliebt. Glücklich verliebt. Wenn das unsere Bestimmung war – dann bitte mehr davon.

„Sur le pont d'Avignon"

Drei Tage waren wir jetzt bereits in Arles. Nicht einen Meter hatten wir das Auto bewegt. Willeke hatte extrem viel in den Reiseführern gelesen. „Jetzt verstehe ich mehr warum du immer so viel gelesen hast, so Klugscheisserisch unterwegs bist. Es ist gut – und wichtig – zu erfahren wo wir herkommen, was den Menschen ausmacht".

Bei mir bemerkte ich, dass von Tag zu Tag immer weitere Französischkenntnisse nach oben kamen. Also sprachlich gesehen – ich hatte zwar Französisch als Schulfach, aber es war bei meinem Vater nicht „gerne gesehen" - erst recht nicht gerne gehört - dass ich, als flämischer Belgier die Sprache der „anderen", der Wallonen sprach.

Es war Samstag, wir verliessen die Pension. Zuvor hatten wir in einem Café ausgiebig gefrühstückt. Willeke hatte die Planung des weiteren Reiseverlauf abgeschlossen. „Wir fahren nach Avignon". Das würde keine Stunde dauern, gut 50 Kilometer war die von Willeke herausgesuchte Strecke.

Richtung Norden fahrend ging es am linken Ufer der Rhône entlang. An „Saint-Montant" vorbei, dann entlang der kurvigen Strecke der Rhône folgend nach „Aramon" bis hin nach „Avignon".

Avignon. Was für eine Stadt! Ein Volkslied machte sie weltberühmt, das hatte Willeke mir erst wenige Tage zuvor ins Ohr gesunken. Eine pulsierende Stadt an der Mündung der Durance in die Rhône.

Wir hatten geparkt, „zufälligerweise" nicht weit der „Pont d'Avignon", am „Boulevard de l'Oulle", direkt am Ufer der Rhône. Das mit dem Zufall hatten wir ja bereits geklärt. Also dann doch nicht „zufällig".

Von dort war es nicht weit bis in die Stadt. In einem der Cafés, die ihre Stühle und Tische auf den großen Platz vor dem monumentalen „Palais des Papes" gestellt hatten, bestellten wir uns Cafe au lait und frische Croissants.

Ich machte es genauso wie Catherine es mir gezeigt hatte. Anständig Butter und Marmelade drauf, dann ab in den Kaffee getunkt. „Willeke sah mir zu. „Was ist denn das für eine Sauerei?"

Der Platz strahlte das aus, was er war - mehr als hundert Jahre lang war Avignon das Machtzentrum des Christentums.

Willeke war nicht ganz so „ehrfürchtig" wie ich – sie war Holländerin, Protestantin. Dennoch konnte auch sie sich vorstellen welche Macht von hier, von Avignon, ausgegangen war. Eine kilometerlange Stadtmauer umschließt fast vollständig und imposant sichtbar die Altstadt von Avignon.

„Wusstest du das?" Willeke las mir aus dem Reiseführer vor. *„Nicht mehr Rom, sondern die reiche Stadt an der Rhône Avignon regierte ab 1309 die Glaubenswelt. Hinter ihrer 4,5 km langen Stadtmauer, residierten sieben Päpste und zwei Gegenpäpste – Clemens VIII. (1378 – 1394) und Benedikt XIII (1394 – 1423)"*.

„Aha, Frau Klugscheisser. Hat es dich jetzt auch gepackt". Ich musste schmunzeln.

An einer Mauer sitzend spielte ein älterer Mann auf einem Akkordeon. „Ich möchte ihm etwas Geld geben". Willeke stand auf und legte einen Geldschein in einen geflochtenen Korb, der vor ihm auf dem Boden stand. Er nickte ihr sehr freundlich und dankend zu, spielte weiter.

Wir kamen an der Markthalle von Avignon, an der „Rue Petite Meuse", vorbei. Zufällig?

Ich musste herzlich lachen, als ich den Namen auf dem Strassenschild ablas. Willeke ebenso. Auf Deutsch sagte sie „Ach, die kleine Möse".

Schon komisch, irgendwie bezeichnend, dass sie sich gerade diese Worte aus meinen deutschen Ausdrücken „abgespeichert" hatte – „Geile Kiste, „Bück' dich, du Stück", „Schwanz", „Möse" und noch ein paar weitere.

Die Markthalle - ein Schlaraffenland der Genüsse. An zig Ständen boten Händler regionale Erzeugnisse an - Kutteln, Würste, Käse, Oliven, Trüffel, Gemüse, Kräuter, Papalines aus Schokolade, Zucker und Oreganolikör „Origan du Comtat".

Wir wollten uns dann aber mal unser Gepäck holen, eine „Bleibe" suchen. Wir gingen zurück zum Parkplatz. Mit den Taschen „bepackt" liefen wir durch die Strässchen, bis wir in der „Rue des Fourbisseurs" vor einem Gebäude aus dem 12.Jahrhundert standen. Das, an der Fassade angebrachte Emailleschild verriet uns das.

Wir traten ein, mir stockte der Atem. Der Empfangsbereich erweckte den Eindruck, dass wir entweder in das Wohnzimmer des Papstes oder gar des Königs eingetreten waren. Pompöse Sessel, mit Brokat und Goldverzierungen. Riesige Gemälde zierten die Wände. Das war ein Palast, kein Gebäude.

Zu meiner Verwunderung empfing uns keine „Hostess" mit einem Knackarsch in ihrem Kostüm, sondern eine „Dame". Elegant gekleidet, etwas älter bereits. Aber alles an ihr hatte diese Ausstrahlung – eine Dame.

Die Preise, die hinter der Rezeption auf einer Tafel zu lesen waren, verrieten auch gleich – das ist keine billige Pension – das musste etwas Besondere sein. Ob sie uns überhaupt beherbergen würden? So normal wie wir gekleidet waren.

Ich schaute zu Willeke. Gut 200 Gulden, umgerechnet, würde eine Übernachtung kosten. „Willst du echt so viel Geld bezahlen?" Ich überlegte kurz. „Ja". So ein Haus hatte ich noch nie gesehen, geschweige denn in einem solchen übernachtet. Ich lächelte sie an. „Das ist ihrer Majestät gerade würdig genug". Sie lachte. „Du bist irre" - machte eine Pause – „und dann kommt bestimmt auch gleich *Wollen Hoheit vögeln?*"

Eine Tasche setzte ich auf dem Boden ab, nahm ihre Hand. „Super Idee, Süsse. Und? Wollen Hoheit …?" Die Dame hatte uns angeschaut, gut dass sie uns nicht verstanden hatte. War das so?

„Wir möchten gerne eine Nacht bleiben" sagte Willeke ihr auf Französisch. Gefolgt vom üblichen Ablauf – Ausweise vorzeigen und Namen notieren, schob die Dame einen Schlüssel über den blitzblank geputzten Empfangstresen. „Allerdings", sie schaute auf, „allerdings erbitten wir Zahlung im Voraus". „Wie jetzt? Von uns? Oder generell?" Willeke war schneller im Fragen als ich im Denken. „Nein, Mademoiselle. Immer. Von jedem".

Der Zimmerschlüssel baumelte an einem Lederplättchen, auf dem ein Löwenkopf aus Messing befestigt war. Wir nahmen unser Gepäck. Die Dame geleitete uns über eine wuchtige, dunkle Holztreppe nach oben. „Et voila, hier ist es. Ich wünsche Ihnen einen angenehmen Aufenthalt". Ich wusste jetzt gar nicht so recht. Gibt man jetzt Trinkgeld? Oder wie?

Mit dem edel anmutenden Schlüssel schloss ich die Türe auf, eine grosse zweiflügelige Tür, bestimmt drei Meter hoch. Mir blieb die Luft weg, die Taschen glitten mir aus der Hand. „Willeke, schau' dir das an".

Eine andere Welt tat sich auf. Ein Ort außerhalb von Zeit und Raum! Originell und ausgefallen, mit einer überraschenden Dekoration. Das war kein Zimmer, das war ein Apartment. Und was für eines.

Eine prächtige französische Holzbalkendecke aus dem 16.Jahrhundert, über und über mit Kassettenfächern. Die Deckenfriese waren von einem blauen Band, mit der aufgestickten französischen Lilie, abgesetzt. Hatte man hier die Mäntel der drei Musketiere aufgetrennt und als Dekor verwendet? „Kneif' mich mal. Das träum' ich doch jetzt".

Willeke stand mindestens ebenso „geflasht" da, wir hatten maximal einen Schritt in das Zimmer gemacht, gewagt. Auf dem alten Holzdielenboden lagen schwere burgundfarbene Teppiche, ebenfalls mit dem Dekor der französischen Lilie. An Wänden und Decken Kristallleuchter. Es hätte mich nicht gewundert, wenn jetzt ein Diener eingetreten wäre.

Ich ging weiter in das Zimmer hinein. Das war kein Zimmer, das war auch kein Apartment – das war eine Wohnung. Bestehend aus einem gemütlichen Wohnzimmer mit Esszimmer, eine voll ausgestattete, offene Küche, ein Badezimmer mit WC und – auf einer Empore ein so genanntes „Mezzanine-Schlafzimmer", mit einem großen Doppelbett. Die Lage, das Zimmer war atemberaubend, alles in Allem mindestens 65m² - mit Blick auf die Fußgängerzone.

„Das sag' ich dir, hier drin hast du mich auf jeden Fall mit *Eure Hoheit* anzureden". Willeke ging umher, strich mit den Handinnenflächen über die Möbel und Wände.

Sie ging ins Bad. „Sieh' dir das an". Das Bad war so gross wie unser letztes Zimmer in der Pension in Arles. Ein WC, zwei Waschtische, Badewanne und Dusche. Getrennt. Auf einer Ablagefläche der Wanne waren Cremes und Schaumbadlotionen fein säuberlich aufgereiht. „Ich werd' nicht mehr. So ein Bad, da träumt doch jede Frau von".

Willeke liess sofort ein Wannenbad ein. Mindestens die halbe Flasche des „Schaumbad" hatte sie eingefüllt, der Schaum stand zentimeterhoch auf der Wasseroberfläche. Ich konnte gar nicht fassen wie schnell sie nackt war und in die Wanne gestiegen war.

Mit ihren Händen „scharte" sie den Schaum um ihren Körper. „Johan, bringe er der Königin Champagner".

Fassungslos stand ich im Türrahmen. „Welcher Johan? Welcher Champagner? Welcher Königin?" „Ja, du bist der Johan, mein Diener. Und ich bin die Königin". Sie lachte. Nur noch ihr Kopf ragte aus dem Schaum hervor.

„Das hättest du gerne, dein Diener". „Oh, ja". Sie kicherte. „Johan, dann komme er zu mir in die Wanne". Sie schlug durch den Schaumteppich auf die Wasseroberfläche. „Echt jetzt. Mach'. Zieh dich aus, komm' rein".

Ich stand immer noch wie „Klein Doof" da. „Ich möchte, ach qautsch – ich will Sex in der Wanne. Das hatten wir noch nie" blickte Willeke mich fordernd an. Wie auch, eine Wanne hatten wir weder in unserem Haus, noch davor in der „Boerderij". „Johan, nun mach' er aber mal voran". Sie hatte sichtlich Spass an diesem Spielchen. Oder war es gar kein Spiel? Betrachtete sie mich gar wirklich als ihren Diener, als ihren Lakai?

Ich stieg in die Wanne. Leck' mich am Arsch war das Badewasser heiss. Ich hatte mich ganz kurz runtergehockt und war direkt wieder aufgestanden. „Das ist so heiss, da verbrenn' ich mir die Eier".

„Warte, ich lass' etwas kaltes Wasser einlaufen". Willeke drehte den Hahn auf, griff aber auch zu einem Frottee-Waschlappen. „In der Zeit wasch' ich dir den Pimmel, wo du gerade so schön vor mir stehst.

Willeke tauchte den Waschlappen in das Badewasser, nahm ein Stück Seife und begann mich zu waschen. Die raue Frottee Oberfläche bereitete mir ein wohliges Gefühl.

Willeke hatte Spass daran meinen Penis in ihrer geschlossenen Faust zu waschen. „Und jetzt die Vorhaut schön zurück, da bleibt der meiste Quark". Sie kicherte unentwegt. Mir war nicht nach Lachen, Grinsen musste ich schon. Wegen des wohligen Gefühls, den das Frottee bewirkte, mein Penis war steif. „So, jetzt dürfte es angenehm sein". Sie drehte den Wasserhahn zu. „Setz' dich".

So war es, erträgliche Temperatur. Ich setze mich in die Wanne, lehnte meinen Rücken an der Wannenwand an. Willeke massierte mich unter Wasser weiter. Nur kurz, dann rutschte sie auf meinen Schoss und führte meinen Penis in sich ein.

Mit meinen Händen „schaufelte" ich den Schaum von ihren Brüsten weg. Wollte an ihre Nippel. Mit meinem Mund. Willeke bewegte sich auf und ab, stützte sich mit ihren Händen am Rand der Badewanne ab. Ich konnte nicht sagen was wärmer war – das Badewasser oder ihr Unterleib.

Willeke liess ihren Oberkörper zurückfallen, nur noch ihr Kopf war über Wasser. Ich war in ihr gekommen, sie blieb auf mir sitzen und spielte mit ihrem Beckenbodenmuskel mit meinem Penis.

In solchen Situationen war mir der Altersunterschied zu ihr bewusst, sie hatte deutlich „mehr drauf" als ich, was Sexualpraktiken anbelangte.

Das Badewasser war dermassen entspannend. Ich hatte meinen Kopf auf dem Wannenrand abgelegt, die Augen geschlossen, war kurz vorm „Abkacken". Aus dem Nichts heraus bekam ich eine schallende Ohrfeige, sah sofort „Sternchen", öffnete die Augen. Was war das jetzt? Ich sah

Willeke an, griff sofort zu ihrem Arm der noch in der Rückwärtsbewegung war. Fest, sehr fest hielt ich ihren Arm.

„Bist du wahnsinnig?" „Ich dachte ... ich wollte ..." Meine Augen müssen gefunkelt haben, vor Zorn. „Nie mehr, verstehst du mich, nie mehr schlägst du mir ins Gesicht". „Ich dachte ..." „Es ist mir so was von scheissegal was du wolltest oder dachtest oder welches Spielchen du mit mir vorhast. Du schlägst mir nie mehr ins Gesicht, nie mehr. Sonst vergess' ich mich. Ist das klar".

Ich stand auf, verliess die Wanne, verliess das Bad, zog mir meine Klamotten über den noch nassen Körper, verliess das Zimmer, das Apartment, die Wohnung.

Ich war ausser mir. Das war das Beste was ich hätte tun können, zu gehen. Ich hätte sie geschlagen. Keiner, aber auch keiner schlägt mir ins Gesicht. Aus welchem Grund auch immer. Keiner.

In einer Bar, direkt neben der Nobelherberge, setzte ich mich an einen Tisch, bestellte mir einen Schnaps. „Eau de Vie". Hatte mir bereits ein paar „runtergekippt", eine Zigarette dazu geraucht und mehr als einmal tief durchgeatmet und auch mehr als einmal Flüche auf Willeke ausgesprochen, als ich sie durch die Türe das Lokal betreten sah.

„Darf ich mich zu dir setzen?" „Ja, sicher". Die Bedienung kam zu uns an den Tisch. „Bonjour Mademoiselle".

„Von wegen Mademoiselle, was für ein Dreckstück" dachte ich mir. Willeke bestellte sich eine Limo – „und auch so einen Schnaps". „Oui, Eau de vie". Der Kellner brachte die Bestellung. Ich nahm den Schnaps und kippte ihn weg.

„Der war eigentlich für mich". An ihrer Stimme konnte ich es bereits hören, sie weinte. „Es tut mir leid, ich wollte ..." „Du brauchst es mir nicht erklären, nur so viel nochmals. Schlag' mir nie mehr ins Gesicht. Du kannst alles machen wonach dir der Sinn steht. Mich als Diener bezeichnen, mir den Rücken zerkratzen, alles. Nur ins Gesicht schlagen machst du nie mehr".

Die Tränen liefen ihr in Strömen die Wangen herunter. „Ich versuch' mal was zu erklären, ist bestimmt nicht der richtige Vergleich. Aber vielleicht verstehst du dann was bei mir passiert".

Ich nahm ihre Hand, warum auch nicht. Ich hasste sie ja nicht, sondern genau das Gegenteil. „Wie würdest du reagieren, wenn ich dich mit Gewalt - gegen deinen Willen - in den Arsch ficke, dir wehtue, wissentlich?"

„Das wird nie mehr passieren, nie mehr". Ihre Tränen liefen weiter, vermischten sich mit ihrem Mascara zu einem schwarzen Schlamm. „Es tut mir so leid, entschuldige. Nie mehr".

Ich ging zum Tresen, zahlte. Regte mich dabei dermassen über die labbrigen Geldscheine auf.

Was war das nur für eine unsägliche Scheisse. Wir gingen zurück in das Hotel, Willeke weinte weiter.

Ich hatte mich hingelegt, in meinem Kopf war der Teufel los. Wie, wieso war das passiert?

Willeke sass auf dem Bett als ich die Augen öffnete. Wohl schon länger. „Sollen wir abreisen?" Ich richtete mich auf. Schlief ich doch noch? „Wie? Abreisen?" „Ja, du weisst doch, wegen ..."

„Ne, Willeke. Wegen so einer Scheisse reisen wir nicht ab. Reden, uns verstehen lernen, ja. Aber abreisen ist nicht. So einfach ist das nicht".

Sie sah mich wortlos an. „Oder sollen wir einfach aufgeben. Vor uns selbst davonlaufen?" Ihr Gesicht, ihre Mundwinkel zuckten.

„Bitte fang' nicht an zu weinen. Was ich zu dir gesagt habe, war so gemeint wie ich es gesagt habe. Aber genau so wahr ist auch, dass ich dich liebe. Also lass' ich dich jetzt nicht einfach so abreisen."

Willeke weinte wieder. Was sollte ich tun? „Wie lange ist es her, dass wir für uns festgestellt haben, dass wir füreinander bestimmt sind? Wie lange ist es her, dass du dir ein Kind mit mir gewünscht hast?" Ich sah sie an.

Sie weinen zu sehen war schlimmer als vieles andere. Sie sollte nicht wegen mir weinen. „Ja, aber ich habe dir wehgetan". „Stimmt, das war ein Schuss in den Ofen. Wissen wir das jetzt, beide. Viel schlimmer, viel schmerzhafter ist aber dich zu verlieren".

Ich nahm sie in den Arm, küsste ihre Tränen weg. „Wir kennen uns nur ein paar Monate, deswegen passieren solche Fehler. Wenn du meinst mit meiner Reaktion umgehen zu können, ist das Thema erledigt". „Ja..." Willeke schniefte. „Das passiert nie mehr". „Oki, und jetzt küss' mich". Ich zog sie an mich.

Aus dem Kuss wurde mehr. Wir schliefen miteinander. Zärtlich und „ganz normal".

Wir gingen in das abendliche Avignon. Zur „Pont d'Avignon". In nächster Nähe zur Brücke pendelte ein Shuttle-Boot über die Rhône hin zur „Île de la Barthélasse".

Vom Insel-Anleger waren es nur wenige Schritte bis zu einem Lokal, das seine Terrasse direkt an das Ufer der Rhône gesetzt hat. Wir genossen die Aussicht auf Avignon bei einem Pastis.

Ich versuchte das Lied anzustimmen, summte erst die Melodie. Willeke stimmt ein. *„Sur le pont d'Avignon, On y danse, on y danse, Sur le pont d'Avignon, On y danse tous en rond. Les belles dames font comme ça, Et puis encore comme ça".*

Nicht nur weil es leicht kühl war hatte sich Willeke auf einem Stuhl neben mich gesetzt und sich an meine Schulter, an meinen Brustkorb gekuschelt.

„Ich habe echt noch zu lernen". Sie blickte schräg hoch. „Wir beide, ich bin bestimmt keinen Deut besser, nur anders".

Unter gar keinen Umständen wollte ich sie denken lassen, dass ich die Weisheit mit Löffeln gegessen hatte. Ich war selber so was von „unfertig". Wir küssten uns. Erst tief in der Nacht kehrten wir zurück in das Hotel.

Die Dame am Empfang hatte mir zur Frühstückszeit empfohlen, dass wir den Flohmarkt auf der „Places des Carmes" auf jeden Fall besuchen sollten. „Das ist ein MUSS wenn Sie in Avignon sind".

„Dann bringen wir aber erst das Gepäck zum Auto". Ich nahm meinen Schatz, trotz allem die beste Frau der Welt, in den Arm.

„Wir tun einfach so als würden wir gerade erst ankommen – streichen den gestrigen Tag aus unserem Gedächtnis. Was meinst du?" „Wir bleiben noch einen Tag hier?" „Ja". Willeke fiel mir um den Hals. „Du bist so gut". Ich schaute sie an. „Nein, du machst das, du holst das aus mir raus".

Es machte den Eindruck als sei ganz Avignon unterwegs. Der Flohmarkt war mehr als gut besucht. Hier gab es fast alles - echte Schnäppchen und viele typisch französische Fundstücke. Aber es war nicht nur der Flohmarkt selbst. Das Quartier des Carmes rund um den platanenbestandenen Marktplatz im Süden der Altstadt ist ein wunderschönes Viertel zum Bummeln. Eine Oase der Ruhe, authentisch und ursprünglich. Hohe Mauern versteckten blühende Gärten, schmale Gassen mit Kopfsteinpflaster führten vorbei an kleinen Häusern, vor denen im Frühjahr garantiert Stockrosen blühten. Fahrräder lehnten an den Fassaden. Idylle pur.

„Sur le pont d'Avignon, On y danse, on y danse, ... " Mir klang das alte Volkslied aus dem 15. Jahrhundert die ganze Zeit in den Ohren während ich mit Willeke Hand in Hand durch die Altstadtgassen von Avignon schlenderte und so „schwebten" wir leicht tänzelnd über die alten Pflastersteine.

Willeke blieb plötzlich stehen, sie hatte etwas gesehen, dass ihr Frauenherz höher schlagen liess. „Da möchte ich mal reingehen". Boutique Plume - farbenfrohe Klamotten von Designern aus der Provence. Ich war froh, nicht dass sie shoppen wollte, sondern dass alles „Schlechte" zwischen uns weg war und die Liebe gesiegt hatte. „Liebe wird nicht – Liebe ist". Immer.

Sie kam mit einigen Taschen bepackt aus der Boutique. „Ich habe so einen Hunger, können wir nicht was essen gehen?"

Willeke hatte Recht, wir hatten seit mindestens einem Tag nichts „Gescheites" gefuttert. Das sollten wir schleunigst ändern. „Wohin darf ich dich einladen?" „Wieso du? Ich lad' dich ein", sie stellte sich auf ihre Zehenspitze, gab mir einen Kuss.

„Pizza?" Willeke schaute mich erstaunt an. „Wenn du unbedingt Pizza möchtest, gerne. Es darf aber auch ruhig etwas anderes sein". Nein, ich hatte Lust, Appetit auf Pizza. Mal was ganz „Normales", gewöhnliches, nichts Abgehobenes.

Hauptsache wir konnten ruhig sitzen, uns nahe sein und reden.

Wir hatten gestern Abend, an der „Pont d'Avignon" – eigentlich „Pont Saint-Bénézet" – gesehen, dass man auch Bootsauflüge auf der Rhône buchen konnte.

„Wollen wir das nicht machen, bevor wir morgen weiterfahren?" „Ja, das wäre schön. Ist sicher kalt, aber das wäre schön".

„Wohin soll es den eigentlich als nächstes gehen? Was hat meine Reiseführerin auf dem Zettel?" Zwischen zwei Bissen Pizza antwortete Willeke „Orange".

Nachdem wir unsere Luxusherberge verlassen hatten, das Gepäck zum Auto gebracht hatten, war es auch nicht mehr weit bis zum Bootsanleger.

„Hollands Glorie"

Die Bootstour bot neue Ansichten auf die Papststadt am größten Fluss Frankreichs. Vorbei an der Pont d'Avignon und dem Domberg bis zum Zufluss der „Durance" ging die Fahrt. Auf dem rechten Rhône-Arm glitten wir vorbei an „Villeneuve-lès Avignon", passierten eine große Schleuse, bevor wir „Châteauneuf-du-Pape" und das „Château de Montfaucon" erreichten. Was für ein Abschluss für ein erlebnisreiches Wochenende in Avignon.

„Was ist denn heute überhaupt für ein Tag?" fragte Willeke. Ich konnte das auch nicht mit Sicherheit sagen. Die Geschäfte waren jedenfalls geöffnet. Die Banken auch. „Ein Wochentag". „Ja und welcher genau?"

„Das haben wir gleich, ich wollte eh noch etwas Geld umtauschen". Im Schalterraum der Bank war eine grosse Digitaluhr. Ein Blatt der Minutenanzeige schlug gerade um – „15:42 - Lundi" war zu lesen. Also Montag.

„Dann sind wir jetzt eine Woche unterwegs. Wann müssen wir eigentlich zurück?" Ich schaute Willeke an. „Müssen? Müssen müssen wir gar nichts, wir haben Urlaub".

Willeke hatte Lust auf Autofahren. Wir fuhren los. Einen Teil der Strecke hatten wir ja bereits vom Boot aus sehen können. Jetzt waren wir wieder hier, bei Châteauneuf-du-Pape, nicht auf dem Wasser, auf der Route nationale. Die Region war sehr durch Weinberge geprägt. Mittendrin, auf einer Anhöhe, thronte die Ruine des Schlosses der Päpste von Avignon. Bis „Orange" waren es nur noch knapp 10 Kilometer.

„Erst mal ein Zimmer suchen, dann gehen wir etwas essen, oder?" Willeke hatten den Mercedes mitten im Ort, in der „Rue de la Fabrique" geparkt. Nicht weit entfernt, nur ein paar Querstrassen weiter, in der „Rue Alexandre Blanc" fanden wir eine nette, einladende, Pension. In Sichtweite war das „Théâtre Antique d'Orange".

Die Pension war in einer ehemaligen Poststation aus dem 17.Jahrhundert untergebracht. Bäume auf dem Vorplatz und eine grosse Terrasse sprachen uns sofort an. Wir gingen an die Rezeption, wählten ein "Standard-Doppelzimmer". Luxus hatten wir ja jetzt zwei Tage lang in Avignon geniessen können. Mehr oder minder geniessen.

Die junge Frau an der Rezeption nahm unsere Ausweise entgegen. „Sie kommen aus Holland? Dann sind ja fast zuhause hier. Orange – das ist doch ihre Nationalfarbe". Was hatte „Oranje" mit „Orange" zu tun? War es doch mehr als nur eine andere Aussprache der Farbbezeichnung?

Das Zimmer war eher „bescheiden" ausgestattet, sehr klein, vielleicht 12 Quadratmeter gross. Immerhin, eigenes Bad war vorhanden. Frühstück war auch im Preis inbegriffen.

An der Rezeption lagen einige Broschüren und Reiseinformationen aus. Klar, dass ich da zugreifen musste.

Wir hatten nur unsere Taschen abgestellt, Willeke war kurz ins Bad, schon verliessen wir wieder die Pension.

Sie hatte lediglich schnell ihren Reiseführer, den sie sich vor ein paar Tagen gekauft hatte, mitgenommen. Nach nur wenigen Schritten fanden wir ein Bistro, vor dem eine Tafel stand.

Mit Kreide war anscheinend die Speisekarte notiert. Wir gingen näher heran. Von wegen, lediglich eine Liste mit verfügbaren Weinen war darauf aufgelistet. Gab es hier überhaupt etwas Essbares?

Wir bestellten etwas. Ich orderte einen „Pastis". Willeke hatte sich für ein Glas „Châteauneuf-du-Pape" entschieden. „Das muss ich dann doch probieren, wenn wir da mehr oder weniger durchgefahren sind". Ich probierte einen Schluck. „Verdammt lecker".

Ich schaute auf den Zettel, den man direkt mit den Getränken zusammen auf einem winzigen Tablett gebracht hatte. „Was? Ein Glas Wein kostet 12 Gulden?" Ich hatte die Summe schnell im Kopf überschlagen. Ich nahm Tabak aus meiner Jackentasche. „Wir haben jetzt seit fünf Tagen nicht gekifft, ist dir das klar?"

Schob Willeke den Tabak über den Tisch herüber, sie drehte sich auch ein „Shagje". Sie schaute, während sie die Zigarette rollte, auf. „Meinst du, dass wir uns vielleicht deswegen manchmal ein wenig komisch verhalten? Sowas wie Entzug?" „Was genau meinst du mit ein wenig komisch?"

„Dass ich …" Sie druckste herum. „Du weißt schon, die Ohrfeige und so". Ich musste lachen. Meine Worte pressten sich durch das Lachen hindurch. „Das ist schon etwas mehr als komisch. Das war eine fette Ohrfeige, die hat gesessen. Wir wollten das aber als vergessen, als nicht geschehen betrachten, oder?" Willeke schmunzelte verschämt.

„Aber wo du es selber ansprichst, du bist schon manchmal brutal zu mir". „Wirklich?" „Beim Sex, ja wirklich. Und jetzt – Gezondheid, mein Schatz". Ich hob meinen Pastis, prostete ihr zu, die Gläser klangen in einem hellen Ton. Mit einem Schluck hatte Willeke den „12 Gulden Wein" weggekippt.

Sie hatte ihr Buch, ihren Reiseführer aufgeschlagen. „Jetzt verstehe ich auch was die Frau an der Rezeption gemeint hat, als sie sagte, dass wir fast zuhause sind, als Holländer".

„Du, ich bin kein Holländer". „Naja, beinahe zumindest. Du lebst in Holland, mit einer Holländerin, arbeitest bald für die Königin – fehlt also nicht mehr viel zum Holländer".

Dann las sie mir vor. *„Oranje, die königliche Lieblingsfarbe. In der Tat gibt es zwischen der südfranzösischen Stadt Orange und den Niederländern geschichtliche Zusammenhänge. Im Jahre 1544 erbte Willem de Zwijger, Graf von Nassau, die Stadt Orange von seinem Neffen René von Chalon. So wurde Willem zum Prinzen von Oranje Nassau".*

Willeke blickte kurz auf. „Voilà, daher kommt also der Name Oranje des niederländischen Königshauses". Sie grinste. „Wir sind nicht zuhause, das gehört uns eigentlich".

Essenstechnisch hatte das Bistro allerdings wenig bis nichts zu bieten. „Da müssen wir nochmal ein wenig suchen, das hier ist nichts". Wir zahlten die Rechnung und gingen weiter durch die Stadt.

In Orange begegnet man der Geschichte auf Schritt und Tritt, das Alltagsleben in der Gegenwart war aber auch nicht zu verachten. Besonders quirlig und lebendig war es um den Marktplatz in Orange. Einheimische und, zurzeit jedenfalls, wenige Urlauber waren unterwegs um ihre Einkäufe zu erledigen. Frische Waren der Region, allen voran aromatisches Obst und Gemüse, das hier angebaut wird. Wir kauften etwas Obst, das wir im Gehen verputzten.

Hinter dem „Théâtre Antique d'Orange" lag der „Saint-Eutrope-Hügel", der die Stadt und die umliegende Landschaft bis zum Mont Ventoux dominiert - die Ruinen der Burg der Fürsten von Oranje Nassau und galloromanischer Überreste.

Der „Parc de la Colline Saint-Eutrope", nur wenige Gehminuten vom Zentrum von Orange entfernt lud zu einem ausgedehnten Spaziergang ein. Das Waldgebiet, mit Ruinen aus vergangenen Jahrhunderten offenbarte einen herrlichen Panoramablick über Orange und seine Region.

Jetzt, nach dieser Wanderung, meldete sich mein Magen - klar und unmissverständlich. „Hunger". Gut, dass in dem Park direkt ein Restaurant war.

„Lass' uns da einkehren, bevor ich grantig werde". Ich neigte dazu launisch und ungehalten zu werden, wenn ich „unterzuckert" war. Ich musste etwas essen. Schnell sogar.

„Biergarten", so würde man das in Deutschland nennen. Ein bisschen runtergekommen, alles irgendwie leicht angeranzt. Verrostete Schilder und angegammelte Stühle. Aber das war jetzt egal, mir zumindest. Im Frühjahr oder Sommer war das sicherlich ein idyllischer Platz um in den Abendstunden … um bei einem Pastis oder Mojito über die Stadt zu blicken. Jetzt aber war das nur eine „Futterkrippe". Für mich jedenfalls.

Ich war immer noch ziemlich kaputt von der Latscherei durch Orange, sass etwas abwesend am Frühstückstisch. „Ausgeschlafen? Bereit für neue Schandtaten?" Willeke war topfit, so machte es auf mich den Eindruck.

„Hast du schon Pläne? Wieso bist du überhaupt schon so quirlig unterwegs?" Sie hatte eine Landkarte, eine Strassenkarte vom Zimmer mit heruntergebracht.

„Du musst nicht so viel Pastis saufen, das Zeugs haut echt rein. Schon in den Spiegel geschaut heute Morgen?" Ich wusste genau was sie meinte, den Blick konnte ich mir sparen, hatte ich auch. Wenn ich annähernd so ausschaute wie ich mich fühlte – dann bitte nicht.

Was ihre Pläne anbelangte – „Ja, habe ich" – die waren sehr konkret. Sie habe jetzt genug „Römerzeugs, Geschichte und Baustellen" gesehen, damit meinte Willeke die Ruinen.

„Ich möchte in eine richtige Stadt, nach Lyon". Ausserdem sei das auch Richtung Heimat, Richtung Norden, denn

„irgendwann" müssten wir auch zurück. „Da führt kein Weg dran vorbei".

Die Strecke hatte sie schon rausgesucht. Einen Teil davon hatten wir auf der Hinfahrt nach Montpellier bereits befahren, Lyon aber nur „passiert". Von Orange aus waren es etwa 200 Kilometer.

„Fühlst du dich denn fit, oder soll ich lieber direkt fahren?" „Gute Idee, Süsse. Fahr' du lieber".

Die Strecke führte uns zu weiten Teilen am „Canal de Donzère-Mondragon" entlang, der bei Mondragon von der Rhône abzweigte und erst bei Donzère wieder in die Rhône mündete.

In Valence machten wir Rast, ich wollte einen Kaffee – und rauchen. Der Schmacht auf einen Joint war schon sehr gross.

Die halbe Strecke war geschafft. Es war Mittagszeit. Willeke hatte die Strassenkarte auf der Motorhaube ausgebreitet, lehnte leicht vornübergebeugt und suchte die Strecke ab. Ich drückte mich ganz fest an ihren Hintern. „Ich hätte voll Bock auf ein Teilchen".

Willeke griff nach hinten, um mich herum, mir an den Po. „Ist klar, Geschlechtsteilchen wahrscheinlich. Ich spür' deinen Schwanz ganz deutlich. Du bist wieder geil, vom Alkohol". So war es. Wie sie so vornüber gebeugt war …. Ich hätte am liebsten – und sofort …

„Ich versuch's einfach mal", dachte ich mir. „Du hast so eine geile Kiste" versuchte ich schmeichlerisch. Sie kniff zu, lächelte mich dabei an. „Das gibt keinen, der Vergnügungspark ist geschlossen".

Willeke drehte sich ganz zu mir um. „Irgendwie ist das gar nicht so übel einen jungen Partner zu haben. Für mich. Als

Frau". Zog mich an sich heran, küsste mich. Fasste mir gleichzeitig in den Schritt. „Irgendwie auch schmeichelhaft … dass du immer geil auf mich bist".

„Welthauptstadt der Gastronomie"

An der Raststätte holte ich uns einen weiteren Kaffee, im Pappbecher, den wir am Auto stehend bei einer weiteren Zigarette tranken. Wir fuhren weiter, allerdings nur wenige Meter. An der Tankstelle. „Elf Aquitaine" liessen wir den „Strichachter" volltanken.

In Fahrtrichtung Norden führte es uns am linken Ufer der Rhône, eine Brücke überquerend in Lyon ein, in das „7. Arrondissement". Ein wenig erinnerte mich die Stadt an Rotterdam. Tanklager, Industrie, Hafen. „Uff, wir brauchen sofort einen perfekten Parkplatz, eine Unterkunft, einen Stadtplan, ein Ticket für den öffentlichen Verkehr". Willeke war selbst erstaunt was hier los war. „Da ist ja riesig, wie sollen wir da was finden?"

„Ich weiss einen Parkplatz" scherzte ich. „Woher?" Willeke schaute zu mir herüber. „Ach quatsch, das war Spass, ich weiss gar nichts. Am besten wir suchen den Bahnhof, da müsste doch was sein". Zum Glück war das ausgeschildert. „Gare > 2. Arrondissement". Erneut überquerten wir eine Brücke. Der Bahnhof „Gare de Lyon Perrache", das „2. Arrondissement", war auf einer Halbinsel, „Presqu'île„ die zwischen der Rhône und der Saône lag. Nach einigen „Rumgekurve" hatten wir endlich einen Parkplatz. Willeke war sichtlich gestresst.

„Das war anstrengender als die ganze Fahrt". „Ja, Prinzessin, wer wollte denn in die Stadt, warst du das nicht?" Sie hatte den Kofferraum aufgesperrt. „Hör' auf zu quatschen, nimm' lieber die Taschen".

Ich hob zwei Taschen aus dem Kofferraum, hob die Abdeckung des Reserverads an, fischte aus der hinteren Ecke die deponierten Geldscheine hervor. „Das …", ich hielt das Geldbündel leicht hoch. „… Das bring' ich jetzt erstmal zur Bank".

Wie in jedem grossen Bahnhof musste es auch hier, in Lyon, eine Filiale von „Western Union" geben. Dort wollte ich zum einen noch einiges von den französischen Franc umtauschen – und dann alle Gulden direkt auf mein Konto bei der Rabobank transferieren. „Hast du das gewusst? Das mit Western Union?" „Nein, nur vermutet".

„Pack' doch bitte nur für einen Tag Kleidung ein, das reicht doch. Für uns beide. Dann haben wir nur eine Tasche". „Ja, und was? Soll ich jetzt alles durchwühlen?" Willeke war leicht angenervt.

„Und wenn wir länger bleiben wollen?" Auch das war kein Problem, für mich jedenfalls. „Dann kommen wir entweder noch mal zurück, oder ..." Ich steckte ihr einige der labbrigen französischen Geldscheine in den Pulloverausschnitt, „... oder du kaufst dir was. Hier gibt es garantiert Geschäfte".

„Was soll das? Wir sind hier nicht beim Table-Dance". Sie lachte. „Du bist unmöglich".

„Ganz schön gross". Willeke bestaunte das riesige Gebäude beim Betreten der Bahnhofshalle. Western Union war schnell gefunden. Ich tauschte Geld und überwies es auf mein Konto. Einige der braunen Scheine behielt ich aber, wir brauchten schon noch Geld, wir waren immerhin noch in Frankreich.

Dann gingen wir direkt zu einem Schalter der „Tourist Information", fragten nach Broschüren und Fahrplänen der Buslinien. „Frag' mal bitte nach einer Pension" bat ich Willeke. „Am besten hier in der Nähe".

Die nette Frau in der Tourist-Information hatte uns auf dem Stadtplan ein Hotel markiert, an der Rückseite des Bahnhofs gelegen, in der „Rue du Bélier". Sollte auch nicht zu teuer sein, verriet sie mit einem zwinkernden Auge. Was auch immer das bedeuten mochte.

Als wir dem Gebäude näher kamen verstand ich das aber. Ein Betonklotz, quadratisch, praktisch, schmucklos, uniform. Wir buchten uns ein, zunächst für eine Nacht.

Nach der üblichen Anmeldeprozedur gingen wir auf das Zimmer. Ein Doppelbett, Tisch, Stuhl, Minibad, Minidusche. Zwischen dem Bett und den Wänden war gerade mal so viel Platz, dass man hindurch gehen konnte. Aus dem Bett fallen würde hier keiner, so eng war es. Man musste auch erst das Zimmer betreten, dann erst liess sich die Türe schliessen. „Voll gemütlich". Ich liess die Tasche auf den Boden ab, jetzt war der Durchgang schon versperrt. Egal, es war preiswert. Also seinen Preis wert.

Willeke hatte sich umgesehen, versuchte den kleinen, vergilbten Heizkörper am Ventil aufzudrehen. „Möchtest du so wohnen? Möchtest du so leben?" „Non, ma chérie". So wollte ich noch nicht einmal sterben.

„Hier bleiben wir aber nicht". „Wie? Wir haben doch gerade erst das Zimmer gebucht?" „Über Nacht schon, aber jetzt nicht".

Willeke stand bereits im Flur vor dem Zimmer. „Lass' uns die Stadt erkunden". Sie las aus einem Stadtführer-Prospekt vor. *„Lyon hat eine überschaubare Größe, man findet alles, was das Herz begehrt und das ohne sich zu verlaufen!"* Das kam mir gänzlich anders vor, ich fühlte mich hier echt verloren.

Durch einen Tunnel des Bahnhofs gelangten wir wieder zur Frontseite, unweit waren einige Cafés. „Lass' uns was trinken und dabei die Pläne studieren".

Der einzige Vorteil, den ich im Moment an der „Lage" erkennen konnte, war der, dass man den Bahnhof jederzeit wieder finden würde. Das war aber auch schon alles.

Bei einer „Orangina" - hatte ich mir auch mal bestellt, das wollte ich dann auch mal probieren – las Willeke weiter vor. *„Urlaub ist ganz einfach ideal, um sich Zeit zu nehmen, ein wenig zu flanieren, den Puls der neuesten Trends zu verspüren, und bei der nächsten Café-Terrasse einzukehren, um sich nach oder während des Shoppens eine kleine Pause zu gönnen"*.

„Das steht da aber nicht, das hast du dir doch selber ausgedacht". Sie drehte das Heftchen auf dem Tisch zu mir. „Nein, hier lies selber". Tatsache, so ein Schwachsinn. „Das heisst? Du willst shoppen?" „Ja genau. Wohin zuerst?"

Auf der Broschüre stand weiter - *La Presqu'île - schick und trendy! Oder Croix-Rousse - etwas für die Mutigen und Coolen, die Stöberer und Avantgardisten.*

„La Presqu'île", da waren wir ja gerade. „Und wo ist dieses Croix-Rousse?" Schnell hatte Willeke das auf dem Stadtplan herausgesucht. „Hier, 1. Arrondissement". Etwas weiter oberhalb unseres jetzigen Aufenthaltsorts. „Etwas für die Mutigen und Coolen – das trifft ja beides auf dich zu".

„Dann ab dafür". Wir zahlten, ich nahm Willeke an die Hand, wahrscheinlich aus Angst, dass ich verloren gehe. Lyon war für mich ein undurchschaubarer Moloch. Strassen ohne Ende, Häuser dicht an dicht, alles in Quadranten eingeteilt.

„Lass' mich hier bloss nicht irgendwo alleine stehen, dann bin ich geliefert". Ich drückte Willekes Hand noch fester. „Biiitte". Willeke lachte.

Wir nahmen einen Bus. Keinen Millimeter wich ich von ihrer Seite. Für sie war es vielleicht so, als würde sie mit ihrem kleinen Jungen durch die Stadt laufen. Ich war einfach „Lost".

Der Prospekt hatte nicht zu viel versprochen, zumindest für Willeke, für eine Frau im „Shopping-Fieber". Unikate, originelle Einzelstücke. Mode, Design, Accessoires – Versuchungen, wo man hinsah. Die „Rue des Capucins", „Rue Sergent Blandan" oder die „Rue Romarin" entlang, das war Willekes ganz persönliche Entdeckungsreise. Und ich immer hinterher, bloss nicht erst das machen, was sie mir ein-, zweimal vorgeschlagen hatte. „Warte doch hier". „Auf gar keinen Fall, es sei denn du möchtest mich loswerden". Willeke lachte über meine Unsicherheit.

Ich musste schon höllisch aufpassen, so schnell wie sie manchmal abrupt in eine Boutique hineinstürmte.

Aus einem Laden hatte sie eine kleine Schachtel, die mit einer hübschen Schleife versehen war, mitgebracht. „Hier, mein kleiner Prinz, das ist für dich". Ich öffnete die Dose, darin war - tatsächlich - „ein kleiner Prinz". „Das ist für dich, mein Süsser. Der Petit Prince von Saint-Exupéry soll dich stets daran erinnern deine Kinderseele zu wahren und zu pflegen".

„Ist das jetzt … weil ich so hilflos hinter dir herdackel?" „Nein, bleib' so wie du bist, so liebe ich dich". Ich war … Ja, was war ich? Irgendwas zwischen glücklichem kleinem Jungen und glücklichem Mann. Beide von denen hätten am liebsten losgeheult – vor Freude.

Willeke war am späten Nachmittag, eher am frühen Abend, bepackt wie ein Muli. Taschen in beiden Händen, Taschen über dem Arm. Selbst mir hatte sie Einkaufstaschen in die Hand gedrückt. „Magst du das Tragen?" Ich fragte dann mal „so ganz nebenbei" nach dem Preis. „Was hast du denn so ausgegeben?" „Das willst du nicht wissen". Sie erklärte mir auch dann erst dass sie sich auch einiges ihrer

„Gangsterkohle" eingesteckt hatte. „Weißt du, dass ich mir noch nie, wenn überhaupt, so viel für mich kaufen konnte?"

„Das hättest du mir aber schon sagen können, mit den 10.000 von Luc haben wir reichlich Bargeld am Start". Dass ich auch noch Geld aus Holland mitgenommen hatte wollte ich jetzt gar nicht sagen. War jetzt aber auch wurscht, der grösste Teil der Kohle war zur Rabobank unterwegs.

„Du hast mir das ermöglicht, du weißt gar nicht wie dankbar ich dir bin". Das war natürlich quatsch. Wir beide, gemeinsam, waren „Volles Risiko" gegangen. Wären im Zweifelsfall auch beide „eingefahren". Ins Gefängnis.

„Das stimmt so nicht, ohne dich hätte ich das nicht gemacht, also wenn, dann ist das unser gemeinsamer Coup". Willeke grinste breit. „Den haben wir auch souverän durchgezogen". Ich küsste sie auf den Hals. Erwehren konnte sie sich jetzt sowieso nicht. Gegen gar nichts, dafür war sie einfach zu bepackt.

Wir zwängten uns mit den Einkäufen durch den engen Gang im Bus. „Das bringen wir ins Hotel, dann gehen wir essen?" Das war eine sehr gute Idee.

Mit einem Ohr lauschte ich der Lautsprecherdurchsage im Bus, die die Haltestellen nannte. Über der Ausstiegstüre hing ein Plan, dort hatte ich abgelesen, wie die Haltestelle vor dem Bahnhof hiess. Dass wir auch ja rechtzeitig mit den unzähligen Taschen am Ausgang standen.

Alles war im Hotelzimmer verstaut. Die Bude war voll. Von dem schmalen Gang zum Bett war nichts mehr zu sehen. „Ich gehe schnell duschen und zieh' mich um". „Und wo? Und wie?" Im Hotelzimmer war echt kein Platz für gar nichts. Willeke verschwand im Bad. Ich setzte mich aufs Bett, stand direkt wieder auf. „Da kriegt man ja Platzangst". Ich musste das Fenster öffnen, um den Raum wenigstens etwas zu vergrössern. Optisch.

Nur Willekes Kopf und einen Arm sah ich aus der Badezimmertüre hervorlugen. Sie hatte sich eine Einkaufstasche gegriffen, nachdem sie bereits zwei andere, in denen sie anscheinend nicht das Gesuchte gefunden hatte, wieder zurückgeworfen hatte. „Nicht gucken kommen, bevor ich rauskomme" rief sie mir durch den Türspalt zu.

Mir stockte der Atem, als sie in das Zimmerchen hineinschwebte. Anders kann ich es gar nicht nennen. Sie trug ein flieder- oder lilafarbenes – für mich gab es da keinen Unterschied – bodenlanges Kleid. Ab der Taille aufwärts feinster Chiffon. Der Ausschnitt ging bis zum Bauchnabel, eigentlich war es ein fliederfarbenes „Nichts". Ihre Brüste standen zu beiden Seiten des Ausschnitts leicht heraus, ihre Brustwarzen, ach quatsch, die kompletten Titten, waren sichtbar. Ihre Halskette mit dem Diamanten zog meinen Blick magisch an. Ich stand auf, wollte aufstehen.

Willeke drückte mich aber direkt zurück. „Fass' mich bloss nicht an, du machst bestimmt das Kleid kaputt".

„Und wofür hast du das dann angezogen?" „Wie seh' ich aus? Sag' schon". Was sollte ich sagen? Ich wollte nur ihre Brüste aus dem Kleid herausholen. „Du siehst aus wie ein Model. Ein Topmodel".

Willeke verschwand wieder im Bad. Nächstes Kleidungsstück. Und nächstes. „Könntest du bitte damit aufhören? Ich muss sonst über dich herfallen. Ich dachte wir gehen essen? Stattdessen machst du mich so was von an".

Restaurants gab es in Lyon an jeder Straßenecke. Hunderte, wenn nicht Tausende. Gut, zu Paul Bocuse mussten wir jetzt nicht unbedingt, das wäre dann vielleicht etwas zu dekadent, für uns jedenfalls.

Wir fanden, nicht weit vom Bahnhof, von unserem Hotel, entfernt ein sehr schönes, altes und traditionelles Restaurant. An der Eingangstüre prangte ein Emailleschild – „Bouchon Lyonnais".

Wir wählten „Cochonailles", eine Wurstplatte mit Lyoner Wurstspezialitäten wie „Saucisson Lyonnais", „Rosette", „Jésus", „Andouillette" - eine würzige Wurst aus Innereien - und was weiss ich noch für deftige Sache. Abgerundet wurde das ganze durch eine würzige Käseplatte – statt süssem Desert. Wir hatten reichlich gebechert. Willeke hatte einige Mojitos, ich das Equivalent in Pastis.

Es dauerte schon einige Zeit bis wir zurück zum Bahnhof gefunden hatten, auch weil wir beide „echt gut" blau waren.

Jetzt, zu später Stunde, war das noch mal eine ganz neue Erfahrung – für mich zumindest. Alle paar Meter würde ich angelabert, verstand aber gar nicht was jetzt genau gefragt oder gesagt wurde. Ich wollte immer mal stehen bleiben. „Komm' weiter, bleib' bloss nicht stehen". Willeke zog kräftig an meiner Hand. „Das sind alles Nutten. Komm' weiter". „Aha".

Willeke kam jetzt einen Schritt auf mich zu, zog kräftiger. „Komm' weiter, die sind nur auf Kohle aus. Bei mir kriegst du das gleich umsonst". „Hä? Was? Was redest du da?" „Ja Mann, bist du doof? Sex, was sonst?"

Ich war dann doch froh aus der dunklen Unterführung raus gekommen zu sein, an der Rückseite des Bahnhofsgebäudes war unser Hotel. „Was sollte das gerade? Bei mir kriegst du das umsonst?" Ich schaute meine Freundin an. Willeke war blau, ich wusste was das bedeutet, wie sie dann „unterwegs" war.

So war es auch. Wir hatten uns in das enge Zimmer gequetscht. Willeke hatte mir sofort „geholfen" meine

Klamotten auszuziehen. Wie hatte sie das gemacht, dass sie sich gleichzeitig auch selbst entkleidet hatte? Sie griff mir in den Schritt. „Oh, Oh". Sofort merkte ich „das kann heftig werden". Hielt ihre Hand fest. „Fass' den bloss nicht an".

Auf der Wand, dem Fenster gegenüber war ein Kleiderschrank. Wenn man das so nennen wollte. Eine Schiebetür, vor einem in die Wand eingelassenen Kasten. Sie war vollflächig mit einem Spiegel beklebt. Mit dem Gesicht zum Spiegel drückte ich Willeke gegen diesen „Kleiderschrank". Ihre Brüste quetschen sich gegen den Spiegel, ich drang von hinten in sie ein.

Nach ein paar Stössen drückte sie sich mit den Armen vom Spiegel weg, ich stolperte über die Einkaufstaschen, wir fielen aufs Bett.

Willeke schlang ihre Beine um meine Hüfte, presste sie fest zusammen. „Fick' mich. Verdammt Mann. Fick' mich. So fest du kannst. Fick' mich. Besorg' es mir. Steck' deinen Schwanz in meine Fotze und fick' mich". Jetzt, nachdem sie das gesagt hatte war mir klar „Die ist dicht, aber volle Pulle". Sie liess sich verbal an mir aus. „Fick' mich" - das war einer der netteren Ausdrücke.

„Aua, Willeke. Du tust mir weh". Sie hatte ihre Fingernägel in meine Schulterblätter gekrallt. „Aua". Das war so als hätte ich gar nichts gesagt. Ich hatte Sex mit „Wolverine" einer Figur aus den Marvel-Comics. Ja, das war der treffende Ausdruck – Wolverine – ein Vielfrass. Willeke war Wolverine, in weiblich versteht sich – und ich ihre Mahlzeit. Ich musste innehalten. „Willeke, bitte". Sie sah mich an. „Was ist mein Süsser?" „Du tust deinem Süssen weh". Ich wusste ja, dass sie brutal und grob war, wenn sie getrunken hatte. Also jetzt nicht ein oder zwei Bierchen, sondern wenn sie richtig „einen im Tee" hatte.

„Lernen"

„Komm', sei nicht so zimperlich. Mach' weiter. Fick' mich". Zimperlich? Brauchte ich ein Hörgerät? „Willeke, aber du schlägst mich nicht, verstanden?"

Die Nacht war Horror. Nicht wegen Willeke oder unseres heftigen Sex. Gut, ich hatte einige „Kampfspuren" davongetragen, aber jetzt schlief mein Vielfrass friedlich. Nein, es war der Krach, der aus dem Bahnhof herüber schallte. Rangiergeräusche, quietschend einfahrende Züge, Lautsprecherdurchsagen. Ich hätte genau so gut auf einer der Bänke auf den Bahnsteigen liegen können. Lauter war es da bestimmt auch nicht. Ich sah zu Willeke herüber. Sie war zu beneiden. Schlief einfach.

„Versuch' einfach zu pennen". Das war von meiner inneren Stimme einfacher gesagt als bewerkstelligt. Ich legte meinen Kopf an Willekes Schulter, streichelte ihre Brüste. Gut, schlafen konnte ich davon auch nicht besser. Dafür hatte ich aber tolle Titten in der Hand.

Ich hatte schlecht geschlafen. Hatte ich überhaupt geschlafen? War wie „gerädert". Mein Rücken tat weh, war zerkratzt. Auf allen Vieren robbte ich aus dem Bett, bis ins Bad. So kam ich wenigstens einigermassen über das Meer von Einkaufstaschen.

Nach der Dusche schlief Willeke immer noch. Ich sah auf sie. „Da hast du dich ja mal wieder richtig abgeschossen" schmunzelte ich leise. Ihren, ach so süssen, Speichelfluss am Mundwinkel aufzulecken liess ich aber heute, das war garantiert Schnaps pur.

Ich ging nach unten, wollte etwas frühstücken. Das Angebot war schockierend, um nicht zu sagen eine Frechheit. Die Käsescheiben rollten sich schon, die Ränder ausgeblichen, so trocken war der Käse. Den hatte man garantiert schon mehrere Tage hintereinander aufgetragen und danach wieder „irgendwohin" weggeräumt. „Einfach ekelhaft". Nicht einmal einen Kaffee wollte ich trinken. „Bestimmt haben die da auch reingespuckt".

Als wir gestern das Hotel gesucht hatten, hatte ich direkt nebenan eine Brasserie gesehen. Ich ging kurz hoch in unser Zimmer. Willeke stand nackt vor der Spiegelkleiderschrankkonstruktion. Sie schrie laut auf. „Keine Panik, it's me". „Kannst du nicht anklopfen, ich hab' mich zu Tode erschreckt".

„Ich bin nebenan, in der Brasserie. Brauchst erst gar nicht zum Frühstück gehen". Ich zog die Zimmertür zu.

Vielleicht 30 Minuten hatte es gedauert bis Willeke dann erschien. Hübsch geschminkt, schön wie eh und je. Sie zog sich einen Stuhl an den Tisch, bestellte Kaffee, Croissants. Ihre Augen leuchteten. „Das war schön letzte Nacht". Ich mochte es, wenn sie leuchtete, auch wenn sie sagte „Es war schön". Für mich war schön aber anders definiert als für Willeke.

„Das freut mich zu hören. Ist dir schon mal aufgefallen wie sehr du mich zurichtest, wenn du schön meinst?" Sie legte das Croissant beiseite. „Hab' ich dir wieder wehgetan? Sehr?" Ich schmunzelte. „Zumindest hast du mich nicht geschlagen, der Rest ist halb so wild".

Wenn ich es nicht auch mochte. würde ich es bestimmt auch nicht zulassen, dass Willeke mich so zurichtete. Zügellos den Sex genoss. So hatte ich auch immer noch ein paar Tage danach was davon. Und es machte mich ja auch an. Die Kratzer weniger, aber all das versaute Zeug was sie sagte dafür umso mehr.

„Wir bringen gleich den ganzen Kram zum Auto, deine Einkäufe". „Willst du weiterfahren?" Das wollte ich nicht, nur raus aus dem Hotel. Nicht noch eine Nacht auf dem Gleis, im Rangierbahnhof, verbringen.

„Nein, wir können gerne noch in Lyon bleiben, aber wir MÜSSEN das Hotel wechseln. Unbedingt". Erzählte Willeke wie schlecht ich geschlafen hatte. „Ich hab' gut geschlafen, habe nichts mitbekommen".

Sollte mich das jetzt verwundern? Sie hatte sich an mir ausgelebt, verausgabt - kein Wunder, dass sie „ganz lieb" gepennt, süss geträumt hatte.

In unserem Stadtplan und Reiseführer war mir ein Stadtteil aufgefallen, wo es relativ wenig Hotels gab. Restaurants reichlich, aber ansonsten insbesondere ein Wohnviertel. Dort gab es sehr viel „grün". Grosse Parkanlagen, kleinere Seen. Ich zeigte Willeke auf der Karte meine Wahl. „Was hältst du hier von?" zeigte ich auf die Gegend im „6. Arrondissement".

Unter anderem war dort auch ein „Botanischer Garten", hierzu hatte ich auch Hinweisschilder in der Stadt gesehen. Ich schlug also vor, direkt mit dem Auto bis dahin zu fahren, und da „etwas" zu suchen. Parkmöglichkeit und Pension.

„Okay, aber durch das Chaos fährst du". Willeke drückte mir die Autoschlüssel in die Hand.

Der Weg war wider Erwarten denkbar einfach, überhaupt gar nicht „chaotisch". Kurz hinter dem Bahnhof führte der „Quai du Dr. Gailleton", parallel zur Rhône entlang, bis hin zur „Pont de Lattre-de-Tassigny". Dort nur noch den Fluss überqueren, der Hauptstrasse, der „Rue Duquesne" folgend – und schon waren wir am Ziel.

„Das war easy". Wir parkten den Daimler. Irgendwo rund um den „Boulevard des Belges". Fussläufig war der „Parc de la Tête d'Or" nur wenige Minuten entfernt.

„Das ist aber eine schöne, eine ruhige Wohngegend" bemerkte Willeke. „Wollen wir erst eine Pension suchen? Uns dann auf einen Ausflug in den Park machen?" Mir schien das auch die beste Vorgehensweise.

Auch dieses Viertel, dieses Arrondissement, war in dem typischen Quadrantenmuster angelegt. Unzählige Strassen durchzogen das Wohngebiet.

In der „Rue Tête d'Or" wurden wir fündig. In Hinsicht auf das Einbuchen waren wir ja mittlerweile absolut routiniert – Pass raus, Zettel ausfüllen, Schlüssel in Empfang nehmen, ab aufs Zimmer.

„Welch eine Ruhe". Das war das Erste was mir „positiv" auffiel. Ein kleines, gemütliches Zimmer. In einer Ecke war eine kleine Sitzgruppe. Um einen, mit Intarsien verzierten Tisch standen zwei Sessel. Auf dem Tisch lagen einige Zeitschriften und Magazine, sowie ein Prospekt des „Parc de la Tête d'Or".

Botanischer Garten, Rosarium, ein kleiner Zoo – das alles war „zusätzlich" zur Parkanlage beschrieben. Ich freute mich, hier konnte ich bestimmt ein wenig ausruhen. Die letzte Nacht war anstrengend satt. Rieb mir über mein Schulterblatt. „Und heftig" dachte ich als ich durch mein Shirt die leicht nässenden Kratzspuren fühlte.

Der Spaziergang durch den „Parc de la Tête d'Or", mit seinem botanischen Garten und seiner „afrikanischen Steppe" war für mich ein wenig wie ein Sanatoriumsaufenthalt. Unglaublich, eine „grüne Lunge" mitten in der Stadt.

„Was für ein Tag ist überhaupt heute?" fragte Willeke, als wir uns auf eine Parkbank, an einem kleinen See, gesetzt hatten. „Ich hab' voll das Zeitgefühl verloren".

„Oh schönste aller Frauen. Wen interessiert Zeit und Raum, wenn man sich am Glanze deiner Schönheit laben kann? Jeder Tag ist ein besonderer Tag, an dem du mich zum glücklichsten Mann der Welt machst". Willeke sah mich mit grossen Augen an. „Gehst du jetzt unter die Poeten?"

Meine, vielleicht etwas dick aufgetragene Antwort sollte mir aber auch ein wenig Luft verschaffen. Ich musste selbst ernsthaft nachdenken welcher Wochentag heute war.

„Was ich sagen wollte – Donnerstag ist heute". Ich umarmte sie, küsste Willeke auf den Hals. „In deiner Anwesenheit verschwindet alles Unwichtige, es bleibt einzig meine Liebe zu dir. Das Wichtigste überhaupt". Sie erwiderte meine „Rede" mit einem Kuss. „Du schmeichelst mir, du machst mir so schöne Komplimente. Aber eine Labertasche bist du schon". Ihre Mundwinkel verzogen sich zu einem Lächeln. „So eine Zeit wie mit dir habe ich noch nicht erlebt".

Nach einigen Stunden kehrten wir in die Pension zurück. „Ich mach' mich ein wenig frisch". Willeke ging ins Bad.

Bis auf die Boxershorts war ich ausgezogen als ich die Augen wieder öffnete. Ein bisschen blöd und fragend schaute ich mich im Zimmer um. Willeke sass in einem der Sessel, blätterte in einem Magazin. „Wieso bin ich ausgezogen. Also beinahe?" Willeke kam zu mir herüber, setzte sich an den Bettrand. „Du bist so was von sofort eingeschlafen. Ich habe dir die Klamotten ausgezogen und dich zugedeckt".

Das Nickerchen hatte mir mehr als gutgetan. Mein Körper hatte sich einfach genommen was er in der Nacht zuvor nicht bekommen hatte – Schlaf.

Willeke streichelte sanft über meine Schultern. „Ich hab' dir doch ganz schön wehgetan, das habe ich gesehen als ich dir die Klamotten ausgezogen habe. Sieht fast so aus als hättest du mit einem Löwen gerungen".

Ich griff ihre Hand. „Mit einer Löwin meinst du sicher". Willeke schmunzelte. „Warum hast du denn nichts gesagt". Ich musste laut auflachen. Nichts gesagt? Das war doch so was von egal was ich gesagt hatte, sie hatte einfach nichts mitbekommen.

„Willeke, solange du mich nicht ins Gesicht schlägst ist mir alles andere egal. Nicht nur egal, ich mag das sogar". „Wirklich? Stehst du auf Schmerzen?" Ich sah ihr ins Gesicht. „Nicht auf Schmerzen, auf dich. Vielleicht muss echte Liebe ab und zu wehtun".

Nach einer erfrischenden und belebenden Dusche war ich bereit für den Rest des Tages. „Lass' uns ein wenig durch diese schöne Gegend bummeln". Willeke hatte sich bereits umgezogen, trug „neue" Klamotten, die sie tags zuvor gekauft hatte.

Sie sah hinreissend aus. Ein weiter, grauer Pullover, mit einem schönen Flechtzopfmuster. Dazu einen Jeans-Minirock, darunter schwarze Leggings. Ihr Kopfhaar hatte sie mit einer farblich passenden „Pudelmütze" bedeckt, unter der ihre langen blonden Haare hervor lugten.

Das war bei weitem nicht so sexy wie andere Kleidung, die sie auch gerne trug. Für mich war das aber ein wunderschöner Anblick. Das war Willeke, ein Hippie-Mädchen, so hatte ich sie kennengelernt, mich in sie „verknallt", sie lieben gelernt.

Das „Arrondissement" war trotz der vielen Wohnhäuser eine pulsierende, quirlige Gegend. Es machte Spass entlang der breiten, mit Bäumen bewachsenen Strassen zu schlendern. Immer wieder aufgelockert durch kleinere Parks oder grüne Plätze, die zum Verweilen einluden. Das Angebot an Läden, Boutiquen und anderen Einkaufsmöglichkeiten war bunt gemischt und vielfältig. Beste Lebensmittel gab es in den

„Halles de Lyon Paul Bocuse", ein wahres Gourmetparadies. Ein „überdachter" Markt, in dem es alles gab, einfach alles was mit Essen und Trinken zu tun hatte.

An einem der unzähligen Stände nahmen wir kleine „Snacks" zu uns. Dazu ein Gläschen Wein. Das war das französische „Savoir-vivre". Wahrlich, sie verstanden es „zu leben".

Von einem dieser Plätze, dem „Place du Maréchal-Lyautey" kamen wir über die prächtige Allee „Cours Franklin Roosevelt" direkt zur „Cours Vitton". Eine Boutique reihte sich an die nächste. „Willekes Paradies". Das war klar. „Ich muss da mal rein gehen".

Anders als noch gestern wartete ich in einem der Cafés, die entlang der „Shopping-Meile" lagen, auf Willeke. „Ein Pastis wäre jetzt fein". Gedacht – bestellt, dem Treiben auf der Einkaufsstrasse zusehen.

Zu meiner Verwunderung kam Willeke ohne „irgendetwas" gekauft zu haben nach einiger Zeit herüber, setzte sich zu mir an den Tisch, bestellte sich einen Mojito. Wir prosteten an.

„Nimm' dich aber heute etwas zurück, lässt sich das einrichten?" Automatisch griff ich an meine noch lädierte Schulter. „Geht klar, Süsser. Gezondheid".

Wir hatten den Kellner beim Bezahlen nach einem empfehlenswerten Restaurant oder einer Brasserie gefragt. „Achten sie einfach auf das Schild „Bouchon Lyonnais", dort finden sie typische Speisen aus der Region".

Ein kleines Restaurant lockte nur wenige Gehminuten entfernt. Die an der Fassade, in einem Messingrahmen, angebrachte Speisenkarte sagte mir so gar nichts. „Wir gingen hinein und bestellten einfach „auf Verdacht". Ich tat so als wüsste ich, was da alles angeboten wird. In Wirklichkeit hatte ich keinen blassen Schimmer.

Eine Auswahl an „Quenelles" sollte es werden. Verschiedene Variationen empfahl die Bedienung. Mit Krebsbuttersauce, Geflügel-, Kalbfleisch- und Pilzvarianten. „Das hätte ich dann gerne". Vorab brachte man uns „Rosette de Lyon", eine dicke, große Trockenwurst. Dazu Brot und eine Karaffe Wasser. „Wozu das Wasser? Sollten wir uns zuvor die Hände waschen?" Wir orderten noch eine Flasche Wein, für Willeke sollte es als Hauptgericht „Tablier de Sapeur" - panierte Kutteln – werden.

Sehr spät kamen wir in „unsere Bleibe" zurück. Für einen Moment im Sessel sitzend wurde ich an die Zeit in Henks Pension in Rockanje erinnert. Sicher, mit den Unterkünften, die wir jetzt, während unseres Urlaubs bewohnt hatten war das in keinster Weise zu vergleichen. Lediglich das Gefühl „nichts Eigenes", nichts von uns um uns herum zu haben, war gleich.

„Ist dir bestimmt auch schon aufgefallen ..." begann Willeke schmunzelnd. „... Wir hatten jetzt in den letzten Tagen mehr Sex als sonst zuvor". Willeke hatte sich seitlich auf meine Oberschenkel gesetzt, ihre Arme um meinen Hals gelegt. „Wir sind ja auch viel intensiver zusammen, zuhause muss ich ja auch ab und an arbeiten".

Ich gab ihr einen kleinen, zärtlichen Kuss. „Eben, wenn du arbeiten musst bist du so unendlich diszipliniert. Nimmst du mich unter der Woche überhaupt wahr?" Was sollte das jetzt heissen? „Fühlst du dich von mir vernachlässigt?" wollte ich wissen. „Vielleicht empfindest du das anders. Aber sei mal ehrlich, zu dir, zu mir. Wenn du arbeiten musst läuft doch gar nichts zwischen uns".

Willeke legte eine kleine Pause ein, drückte mich. „Ausser ... ... Ausser, wenn du gut gebechert hast – oder dich irgendwo aufgegeilt hast, zum Beispiel an dieser Marion". Nachdenklich sah ich sie an. So hatte ich das nicht auf dem Schirm.

Was für eine tolle Frau. Unsere Gespräche hatten nie etwas Vorwurfsvolles, sondern immer geprägt von Verständnis und Respekt. Es gab nie ein „böses" Wort.

Wenn wir miteinander schliefen – okay, das waren keine „bösen", sondern obszöne Worte. Aber selbst das hatte sie mir erklärt. Mit einer simplen Frage. „Was ist obszöner? Sex oder Krieg? Zu lieben oder zu töten?"

Sie verstand mich, meinen Körper, nicht nur zu nehmen, sie verstand auch mich als Person zu nehmen. Mir meine „Lernaufgaben" aufzeigen, mich in die richtige Bahn zu lenken. Eben eine tolle Frau. Unser Altersunterschied machte eine Menge, eine Menge Erfahrung. Einiges musste ich schon noch lernen, verstehen, begreifen, akzeptieren.

„Scharf und würzig"

Wir hatten die Pension zeitig verlassen. Unsere Reise sollte weitergehen. Richtung Reims. Allerdings nicht die ganze Strecke in „einem Rutsch". Wir hatten keinen Termindruck, also warum die 500 Kilometer durchfahren. Zumal die Strecke uns auch wieder durch das schöne „Burgund" führte. Hier wollten wir irgendwo einen Stopp einplanen.

„Soll ich fahren?" Ich hatte noch die Autoschlüssel vom Vortag in meiner Tasche, bereits den Kofferraum aufgeschlossen. Der ähnelte jetzt schon fast dem Lager einer Modeboutique. Reichlich' Einkaufstaschen mit Aufdrucken diverser Fashion-Labels lagen verstreut darin. „Hab' ich doch schon ganz nett zugeschlagen". Willeke schmunzelte. „Ja, mach' du die erste Etappe, danach wechseln wir dann gerne". Die Strassenkarte hatte ich auf der Motorhaube des Daimlers ausgebreitet und suchte die passende Strecke heraus.

„Bourg en Bresse, Sellièrs, Foucherans, Tillenay, Magny-sur-Tille – dann Dijon" las ich laut vor. „Da willst du Rast machen, in Dijon?" Die Karte hatte ich bereits platzsparend zusammengefaltet. „Da bleiben wir mindestens einen Tag, hab' ich mir gedacht. Oder hast du es eilig?"

Auf der Strassenkarte sah es so aus, als würde die Strecke nur über Wiesen und Felder führen. Alles war „grün". Und auch nur kleinere Ortschaften entlang der Route.

Der Mercedes „schnurrte" die Strecke runter, wie nichts. Bequem und komfortabel. Dieser Motor hatte eine sagenhafte Laufruhe. Die Landschaften zogen an uns vorbei. Und es war, ähnlich wie die Karte den Eindruck vermittelt hatte, eine Reise durch die Natur. Frankreich hat schon verdammt viel Natur zu bieten.

Musik tönte aus dem Auto-Cassettenrekorder, von der Cassette die ich kurz zuvor eingelegt hatte. „Foreigner". Mein

Loblied auf meine Freundin. Ich konnte jede Zeile mitsingen, drückte ganz fest Willekes Hand.

So long, I've been looking too hard - I've been waiting too long - Sometimes I don't know what I will find - only know it's a matter of time - When you love someone- When you love someone - It feels so right, so warm and true - I need to know if you feel it too.

Beim Refrain blickte ich zu ihr herüber. „Willeke, schau' mich an". *I've been waiting for a girl like you to come into my life - I've been waiting for a girl like you, your a love that will survive.*

"Also, der Sänger vor dem Herrn bist du ja nicht gerade" schmunzelte Willeke. „Und was für eine Schnulze. Bist du sicher, dass du auf mich gewartet hast? Eigentlich regelt so was ja der Kosmos für uns". Ich nahm meine Hand ans Lenkrad. „Mein Schatz, das war so eine romantische Antwort". Wir lachten beide.

Von der Schnellstrasse führte uns die „Rue d'Auxonne" direkt ins Zentrum. Am „Place de Président Wilson" fanden wir nicht nur einen prima Parkplatz, sondern auch unsere Unterkunft, in einem ehemaligen Postamt aus dem 17.Jahrhundert. Nach dem „Check-In" holte ich schnell unser Gepäck aus dem Mercedes

Willeke war bereits auf das Zimmer gegangen. „Nummer 14" hatte sie mir noch hinterher gerufen. Die junge Frau an der Rezeption sprach sowohl Deutsch als auch Englisch. Endlich konnte ich auch mal „so richtig" an der Unterhaltung teilhaben.

Aus dem Zimmer hatte man Ausblick auf den grünen Innenhof des Hauses - mit seiner für die burgundische Architektur typischen Fachwerkfassade.

Mit Louis-Philippe- und Louis-XIII-Möbeln, freiliegenden Balken und rauen Steinwänden wurde die elegante Nüchternheit des Zimmers nur von der Hochwertigkeit seiner Ausstattung übertroffen. „Tradition und Moderne in einem Gebäude mit Charakter". Willeke schnalzte mit der Zunge. Besser hätte es auch kein Prospekt ausdrücken können.

Sie hatte sich zwischenzeitlich umgezogen. War mit ihrem Taschensortiment im Bad verschwunden. „Schon wieder was Neues?"

Meine Augen erblickten eine Diva. Sie trug eine schwarze Hose im Marlene Dietrich Stil. Der breite Hosenbund reichte bis fast auf die Höhe ihres Bauchnabels, darin steckte eine weisse Bluse mit einer sehr dezenten Knopfleiste. Über dem Arm trug sie das „Jäckchen" im Coco Chanel Look.

Willeke drehte sich um sich selbst. „Und, wie gefällt es dir?" Wie ich mir selber ja schon gesagt hatte, gab ich Willeke Antwort. „Wie eine Diva schaust du aus. Deine Beine wirken noch länger und der hoch angesetzte Hosenbund – der betont deinen Hintern noch mehr". Ich war dabei mich „in Fahrt" zu reden. „Und wie deine Brüste durch die Bluse schimmern. Ja, wie eine Diva". Sie betrachtete sich selbst vor einem grossen Spiegel. „Danke für das Kompliment". Ich schaute auf ihre Kurven. „Wieso gerade ich? Wieso habe gerade ich das Glück solch eine Frau abbekommen zu haben?". Willeke drehte sich um. „Das habe ich doch vorhin gesagt, das regelt der Kosmos".

Es war erst kurz nach Mittagszeit, früher – sehr früher Nachmittag. Es blieb uns also der gesamte Tag zur freien Verfügung. Von der Rezeption nahm ich einige „Touristenbroschüren", auf Deutsch, mit. Ich war stolz wie Oskar, eine solche Schönheit wie Willeke an der Hand führen zu können.

Dijon unterteilte sich in Stadtteile, anders als in Lyon waren sie nicht nummeriert, sondern hatten Namen. Wir waren jetzt in „Faubourg Sud", so gut wie „mittendrin". Am „Boulevard Carnot", der direkt vom „Place de Président Wilson" abging, tranken wir gemütlich „Café au Lait", dazu hatten wir „Eclair" bestellt. Diese Delikatesse hat in Holland verschiedene Bezeichnungen – „Liebesknochen oder Kaffeestange".

Egal wie sie jetzt hiessen, sie erinnerten stark an einen Penis, besonders die Ausführung mit Vanillecreme. Als Willeke sich so ein Teil in den Mund schob - und die Vanillecreme an ihren Mundwinkeln herunterlief - verstärkte sich mein Kopfkino noch mehr.

„Sieht schon ein bisschen Porno aus", schmunzelte ich. „Hättest du auch gerne, he? Dass ich mir dein Teil so reinschiebe", antwortete Willeke, während sie sich provokant die Mundwinkel leckte. Da brauchte ich nicht lange überlegen. „Sehr gerne sogar".

Über die „Rue Chabot Charny" gelangten wir in das Herz der Stadt, landeten direkt vor dem „Palais des Ducs et des États de Bourgogne". Was für ein Gebäude. Sprachlos stand ich auf dem Platz. Würden jetzt Athos, Porthos, Aramis und Kardinal Richelieu hier vorbeireiten hätte mich das auch nicht verwundert. „Da muss ich reingehen". Für Willeke gab es nicht mal Zeit zu überlegen, ich war schon auf dem Weg zu dem imposanten Palasteingang.

Flämische Malerei, Skulpturen aus dem 19.Jahrhundert, dekorative Kunst - die Sammlung war mehr als beachtlich. Ich versuchte mehr über die Zusammenhänge zwischen Flandern und Burgund heraus zu bekommen. Kaufte zwei dicke Bücher, eines in Holländisch und eins in Deutsch.

Ich hatte nur kurz darin geblättert, schon war mein Interesse nicht mehr zu bändigen. *„Im burgundischen Jahrhundert entstand ein glanzvolles Reich von Dijon im Süden bis nach Brügge, Antwerpen und Amsterdam im Norden, das in einem* *verhängnisvollen Jahrzehnt beinahe zum Königreich wurde und bald darauf unterging.*

Das war Geschichte von uns beiden, Holland und Flandern – Willeke und mir. Immer wieder blätterte ich in den Wälzern, hörte gar nicht mehr auf Willeke vollzutexten. „Na, das kann ja was werden, genau das Richtige für einen Klugscheisser wie dich". Für mich hatte das jetzt aber weniger mit Klugscheisserei zu tun denn mit Historie. Ohne das wäre ich nicht da wo ich jetzt war.

Erst nach Stunden war ich bereit diesen Ort zu verlassen – und das auch nur auf hartnäckiges Drängen durch Willeke. Wir liefen weiter in der Fußgängerzone von Dijon, umringt von mittelalterlichen Häusern, Kirchen und Stadtpalästen aus der Renaissance. Die „Place de la Libération" gehört sicherlich zu den schönsten Plätzen die ich in meinen Leben gesehen hatte. In einem Souvenirgeschäft kaufte ich allen möglichen „Ritterkrimskrams", eigentlich eher was für Kinder.

„Was willst du mit dem ganzen Krempel?" fragte Willeke, als sie sah was ich da alles von den drehbaren Verkaufsständern herunterfischte. „Ich will das einfach haben". „Du bist gestört, das ist doch alles Müll".

In einem Restaurant assen wir zu Abend, bevor wir zum Hotel zurückwollten. Meine Wahl war „Charolais-Steakhüfte mit Sauce béarnaise und Kürbisknödel". Willeke entschied sich für „Boeuf bourguignon en cocotte". Dazu natürlich einen Wein aus dem Burgund. Das war aber leichter gesagt als entschieden. Die Weinkarte glich einem mittleren Roman, so umfangreich. Und so verschieden und detailliert die Weine beschrieben waren liessen wir dann den Kellner etwas „empfehlen" und dann auch servieren. Für mein Gericht sollte es ein „Nuits-St-Georges Les Damodes 1er Cru AOC" sein. Willeke empfahl er „Beaune Champs Pimont 1er Cru AOC - Domaine Clos de la Chapelle".

Allein mit den Namen der Weine war ich heillos überfordert. Zum Abschluss kredenzte man uns eine üppige Käseplatte mit 15 verschiedenen Burgunder Käsesorten.

„Leck' mich am Arsch war das lecker". Anders konnte ich es gar nicht beschreiben. Bei mehreren „Eau de vie de Bourgogne" liessen wir den Abend ausklingen. Das Zeug war nicht nur dermassen lecker, haute mit seinem 40% Alkohol auch entsprechend rein. Wir nahmen uns ein Taxi, auch wenn es nur wenigen Minuten zu Fuss gewesen wären.

Im Taxi hatte Willeke leicht schmusige Anwandlungen. „Wir lassen aber heute die Finger voneinander" bat ich. Sie lachte. „Als ob du das gleich noch weißt".

Ich wusste es aber noch sehr genau. Wenn wir beide so betrunken waren hatten wir die Neigung sehr „animalisch" miteinander umzugehen. Die Kratzspuren der letzten Eskapade waren gerade erst ein wenig „verkrustet".

„Ich möchte schon länger hier in Dijon bleiben. Du auch?" Die Antwort bekam ich gar nicht mehr mit, Willeke war einfach weggeratzt.

Meinen ersten Kaffee hatte ich bereits getrunken als Willeke auch den Frühstücksraum des Hotels betrat. Mir blieb die Spucke weg. So trug das fliederfarbene „Nichts", das sie kurz zuvor gekauft hatte, mir ganz kurz in Lyon präsentiert hatte. Da hatte sie schon den ganz wichtigen Hinweis gegeben „Nicht anfassen, nicht kaputt machen".

Die Strahlen der frühen Morgensonne fielen durch die Fenster aus dem Innenhof der alten Poststation in den grossen Raum ein. Wie sie da stand! Sie war quasi nackt, nur umhüllt von diesem leichten, leuchtenden Chiffon. Der Diamantstein ihrer Halskette brach die Sonne in alle Richtungen. Eigentlich wollte ich in einem der Bücher, die ich gestern im Museum gekauft hatte, lesen. Entgeistert legte ich es beiseite. Meine Augen waren auf sie, ihren Körper fixiert. Ihr Schamhaar war ganz leicht zu erkennen, so „luftig" umwehte der Stoff ihre Rundungen. Willeke beugte sich zu mir herunter um mir einen Kuss zu geben. „Guten Morgen". Intuitiv musste ich ihr an die Brüste fassen, die wegen des bauchnabeltiefen Ausschnitts frei hin und her pendelten. Normalerweise hätte ich auch mit „Guten Morgen" oder „Hallo meine Süsse" oder so was in der Art antworten sollen.

Immer noch die Hand an ihrer Brust gab ich Willeke einen Kuss seitlich auf den Hals. „Ich krieg' voll den Ständer, lass' uns hoch gehen, ich möchte mit dir schlafen". „Das habe ich mir gedacht, dass dich das voll scharf macht. Genau deshalb habe ich das auch angezogen". „Willst du … Wollen wir ….?"

Willeke lachte. „Alles Blut aus deinem Hirn ist schon in deinem Schwanz, oder?" Nur anschauen, mehr war gar nicht drin. „Setz' dich wieder, könnte sonst peinlich werden, für dich". Sie griff mir sanft und kurz in den Schritt. Ja, ich hatte die volle Erektion.

„Was hast du denn heute vor? Du wolltest doch gerne noch hier bleiben, gestern hattest du noch gefragt". Willeke hob das Buch an. „Schon was rausgesucht?" Meine Augen wanderten immer noch ihren Körper rauf und runter – und wieder rauf. „Äh …. Wann macht dein Vergnügungspark auf? Ich möchte ein Tagesticket". Lachend setzte Willeke sich. „Mit dir hab' ich das grosse Los gezogen, du bist echt ein Typ".

So langsam, aber echt ganz langsam, war es mir dann möglich über mögliche Aktivitäten in Dijon zu reden. Immer wieder aber streute ich den Satz ein - „Lass' uns hochgehen", bei dem Willeke einfach nur schmunzelte. „Du bist ein geiler Bock – und bleibst es wohl auch immer".

In einem der Touri-Heftchen hatte ich von der Senf-Manufaktur „Maille" gelesen, die seit mehr als einem Jahrhundert in Dijon ansässig war. „Das würde ich mir gerne anschauen". Sie lachte. „Bist du nicht schon scharf genug?"

Irgendwie war ich froh mich selbst etwas von meiner unendlichen Begierde nach ihrem Körper abgelenkt zu haben. „Musst du mir jetzt so antworten? Scharf genug? Willst du mein Würstchen?" „Dein Würstchen?" Willeke lachte laut heraus. „Hahaha, dein Würstchen".

Nach dem Frühstück ging Willeke aufs Zimmer. Auf der Treppe lief ich hinter ihr. Das Licht schien durch das Kleid, das „Nichts" hindurch. „Was für ein Körper, was für ein Hintern". Nur ganz leicht, ganz kurz hatte ich ihr an die verlockenden Rundungen gegriffen. „Lass' das".

„Ich pack' unsere Sachen schnell zusammen. Und du – du gehst am besten mal kalt duschen". Willeke amüsierte sich über meine Triebhaftigkeit. In freudiger Erwartung hatte ich meine Hose bereits ausgezogen, mein Penis spannte meine Boxershorts.

„Kannst dich ruhig wieder anziehen, läuft sowieso nichts". „Wie kann solch ein holdes Wesen eine solche menschliche Grausamkeit mir gegenüber an den Tag legen?" säuselte ich. „Ne, läuft nichts, da kannst du noch so viel Süssholz raspeln, da läuft gar nichts".

„Am besten in der Rezeption warten", das schien mir die Lösung, ich würde sonst über sie herfallen. Die Aufnahmeprüfung zum Wettbewerb „Ständer des Jahrhunderts" hätte ich mühelos bestanden. „Wir sehen uns unten".

„Dann ab zu Maille, das ist in der Innenstadt, in der Nähe des Bahnhofs. Und danach dann eine Tour durch die

Weinregion?" In einem aufgeklappten Prospekt zeigte ich einen Tourenvorschlag – „Acht Burgen im Burgund".

Der Geruch in dem alten Ladenlokal der Senf-Manufaktur war „scharf und würzig". Alte Maschinen dokumentierten den Herstellungsprozess, ein junger Mann erzählte einiges dazu und zur Firmenhistorie. Leider hatte ich mehr als die Hälfte nicht verstanden. Zum Abschluss der Führung wurden die verschiedenen Senfsorten präsentiert.

„Das möchte ich, das auch, und das auch". Eine Verkäuferin hatte mir das gewünschte Sortiment zusammengestellt. „Feiner Senf, Grobkörniger Senf mit Weisswein, Senf mit Honig, Dijonnaise, à la Provence, mit Estragon, mit grünem Pfeffer, mit Meerrettich, mit Kräutern".

Nachdem alles im Kofferraum des Mercedes verstaut war konnten wir vom Parkplatz, nur wenige Meter vom Bahnhof entfernt, starten.

„Jetzt möchte ich gerne wieder fahren, ausserhalb des Stadtgetümmels macht mir das auch mehr Spass". Willeke hielt auffordern ihre Hand auf, in die ich die Autoschlüssel legte.

Mit dem Plan auf den Knien liegend navigierte ich Willeke aus der Stadt heraus, ins Umland, wir wollten jetzt die berühmte Weinbauregion erkunden. Die Route war nicht unbedingt in einer klaren Reihenfolge angelegt, sondern führte „kreuz und quer" durch das Burgund.

Wir starteten mit dem „Château de Cormatin". Beeindruckend - die Gemächer aus den Lebzeiten von Ludwig XIII. Das „Chambre de la Marquise" mit seinen blauen Lapislazuli-Decken, die Pracht der vergoldeten Räume - aber auch ein Spaziergang durch die Schlossgärten ähnelte einer Zeitreise.

Weiter ging es zum „Schloss Chasselas", von dort zum „Château Vault-de-Lugny". Hier machten wir eine längere Pause, assen dort auch zu Mittag, bevor wir uns auf den Weg zum „Château de Courban" machten.

In dem wunderschönen Herrenhaus aus dem frühen 19.Jahrhundert wurden auch „Wellnessbehandlungen und Spa-Massagen angeboten. „Willst du so was nicht machen, vielleicht entspannt dich das?" Willeke lachte.

Ich sah sie an. „Was soll die dumme Frage, entspannen". Mit dem Kopf nickte sie in die Richtung einer jungen Frau, die anscheinend für die Anwendung zuständig war. „Leg' dich dann doch auf den Rücken, dann kann sie dein Würstchen bearbeiten". Was für ein Brüller. Ihre Augen funkelten etwas schelmisch. „Willst du es mir nicht machen?" MUSSTE ich fragen.

Nach mehreren Stunden erreichten wir „Château de Sully". Ein imposantes Schloss. Ecktürme, gekrönt von Laternen und Fassaden, die sich im Wasser von jahrhundertealten Wassergräben spiegeln. Auf der Steinterrasse am Wasser, im Renaissance-Hof aus dem 16. Jahrhundert blickten wir in den späten Nachmittagshimmel. *Wenn heiraten, dann hier.* Hä? An was denkst du denn? Ich war selbst überrascht über meine Gedanken. Bloss nicht laut aussprechen.

Es war bereits früher Abend als wir das „Château de Saulon" anfuhren. Das hatte ich bewusst für den Abschluss ausgewählt. Das Prospekt hatte das Angebot so beschrieben: *„Es gibt nichts Schöneres, als eine Nacht in einem Schloss zu verbringen, in dem man sich ganz wie zu Hause fühlen kann".* Damit wollte ich Willeke überraschen. „Wir sind da, hier übernachten wir". „Du nimmst mich auf den Arm?" blickte Willeke mit grossen Augen. Ich sah zu ihr herüber. „Wenn du das möchtest, trage ich dich auch gerne ins Schloss". Willekes Augen leuchteten. „Hast du alles so geplant?" „Ja, wir residieren wie die Fürsten, wie die Fürstin". Gab es diesen Ausdruck überhaupt - Fürstin? „Comtesse, oder Baronesse, das ist passender. Für dich, meine Königin sowieso".

Und wahrlich war es ein königlicher Empfang in unserem Zimmer. Antike Tapeten und Möbel. Alles anscheinend gerade frisch renoviert, ohne dabei an ursprünglichem Charme zu verlieren. Dazu nur einen „Katzensprung" von der Weinstraße des Burgunds entfernt.

Nachdem wir uns umgezogen und „frisch" gemacht hatten betraten wir das Schlosseigene Restaurant. Auf mein Bitten hin hatte Willeke sich erneut in das lila „Nichts" gekleidet. Dafür musste ich, im Gegenzug, Anzug und Krawatte anlegen.

Unter der Gewölbedecke des Restaurants sitzend entdeckten wir die burgundische Eleganz. Kronleuchter und Willeke strahlten um die Wette, während wir die Wahl aus einer „5-Gang-Traversée" und einer „7-Gang-Odyssée" hatten. Wir entschieden uns für beides, „da können wir uns doch gegenseitig probieren lassen". „Genau so machen wir das". Nach Preisen sollte man nicht fragen, das macht man in solch einem Haus nicht.

Die Speisen und Getränke, das ganze Drumherum, einfach alles war ein Hochgenuss. Kulinarisch und optisch. Mit ihrer eleganten Erscheinung passte Willeke perfekt zum Ambiente. Ohne Zweifel, eine „Comtesse" in diesem Haus der Extraklasse.

Abends, besser gesagt schon tief in der Nacht, hatte ich noch ein wenig in den Büchern zur Geschichte Burgunds geblättert, bevor ich wohlgenährt in den Schlaf fiel.

Willeke war nicht nur bereits wach, sondern auch schon im Bad, nahm eine Dusche. Ich griff erneut zum Buch, interessiert las ich einige weitere Passagen. „Kultur am frühen Morgen?" Willeke stand am Bett, etwas Duschwasser tropfte noch aus ihren Haaren. „Wir kuscheln noch ein wenig bevor wir runter gehen". Sie hatte den Satz kaum beendet, schon war sie ins Bett gekrochen. Ihr Körper war noch feucht. „Hast du dich nicht abgetrocknet?" Mit einer Hand streichelte ich ihren feuchten Rücken um dann auf ihrer Pobacke zu verharren.

„Dein Hintern ist so prall, so knackig". Schnell versuchte ich das Buch abzulegen. Im Glauben meine Hand befinde sich über der Kommode, die neben dem Kopfende des Betts stand, liess ich das Buch los. Mit einem lauten „Klatsch" fiel es auf den Boden.

Mit der jetzt frei gewordenen Hand griff ich die andere Pobacke. „Was für eine geile Kiste du hast". Willeke hatte ihren Kopf auf meinen Brustkorb gelegt. „Ich mag , wenn du das sagst" flüsterte sie.

Meine Hand streichelte sie weiter, ich verlor mich fast in der Streichelei ihrer Pobacken. Nicht nur ich, auch Willeke bemerkte, dass mein Penis anschwoll. „Streichelst du dich selbst in Erregung?" „Ich glaube schon" - hatte schon einen Finger in ihren After gesteckt. Nur für einen kurzen Moment, weil ich bemerkte wie Willeke erstaunt zuckte.

Es bereitete so viel Vergnügen ihren Po zu streicheln, zu kneten, fest zu drücken. Mein Penis stand aufrecht, ihr leicht feuchter Körper klebte auf mir. Willeke gab mir einen Kuss, drückte sich von der Matratze auf.

„Willst du deinen Schwanz in meine geile Kiste stecken?" Sie hatte sich bereits auf die Knie gehockt. „Willst du?" Sie sah mich fragend an. Ich hockte mich ebenfalls auf Knien hinter sie. „Und du, willst du?" Willeke drehte sich über die Schulter zu mir. „Ja".

Um sie herumgreifend nahm ich ihre Brüste in meine Hände und rieb meinen Unterleib an ihrem Hinterteil. Spreizte dann ihre Pobacken ein wenig auseinander. „Ja, fick' mich in die geile Kiste". Willeke hatte ihren Kopf erneut über die Schulter gedreht. „Und sag' mir, dass du das tust".

„Wie? Was soll ich sagen?" Ich streichelte durch ihre langen Haare. „Sag' dass du mich ficken willst – in die geile Kiste". Ich steckte meinen Penis in ihren After. „Nur sag' bitte nicht – in den Arsch ficken, sag' geile Kiste" hauchte sie leise.

Willeke sprach sehr gerne beim Sex, über Sex. Das mit der geilen Kiste, dazu brauchte sie mich eigentlich nicht animieren. Das war es, sie hatte einfach eine geile Kiste. Beim Stossen sagte ich das nur zu gerne. „Du hast so eine geile Kiste, ich will dich ficken".

Ihr Oberkörper, ihre Brüste wippten unter den Stössen. Sie griff mit einer Hand unter sich durch und knetete meine Eier. „Fick' mich, Fick' mich". Erst kurz bevor ich kam zog ich meinen Pimmel raus, spritze über ihren Rücken. Willeke drehte sich um, zog mich an sie. Ihre Nippel waren steinhart. „Magst du mich lecken?" „Oh Süsse, nur zu gerne". Sie zog ihre Beine an. Ihr Unterleib war warm und feucht, sehr feucht, sehr warm.

Ihre Brüste liess ich nicht los. Drehte und kniff ihre Brustwarzen. Willeke presste ihre Oberschenkel zusammen, fest gegen meinen Kopf. „Ooooh jaaa … Ooooh jaaa". Sie hatte einen Orgasmus, zitterte mit dem kompletten Unterkörper. „Komm' zu mir hoch, küss' mich".

Wir machten noch einen Spaziergang durch den Schlossgarten bevor wir loswollten, losmussten. Frisches Obst und Gemüse, aus eigenem Anbau – ein riesiger Garten mit Obstbäumen und verschiedensten Gemüsesorten. Welch ein idyllischer Ort.

Schweren Herzen räumten wir das Zimmer, ich sah mich nochmals um.

„Château de Saulon" liegt in der Ortschaft „Saulon-la-Rue", unterhalb von Dijon. Hier wohnte quasi „niemand", eine Handvoll Menschen. Von hier wollten wir dann unsere „wirklich" letzte Etappe antreten, die uns nach „Reims" führen sollte. Es war Sonntagmittag als wir losfuhren.

Der Mercedes glitt über die mit kleinen Kieselsteinen ausgestreute Einfahrt des Anwesens. Unter dem Gewicht des schweren Autos sprangen einzelne, kleine Steinchen gegen den Unterboden.

Schnell waren wir wieder in Dijon, umfuhren aber diesmal die Stadt, blieben auf der Autobahn. Bei „Noidant-le-Rocheux" hielten wir an einer Tankstelle. „Was machen wir? Fahren wir in einem Stück durch oder machen wir noch einen letzten Zwischenstopp?"

Willeke hatte bereits den Tankschlauch eingehangen. „Wie weit ist es denn noch bis nach Hause?" Für die Spritmenge war das nicht entscheidend. Mit den gut 80 Liter, die in den Tank passten würden wir eh nicht „durchfahren" können. „Von hier aus noch gute 700 Kilometer, also schon noch einiges".

„Oh, ne. Also 9 Stunden in der Karre hocken muss ja nicht sein. Schlag' was vor". Willeke überliess mir die Entscheidung. „Dann vielleicht auf halber Strecke, was meinst du?" Wir rollten auf den Parkplatz vor der Raststätte, breiteten die Strassenkarte auf der Motorhaube aus. „Reims wäre eine schöne Option, oder?"

„Prickelnd und belebend"

Willeke krabbelte ins Wageninnere, holte ihr Geschichtsbuch hervor. „Warte, ich schau' mal was es da Schönes gibt. Ob es da überhaupt etwas gibt". Also, das wusste selbst ich, dass Reims eine der geschichtsträchtigen Städte in Frankreich ist. „Ne, das ist voll öde da, wir könnten aber im Hotel bleiben und die Nacht durchvögeln".

„Du wieder. Du meinst so als Abschiedsritual? So wie wir in fast jeder Pension oder Hotel eine Nummer geschoben haben?" Willeke lachte. „Süsse, was heisst den jetzt auf einmal Nummer geschoben? Wir haben miteinander geschlafen, wie Verliebte das nun mal so tun". Willeke verzog die Mundwinkel zu einem breiten Grinsen. „Verliebte - schau dir nur deinen Rücken an, du Verliebter".

Dann wurde sie aber sanfter. „Ist dir eigentlich klar wie oft wir im Urlaub miteinander geschlafen haben?" Ich schaute auf, griff ihr an den Hintern. „Eindeutig zu wenig, viel zu wenig". Sie lachte wieder. „So oft wie wir miteinander geschlafen haben habe ich bisher mit keinem Typen geschlafen".

„Hattest du schon viele Typen?" „Als Freund? Als Beziehung meinst du? Ein paar schon". Mehr wollte ich gar nicht wissen. „Und du?" erwiderte sie meine Fragestellung. „Du bist meine erste Beziehung, ich habe mich bisher nie mehr als ein paar Wochen für eine Beziehung begeistern können". Willeke nahm meine Hand. „Wieso? Hast du Angst? Wovor?" „Angst, nein". Damit war also auch die Frage nach dem wovor abgehakt.

Wenn ich ehrlich, auch zu mir gewesen wäre, hätte die Antwort, die Antworten „Ja" lauten müssen. Angst vor einer Bindung, Angst vor Enge, Angst vor Klammern, Angst vor Eifersucht.

„Es hat sich nicht ergeben. Bei dir hat es bei mir wie der Blitz eingeschlagen. Du hast mich voll erwischt". Wir sahen uns an.

Willeke gab mir einen Kuss auf den Hals. „Ich bin sehr froh, sehr glücklich, dass wir uns gefunden haben. Und ohne zu suchen".

„Okay, dann die dreihundert Kilometer bis Reims. Du fährst uns dahin, ich bring' uns dann nach Hause". Willeke legte die Autoschlüssel auf die Landkarte. „Hier, it's your turn". Etwa auf halber Strecke legten wir eine „Zigarettenpause" ein, hielten am Rastplatz „Aire de Troyes le Plessis".

Wir fuhren in die „Krönungsstadt" ein, fanden einen Parkplatz unmittelbar an der „Porte Mars", nahmen eine Tasche aus dem Kofferraum. Willeke sucht ein paar Sachen zusammen, die sie in eine Tasche „komprimiert" legte. Immer wieder hielt sie mir ein Kleidungsstück zur Ansicht vor ihren Körper. „Was meinst du? Soll ich das? Oder lieber dies? Oder lieber jenes mitnehmen?"

Mit einem Handgriff hatte ich eine Jeans, ein Sweatshirt, herausgezogen. „Das pack' bitte für mich ein. Kurz darauf hatte auch Willeke ihre Auswahl komplett. Wir konnten los.

In der „Rue du Général Sarreil" fanden wir schnell eine Unterkunft.

Aus dem Stadtführer, der an der Rezeption ausgelegen hatte, suchten wir einige Sehenswürdigkeiten heraus, die wir uns anschauen wollten – den Ort der Königskrönungen, die „Kathedrale Notre-Dame", das „Palais du Tau", die „Basilika", „Place Royale", die „Basilika Sainte-Clotilde" und das „Abteimuseum Saint-Remi".

Willeke war leger gekleidet, bequemes Schuhwerk. „Wir haben jetzt genug weggelatscht, wollen wir es heute mal ruhig angehen?"

Sehr entspannt schlenderten wir durch das Viertel Boulingrin, das direkt an unser Hotel grenzte. Art déco an allen Fassaden liess die „alten Zeiten" wieder aufleben. Die belebten Straßen waren von Feinkostläden gesäumt, in denen Champagner und Käse verkauft wurde. Gleich nebenan, in einer gehobenen Brasserie schlürften Gäste Austern.

In einem der Cafés setzten wir uns an einen Tisch. „Möchten Sie Champagner?" fragte die Bedienung. „Lieber erst einmal Kaffee, danke". Champagner noch bevor es dunkel war?

Mit dem Kaffee brachte die Bedienung uns einen kleinen Faltplan, in dem alle Champagner-Häuser in Reims aufgeführt waren. Und fast alle hier in diesem Stadtviertel. Daher wohl auch ihre Frage.

Willeke hatte interessiert in der Broschüre geblättert. „Wollen wir mal die Witwe besuchen?" Ich verstand die Frage nicht. „Was für eine Witwe?" „Na, die Veuve Clicquot". Der Name sagte mir was, klar, das war Champagner. Dass „Veuve" Witwe heisst war mir neu. Und die einzige Witwe - die ich aus den Erzählungen von Wilhelm Busch kannte - war die „Witwe Bolte".

        Nachdem wir im Haus Clicquot mit der „Champagner-Tour" gestartet waren, ging es weiter durch die anderen Kellereien in Reims.

Schon nach der zweiten hatte Willeke dermassen einen sitzen, dass sie nur noch kicherte. Ich mag Champagner, aber auch Sekt nicht so – hielt mich also bei den Verkostungen sehr zurück.

„Veuve Clicquot", „Champagne Palmer", „Mumm", „Roederer", „Krug" – wie sie auch alle hiessen. Willeke schüttete sich in jeder Kellerei „anständig einen rein". Im Wortsinne „bis zum Umfallen". Sie lallte und kicherte. Unentwegt. Durcheinander. Ich geleitete sie, meinen Arm fest um ihre Taille, zum Hotel. „Dass du mir ja nicht hinfällst". Mit leichter Schwankbewegung und ein paar „Ausfallschritten" antwortete sie mir „Achkwaatschdaasgehtschoon".

Beim Hinlegen aufs Bett hatte ich schon so meine „liebe Mühe". Willeke war so dicht, unglaublich. Nachdem ich ihr die Klamotten ausgezogen hatte nahm ich das Plumeau, wollte sie zudecken.

"Heihuschpritsa, willsusmiebsorgen?" „Ne, auf gar keinen Fall". So blau wie sie war gab es da nur eine Antwort. Denn das war klar – entweder sie kotzt mich voll oder sie kratzt mich blutig.

Es dauerte nicht allzu lange, ich hatte mich noch zu ihr aufs Bett gesetzt, dann schlief sie fest.

In einem kleinen Supermarkt kaufte ich - ganz Franzose - Baguette, Käse, Salami und einen billigen Wein. In einem Park, nicht weit entfernt, „Les Hautes Promenades", setzte ich mich auf eine Parkbank und verputzte meine Mahlzeit. Sah den Leuten und den Tauben zu, liess die vergangenen Tage Revue passieren.

Später, wieder im Hotel, zog ich mich aus, legte mich zu Willeke ins Bett. Sie schlief. Ich leckte ein wenig Speichel aus ihrem Mundwinkel.

„Sollte ich vielleicht doch ...?" Streichelte zärtlich über Willekes Schambereich, liess meine Fingerspitzen durch ihr Schamhaar gleiten, dann weiter herunter, ihre Schamlippen berühren. Willeke gab ein wohliges Geräusch von sich. „Nein, das machst du nicht". Die Stimme in meinem Kopf hatte Recht. Stattdessen schob ich meinen Arm unter ihren Kopf und zog sie an meine Schulter. Kurz darauf schlief auch ich ein.

„Back home"

Mein Arm war taub, „eingeschlafen". Mein Blick ging zu Willeke. „Guten Morgen Sweetheart". Das sah aber alles andere als „Sweet" aus. Ihre Haare war zersaust, dunkle Augenränder vom zerlaufenen Mascara. „Ich habe so einen Durst, magst du mir ein Glas Wasser holen?" Willeke hatte die Augen aufgeschlagen. Ihre erste Frage erstaunte mich nicht so sehr wie die nächste. „War unser Sex schön?" „Was? Was für ein Sex?" „Ja, weil …. ich weiss nichts mehr".

„Geh' duschen, zieh' dich an. Ich erzähl' dir alles beim Frühstück". Es fiel Willeke noch sichtlich schwer das Bett zu verlassen. Sie musste einen Moment auf der Bettkante sitzend durchatmen. „Hast du denn auch so viel gesoffen?" Dann fuhr sie herum. „Lass' mal deinen Rücken sehen".

„Alles gut, nix passiert" schmunzelte ich sie an. „Jetzt geh' duschen".

Sie sah gut aus, wieder, als sie nach unten kam. Frisch geduscht, Haare gestylt, Make-Up aufgelegt. Sie verstand es schon sich „zurecht" zu machen. Lediglich die Kinder-Sonnenbrille, die sie aufhatte verriet mir, wie es ihr wirklich ging. „Du fährst uns jetzt nach Hause?" Darauf gab Willeke erst gar keine Antwort. „Die Tasche steht in der Rezeption. Nimmst du sie bitte?".

„Und Kaffee? Oder eine Kleinigkeit essen?" Mit einer Handbewegung unterstrich sie „Nein, gar nichts". Wir verliessen das Hotel, wir verliessen Reims.

„Wir nehmen die Autobahn, oder?" wollte ich wissen. „Das ist mir total egal".

Die Strecke führte entlang des „Parc naturel régional des Ardennes", dann hoch bis „Charleroi".

Willeke hatte sich die Rückenlehne des Beifahrersitzes in „Schlafposition" gestellt, schlief wieder. Kurz vor Charleroi Stadt, in „Couillet" fuhr ich auf einen Rastplatz. Mir war nach einer Zigarette, tanken wollte ich auch. Das sollte dann bis nach Hause, nach Rockanje reichen. Beides.

„Wo sind wir? Habe ich lange geschlafen?" Willeke hatte sich aufgerichtet, das Seitenfenster heruntergelassen. „In Belgien, meine Süsse". Sie hatte davon nichts mitbekommen. Am Grenzübergang wurden wir anstandslos „durchgewunken". Das lag garantiert am Mercedes. Ein seriöses Auto. „In etwa einer Stunde sind wir in Antwerpen".

Willeke stieg aus, drückte mich fest. „Du bist ein Schatz. Wir sind fast zuhause und du hast alles gefahren".

„Bist du wieder einigermassen fit?" wollte ich mich nachfragend versichern. Willeke küsste mich auf die Stirn. „Das dauert noch einen Moment".

„Unser nächster Halt ist dann „Bergen op Zoom, da machen wir Mittagspause, oder?" „Ja, gerne. Ich hab' total Hunger. Aber mehr noch Durst".

In der Tankstelle zahlte ich die Tankfüllung, nahm noch zwei Becher Kaffee und eine kleine Flasche Seven-Up für Willeke mit. „Endlich wieder gescheites Geld in Händen". Ein schönes Gefühl die bunten holländischen Geldscheine zum Zahlen verwenden zu können. Auch wenn es noch Belgien war ging das mühelos.

Noch bevor Willeke einstieg hatte sie sich die beiden Kaffee runtergeschüttet. „Eigentlich war auch einer für mich dabei".

Willeke steuerte auf das Tankstellengebäude zu, kam danach mit einem Kaffee und einer Tagzeitung zurück. „Sorry, hier ist ein neuer, frischer Kaffee. Und damit wir wissen was in

Holland los ist". Sie hielt die aktuelle Ausgabe des „De Telegraaf" hoch.

Nach und nach wurde Willeke „lebendig", hatte einige Seiten in der Tageszeitung durchgeblättert, immer mal kurz etwas vorgelesen. „Das war ein sehr schöner Urlaub. Ein sehr schöner Urlaub mit dir. Wir sind uns echt ein ganzes Stück nähergekommen".

Mit einem Grinsen blickte ich zu ihr herüber. „Ja, sehr nah, bis in dich rein sogar". „Das auch, aber ich meine – uns als Menschen, uns als Paar. Danke für die schöne Zeit. Gut, dass wir das gemacht haben".

Willeke griff mit ihrer linken Hand auf meinen Oberschenkel, drückte in kurz. „Ich bin noch verliebter in dich als zuvor". Das machte mich ein wenig Verlegen. „Wirklich? Willeke klimperte mich mit den Augenlidern an. „Könntest du dir …". Ich sah sie an. „Könntest du dir vorstellen, dass wir heiraten?"

„Willst du das?" „Ob du dir das vorstellen kannst war die Frage, nicht ob ich das will". Willeke liess die Zeitung auf ihre Knie fallen. „Willst du das wirklich wissen?" Sie machte eine Pause. Sollte ich antworten? Dann holte sie tief Luft. „Schau' mich an, bitte. Ich kann es mir vorstellen – und ich will es auch". Sie atmete erneut tief ein und aus. „Meine Nachfrage war aber eher rhetorisch, kein Antrag". „Das ist mir egal, ich will". Die Fahrt ging weiter, eine Weile sprachen wir nicht. „Und wenn wir dann noch ein gemeinsames Kind haben …". Dazu wollte ich nichts sagen, das Thema hatten wir bereits, mehr als einmal. Willeke bohrte zum Glück auch nicht weiter.

„Bergen op Zoom, Holland. Wir sind zuhause". Willeke freute sich riesig. „Wir gehen jetzt essen. So richtig Holländisch. Mit allem was dazu gehört".

Das frittierte Zeug schmeckte so verdammt lecker. Und auch mal wieder eine „Chocomel" durfte nicht fehlen.

„Kannst du wieder fahren?" wollte ich von Willeke wissen. „Auf jeden Fall. Du willst bestimmt ein Bier trinken, oder?" Genau das wollte ich hören. „Ja".

Willeke kannte sich hier aus. „Nur noch über den Grevelingendam, dann sind wir in „Goeree-Overflakkee", in maximal einer Stunde zuhause".

Eine Zigarette war schnell gedreht, ebenso schnell hatte ich mir ein „Grolsch" geordert.

Willeke liess den Daimler über die Insel fliegen. „Es ist schön wieder zuhause zu sein".

Entspannt zuzückgelehnt sah ich aus dem Fenster. Polderlandschaften, das Meer, die Strände – ja, ich fühlte mich inzwischen auch „sehr zuhause" hier.

„Stellendam" las Willeke die Tafel laut vor. „Jetzt kommt der Haringvlietdam, du weißt was das bedeutet?"

Aufgeregt schaute ich rechts und links auf das Wasser während wir den Damm überquerten. „Ich kann unser Haus sehen". Das war natürlich Quatsch. Der Strandpavillion „Badlust" war auszumachen, schräg dahinter, durch die Dünen abgetrennt, lag unser Haus.

Willeke parkte in der Einfahrt. Schön unser Haus zu sehen, schön meinen Ford Escort in der Einfahrt zu sehen. Wir waren angekommen. Willeke kramte den Hausschlüssel aus dem Handschuhfach. Tür auf. „[18]*Welkom thuis*". Willeke gab mir einen Kuss.

---

[18] Wilkommen zuhause

Direkt liess ich mich auf die Ledercouch fallen. Schuhe aus, Füsse hoch. Willeke wirbelte direkt im Haus umher, ging nach oben, kam kurz darauf mit Bettwäsche in ihren Armen herunter. „Das mach' ich uns jetzt wie im Hotel, die Betten sind frisch bezogen. Machst du uns den Kamin an?".

Sie verschwand im Bad, ich hörte wie die Waschmaschine anlief. Kurz darauf war sie auch schon in der Küche. „Wir müssen einkaufen, wir haben ja nichts im Haus". Puuh, was für ein Stress auf einmal. „Ich mach' erst den Kamin an, dann lad' ich alles aus dem Benz. Und dann ...".

„Dann legst du dich auf die Couch, ich fahr' einkaufen". „Was denn jetzt? Auf die Couch oder einkaufen?

Dazu muss das Auto leergeräumt werden". Willeke kam zur Couch. „Ich fahr' mit dem Fahrrad". Das hatte ich voll vergessen. Wir hatten ja Fahrräder.

Willeke hatte ihr Make-Up „aufgefrischt". „Bis gleich, ich fahr' zum Albert Heijn". Sie fuhr mit ihrem Damenrad, das sie aus dem Schuppen geholt hatte, am Fenster vorbei. Warf mir einen Handkuss durch die Scheibe zu.

Bier war glücklicherweise im Haus, ich nahm mir eine Flasche aus dem Kasten, schaute wie sich langsam die Flammen an den Holzscheiten empor frassen. Dann holte ich unsere Taschen – insbesondere Willekes „Fashion-Lager" ins Haus.

„Meine Fresse, wie viel Zeug ist das denn?" Erst jetzt war das Ausmass der Shopping-Touren zu erkennen. Der Flur war vollgestellt mit neuer Kleidung. Einkaufstaschen ohne Ende.

Ich spürte Willekes Hand, sie sass auf der Bettkante, bei mir im Zimmer. „Ach, hast du dich abgelegt? Kleines Nickerchen, der Herr?"

Ich konnte nichts antworten, musste mich erst einmal sammeln. Wo war ich? „Das hast du auch verdient, du bist soviel gefahren". Ich sah auf meinen Nachttisch, auf den Reisewecker. „Was hast du alles gekauft? Du warst ja ewig weg".

Willeke war etwas überdreht. „Ich war noch drüben, auf der Boerderij, Wilma sagen, dass wir wieder da sind. Sie kommt nachher, ich MUSS ihr unbedingt meine neuen Klamotten zeigen". Dann stand sie auf. „Aber erst mach' ich uns was zu essen. Jetzt ist Restaurant erstmal erledigt". Ihre Schritte klackerten auf den Stufen der Treppe.

Willeke hatte schon so einiges in ihr Zimmer geräumt, einen kleinen Hügel mit Wäsche gemacht. „Das muss jetzt alles gewaschen werden". Dabei hielt sie eine meiner Hosen hoch. „Die auch, da wo du reingewichst hast". Willeke lachte. „Der Urlaub, die Zeit mit dir war so schön, du kleiner Spritzer".

Das gefiel mir, wenn sie diese Art der Koseworte nutzte. Tausendmal lieber als „Hase" oder sonst so etwas. „Kleiner Spritzer" brachte es auf den Punkt.

Im Wohnzimmer standen frische Schnittblumen auf den Tischen, es duftete, das Holz im Kamin knisterte. Willeke hatte Recht, es war schön wieder zuhause zu sein. Ich blickte einmal im Kreis. Alles war von uns, alles zeigte es ganz deutlich – hier leben wir.

„Und weißt du was?" Das sagte ich lauter, quer durch das Haus, weil ich nicht genau wusste wo Willeke gerade rumturnte. „Nein, aber sag' es mir" kam ihre Antwort aus dem Bad. „Ich ... der kleine Spritzer liebt dich. Total". Willeke kam mit etwas Wäsche im Arm ins Wohnzimmer. „Du bist so lieb, du bist so gut zu mir, du tust mir so gut. Du bist meine Liebe".

Es klopfte an der Haustür, Wilma steckte erst nur den Kopf herein. „Hoi. Seid ihr mal nicht am vögeln? Kann ich reinkommen?" Sie lachte breit. „Schön, dass ihr wieder da seid".

Das hatte ich vermisst, Küsschen links, Küsschen rechts. „Ich hab' dich auch ein wenig vermisst". „Ja, wirklich?" Grinsend schaute ich Wilma an, drückte sie fest in meine Arme. „Am meisten deine weichen Titten".

Wilma ging einen kleinen Schritt seitlich, stand jetzt vor mir. „Lass' dich drücken. Wenn das so ist, dann hier". Sie presste ihre Brüste gegen meinen Oberkörper und legte ihre Arme um meinen Hals. „Schön, dass ihr wieder da seid". Dann trat sie einen Meter zurück, grinste breit. „Du Drecksau".

Schmunzelnd erwiderte ich „Schön dich zu sehen, meine liebe Wilma". Sie ging zu Willeke, ihr aufgeregtes Reden war aus dem Bad zu hören. „Wir gehen hoch, ich zeig' Wilma meine neuen Klamotten". Beide gingen nach oben.

Es dauerte gefühlt „ewig" bis sie wieder aus Willekes Zimmer kamen. „Und jetzt machen wir uns was zu essen. Wilma, hilfst du mir?"

Salzkartoffel, Rosenkohl mit Speck, dazu Spiegeleier. Ein herrliches Essen. Mal was ganz „Normales", dazu auch ganz „normal" ein Bierchen. „Ladies, sehr lecker".

Willeke erzählte, den ganzen Abend. Ich war erstaunt, wie sehr sie die Eindrücke noch präsent hatte, wie begeistert sie Wilma unseren Urlaub schilderte.

Nur als sie von Montpellier erzählte gab ich ihr ein kleines Zeichen. Das musste unter uns bleiben.

Wir hatten es uns auf der Couch bequem gemacht. Wilma drehte einen Joint. Ich war mir unsicher. Sollte ich rauchen? Bis auf das eine Mal bei Luc, das mich auch total „weggeballert" hatte, hatten wir nicht gekifft.

Und so war es auch diesmal, ein tiefer Zug reichte. Alles drehte sich in meinem Kopf. Ich war schlagartig „breit wie ein Eimer". Es hatte bestimmt eine halbe Stunde gedauert bevor ich aufstehen, mich aufrichten konnte.

„[19]*Lekkere Billetjes*, ich geh' ins Bett. Mir reicht es". Wilma sah mich an. „Mann, du bist ja voll breit". „Jepp, genau darum".

Nur schwer kam ich die enge Treppe hinauf, setzte mich auf mein Bett, zog mich aus und kroch unter die Decke.

Irgendetwas, irgendjemand rüttelte meinen Arm. Als ich die Augen aufmachte sah ich Willeke, die im Dunkln auf der Bettkante sass. Sie hielt mir einen Joint hin. „Willste noch mal versuchen?"

Mit einem Handgriff zum Nachttisch schaltete ich die Lampe ein, sah auf meinen Wecker. Es war vier Uhr. „Nein, ich möchte nur schlafen". Willeke stand auf, legte den Joint in einen Aschenbecher, der auf dem Fensterbrett stand. Zog sich aus. „Rutsch' mal ein wenig. Ich möchte bei dir schlafen".

Als ich die Augen wieder aufmachte war es hell. Ich lag mit meinem Kopf auf Willekes Brust. So musste ich eingeschlafen sein. Reckte mich ein wenig, küsste ihren Hals. „Guten Morgen, du schönste aller Schönen". Willeke griff meinen Kopf mit beiden Händen, gab mir einen Kuss. „Guten Morgen. Schau' mal aus dem Fenster. Wir sind zuhause".

Mit einer Drehung sah ich zum Fenster hinaus, rollte mich aber direkt wieder zu ihr, liebkoste ihre Brüste. Wir schliefen miteinander.

„Das möchte ich jetzt jeden Morgen, ich habe noch Urlaub".

---

[19] Leckere Popos

Ich war sehr gut gelaunt. „Geh' duschen, ich mach' uns Kaffee". Willeke streichelte über meinen Hintern. „Geile Kiste". Im Aufstehen schlug sie mir auf die „geile Kiste".

Mit frischer Wäsche ausgestattet ging ich ins Bad. Willeke kam kurz herein während ich duschte. Sie trug einen Bademantel. Das hatte ich noch nie gesehen, dass sie so etwas besass. Sie öffnete ihn mit beiden Händen. „Hier, alles deins". Sie brachte mich zum Lachen, ich genoss den Anblick ihres nackten Körpers. „Ich denke wir gehören uns nicht. Keiner kann einem anderen gehören".

Nachdem wir gefrühstückt hatten wollte Willeke eine „Radtour" machen. Der Gedanke gefiel mir. Ich war bislang nicht einen Meter auf meinem Fahrrad gefahren. Und im Auto gesessen hatten wir ja die letzten Tage auch ausreichend.

Durch Rockanje fuhren wir bis zum „Tweede Slag", von dort über Dünenwege bis hin zum „Groene Punt", einen sehr schönen Strandbereich im Naturschutzgebiet. Von dort konnte man bis rüber zur „Maasvlakte" schauen.

Wir blieben lange, liessen uns den Wind durch die Haare wehen. „Bist du froh wieder hier zu sein, oder wärst du lieber noch unterwegs?" Willeke hatte sich gegen meine Schulter gelehnt und sah schräg zu mir ins Gesicht. Darauf zu antworten war ein Kinderspiel, diese Frage stellt sich mir nicht. „Da wo du bist ist es sowieso am Schönsten, egal an welchem Ort der Welt". Sie gab mir einen Kuss auf die Wange. „Ich mag es wie du mir Komplimente machst".

Mit ein wenig „gespielter" Entrüstung antwortete ich mit fester Stimme – „Komplimente? Das ist die Wahrheit, nichts als die Wahrheit Euer Ehren. Ich schwöre". Willeke lachte. „Ach, du Spinner. Ich bin sehr glücklich bei dir".

„Das erste Mal"

Auf dem Rückweg wollte ich eigentlich nur „schnell" eine Tageszeitung kaufen. Mit einer Hand zeigte ich Willeke das Titelblatt. „Hast du gesehen". Sie betrachtete die Schlagzeile. „Ja und?" Nicht die Schlagzeile war gemeint. „Hier, Woensdag". Willeke sah mich an. „Frika-Day, bitte mach' uns Frikas heute". Genau das war mein Plan.

In der Metzgerei hörte ich eine Stimme hinter mir. „Mensch, wir haben uns ja lange nicht gesehen. Wie geht es dir?" Ich drehte mich um. Es war Henk. Er sprach auf Holländisch mit mir. Meine Freude war auch gross. „Und wie geht es dir? Alles kits?" Ich stellte Willeke vor. „Das ist meine Freundin - Das ist Henk".

„Verdomme, wat een lekkere Meid. Ich wusste garnicht, dass es in Deutschland solche Schönheiten gibt".

„Hoi, ich bin Willeke, ich bin aber Holländerin" stellte sich Willeke selbst vor. Henk fasste meine Schulter. „Junge, du hast den Hauptgewinn. Dann noch ein Haus gefunden, einen guten Job – und so eine tolle Frau, Jackpot".

„Und ich erst". Willeke sprach zu Henk. „Das ist mein Mann". Ich spürte wie mein Kopf rot anlief, meine Ohren begannen zu glühen.

Mit dem Hackfleisch verliessen wir die Metzgerei. „Danke für das Kompliment". Ich streichelte Willeke über das Haar. „Das ist kein Kompliment. Das ist die Wahrheit, nichts als die Wahrheit Euer Ehren. Ich schwöre". Sie lachte dabei als sie mir diese Antwort gab. Ich hätte platzen können vor Glück, vor Stolz.

Das Essen war serviert, wir hatten uns an den Tisch gesetzt. „Ein Bier dazu?" Willeke hatte schon zwei Flaschen in der Hand. Es klopfte.

„Kom binnen". Die Tür öffnete sich, Jack trat ein. „Hoi, mensen". „Hoi Jack, ga zitten". Willeke holte ein weiteres Besteck, Teller und noch ein Bier. „German Frikadels, I love it". Jack leckte sich über die Lippen.

Von Wilma hatte Jack gehört, dass wir zurück seien. Er hatte vor einigen Tagen mit Luc telefoniert, wusste bereits, dass alles „glatt" gelaufen war. „Ich bin froh, dass ihr keine Probleme hattet".

Willeke erzählte ihm wie „easy" der Deal gelaufen war, dass sie mir jedes Wort geglaubt hatte als ich anfangs sagte „Es wird nichts passieren". Und genau deswegen sei eben auch nichts passiert. Dann schilderte sie Jack ausführlich unseren Urlaub während wir assen. „Greif' zu, es ist ausreichend da". Jack nahm aber nur Frikas. „Fleisch reicht mir vollkommen, ich brauch' keine Beilagen".

Wir rauchten noch einen Joint zusammen. Ich hatte „zwischendurch" mich mit „Mini-Tüten" langsam wieder rangewagt. Die Dröhnung war schon angenehmer als noch nach der ersten Tüte, nach der ich sozusagen „gar nichts mehr konnte", ausser blöd gucken.

In einem Buchladen in Rotterdam wollte ich mir ein paar Bücher über „Schweisstechnik" kaufen, um mich langsam auf meinen neuen Job vorzubereiten. „Kann ich mitkommen? Und danach fahren wir zu meinen Eltern?" Gab es dagegen etwas zu sagen. „Sicher, warum nicht? Das können wir doch prima verbinden". „Aber wir fahren dann mit dem Mercedes". Willeke hatte bereits die Fahrertür aufgeschlossen, öffnete von innen die Beifahrerseite.

In Blijdorp war die Buchhandlung, dort kaufte ich zwei Fachbücher. Bis nach Schiebroek, dort wohnten Amalia und Cornelis, Willekes Eltern, war es nicht weit. Willeke fuhr bis vor die Haustüre, hupte. Amalia kam nach einer Weile an die Türe.

Sicher um zu schauen welcher Idiot so rumhupte. Erst dann stieg Willeke aus. „Mama, schau'. Das ist mein Auto. Das habe ich geschenkt bekommen".

Sie hatte sich neben mich gestellt, mir den Arm um die Hüfte gelegt. „Das hat mein Mann mir geschenkt". Das war mir jetzt wirklich peinlich. „Fahr' mal nicht so auf". War aber schon zu spät. „Wieso dein Mann? Habt ihr geheiratet?" Ich klärte Amalia auf. Dass sie das gerne sage, wir aber keinesfalls geheiratet haben. Cornelis war auch vor das Haus gekommen. „Was für ein tolles Auto. Und das ist wirklich deins? Oder darfst du nur damit fahren?" Ich begrüsste Amalia und Cornelis. „Nein, das ist ihr eigenes Auto".

Die beiden baten uns ins Haus. Willeke schien überzusprudeln. Sie erzählte den beiden von unserem Urlaub in Frankreich. „Koffie?" „Ja". Amalia nahm meine Hand. „Hilf' mir ein wenig". Zog mich Richtung Küche.

„Was hast du mit Willeke gemacht? Sie strahlt ja dermassen". Was sollte ich antworten. Dass wir seit ihrem letzten Besuch zur Hauseinweihung gefühlt 800-mal miteinander geschlafen hatten? Dass wir so was von verliebt ineinander sind? Ja, das war es. „Amalia, wir sind so glücklich verliebt. Deine … Eure Tochter ist das Beste was mir widerfahren konnte". Amalia nahm mich in den Arm. „Komm' her mein Junge. Ich habe Willeke noch nie so glücklich gesehen, sie funkelt wie ein Stern". Ich sah Amalia an. „Sie ist ein Stern, mein Stern".

Mit dem Kaffeetablett gingen wir ins Wohnzimmer. „Cornelis, sag' du doch auch mal. Hast du Willeke schon so gesehen?" Cornelis lächelte und sah zu uns herüber. „Ich glaube du kannst in Holland bleiben". Ich musste lachen. „Du willst mich nicht mehr töten?"

Es war schön zu sehen wie Willeke im Haus ihrer Eltern wieder zu einem Mädchen wurde. Sie wurde von ihren Eltern geliebt, das spürte man, das spürte sie, das spürte ich. Und dass es gute Menschen waren, spürte ich auch. Ganz deutlich. Alle drei.

Ich las das gesamte Wochenende durch. Über die Aufgaben, die Anforderungen, die einzelnen Ausbildungsstufen. Einfach alles zum Thema Schweissen. Hatte keine Ohren, keine Augen für etwas anderes. Willeke war bei ihrer Freundin Wilma, drüben auf der Boerderij. Ich war ihr dankbar, dass sie mich in Ruhe „schmökern" liess. Und auch für das Verständnis, dass sie zeigte.

Sonntagabend kam Willeke in mein Zimmer, hatte zuvor in der Küche noch etwas rumgewurschtelt. Ich hatte mich bereits hingelegt. „Du musst noch nicht schlafen. Du hast morgen frei". Sie war frisch geduscht.

Willeke rollte sich auf meinen Bauch, puhlte erst Flusen aus meinem Bauchnabel und küsste mich dann auf den Bauch. „Zieh' mal die Unterhose aus, die stört nur". Ich hob mein Hinterteil an, alles andere erledigte Willeke. Mit ihrem küssenden Mund wanderte sie über meinen Bauch. Wie „zufällig" nahm sie hin und wieder meinen Penis in den Mund, um dann aber direkt wieder meinem Bauch zu liebkosen. Ich spürte ihre weichen, leicht feuchten Brüste an meinem Unterleib. Ihren Kopf hatte sie mit dem Kinn auf meinen Bauch abgestützt und sah zu mir hoch, mir ins Gesicht, lächelte mich an. Gleichzeitig hatte sie ihre Brüste mit den Händen zusammengepresst. Weich umschlossen sie meinen Penis. Sie schob ein paar Mal den Oberkörper etwas hoch und wieder zurück. Mein Penis glitt zwischen den Brüsten auf und nieder. Was für ein wohliges Gefühl. Das wollte ich sehen, hob ihr Kinn an.

„Magst du das?" Ich war begeistert. Nicht nur wegen des Gefühls, sondern auch zu sehen, wie sich zwischen ihren Brüsten die Vorhaut über die Eichel vor- und wieder zurückbewegte. „Sehr, ich habe das noch nie gesehen, sonst steckt mein Pimmel ja irgendwo bei dir drin". Sie hielt einen

Moment inne. „Aber hast du nicht schon so oft Wilma einen Tittenfick angeboten?" Leicht verschämt gestand ich Willeke, dass ich das zwar mehrfach schon „grosspurig" gesagt, aber noch nie praktiziert habe, mit keiner Frau. „Dann wird das jetzt dein erstes Mal? Geniess' es".

Willeke schob sich wieder an meinem Penis auf und ab, beide Brüste mit den Händen zusammengepresst. Ich war vom Anblick fasziniert, wie immer wieder mein Pimmel zwischen den Brüsten verschwand, um dann wieder aufzutauchen. Ihre Bewegungen unterbrach Willeke nur, um weiter herunter zu rutschen, um meinen Penis in den Mund zu nehmen. Ihr Zungenspiel machte mich kirre. Sie unterbrach es mehrmals um meinen Schwanz zwischen ihre Titten zu manövrieren. „Meine Fresse, wie geil ist das denn bitte". Meine Erregtheit, meine Geilheit wuchs in gleichem Masse wie mein Schwanz. Ich wollte mit ihr schlafen, in ihr kommen. „Setz' dich auf mich, ich möchte in dich reinspritzen".

Willeke führte meinen Penis in ihren warmen Unterleib ein. Ich vergrub meinen Kopf zwischen ihren Brüsten. Ekstatisch biss ich in ihre knallharten Nippel. „Aua", Willeke schrie fast ein wenig. „Du tust mir weh". Ich sah nach oben, in ihr Gesicht. „Ach, sieh an".

Sie hielt meinen Kopf jetzt fest in ihren Händen - bewegte sich schnell und fest auf mir auf und ab. „Schau' mich an, wenn du kommst. Schau' mich an". Mein Samen spritzte in ihren Unterleib. Sie rutschte etwas nach oben, sass jetzt auf meinem Bauch. Sperma und Scheidensekret liefen aus ihrem Unterleib auf meinen Bauch. „Wir könnten schon lange eine Elftal haben, weißt du das?" „Eftal", so nannte man die holländische Nationalmannschaft, wegen der 11 Spieler. „Wir reden aber jetzt nicht wieder über ein Kind, oder doch?"

„Nein, nur damit du mal eine Vorstellung hast was du allein in unserem Urlaub in mir abgeladen hast. Ich wär' schon lange Schwanger, mehrfach".

Anders als sonst war sie fröhlich bei diesem Thema. Ich musste mir also nicht irgendwie schuldig, schlecht, gemein vorkommen?

„Blaues Licht"

Die letzte Urlaubswoche war für mich angebrochen und ich wurde zunehmend angespannter, aufgeregter, nervöser. Was würde mich erwarten? Aus den Büchern hatte ich ja bereits einiges erfahren können. Ich entschied mich für einen Besuch bei Kees, auf der ESSO, vielleicht konnte er mir ja etwas mehr erzählen.

Zwar hatte ich vor Wochen meinen Werksausweis abgeben müssen, bekam aber dennoch Einlass zur Raffinerie. Der Pförtner kannte mich noch, so lange war es ja nun auch wieder nicht her, dass ich zuletzt regelmässig hier ein und aus gegangen war. Mein Hinweis Kees treffen zu wollen hatte sicherlich auch geholfen.

Nach kurzer Wartezeit im Eingangsbereich kam Kees in einem Pickup vorgefahren. Die Begrüssung war herzlich. Erst musste ich erzählen was in den vergangenen Wochen passiert war, bevor ich zum eigentlichen Grund meines Besuches kam.

„Das ist natürlich gut, dass du dich mit Hilfe von Büchern vorbereitest". Kees freute mein Interesse und meine Begeisterung. „Aber Genaues bekommt ihr alle am Montag mitgeteilt. Der erste Tag wird sicher sehr ruhig sein. Nur eines rate ich dir jetzt schon – schau', dass du es nicht übertreibst, trink' nicht zu viel, du brauchst eine absolut ruhige Hand und musst voll konzentriert sein". Das kannte ich ja schon aus den Monaten zuvor. Also wieder zurück in den alten Rhythmus. Keine grossartigen „Feierlichkeiten" und zeitig zu Bett.

Auf dem Rückweg entschied ich mich in Brielle vorbei zu fahren, einen kurzen Besuch bei Koos und seiner Frau Dees einzulegen. Parkte kurz danach am Kai, direkt oberhalb vom "De Platvink" ein. Koos war „an Bord". Er winkte mir zu. „Hoi". Er sei dabei das Boot „fit zu machen". Der Frühling stand in den „Startlöchern", überall waren erste kleine Blüten in den

Blumenbeeten und Pflanzkübeln an den Fassaden entlang des Hafens zu sehen.

Koos holte zwei Klappstühlen an Deck. Wir schwatzten eine ganze Weile. Ich hatte auch reichlich zu erzählen, immerhin hatte ich erlebnisreiche Wochen hinter mir. Seine Einladung, mehrfach ausgesprochen, mit ihm ein „lekker Blowtje" zu rauchen lehnte ich aber ab. Ich war immer noch in der „Probezeit" sozusagen, musste mich erst langsam wieder an den bekifften Zustand gewöhnen – immer wieder warf es mich ziemlich aus der Bahn, wenn ich geraucht hatte.

Es war bereits Nachmittag als ich Brielle verliess, schwenkte auf die kurvige Strecke zwischen Brielle und Rockanje ein. „Ewig" war ich hier nicht lang gefahren, durch die wunderschöne Polderlandschaft bei Tinte. Und auch ewig war ich nicht mehr im Ford Escort unterwegs gewesen. Das war dann doch etwas anderes als der komfortable „Strichachter". Statt „Luxusjacht" hiess es jetzt wieder „Rennboot". Ich liess den Wagen über die Strecke fliegen. Sehr schnell war das Gefühl wieder da. Der Spass, den es machte mit dem tief auf der Strasse „klebenden" Escort durch die Kurven zu „räubern" liess mich grinsen.

In „Strype" verliess ich die „Hauptstrasse", fuhr zum Feld eines Blumenbauern. Hier, zwischen Oostvoorne und Rockanje, hatten sich einige Betriebe auf Blumen spezialisiert. Das in Kürze aufblühende Meer der Schnittblumen war bereits jetzt zu erahnen. Erste Blütenknospen wohin ich auch sah. „Nicht mehr lange, dann ist richtig Frühling". Darauf freute ich mich schon. Kein Pullover oder dicke Jacke mehr, wieder am Strand sitzen – die Sonne geniessen, kein Kamin mehr anzünden. Und, darauf freute ich mich besonders, endlich wieder die Körper der schönen Frauen „unverhüllt", nicht mehr in wärmende Klamotten verpackt, anschauen zu können.

Willeke war im Haus beschäftigt. Eigentlich war sie immer mit irgendetwas zugange. Sie hatte ihre

„Arbeitskleidung" an, ihre Füsse steckten in Gummistiefeln. „Hoi Süsse". Sie drehte sich um. Ich liebte den Anblick in ihrer Arbeitskleidung. Noch trug sie ein Shirt unter der weiten Latzhose, bis zum „richtigen" Frühling dauerte es ja noch. Auch darauf freute ich mich – ihre blanken Brüste - die unter den Hosenträgern hervorschauten.

„Was machst du?" Ein Spaten und einiges anderes Gartenwerkzeug waren an die Hausmauer angelehnt. „Den Garten vorbereiten, dann können wir Gemüse anpflanzen". Welchen Garten? Bis auf einen kleinen Bereich, den sie umgegraben hatte war alles noch wild bewachsen, mit Gras und Unkraut.

„Kann ich dir helfen?" Willeke zeigte auf den umgegrabenen Streifen. „Ja, du kannst gerne den Rest auch umgraben". Das sollte nicht allzu schwer sein, das sollte ich hinbekommen. Hatte ich auch vom Gärtnern keine Ahnung, den Boden umgraben – das hatte, für mich, mit „Gärtnern" nicht wirklich etwas zu tun. Genauso gut hätte es auch ein Kanal für irgendwelche Rohre werden können. Hauptsache umgraben.

Gemeinsam kamen wir gut, deutlich schneller voran. „Wir können dann nachher noch in der Gärtnerei in Rockanje Jungpflanzen holen, was meinst du?" Willeke war zu mir herüber gekommen um meine Arbeit, den Fortschritt der „Grabungen" zu begutachten. „Endlich wieder körperliche Arbeit. Das hat dir gefehlt, stimmt's?" umarmte sie mich. Ich stach den Spaten in den Boden, setzte einen Fuss darauf, mit einer Hand hielt ich den Griff. Mit der anderen griff ich unter ihre Latzhose, unter ihr Shirt. „Dich so zu sehen, das hat mir gefehlt". Das Shirt hatte ich etwas hochgeschoben, ihre Brust „lag frei".

„Bist du sicher, dass es nicht nur ist mir an die Titten zu packen, was dir fehlt?" Mit einem Grinsen im Gesicht gab ich es zu. „Ja. Jedes Mal, wenn ich dich in der Latzhose sehe, muss ich an unser erstes Mal denken". Willeke lachte, sagte aber nichts.

Während wir weiter den Garten, oder das was er mal sein könnte, bearbeiteten erzählte ich ihr von meinem Vormittag auf der ESSO. „Soso, also ruhige Hand und volle Konzentration brauchst du? Dann sollten wir in dieser Woche noch mal auf Vorrat Sex haben, oder?" Von der Seite sah ich sie an. „Wieso auf Vorrat? Was meinst du mit auf Vorrat?"

„Dann ist das wieder wie vor deinem Urlaub, du gehst immer früh ins Bett, fasst mich nicht an und lässt dich auch nicht von mir anfassen". „Süsse, das ist für mich jetzt eine wichtige Zeit, die dann beginnt".

Nach einer kurzen Pause, Willeke hatte Kaffee aufgesetzt, nahmen wir die Fahrräder und fuhren ins Dorf. Überhaupt waren wir die letzten Tage immer wieder zu kleiner Touren mit den Rädern unterwegs gewesen. Die meisten Erledigungen in und um Rockanje liessen sich bequem per Rad erledigen.

Willeke hatte ihr Rad auch schon „aufgerüstet". Auf dem Gepäckträger hatte sie einen abnehmbaren Korb, darunter hingen Fahrradtaschen. Schwarz, aus schwerem Canvas, stabilem Segeltuch.

Die Gärtnerei war so was wie ein zweites Faible für Willeke, ähnlich wie Klamotten shoppen.

Schnell hatte sie einiges an Jungpflanzen zusammengesucht. Mangold, Rote Beete, Möhren, Radieschen, Fenchel, Gartenkresse, Bohnen, Knollensellerie, Kohlrabi, Zucchini, Gurken, Tomaten, Kürbis, Auberginen, Salat, Porree. „Das und das, müssen wir das haben? Ich esse das sowieso nicht, oder nicht so gerne". Einen kleinen Pflanztopf mit Sellerie hielt ich hoch.

„Das magst du nicht? Das solltest du ändern, das ist extrem gut für die Potenz". Erstaunt blickte ich Willeke an. „Was soll das jetzt heissen? Bring' ich es nicht?" Willeke lachte. „Nein, das meinte ich nicht damit, du Spritzer. Sondern dass alles irgendwie lecker ist, man muss es nur richtig zubereiten". Das klang jetzt schon anders als „das ist gut für die Potenz".

Ich biss in das grüne Blatt der Jungpflanze. „Oh ja, ich merke schon wie die Potenz ansteigt. Soll ich es dir zeigen?" Willeke nahm mir den Topf aus der Hand. „Du bist so ein Spinner".

Willeke hatte alle Pflanzen in ihrem Fahrradkorb und den Taschen verstaut. Zum Glück hatte sie dann doch einige Gemüsesorten weggelassen. „Das kann ich auch später noch anpflanzen, für's Erste sollte das reichen". Wieder zuhause räumte sie den Einkauf in den Schuppen. „Hier kann das stehen bleiben, dunkel und feucht".

Wie sich das anhörte, ich musste lachen. „Ich hätte da auch was was stehen bleibt, wenn es dunkel und feucht ist". Willeke hielt meine Hände fest, die ich unter ihrem Shirt hatte. „Ich möchte mich duschen, den Dreck der Gartenarbeit abwaschen.

Sie ging ins Haus, liess die Latzhose herunterrutschen. Das ging von selber, dazu brauchte sie nur die Hosenträger über ihre Schultern streifen. „Komm' du Dreckspatz, du solltest dich auch waschen" rief sie aus der Dusche.

Unter der Dusche wusch sie mich, so wie sie es immer gerne tat. Schäumte mir meinen Pimmel so lange ein, bis er stand. Ich hatte vor Erregtheit in ihr „rumgefingert", ihren Hals geküsst und ihr einige Obszönitäten ins Ohr gesprochen. Willeke zog mich unter den Strahl des Brausekopfs. Das Wasser prasselte auf meinen Kopf. Ganz fest hatte sie mich an sich herangezogen, lehnte mit ihrem Rücken gegen die gefliste Wand der Dusche, zog ein Bein an, das ich mit einer Hand fasste und hochhielt. Das Wasser lief an ihren Brüsten herunter, an ihren Nippel sprang es hervor, wie an einem kleinen Felsvorsprung, wo es anschliessend wie ein Miniatur-Wasserfall in die Tiefe stürzte.

„Nimm' deine Finger raus, steck' deinen Schwanz rein. Da wo es dunkel und feucht ist". Wie mochte ich das, was Willeke sagte. Nicht nur „Steck' ihn rein", sondern auch Schwanz. Das sagte sie gerne, wenn sie erregt war.

Kann man einer solchen Einladung in den Vergnügungspark widerstehen? Darauf müsste ich die nächsten Wochen verzichten. Ruhige Hand sah anders aus, ich zitterte am ganzen Körper. „Das geht demnächst nicht mehr". Willeke sah mich durch das über ihr Gesicht laufende Wasser hindurch an. „Was?" „Dass du mich so anmachst". Sie lachte. „Dann brauch' ich wohl einen Lover, für unter der Woche".

Willeke hatte mir eine Zeichnung hingelegt. Fein säuberlich hatte sie darauf den Garten, so wie sie ihn sich vorstellte, skizziert. Zwischen den Reihen waren kleine „Wege" erkennbar. „So würde ich gerne die Pflanzreihen anlegen. Hilfst du mir?"

Das war ja wohl logisch, ich hatte bis Sonntag frei und es war mir eine Freude mit ihr gemeinsam unser eigenes Gemüse anzubauen. Wenn auch nur im bescheidenen Rahmen, aber es war immerhin ihr Herzenswunsch. Mit dem Spaten grub ich alles erneut um, wir holten Wurzelwerk und sonstiges Zeugs aus dem losen Boden, zogen mit der Harke alles glatt.

Willeke hatte mit einer, an Stöckchen befestigte, Kordel Linien gezogen. „Hier sollen die Wege sein". Das gefiel mir. „Sollen wir ein paar Steinplatten dafür besorgen?" „Oh ja, gerne. Und auch noch ein paar Blumen, als Einfassung. Das sieht bestimmt schön aus".

Wir fuhren noch einmal ins Pflanzenzentrum, allerdings mit dem Auto. Die Steinplatten auf dem Fahrrad zu holen musste nicht unbedingt sein.

Während ich einige Gehweg-Platten aussuchten und immer wieder mit dem Bandmass kontrollierten, hatte Willeke verschiedene, sehr schön bunte Blumen in den Einkaufskarren gelegt.

„Das sieht bestimmt total schön aus, wenn das alles blüht". Ihr strahlendes Gesicht sagte alles. „Wenn die Blumen nur halb so schön blühen wie du aufblühst, meine Süsse, dann hat sich das bereits jetzt mehr als gelohnt".

Gartenarbeit ist doch schon anstrengend. Hätte ich nicht gedacht. Einfach nur geschafft fiel ich auf die Couch. Willeke setzte sich zu mir, hatte Bier aus dem Kühlschrank mitgebracht. „Wie aufmerksam du bist". Ich prostete ihr zu. Sie hatte sich an meine Schulter zurückgelehnt. „Das war schön, schön dass du mir geholfen hast".

Ich mochte es sehr, wenn sie sich an mich kuschelte, so warm und herzlich. Irgendwie unterstrich das unsere Zweisamkeit, aufeinander stolz zu sein - etwas geschafft zu haben. Für uns.

„Der Indonesier"

Der erste Tag auf der SHELL. Ich war mehr als aufgeregt, war angespannt. Hatte auch nicht wirklich gut geschlafen, obwohl ich wirklich zeitig zu Bett gegangen war, alle meine Arbeitsklamotten lagen fein säuberlich auf dem Stuhl. Willeke war am Vorabend zu Wilma gegangen und vermutlich erst sehr spät in der Nacht zurückgekehrt. Sie schlief tief und fest, ich hatte nur einen vorsichtigen Blick in ihr Zimmer geworfen, wollte sie auf keinen Fall aufwecken.

Die SHELL war ein Riesenmoloch, selbst die anderen Raffinerien, die ich bis dahin aus nächster Nähe gesehen hatte waren dagegen eine „Lachnummer". Wir wurden zuerst alle mit Firmen-Ausweisen ausgestattet. Ein Sicherheitsbeauftragter prüfte unsere Arbeitskleidung, dann ging es in einen Raum. Ein, vermutlich „hohes Tier" begrüsste uns und erzählte etwas über das Unternehmen. „Willkommen bei SHELL, nicht nur der grössten Raffinerie hier im Europoort, sondern der grössten in ganz Europa". Das Raffinerie-Gelände lag an der „Oude Maas", gegenüber dem Ort „Hoogvliet". Hier begann eigentlich schon Rotterdam. Rechts und links des Areals waren zwei eigene Hafenbecken, der „1e Petroleumhaven" und der „2e Petroleumhaven". Wir bekamen noch das ein oder andere zur SHELL erzählt, dann ging es mit den „Lehrern" in eine sehr grosse, sehr saubere Werkstatt. Reichliche Tische waren dort, zu denen Unmengen von Schlauch- und Kabelpaketen führten.

Auf jedem Tisch lag spezielle Schutzausrüstung. Lederhandschuhe mit langen Stulpen, eine Lederschürze, ein Sichtschutz und eine Dose Sonnencreme. „Warum das? Geht's noch zum Strand?" wollte einer meiner Arbeitskollegen wissen. „Damit könnt ihr euch eincremen, das bietet einen weiteren Schutz gegen die Strahlung und Hitze beim Schweissen". Auf den Tischen lagen auch Mappen, in denen einige typische Schweissnahtformen erklärt waren.

„Wir trinken uns jetzt schnell einen Kaffee, dann fängt der Lehrgang an". Kees hatte die Ansprache übernommen. Da er ja schon einige von uns kannte, fragte er von den anderen die Namen ab, hatte sich selbst zuvor vorgestellt. Mit ihm waren noch fünf weitere Ausbilder, die er auch kurz vorstellte. „So habt ihr immer einen Ansprechpartner. Nicht zögern, bei Fragen einfach fragen".

Ein Arbeiter brachte mit einem Stapler eine Gitterbox mit „Blechen". Nicht im herkömmlichen Sinne von Blech, richtige fette Stahlplatten, mehrere Millimeter stark. „Erste Lektion – alles was flach ist, nennt man Blech, egal wie dick oder dünn". Diese Bleche hatten alle eine angeschliffene Phase, die, wenn sie aneinander geschoben wurden in genau diesen beiden Phasen verschweisst werden sollten. „Macht euch mit euren Arbeitsgeräten vertraut, lernt eure Schweissmaschinen kennen".

Die ersten Versuche waren erbärmlich. Immer wieder „klebten" die Schweisselektroden an den Blechen fest. Beim Versuch diese von den Blechen zu „lösen" flogen Funken in alle Richtungen. Kees und seine Kollegen waren an unseren Tischen vorbei gegangen. „Du musst mehr Strom nehmen. Du musst die Elektrode mehr gerade halten. Du musst dieses, du musst jenes". Mit zwei Pausenunterbrechungen ging das den ganzen Tag so.

„Morgen klappt das schon besser, ihr werdet sehen. Das ist ganz normal. Also bis morgen". Feierabend. Mir taten ein wenig die Augen weh, immer wieder mal hatte ich direkt in so einen „Schweissblitz" geschaut. Auch das lange Stehen am Tisch fand ich anstrengend. Und die Hitze. Als ob Kees meine Gedanken hatte lesen können verabschiedete er uns – „Nicht zu viel saufen, morgen wieder fit sein".

Ich war froh zuhause zu sein. Unterhielt mich kurz, ganz kurz mit Willeke, dann wollte ich ins Bett. „Was, du gehst jetzt schon schlafen? Es ist nicht mal Acht Uhr". Was sollte ich sagen? Ich war dermassen „im Arsch", musste mich unbedingt ablegen. So ging das bis etwa Mitte der Woche.

Heute, Woensdag, hielt ich kurz beim Metzger. Ich wollte wenigstens meinen „Frika-Day" als Gewohnheit beibehalten.

Willeke hatte die letzten beiden Tage fleissig im Garten gearbeitet, zeigte mir stolz was sie geschafft hatte. Schnell begann ich in der Küche mit der Essenzubereitung. Wollte auch schnell was essen, dann ebenso schnell wieder zu Bett.

Erst am Freitagmorgen lief es bei mir besser, die Schweissnähte sassen jetzt. Waren ja einige zig Meter die wir bereits „weggeschweisst" hatten.

Zum Tagesabschluss bekamen wir DIN-A4-Blätter. „Das erwartet euch ab nächster Woche, dann werden wir auch andere Arten lernen, ausser Bleche zusammen zu schweissen". Einer unserer Lehrer ging durch die Tischreihen und gab jedem einen Zettel. *Verbindungsformen: Stumpfstoß, T-Stoß, Doppel-T-Stoß, Schrägstoß, Eckstoß, Mehrfachstoß, Parallelstoß, Überlappstoß, Brödelstoß. Schweissnahtformen: Kehlnaht, I-Naht, V-Naht, HV-Naht, Y-Naht, HY-Naht, U-Naht, Steilflankennaht, Punktnaht, Lochnaht, Gegennaht, Doppelkehlnaht, V-Naht mit Gegennaht.*

Das war zu lesen, was auch immer das heissen mochte. „Ab nächste Woche geht das alles garantiert viel flüssiger, bei jedem. Und jetzt Männer, ab ins Wochenende". Den Zettel nahm ich mit, damit wollte ich in meinem Buch heraussuchen, was es mit den Begriffen auf sich hat.

Willeke hatte bereits Essen vorbereitet. Auch während des Essens las ich ihr von dem Zettel vor. „Jetzt schalt' mal ab, du hast Wochenende". Willeke zog das Blatt beiseite. „Jetzt hast du doch bestimmt auch mal Zeit … mal Augen für mich".

„Natürlich, nur für dich. Du hast Recht, ich hab' mich um nichts, aber um gar nichts gekümmert. Sorry".

Ich hatte versprochen am Samstag einen Bereich im Garten zu „pflastern", also mit Steinplatten auszulegen. Dort wollte Willeke gerne unsere Gartentisch-Garnitur, die uns Koos und Ad gezimmert hatten, samt den beiden Bänken aufstellen. Auf einem Blatt zeichnete ich die Masse auf, fuhr ins Gartencenter, kaufte die entsprechende Anzahl an Steinplatten, Sand um Unebenheiten auszugleichen. Der Ford Escort war vollgeladen, viel mehr hätte ich nicht transportieren können.

Zuerst alles ausgleichen, nivellieren, dann Platte für Platte legen. Die Fläche wuchs an. Im gleichen Masse wurde ich immer „fertiger".

Mein Rücken tat mir weh von der gebückten Arbeitshaltung, dem Heben und Tragen der Steinplatten, immer wieder auf die Knie oder in die Hocke. Ziemlich fertig bat ich Willeke mit mir den Tisch und die Bänke auf den neu gepflasterten Bereich direkt vor dem Küchenfenster zu stellen. Musste mich direkt zum „Probesitzen" niederlassen. „Soll ich dir ein Bier bringen?" fragte Willeke. „So was von gerne, danke". Sie öffnete das Küchenfenster, reichte zwei Flaschen Grolsch heraus. „Das ist doch super praktisch".

Willeke kam wieder in den Garten, hatte einen fetten Joint, der bereits angezündet war, in der Hand. In der anderen hielt sie mein Aufgabenblatt. „Das vergisst du jetzt einfach bis Montag". Ich zog genüsslich an der Tüte. Willeke streichelte durch meine Hose meinen Penis, faltete das Blatt auf. „Das kannst du gerne bei mir üben". Sie zeigte auf das Blatt. „Was? Was soll ich bei dir üben?" Sie grinste mich an. „Das hier zum Beispiel – Mehrfachstoß". Ich gab ihr einen Kuss. Ihre Zunge hatte sie tief in meinen Mund gesteckt. Dann nahm sie den Kopf leicht zurück. „Ich kann dich seit Tagen nicht anfassen, nicht mal zu dir ins Bett kann ich mich legen. Ich möchte mir dir schlafen. Jetzt. Sofort".

Willeke hatte, während sie all das sagte, nicht aufgehört mich zu streicheln. „Lass' uns hochgehen. Ins Bett. In irgendeins. Ich will auch mit dir schlafen".

Wir zogen uns gegenseitig aus, konnten es kaum erwarten einander nackt zu sehen. Unsere Küsse waren heiss und innig, ich hatte das Gefühl Willeke würde meine Mandeln ablecken, so tief steckte sie mir ihre Zunge rein.

Mit meinem Kopf lag ich auf ihren Brüsten, ausser Atem. Der Joint hatte meinem Kreislauf den Rest gegeben. Ihr Körper war so warm, so weich. Ich genoss es. „Du kommst hier aber nicht raus ohne eine zweite Runde". Willeke streichelte mich, mit einer Hand knetete sie sanft meinen Hodensack. Verdammt, wie hatte ich ihre Nähe, ihre Intimität vermisst. „Es tut mir leid, wenn ich unter der Woche so abweisend zu dir bin".

„Ja, das tut mir auch leid" hauchte sie und geleitete meine Hand zu ihrem Unterleib. Ich „wanderte" aber direkt weiter, um ihren Hintern zu streicheln. Sie gab wohlige Geräusche von sich. „Leckst du mich? Schlaf' noch einmal mit mir". Sie sah mir ins Gesicht. „Nein, fick' mich, das will ich. Genau das, dass du mich fickst". Sie war heiss, das sagten ihre Worte.

Es war dunkel als wir das Bett verliessen. Ich war hungrig, durstig. Nur schnell eine Boxershorts übergestreift ging ich hinunter in die Küche, schaute in den Kühlschrank. Irgendwas Essbares? Irgendetwas das schnell zubereitet war musste her.

Willeke hatte sich neben mich gestellt. Ihr Körper war so schön warm. Sie griff in ein Fach im Kühlschrank, zog etwas heraus. „Nimm uns noch Bier mit, wir gehen wieder hoch. Vielleicht zu dir, zur Abwechslung?" Sie zog mich am Bund der Boxershorts. „Komm', na los".

Willeke setzte sich auf die Bettkante, öffnete ihre Hand. „Nimm auch ein paar". In der Handinnenfläche lagen einige Pilze. „Sind das ...? Ist das das Zeug, dass du mit Wilma genommen hast?" Sie hielt mir ihre Hand hin, wie einem Pferd. „Iss was, dann gehen wir wieder ins Bett".

Ich erinnerte mich wie geil die beiden waren, nachdem sie das genommen hatten. „Meinst du da geht noch was? Bei mir?" Sie streichelte mein Gesicht. „Du wirst es erleben".

Willeke legte sich auf mich. „69 nennt man das wohl", sagte ich. Schon spielte meine Zunge mit ihrer Klitoris, während sie meinen Penis in den Mund nahm. Ich packte ihre Pobacken, prall und rund. Bei mir dauerte es lange, bis meine Erektion eintrat. Das lag aber weniger an den Pilzen als daran, dass ich nicht der Sexroboter war.

Mit einem Finger stiess ich in ihren After. „Ist das okay?" fragte ich dabei. Willeke hörte nicht auf mich zu lecken. Der Laut der zu hören war hätte „Ja" oder „Nein", aber auch „Fahr' zur Hölle" oder „zwei Pfund Mett" bedeuten können.

Dann hörte sie für einen Moment auf, ich hörte klare Worte. „Seit ich nicht mehr für Geld meinen Arsch hinhalten muss, ist es anders. Von einem Mann, den ich liebe - von dir - anal stimuliert zu werden, finde ich sehr reizvoll". Kurz nahm sie meinen Penis wieder in den Mund, um dann aber direkt zu sagen. „Ausserdem nennst du es ja auch geile Kiste. Das ist schon anders als Arschficken".

Ihr Atem wurde beim Reden schwerer. Anders als sie hatte ich nicht geredet. Die Pilze wirkten langsam, ich hatte mich im Lecken ihrer Klitoris verloren, streichelte ihren Hintern, steckte immer wieder meinen Finger in ihrem After.

Alles war deutlich intensiver, ein völlig neues „Körperfeeling" durch die Pilze. Ich war empfindsam und sensibel wie ich es nicht kannte. Willeke hob ihren Unterleib leicht an und drehte sich. Unsere Körper lagen jetzt „passend" aufeinander. „Magst du an meinen Brüsten saugen?" Willeke schob mir ihre Brust in den Mund. Ihre Nippel waren so hart, man hätte sie abschlagen können, so weit standen sie hervor.

Es war eine unbeschreibliche Nacht. Eine Erfahrung. Nie vorher hatte ich Pilze genommen, noch Sex darauf gehabt. Ich hätte am liebsten nicht aufhören wollen sie zu streicheln, sie zu liebkosen, mit ihr zu schlafen. Bis irgendwann das „nicht wollen" durch das „nicht können" abgelöst wurde. Es war andersherum als es Willeke gerne sagte. Sie hatte mich gefickt, aber so was von. Und das lag jetzt nicht an unserem Altersunterschied. Oder doch?

Selbst beim Frühstück am nächsten Morgen konnte ich nicht anders als es Willeke zu sagen. „Du hast mich gefickt wie nie zuvor, wie keine Frau je zuvor". Sie nahm mich direkt in den Arm. „Ja, es war Mega". Dann lachte sie. „Ich will auch keinen Lover für zwischendurch, ich will nur dich".

Den ganzen Sonntag über war ich es, der so was von anhänglich war. Ich hatte ein derartiges Lustgefühl noch nicht erlebt. Ich wollte keinen Millimeter von ihrer Seite weichen, musste ihr immer wieder sagen wie sehr sie mich befriedigt hatte. Irgendwann sagte sie dann „Jetzt ist aber gut, das muss jetzt sowieso für mindestens eine Woche reichen". Sie gab mir einen Klapps auf den Hintern. „Du musst doch total leer sein, da kommt die nächsten Tage doch nur Luft. Du hast so was von abgespritzt". Ich musste lachen. „Ich glaub' auch". Sie drückte meinen Kopf an ihre Schulter.

Die neue Woche auf der SHELL begann wie versprochen mit neuen Schweissaufgaben. „Wir üben jetzt verstärkt V-Nähte, das kommt bei eurer täglichen Arbeit auf der Raffinerie am meisten vor, ist am wichtigsten".

Neue Werkstücke waren bereits in der Halle. Diesmal auch in entsprechender Materialstärke. „Übt bis Mittag, dann schauen wir uns das an". Die Lehrer verliessen unsere grosse Halle. Die riesigen Luftabsaugungen liefen an.

Nach der Mittagspause kamen dann alle Lehrer zu uns und begutachteten was wir da so „zusammengebraten" hatten. „Das sieht schon sehr gut aus" lobte mich Kees. „Sehr gleichmässig. Hast eine ruhige Hand". Eine ruhige Hand? Ich war komplett ausgeglichen. In mir herrschte Frieden, ich ruhte in mir selber. Konnte natürlich nicht erzählen warum - dass ich am Wochenende den Fick meines Lebens hatte, der mich in absoluter Glückseligkeit zurückgelassen hat. Aber Willeke würde ich das erzählen wollen, müssen.

Ich hatte auch für mich eine Arbeitsposition gefunden, meinem linken Arm nutzte ich mittlerweile geschickt als Stütze, als Führung für die „Schweisshand".

Kurz vor Feierabend kam Kees noch einmal zu mir. „Du machst dich sehr gut. Merk' dir das – ein guter Schweisser macht seine Arbeit nicht wegen des Geldes, sondern einzig und allein darum, dass er blaues Licht machen kann". Ich schaute Kees fragend an. „Das heisst?" „Wenn du alles um dich herum ausblenden kannst wirst du besser und besser. Sicherer und präziser".

Genau so betrat ich das Wohnzimmer, nachdem ich kurz zuvor den Ford Escort in der Einfahrt geparkt hatte. „Hallo Süsse. Mein Ausbilder hat gesagt, dass wenn du es mir richtig besorgst kann ich blaues Licht machen". „Hä? Was laberst du da? Hast du gesoffen?" Ich erzählte Willeke enthusiastisch von meinen Fortschritten. „Aber das mit dem Besorgen hat dein Lehrer nicht gesagt, oder doch? Redest du mit ihm über unseren Geschlechtsverkehr?"

Nein, das war natürlich nicht so. Aber wie sehr „relaxt" ich war musste ich Willeke schon erzählen. „Und das liegt jetzt wirklich am Sex? Dann versteh' ich nicht warum du sonst so abstinent bist unter der Woche". Das hätte ich selbst nicht gedacht, dass mich unsere Nacht „auf Pilze" so lang anhaltend beschäftigt.

Und in der Tat lief es jetzt von Tag zu Tag besser. Meine Arbeiten wurden besser und die Schweissnähte sahen auch immer besser, immer gleichmässiger aus.

Sporadisch, nach dem Zufallsprinzip wurden verschweisste Werkstücke ausgewählt. „Die gehen jetzt zum Bruchtest. Die müssen vor allem halten, nicht nur gut aussehen". Einer der Lehrer, ein Indonesier hatte „wahllos" abgekühlte Schweissarbeiten bei jedem abgeholt, mit einem Stift markiert.

Die folgenden Wochen verflogen, ich hatte jetzt richtig Spass daran gefunden „Blaues Licht" zu machen. Mehr und mehr wurden aus den kleinen Übungswerkstücken jetzt auch reale Konstruktionsteile und Abschnitte von Rohrleitungssystemen.

Die Anforderungen und Schwierigkeitsgrade stiegen. Bald sollten wir unter „absolut realen" Bedingungen zeigen was wir gelernt hatten. „Es geht dann raus auf den Plant" – so hatte Kees das genannt.

An einem der vergangenen Tage war ich nach Feierabend bei Hans in Vierpolders vorbeigefahren. Ob ich bei ihm am Wochenende ein paar Stunden irgendetwas Schweissen könne wollte ich fragen. In seiner Werkstatt wurde zwar „Schutzgas" geschweisst, das war aber relativ egal, es ging mir darum meine „Schweisshand" zu trainieren, eine ruhige Führung zu üben.

Marion war auch da, sie arbeitete wieder den Papierkram auf. Wir begrüssten uns. Küsschen links, Küsschen rechts. „Schön dich zu sehen. Wie geht es dir, wie geht es Willeke?"

Ich „geierte" sie jetzt nicht mehr so an wie zuvor, das hatte sie mir ja zuletzt gesagt, dass ich das lassen solle, aber scharf auf sie war ich wie eh und je. Ihr Körper, ihre Figur, liess einem auch keine andere Möglichkeit. Das war vom ersten Treffen mit ihr an klar in meinem Kopf – „So ein Gerät musst du ficken".

Wir hatten auf der SHELL jetzt ein paar Tage theoretischen Unterricht, zumindest für einige Stunden pro Tag. Wir lernten Konstruktionszeichnungen zu lesen, zu verstehen, mussten die erforderlichen Schritte beschreibend formulieren, die bei bestimmten Verschweissungen notwendig sind. „Aufgefüllt" wurde der Rest des Tages mit Schweissübungen.

Einige Rohrleitunsgverbindungen hatten wir „heften" gelernt, mit Hilfskonstrukten zur Fixierung in einer „Flucht", dann anschliessend das Verschweissen der Verbindungen. Das Besondere, das Schwierige daran war der Verlauf der Rundung und die damit erforderliche Haltung der Schweisshand dem Verlauf des Rohres anzupassen. Unsere Lehrer hatten dazu nur lapidar gemeint „Das übt ihr jetzt mal ein paar Tage".

Am Ende der vierten Woche mussten wir alle zum „Appel", so nenne ich das mal. Kees und seine Kollegen, unsere Prüfer lobten unsere Arbeiten, übten aber Kritik an Punkten, die wir zum Teil noch nicht „im Griff" hatten. „Leider macht es für einige von euch keinen Sinn, dass ihr weitermacht. Das ist einfach nicht euer Beruf, eure Berufung".

Kees erklärte, dass ab jetzt, in den verbleibenden Wochen, intensiv an Rohren gearbeitet werde. „Im Plant. Das wird nochmals eine Herausforderung, es wird keine Arbeitstische mehr geben. Ihr müsst dann auch einfach zwischen den

Leitungen und Bauteilen rumturnen um eure Aufgaben zu lösen".

„Der Indonesier", seinen Namen konnte ich mir nicht merken, verlas ein paar Namen. „Ihr müsst leider aufhören, ihr müsst leider gehen. Der Rest macht weiter". Ich war froh, dass mein Name nicht genannt wurde. Natürlich auch ein wenig stolz. Meine Disziplin hatte sich ausgezahlt.

Vier Wochen war ich eisern bei der Sache. Nichts getrunken, vielleicht mal einen kleinen Joint, das war's aber auch. Wobei ich festgestellt hatte, dass meine Konzentration durch das Kiffen nicht litt, sondern sich eher positiv auswirkte. Der, ein wenig negativ behaftete Spruch „Kiffen macht gleichgültig" zeigte sich darin, bei mir, dass ich ruhig und fokussiert war. Nicht das Schlechteste. Meine Übungseinheiten bei Hans war auch eine gute Entscheidung.

Nach Wochen, nach Monaten, fuhr ich nach Feierabend - das Wochenende stand an – zu Henk in den „Traurigen Hund". Ich wollte einige ehemalige Arbeitskollegen wiedersehen, die Montagesaison hatte wieder begonnen.

Heinz, der ebenfalls wieder seine wöchentlichen Besuche „seiner" Monteure aufgenommen hatte, freute sich sehr mich zu sehen. Wir unterhielten uns sehr angeregt. Die Art und Weise, wie wir jetzt miteinander zu tun hatten, war komplett anders. Er war nicht mehr „mein Boss", eher ein sehr guter Bekannter.

„Wann fängst du wieder bei mir an?" fragte er, leicht ironisch. „So wie es im Moment aussieht so bald nicht". Er war sehr interessiert was wir alles gelernt hatten, was so passiert war in den Monaten seit unserem letzten Treffen. Auch mit anderen, die ich aus den Zeiten im letzten Jahr kannte, schwatzte ich – dabei immer mal wieder ein Bier.

„Ooohps, hast aber schon gut einen sitzen" merkte ich auf dem Weg zum Auto. Zum Glück war es nicht mehr weit bis nach Hause. Eigentlich nur noch einige, wenige hundert Meter.

Willeke kam ums Haus, aus dem Garten. Sie hatte anscheinend mitbekommen wie ich den Ford in der Einfahrt geparkt hatte. Ich nahm sie zur Begrüssung in den Arm, meine Hände wanderten direkt zu ihrem Hintern herunter.

„Hoi Sweetheart". Sie schaute mich durchdringend an. „Bist du geil oder was? Das merk' ich doch sofort. Und gesoffen hast du auch. Das rieche ich".

Wir hatten jetzt wochenlang nicht miteinander geschlafen, weil ich es „nicht wollte", weil mir meine Arbeit wichtiger erschien. Gefühlt wochenlang, die Wirklichkeit sah anders aus. Genau wie Willeke gesagt hatte – Ich war Angetrunken, ich war Geil. Geil Angetrunken. „Ich will dich". Willeke drückte mich fest. „Beherrsch' dich, wir haben Besuch".

„Willkommene Abwechslung"

Der Frühling war jetzt „voll da". Willeke hatte aus dem Garten schon ein richtiges Schmuckstück gezaubert. Auf der „Terrasse" sassen ihre Eltern, auf dem Tisch stand Kaffee und Appeltaart. Ich war überrascht beide, Amalia und Cornelis, in unserem Garten zu sehen. „[20]*Hoi mensen*". Amalia sah zu mir herüber. „Da ist ja der Schwerstarbeiter. Endlich Wochenende?" Zuerst begrüsste ich Amalia, dann Cornelis. Küsschen links, Küsschen rechts. „Seid ihr schon lange hier? Und wieso Schwerstarbeiter?"

„Meine Eltern wollen uns einladen. Nächstes Wochenende nach Utrecht". Willeke nahm meine Hand. „Hilf mir mal schnell, wir holen noch Geschirr und Tassen nach draussen. Auf dem Weg in die Küche bat mich Willeke erneut. „Beherrsch' dich bloss, fummel' nicht an mir rum, das sind meine Eltern". Das hatte ich verstanden.

Durch das Küchenfenster konnte ich Willekes Leistung voll begutachten. „Das ist ja schon ein richtig kleiner Bauernhof geworden. Tolle Arbeit, mein Schatz".

Amalia fragte mir direkt Löcher in den Bauch. Wie mein Lehrgang laufe, ob es mir noch Spass mache, ob ich meine Entscheidung bereue, meinen bisherigen Job aufgegeben zu haben. Etwas Sicheres gegen etwas Ungewisses eingetauscht zu haben. Und und und. Ich sprudelte über in meiner Erzählung. Insbesondere, dass ich „Blaues Licht" machen könne. „Na, das merkt man aber, dass du Freude daran hast". Amalia hatte meine Hand genommen und gedrückt. Sie hatte auch darauf bestanden, dass ich mich zu ihr setze. Sie mochte mich – und ich mochte sie. Eine herzensgute Frau. Sie war mehr als Willekes Mutter. Sie war Willeke, nur in älter.

---

[20] Hallo Leute

Wie schön der Garten geworden war. Nicht nur die noch vor Wochen so kleinen Jungpflanzen waren mächtig gewachsen. An den Beeteinfassungen blühten Stiefmütterchen, Tagetes und etwas höhere, langstielige Blumen. „Die finde ich besonders schön. Das ist Kamille, nicht?" Willeke lachte. „Ja, fast. Das sind Margeriten".

Cornelis erzählte von ihrem Vorhaben mit uns gemeinsam ein Wochenende in Utrecht zu verbringen. „Dann können wir uns noch mehr beschnuppern, uns besser kennen lernen". Das gefiel mir, ein Wochenende in einer anderen Stadt. „Willeke hat uns erzählt, dass du immer an allem Neuen interessiert bist". Willeke unterbrach ihn. „Ich habe nicht gesagt *Interessiert*, ein Klugscheisser ist er, das habe ich gesagt". Ich musste lachen. „Und was für einer, das sage ich euch".

Ein richtiges „Kaffeekränzchen". Es machte nicht nur Spass so zusammenzusitzen. Die Temperaturen liessen das auch schon zu, dass wir bis in den frühen Abend auf der Terrasse sassen. Mein Blick wanderte immer mal wieder über den Garten. Willeke hatte diesen Platz hinter unserem Haus zu einem Idyll gemacht.

Amalia und Cornelis waren kaum weg „belagerte" ich Willeke „Lass' uns ins Bett gehen". Sie war damit beschäftigt die Kaffeetafel abzuräumen. „Da musst du dich gedulden, ich blute, habe meine Periode". „Und, ist das schlimm?" „Nein, schlimm nicht, aber ich will das nicht, das finde ich nicht schön". Sie schaute mich dermassen lieb an. „Stört es dich nicht mit einer blutenden Frau zu schlafen?" Was sollte ich antworten? Dass ich einfach nur geil war? Dass es mir egal war ob sie die Periode hatte oder nicht? „Das verstehe ich. Natürlich auch nicht, denn ich blute ja nicht alle paar Wochen aus".

Wir hatten uns auf der Couch aneinander gekuschelt. Sprachen über das anstehende Wochenende, über ihre Eltern.

„Sie mögen dich sehr. Das kannst du mir glauben. Ich kenne sie, sind ja meine Eltern".

Immer wenn Willeke ihre Periode hatte oder bekam „kroch" sie förmlich in meine Arme. Ich hatte das einmal mit einem kleinen Kätzchen verglichen, das Schutz und Wärme sucht. „Sei froh, dass du, dass ihr Männer das nicht habt. Schmerzen im Unterleib, Rückenschmerzen, Übelkeit, Schweißausbrüche, Müdigkeit und Energielosigkeit". Ich streichelte über ihr Haar, vielleicht war das auch schon zu viel. Was sollte, was konnte ich sonst tun? „Sei einfach nur nett und lieb zu mir". Das sagte sie, so nett und so lieb, genau so sollte ich wohl sein.

Zum Frühstück war ich mit einem Becher Kaffee in den Garten gegangen. „Der Schuppen braucht auch mal eine kleine Auffrischung. Drinnen und draussen". Regale und einige Haken könnten schon „Wunder bewirken". Das könnte ich angehen, das Wochenende dafür nutzen. Mit dem Auto wollte ich in Oostvoorne im Baumarkt einiges besorgen. „Da komm' ich mit. Dann sind wir wenigstens zusammen, reicht ja, wenn du die ganze Woche über ohne mich bist". Das war so lieb von Willeke gesagt. Ja, unter der Woche war sie viel allein, oder einfach auf sich selbst gestellt.

In der „Metallabteilung" fand ich einiges an Regalwinkeln, Haken und Halterungen. Jetzt noch ein paar passende Bretter, Regalböden. Willeke kam mit einer Schleifmaschine, die sie aus einem anderen Bereich, der Werkzeugabteilung, mitgebracht hatte. „Wenn du den Schuppen abschleifst kann ich den dann neu streichen. Würdest du das machen?" „Ob ich das machen würde? Willeke, weißt du was du alles schon gemacht hast? Unser Haus, der Garten, das hast alles du geschafft. Du hast daraus unser Zuhause gemacht. Na klar, gar keine Frage".

Zuerst wollte ich den Innenraum des Schuppens in Angriff nehmen. Bohren, sägen, alles befestigen. Dann erst aussen die Holzwände abschleifen. Willeke hatte im Baumarkt noch Farbe ausgewählt. Ein zartes hellblau. Ob mir das gefalle hatte sie gefragt. War das wichtig? Ich hatte zum einen keinen Geschmack was Einrichtung oder Gestaltung anbelangte. Zum anderen, und das war weitaus wichtiger – wenn es Willeke gefällt, dann war es sowieso die richtige Entscheidung.

Erst am Nachmittag kam auch Willeke nach draussen. Sie hatte Zeit im Haus verbracht, auf der Couch. Ein-, zwei Mal war ich zu ihr gegangen. Sie litt schon unter dieser immer wiederkehrenden „Erdbeerwoche". Sie hatte „ihre Arbeitsklamotten", ihre Latzhose angezogen. Ihre Haare waren zusammengebunden und unter einem bunten Kopftuch „geschützt". Eine echte holländische Bäuerin, so wie ich sie mir vorstellte. Aber nicht so stämmig, sondern mit einer anmutigen, wohlproportionierten Figur. „Eine echte Schönheit kann einfach alles tragen" sagte ich anerkennend zu ihr. „Das hast du immer noch drauf, mir Komplimente zu machen. Danke, mein Süsser".

Die zweiflügelige Schuppentür hatte ich ausgehangen, auf den Tisch gelegt, den ich zuvor mit alten Zeitungen abgedeckt hatte. „Fang' doch damit an, ich streich' die Ränder zum Dach. Dann brauchst du erst gar nicht auf die Leiter steigen". Mit einem Handfeger kehrte ich die Reste des Schleifstaubs ab, klebte mit Tesakrepp die Rahmen des kleinen Fensters ab, begann mit einem breiten Pinsel die Randbereiche zu streichen.

Am späten Nachmittag war alles fertig. Der Farbton sah jetzt, so flächig, gar nicht mehr so „Babyblau", so schwuchtelig aus. Eher wie ein kleines Häuschen irgendwo in Skandinavien wirkte der Schuppen. Wenige Stunden zuvor war das Ding einfach nur da – vor allem schäbig und hässlich.

*****

„Wir fangen mal mit einem Aufsatz an. Schreibt bitte auf was euch besonders an dem zukünftigen Job als Schweisser reizt". Statt der „Schweisselektrode" hiess es also „Stifte raus". Lange starrte ich auf das noch leere Blatt. Was sollte ich schreiben? Dann aber sprudelten meine Gedanken.

Ich trage eine dunkle, grosse Brille, einen Schweissschirm, einen „Speedglas-Helm". So wie der Held in einem Science-Fiction-Movie. Die Funken sprühen, die Umgebung ist in gleissendes Licht getaucht. Alles schaut gebannt auf das „Blaue Licht". Das ich erzeuge. Ich bin der Herr über die schweren Metallteile, die sich unter der enormen Hitze, der Energie zusammenfügen. Einzig und allein durch mein konzentriertes Arbeiten, meine sicheren Handbewegungen, werden aus mehreren Einzelteilen eine Konstruktion. Eine saubere Naht verbindet alles und gibt dem Werkstück eine neue Form. Ich bin ein Teil beim Bau von Anlagen, Rohrleitungssystemen, auf der Erdölraffinerie. Ich bin ein Teil der SHELL. Ich bin es, der die Konstruktionspläne in die Realität umsetzt.

Nachdem Kees und zwei weitere Lehrer unsere „Aufsätze" eingesammelt hatten ging es für uns an die praktische Arbeit. Erst kurz vor Feierabend kamen sie mit den Ergebnissen. „Wir vergeben keine Noten für eure Aufsätze". Kees gab mir meine Blätter zurück. „Du bist der Einzige der nicht alle Begriffe, die wir bisher durchgenommen haben, aufgelistet hat. Wieso?" Ich wusste nicht zu antworten. Ja, wieso eigentlich? „Komm' doch mal zu uns ins Büro, bitte". Ein wenig spürte ich meine zittrigen Knie. „Oh, Scheisse. Was hat das zu bedeuten?" Meine Gedanken rasten in meinem Kopf im Kreis. „Gib mir noch mal deine Arbeit". Kees streckte die Hand nach meinem Aufsatz. „Weißt du was du abgeliefert hast?" „Ähm, ja. Wir sollten doch aufschreiben was uns reizt, oder?"

Kees liess mich einen Moment nervlich zappeln. Dann erlöste mich der Indonesier. „Das ist Weltklasse, du hast zwar keine technischen Begriffe aufgezählt, aber ...". Er machte eine kurze

Pause. „Deine Begeisterung spricht aus jedem Satz, aus jedem Wort". „Wir haben den ganzen Tag beraten, auch deine Arbeitsproben sind ohne Beanstandung" übernahm Kees wieder das Gespräch. Das freute mich. Wenn das überhaupt die richtige Beschreibung war – „freute mich". Kees sprach weiter. „Wir kennen uns ja jetzt auch schon eine Weile. Ich mach's kurz. Wir wollen dich in unserem Team. Die Ausbildung geht noch gut zwei Wochen, aber, wenn du das auch willst … Du wirst Schweisser bei SHELL. Willst du?" Mit einem Luftsprung liess ich meiner Begeisterung freien Lauf. „Und ob ich will". Zu seiner Verwunderung nahm ich Kees in den Arm. „Danke. Ich bin überwältigt".

Von dem Tag an, als Kees mir das Ausbildungsangebot gezeigt hatte wollte ich das, genau das. „Oki, dann lass' ich deinen Vertrag fertig machen, den bekommst du morgen".

Es fiel mir extrem schwer „zuhause" nicht direkt mit den Neuigkeiten heraus zu platzen. Allerdings wollte ich schon noch abwarten bis ich wirklich alles „schwarz auf weiss" hatte. Also erzählte ich nichts.

Während des gesamten nächsten Tages war ich sehr nervös, aufgeregt. Hatte Kees mich vergessen? Hatte er nur gescherzt? Von wegen Vertrag – er machte keine Anstalten mir etwas mitzuteilen. Erst am späten Nachmittag kam er zu mir. „Wir müssen, du musst noch ein paar Dinge erledigen, bevor der Vertrag erstellt wird". „Was für Dinge?" Es fehlte Kees meine Telefonnummer. Das war klar, ich hatte keine. „Dann musst du ein Telefon beantragen. Du musst erreichbar sein, sollte mal ein wirklicher Notfall sein". Erstaunt sah ich Kees an. „Was für ein Notfall?" „Irgendwo in der Anlage, eine Undichtigkeit, ein Leck, irgendwas". „Okay, das mach' ich dann". Das sollte nun wirklich kein Problem sein. „Und morgen ist eine Betriebsärztliche Untersuchung, ob du auch wirklich fit bist. Also, morgen nüchtern antanzen". Er grinste. „Also nichts essen, meine ich". Hätte mich auch sonst gewundert, der

Spruch. Bis auf ein einziges Mal, nach Peters Selbstmord, war ich immer nüchtern, hatte nie getrunken.

Ein Arzt befragte mich nach meinen Gewohnheiten. „Rauchen Sie? Trinken Sie? Sonst irgendwelcher Drogenkonsum? Wir nehmen Ihnen etwas Blut ab, dann sehen wir das sowieso". Zu allem gab ich Auskunft. „Ja, ich bin Raucher – und ja, ich trinke auch ab und an gerne mal ein Bier". Der Bluttest war mir relativ egal. Ich war so was von „lieb" unter der Woche, da konnte nichts sein. „Gehen Sie bitte kurz nach nebenan und ziehen sich aus".

Hä, was jetzt? „Wir tasten nur kurz ihre Hoden ab". Mein Blick wanderte zwischen Arzt und Arzthelferin hin und her. „Kann ihre Kollegin meine Eier anfassen? Das ist mir weitaus angenehmer". Die Arzthelferin grinste. „Ja, das fragen alle Männer". Ich sah zu ihr herüber. „Und?" Sie gab keine Antwort.

Der „Eierkontrollgriff" war schnell erledigt. „Alles in Ordnung. Das Ergebnis sagt Ihnen Kees nachher".

Wieder vergingen Stunden bis Kees zu mir kam. „So, alles bestens. Komm' bitte mit". Wir gingen zu seinem Truck, fuhren in einen anderen Teil der SHELL. Dort war die „Kleiderkammer". Ich wurde vermessen. Brustumfang, Taille, Beinlänge, Kopfumfang. Der Schneider, oder was auch immer die genaue Bezeichnung für den Typen in der Kleiderkammer war, kam wenig später zurück. Er hatte eine dunkelbraune Wildlederhose und eine weisse Lederjacke über den Arm geworfen. „Bitte probier' das mal an, ob es sitzt".

Die weisse Lederjacke war das Kleidungsstück, das ich immer haben wollte. Beides, Hose und Jacke passten. Kees schaute mich in der Montur an. „Schick. Jetzt bist du Teil der SHELL". Am liebsten hätte ich die Montur gar nicht mehr ausgezogen. „In zwei Tagen kannst du dann hier alles abholen".

Wir fuhren zurück in die Werkstatt. Kees bat mich noch kurz in sein Büro. „Und hier ist er dann, dein Vertrag". Er bot mir an, entweder noch eine Woche in der Werkstatt den Lehrgang weiter mitzumachen oder eine Woche frei – am darauf folgenden Montag begann mein Vertrag als Schweisser. „Die Woche mach' ich mit".

Im Auto, nach Feierabend, las ich auf dem Parkplatz erstmal den Vertrag durch. Mit einem Leuchtmarker war der Bereich „Verfügbarkeit im Notfall" angestrichen. Das wollte ich gleich direkt in Brielle erledigen. Bei der PTT Telecom einen Anschluss beantragen. Erst ganz am Ende des Vertrags stand die Zahl. Monatliches Gehalt. Tatsächlich – 6.000 Gulden bei 40 Stunden pro Woche. Zuzüglich eventueller Zuschläge. Was auch immer das heissen sollte – Zuschläge.

Die junge Servicekraft bei der PTT konnte mir schnell einen Anschlusstermin nennen. Ebenso schrieb sie etwas auf einen Zettel. „Das wird dann Ihre Rufnummer – 0181 - .... Sorgen Sie bitte dafür, dass jemand zuhause ist, wenn wir kommen".

Bei der Metzgerei hielt ich kurz an. Ja, es war wieder einmal Mittwoch. „Woensdag – Frika-Day". Bei Albert Heijn kaufte ich noch eine Flasche Roséwein. Es gab etwas zu feiern.

Noch nicht ganz in der Küche sagte ich zu Willeke „Ich koche heute – und ich hab' dir unendlich viel zu erzählen". „Erzähl', was gibt es Neues? Ist aber nichts Schlimmes, oder?" Genau das Gegenteil war der Fall. Aus dem Ford Escort hatte ich flugs meinen Vertrag geholt. „Hier, lies selbst". Willeke überflog erst den Vertrag, dann las sie ihn nochmals durch.

„Du hast es geschafft? Du hast tatsächlich dein Ziel erreicht. Ich wusste es. Ich wusste es von Anfang an. So eisern wie du warst und bist, wenn du etwas erreichen willst". Sie umarmte mich. „Glückwunsch, mein Schatz. Ich bin stolz auf dich. Und du kannst stolz auf dich sein".

Meine Hände kneteten die Hackfleischmasse, ich sah zu Willeke. „Wo du gerade davon sprichst – eisern und Disziplin. Ich bin so geil, ich könnte auch ein Pfund Hack ficken". Willeke lachte laut. „Lass' uns das lieber essen".

Während ich weiter mit der Essenzubereitung zugange war hatte sie bereits Geschirr nach draussen, auf die Terrasse, gebracht. Die Weinflasche stand entkorkt auf dem Tisch, Gläser standen bereit. Dann sah ich sie nicht mehr. Aus dem Küchenfenster hatte man ja den Blick über den gesamten Garten, dahinter dann die weiten Polderflächen.

Die Kartoffeln waren gargekocht, die Frikas hatte ich auf einen flachen Teller gelegt. Aus dem Kühlschrank nahm ich noch ein paar Saucen und „Dijon Senf". Damit hatte ich mich in Frankreich reichlich eingedeckt.

Willeke kam die Treppe herunter, war kurz in ihr Zimmer gegangen. Wie eine Feder schwebte sie die Treppenstufen herunter. Sie hatte ihr fliederfarbenes „Chiffon Nichts" angezogen. Nur mit Mühe und offenem Mund schaffte ich es das frisch gekochte Essen nicht aus der Hand gleiten zu lassen. „Wie kannst du jetzt so was anziehen? Ich habe dir doch gesagt …" Willeke legte ihren Zeigefinger auf meine Lippen. „Wie geil du bist?" Sie schmunzelte. „Bevor du das Hackfleisch vögelst, mach' es mit mir. Nur – bitte – mach' mir das Kleid nicht kaputt. Lass' es langsam angehen".

Essen? Etwas Wein trinken? Erzählen was genau heute war? Über sie herfallen? Was tun?

Wir sassen uns gegenüber, Willeke hatte die Träger des Kleides von der Schulter heruntergestriffen, mit voller Absicht. Sie hingen an ihren Oberarmen. Ihre Brüste waren komplett entblösst.

Mein Hunger war verflogen, ich wollte nur sie, sonst nichts. Sie sah das in meinen Augen. „Du willst gar nicht essen, oder?" Ich sagte nichts. Mir lief nicht das Wasser im Mund zusammen wie man es schön sagt. Das war der Sabber der Geilheit, meiner Geilheit.

Willeke kam um den Tisch herum, hob ihr Kleid an, setzte sich auf meinen Schoss. Mit meinen leicht fettigen „Frika-Fingern" griff ich zu ihren Brüsten. „Du versaust mir nicht das Kleid – und du machst es nicht kaputt". Ich liess von ihr ab. „Lass' und reingehen. Ich will mir dir schlafen". Willeke stand auf, hob ihr Kleid ganz hoch, sie hatte nicht einmal einen Slip angezogen. „Mit mir schlafen oder mich ficken?" Das war jetzt nicht der Zeitpunkt für irgendwelche Fragespielchen. „Zu dir, in dein Bett. Jetzt. Ich will dich". Ich war aufgestanden, begann sofort meine Hose auszuziehen. Willeke griff meinen erigierten Penis. „Junge, ist der dick. Du platzt doch". Schon auf dem Weg ins Haus, auf der Treppe, sagte sie jede Menge versautes Zeug zu mir. Mit Absicht. Mit Berechnung. Um mich noch mehr aufzugeilen.

Willeke hatte sich auf meinen Bauch gesetzt. Das machte sie gerne, dass sie unsere Körperflüssigkeiten aus ihrem Unterleib auf mich „auslaufen" liess. Ich hatte sie umarmt, ihr Kopf lag auf meinem Brustkorb. Mit leicht schräg angelegtem Kopf sah sie mich an. „Weißt du was? Du bist jetzt nicht nur mein Spritzer, du bist jetzt auch noch mein Schweisser". Wir verharrten lange aufeinander. Willeke ging duschen, ich ging zurück in den Garten. „Hunger. Und Durst".

„Familienausflug"

Der letzte Tag der Arbeitswoche war angebrochen. Kurz nach der Mittagspause kam Kees zu mir. Er trug meine Arbeitskleidung mit sich, die er aus der „Kleiderkammer" abgeholt hatte. Obenauf lag ein flammneuer *Speedglas-Schweisschirm*. „Hier, mein lieber. Das ist deine persönliche Ausrüstung. Und nochmals – Willkommen im Team. Willkommen bei SHELL". Kees hob die Jacke an. Auf der linken Brust war das gelb-rote SHELL Logo eingedruckt, darunter in gelber Schrift mein Name. Meine Freude war riesengross. Ich kämpfte mit den Tränen.

Etwas mehr als ein Jahr nachdem ich in Holland angekommen war symbolisierte das für mich einen weiteren Schritt. Das war mehr als ein Traum. Das war jetzt Wirklichkeit. „Scheiss' die Wand an". Zu schön um wahr zu sein. Was sich alles verändert hatte.

An diesem Wochenende wollte, an diesem Wochenende würde ich mir mal so richtig „einen brennen". Das war beschlossene Sache. Ich legte also direkt mal bei Albert Heijn einen Einkaufsstopp ein. Anständig Getränke kaufen. Am besten direkt mal ein paar Kisten Grolsch, man weiss ja nie.

Willeke sah mich verwundert an, als ich den Vorrat aus dem Kofferraum hievte. „Was hast du vor?" „Wonach sieht das aus? Ich hab' doch wohl allen Grund mal so richtig was wegzusaufen, findest du nicht?" „Hast du vergessen, dass wir mit meinen Eltern nach Utrecht fahren? Morgen schon". Jepp, das hatte ich vergessen. Am besten aber gar nicht erst sagen, einfach überspielen. „Ist ja nur für heute Abend. Dazu ein paar Joints, mehr nicht". Willeke rastete völlig aus. Damit hatte ich nicht gerechnet. „Du wirst mich nicht vor meinen Eltern blamieren. Und auch dich selber nicht. Das kannst du vergessen". Es kostete mich schon einige Mühe und nette Worte um ihr das als Scherz zu verkaufen. „Ne, Junge. Das läuft nicht. Du kommst da nicht verstrahlt an. Echt nicht". Was sollte ich sagen. „Ich kenn' dich doch. Du kennst dich doch wohl selber. Dann hast du gut einem im Kasten, fummelst nur an mir rum. Wag' dich bloss nicht". Noch nichts gemacht, noch nicht einen Schluck getrunken. Und doch war Willeke dabei mir einen Mega-Einlauf zu verpassen. „Von mir aus, sauf' dir den Arsch voll. Aber dann bleibst du hier. Das sind meine Eltern, nicht unsere Saufkumpane".

„Morgen um 11 Uhr fahren wir los um sie abzuholen. Dann bist du voll fit – oder wir haben voll Stress. Du suchst dir aus was dir lieber ist". Das hatte ich noch nicht erlebt, dass sie so auffuhr. Ziemlich wütend war Willeke in ihr Zimmer gegangen. „Überleg' dir gut was du machst, was du sagst" sprach die Stimme in meinem Kopf. Ich ging zu ihr. „Was ist denn, dass du so reagierst?" Willeke weinte. „Meine Eltern sind so begeistert von dir, mach' das nicht kaputt, bitte". Willeke legte ihr verheultes Gesicht auf meine Schulter. „Nein, ich habe es schlicht und ergreifend vergessen – wollte einen Scherz machen. Ich betrinke mich nicht, versprochen". Sie sah auf, rieb sich die Tränen weg. „Dann versprich es mir – und schau' mich dabei an".

Das war so ein Ding von ihr, dieses „Schau' mich an". Auch wenn wir miteinander schliefen sagte sie dies des Öfteren zu mir. Das war so was wie ein Indianerschwur – wer einen anschaut und dabei die Unwahrheit spricht sollte am Marterpfahl elendig verrecken. „Ich schwöre, Indianer-Ehrenwort". Ein Grinsen konnte ich mir aber nicht verkneifen.

Wir fuhren zeitig los, Richtung Rotterdam-Schiebroek, um uns mit Amalia und Cornelis zu treffen. Willeke hatte so viele Klamotten in den Kofferraum des Mercedes gepackt, da musste ich mal nachfragen. „Wird das eine Weltreise?" Sie antwortete etwas von „fein ausgehen", „gut gekleidet" sein. „Hast du deinen Anzug eingepackt? Krawatte?" Hatte ich nicht. „Nein". „Dann mach' das bitte noch, bitte".

Unterwegs hatte ich Zeit und auch das Bedürfnis da nachzuhaken. „Wieso bist du so anders? Fast wie ein kleines Mädchen, das es Papi recht machen will". Sie sah zu mir herüber, sie fuhr. „Ja, dann bin ich eben das kleine Mädchen. Na und?" Ich fasste ihre rechte Hand, die das Lenkrad hielt. „Ach, mein Mädchen".

Aber auch das war nicht gut. „Nur für meinen Vater bin ich das kleine Mädchen – und das soll auch so bleiben. Von dir erwarte ich, dass du mich als Frau betrachtest. Denn das bin ich, eine Frau". Da musste ich erst einmal tief durchatmen und ausschnauben. So wie ein Pferd das macht. Die Stimme in meinem Kopf wusste was zu tun ist – „Halt einfach die Klappe".

Amalia und Cornelis erwarteten uns bereits. Auch bei ihnen stand einiges an Gepäck parat. Cornelis verstaute es im Kofferraum. „Gut, dass ihr ein grosses Auto habt". Amalia warf ihm einen Blick zu. „Vielleicht wollen wir mal schick ausgehen?" Mir kam das Gehörte so vor als hätte jemand die Rückspultaste am Kassettenrekorder gedrückt. Willekes Worte. Nur mit einer anderen Stimme. Ganz leise sagte ich das Cornelis. „Genau das habe ich vorhin schon mal gehört, von Willeke". Er legte eine Hand auf meine Schulter. „Und jetzt rate mal woher sie das wohl hat". Er musste selber lachen.

Dann erst, nachdem das Gepäck verstaut war, gab es das Ritual, Küsschen links, Küsschen rechts. Willeke hatte die Autoschlüssel in der Hand. „Papa, möchtest du fahren?" „Mit deinem Mercedes? Ja sicher".

Amalia setzte sich auf den Beifahrersitz, Willeke und ich sassen hinten. Das kannte ich gar nicht, so neben meinem Schatz zu sitzen. Auf der Wohnzimmercouch schon, aber im Auto eben nicht. Obwohl die komfortablen Ledersitze des Benz ja schon ein wenig an Wohnzimmer erinnerten.

Etwa auf der Höhe von „Nieuwerkerk aan den IJssel", wir befuhren die Autobahn Richtung Gouda, kamen wir bei Van der Valk vorbei. „Sag' mal Willeke, arbeitest du noch dort?" wollte Amalia wissen. Willeke antwortete kurz und knapp. „Nein". Ich blickte zu ihr herüber. Ihre Augen flehten mich an. Auch ohne dass sie sprach kannte ich die Worte. „Bitte sag' einfach nichts, gar nichts". Mit einem Kuss auf die Stirn zeigte ich Willeke, dass ich jedes Wort aus ihren Augen verstanden hatte.

Cornelis genoss die Fahrt hinter dem Lenkrad, auch wenn es nur knapp 70 Kilometer waren. „Das ist ein ganz tolles Auto, das du hast - meine Kleine". Aah, jetzt hatte ich es mit meinen eigenen Ohren gehört – „meine Kleine". Mir war einiges klar. Deswegen war Willeke so, so anders. Sie war plötzlich nicht fast 32 Jahre alt – eine gestandene Frau, eine Partnerin wie ein Mann sich keine bessere wünschen und vor allem bekommen konnte – sie war jetzt „meine Kleine".

Willeke hatte die Armlehne aus der Rückbank herausgeklappt und demonstrativ ihre offene Hand darauf abgelegt. Mit einer Kopfbewegung gab sie mir zu verstehen – „Nimm meine Hand". Den Rest – „Halt mich ganz fest" phantasierte ich mir zusammen. Könnte aber stimmen, so wie sie meine Hand drückte. Egal was auch immer ich zu ihr sagen würde – „meine Kleine" jedenfalls niemals.

Die Unterhaltung lief grösstenteils zwischen Amalia, Cornelis und mir. Willeke war zurückhaltend. So war sie nicht, nie. Sie warf zwar hin und wieder ein paar Brocken in das Gespräch mit ein. Meist aber mit einem Zusatz wie „Erzähl' du mal" oder „Das kann er besser erzählen".

Cornelis parkte an der „Oudegracht". Er kannte sich gut aus hier. Hatte eine ganze Zeit in Utrecht gearbeitet. „Das ist ein wenig wie zweite Heimat für mich". Damit war ich automatisch raus aus der Nummer als „Tour-Guide". Er legte auch direkt los. „Utrecht wurde um den Dom herum erbaut, den man keine Sekunde aus dem Auge verlieren kann. Damit ist es praktisch unmöglich, sich in der Stadt zu verlaufen. Also einfach immer nach dem Dom Ausschau halten".

Auch alles andere hatte er geplant und arrangiert. Unser Hotel war „Achter Sint Peter". Dort habe er an der Einrichtung mitgearbeitet. „Die Zimmer sind bereits reserviert".

Die Innenstadt war der „Knaller". Zahlreiche kleinere Restaurants und Straßencafés an den Grachten. Ein Flair das mich direkt vereinnahmte. Utrecht war wie mein Zusammentreffen mit Willeke - die ersten drei Sekunden hatten entschieden, ob man sich mag oder nicht. Zwischen Utrecht und mir war direkt die Vertrautheit, wie ich sie von meiner Traumfrau Willeke kannte – das passte. Es war vergleichbar - Liebe auf den ersten Blick – der ich nicht widerstehen konnte, wie in einem magischen Sog zog es mich immer tiefer – ich konnte und wollte nicht mehr loslassen. Alles war so süß - so wie man alles schön und süß findet, wenn man sich hoffnungslos in jemanden verliebt.

„Willeke, ich habe mich hoffnungslos verliebt". „Was? Wann? In wen?" Ich MUSSTE sie küssen. „Zuallererst natürlich in dich, aber dann kommt auch schon Utrecht". „In eine Stadt verliebt?" Sie schob mich auch ein klein wenig weg. Mit dem Kopf machte sie eine Bewegung nach vorne. Ihre Eltern liefen ein paar Schritte vor uns. „Nicht hier". „Was nicht hier?" „Musst du mich hier auf der Strasse küssen?" Was war das jetzt für eine Frage. „Ja, natürlich".

Wir hatten das Hotel erreicht. Cornelis konnte mit Recht stolz auf das sein was er – und seine Kollegen – dort an Schreinerarbeiten abgeliefert hatten. Ein elegantes Boutique-Hotel, untergebracht in einem Gebäude aus dem 17.Jahrhundert – mitten im Stadtzentrum. Die Dame am Empfang begrüsste uns, Cornelis namentlich. Er stellte uns vor. „Meine Frau Amalia kennst du ja. Das ist Willeke, unsere Tochter. Und das ..." Er zeigte zu mir herüber. „... Das ist ihr

Freund". Küsschen links, Küsschen rechts. „Hier sind eure Zimmerschlüssel. Habt eine schöne Zeit in Utrecht".

Genau wie Cornelis auf dem Parkplatz schon sagte. Der Dom war Omnipräsent. Nicht zu übersehen. Wir gingen zurück Richtung Parkplatz. In einem liebevoll eingerichteten Café wollten wir etwas trinken. Es war noch früh am Mittag, die Fahrt hatte gerade Mal eine knappe Stunde gedauert.

Willeke unterband jede Annäherung, wenn ich sie berühren wollte. Sie drehte sogar ihren Kopf leicht weg, wenn ich ihr einen Kuss geben wollte. „Was ist mit dir? Ekelst du dich plötzlich vor mir?" Sie sah mich an. „Wir sind mit meinen Eltern unterwegs".

Welch ein schöner Frühlingstag. Eigentlich. Dennoch fühlte ich mich irgendwie … Ja wie eigentlich? Unbehaglich? Unsicher? Verunsichert, das war es.

Wir sassen auf der Terrasse, direkt unten an der „Oudegracht". Die Bestellung war aufgegeben. „[21]*Iedereen Koffie?*" fragte Amalia. „Für mich ein Bier, bitte". Wenn Blicke töten könnten, ich wäre tot. Willeke hatte mich gerade getötet.

„Wie gefällt es euch? Wie gefällt es dir?" Die Frage kam mir gerade recht. Eigentlich jede Frage. Ich musste unbedingt was loswerden. „Utrecht gefällt mir. Sehr sogar. Aber … ich machte eine Pause. „Wir sind doch hier um uns kennen zu lernen, oder?" Ich griff zu Willekes Hand. Willeke ist so anders, ich erkenn' sie kaum wieder". Amalia war direkt Ohr. „Was hast du mein Schatz?" Nichts, Mama, nichts". Das wollte ich so nicht unkommentiert lassen. „Ich kann dich nicht anfassen, ich kann dich nicht küssen". Willeke schlug mir mit der Hand unter dem Tisch gegen das Bein. Dann sah ich zwischen Amalia und Cornelis hin und her.

---

[21] Kaffee für jeden?

„Es ist ihr unangenehm. Vor euch". Amalia reagierte sofort. „Willeke, mein Schatz. Lass' es doch ruhig jeden sehen, jeden wissen. Wenn es so ist - wenn du so fühlst - wie du mir gesagt hast, dein Mann, dann zeig' es. Cornelis schaltete sich zu, sagte irgendetwas. In Nachhinein auch egal was.

Als wenn das meine Aufforderung war Cornelis zu sagen was ich dachte. „Cornelis, sie, Willeke ist nicht mehr deine Kleine, sie ist eine Frau. Aber in deiner Anwesenheit wird sie genau das, ein kleines Mädchen. Das ist nicht Willeke, die neben mir sitzt, das ist deine Kleine".

„Da sind wir kaum hier, und schon legst du los. Du traust dich was. Das gefällt mir. Ich bin sehr froh, dass du den Schneid hast frei heraus zu reden".

Amalia fasste Willeke an der Hand. „Du solltest deine Liebe immer zeigen, der Welt - allen. Und wir, deine Eltern, sind Teil der Welt". Sie machte eine Pause, trank einen Schluck Kaffee. „Wir …" - sie zeigte auf ihren Mann, auf Cornelis – „kennen das doch auch, wir lieben uns auch. Und mehr noch …". Sie lächelte. „Du wärst sonst gar nicht hier".

Dann drehte sie sich zu mir. „Lass' dich in den Arm nehmen, mein Junge. Du bist der Richtige für Willeke, du sagst was du denkst, das ist sehr gut". Sie war zwar nicht meine Mutter – und ich natürlich auch nicht ihr Junge, aber ich mochte sie. Ihr freundliches und offenes Wesen. Zu Cornelis sagte sie dann „Und du findest bestimmt einen anderen passenden Kosenamen für unseren Schatz". Cornelis nippte etwas unbehaglich an seinem Kaffee. „Ich bestell' uns mal zwei Schnäpse, für die Männer".

Willeke war aus ihrer Lethargie aufgewacht. „Für welche Männer?" „Na, für mich …". Er hob den Kopf in meine Richtung. „… Und für deinen Mann".

Der Alkohol wurde gebracht. „Vielleicht siehst du das anders wenn ihr mal Kinder habt". Wir prosteten uns zu. „Willeke war immer, ist immer meine ...". Er stockte. „Ach ja, das soll ich ja nicht mehr sagen – meine Kleine". Willeke hatte ein wenig Pippi in den Augen. „Papa, ich werde 32 Jahre alt, so klein bin ich echt nicht mehr". Amalia sah, dass Willeke fast weinte. „Na gib ihm schon einen Kuss. Es ist doch dein Mann, oder?"

Wir schlenderten weiter durch Utrecht. In tiefen Zügen saugte ich das ganz besondere Flair dieser Stadt auf, diese ersten Schritte in Utrecht werde ich nie vergessen.

Amalia lief jetzt neben mir, wir plauderten. Cornelis lief mit Willeke voraus. Er hatte seinen Arm um sie gelegt. Das war sehr schön anzusehen.

„Weißt du was du da gemacht hast?" fragte Amalia. „Ich habe nur gesagt was ich auf dem Herzen hatte". „Genau das meine ich. Willeke hätte das nie gesagt, nicht zu ihrem Vater".

Du wärst ein Schwiegersohn nach meinem Geschmack – willst du Willeke nicht heiraten?" Ich blieb kurz stehen. „Amalia". „War ja nur eine Frage". Ich umarmte sie. „Ich mag dich sehr. Wenn Schwiegermutter, dann du. Aber Heiraten habe ich nicht vor. Zumindest noch nicht. Aber damit du es schon mal weißt. Wenn heiraten, dann Willeke".

Cornelis und Willeke waren stehen geblieben, hatten sich nach uns umgedreht. „Hey, was geht da?" Amalia ging weiter, schloss zu Willeke auf. Sie hatte einen „fliegenden Wechsel" mit Cornelis eingeleitet. Jetzt liefen beide Frauen und beide Männer nebeneinander her.

Cornelis wollte wissen wie sich meine Ausbildung entwickelt. „Ich hab' den Job, seit ein paar Tagen habe ich meinen Vertrag" erzählte ich ihm enthusiastisch. Er reichte mir die Hand.

„Glückwunsch. Das ist es auch was ich eben meinte. Du traust dich was. Kommst hier ganz allein nach Holland – in ein dir fremdes Land – und ziehst einfach dein Ding durch".

„Naja, weißt du, ich hab' einfach Glück gehabt". „Nein, das ist kein Glück, das ist Ehrgeiz. Ich bin froh, dass meine Kleine dich getroffen hat". Mit meinen Ellenbogen versetzte ich Cornelis einen Hieb zwischen die Rippen. „Amalia, deine Frau, hat doch vorhin gesagt du sollst eine andere Liebkosung finden". Er hielt sich mit einer Hand die Rippen, lachte dabei. „Ja. Verdomme, das hat wehgetan".

Die Oudegracht zog sich lange durch die Stadt. Wir waren inzwischen an der „Utrechtse Vecht" angekommen. Von dort in Richtung Innenstadt gelaufen.

Utrecht ist ein Paradies für Designer, es gab so viele nette Boutiquen. Willeke und Amalia waren kurz vor einem „Shoppingrausch".

Willeke hatte sich bei mir „eingehakt". Ihre Augen strahlten ganz verliebt. „Weißt du …". Ich unterbrach sie. „Darf ich dich jetzt küssen?" „Du darfst nicht nur – ich bitte darum. Aber richtig, mit Zunge". Sie legte ihre Arme um meinen Hals. „Auch wenn sich das jetzt doof anhört. Du hast mir geholfen mich zu befreien". Willeke gab mir einen Kuss auf den Hals. „Ich bin jetzt eine Frau, auch für meinen Vater".

Lange blickte ich in ihr leuchtendes Gesicht. „Für mich bist du das immer schon. Und dazu noch die schönste, die wo es gibt es auf der Welt". Willeke lachte. „Das ist aber kein Holländisch was du da sagst". Ich musste selbst lachen. „Das ist der Wahrheit Euer Ehren, ich schwöre".

Wir hielten „Händchen". Willeke war glücklich, Ich war glücklich.

Es war bereits später Nachmittag, der in den frühen Abend überging, als wir wieder ins Hotel zurückkamen. Cornelis wechselte noch kurz an der Rezeption ein paar Worte.

Wie sich herausstellte hatte er in einem Restaurant, auch „unten" an der Oudegracht einen Tisch reservieren lassen. „Werft euch in Schale, ihr seid eingeladen Wir treffen uns, sagen wir um halb zehn hier wieder". Die Wanduhr in der Rezeption zeigte viertel vor Acht. Zeit satt. Dachte ich.

Willeke ging zuerst ins Bad. Mit einem Bademantel bekleidet, einem Handtuch-Turban auf dem Kopf, kam sie ins Zimmer. „Jetzt geh' du duschen. Und zieh' deinen Anzug an. Und vergiss die Krawatte nicht". Sie kramte in einer Tasche. Als ich aus dem Bad kam war sie weg.

Kurz darauf klopfte es an der Zimmertür. Cornelis, auch in Anzug und Krawatte. Wir beide lachten. „Die haben mich einfach rausgeschmissen". „Wer? Die?" „Na, die beiden Frauen".

Cornelis half mir mit der Krawatte. „Das musst du aber noch üben". Er zupfte an dem Knoten, schob ihn sehr weit hoch, ich bekam Atemnot. „Muss das so sein?" Wollte den Knoten etwas lockern. „Finger weg, das gehört so".

Wir standen ein wenig nutzlos im Zimmer herum. „Komm', wir gehen runter, an die Bar". Das war ein sehr guter Vorschlag. Cornelis orderte zwei Bier. „Schnäpschen dazu?" Da war ich dabei.

Wir waren auf dem besten Weg uns gerade „warm zu trinken", als Willeke und Amalia an die Bar traten. Sie hatten sich gegenseitig die Haare gemacht, geflochten. Amalia trug ein langes Abendkleid. „Givenchy", wie sie mir später erklärte. Willeke hatte ihr „Chiffon-Nichts" an.

„Sind das ...? ... Ist das?" Cornelis wusste nicht was er sagen sollte. Mit meinem Ellenbogen gab ich ihm einen leichten Stoss. Diesmal wirklich leicht. „Das sind unsere Frauen. Schau' dir das an. Granaten vor dem Herrn, oder?"

Amalia war zwar schon eine ältere Frau, aber ihre Figur war hammermässig. Das tolle Kleid betonte ihre Weiblichkeit. Wenn es stimmte, was man so sagt, dass eine Frau später aussieht wie ihre Mutter – dann Mahlzeit. Da standen zwei ausgemachte Sahneschnitten vor uns.

Willeke trug ihr Coco Chanel Jäckchen über dem Kleid, Amalia so etwas wie eine Stola. Wir standen auf, rückten unsere Krawatten zurecht. „Wenn ich bitten darf?" Ich hielt Amalia meinen angewinkelten Arm hin. „Und du ..." - Ich schaute zu Cornelis – „Du nimmst die schönste Frau der Welt an den Arm. Deine Tochter". „Zweitschönste, bitte. Die schönste führst du heute aus".

Die Restaurant-Bedienung begrüsste uns. „Sie haben reserviert? Bitte hier entlang". Der Laden war so was von gediegen. Kerzenschein, dezentes Licht, alles vom Feinsten eingedeckt. Die beiden Herren, also Cornelis und ich, schoben den beiden Damen, also Amalia und Willeke, die Stühle an den Tisch. Sie hatten sowohl Jäckchen als auch Stola abgelegt.

„Atemberaubend, ihr seht atemberaubend aus". Cornelis hatte mehr als Recht. Er hörte nicht auf zu schwärmen. „Willeke, weißt du wie schön du bist?" Er sah seine Frau Amalia an. „Sie ist dir aus dem Gesicht geschnitten. Es kommt mir vor als würdest du als junge Frau vor mir sitzen – und gleichzeitig sitzt du daneben".

Man hatte uns Wein gebracht. Wir prosteten uns zu. „Gezondheid. Habe ich es nicht gesagt, zwei Granaten vor dem Herrn".

Amalia hob erneut ihr Glas. „Danke für das Kompliment". Willeke hatte sie am Arm gefasst. „Hab' ich es dir nicht gesagt, er kann einem echt schmeicheln. Im Komplimente machen ist er ganz gross".

Lange sassen wir am „culinair 3-gangen menu". Cornelis hatte an alles gedacht und ebenso alles bestens arrangiert. Wir unterhielten uns angeregt, tranken reichlich Wein. Je mehr Wein, desto angeregter.

„Es ist sehr schön mit euch hier zu sein. Und du, mein Engel, siehst so bezaubernd aus". Cornelis prostete seiner Frau, Amalia zu.

„Ach schau' an, du nennst deine Frau mein Engel?" „Siehst du das nicht, das ist sie doch auch". Da musste ich ihm zustimmen. Und auch Willeke. „Mama, du siehst so toll aus". Dann schaute sie zu uns, zu Cornelis und mir, herüber. „Und ihr zwei natürlich auch".

Im Hintergrund lief dezente, meist klassische Musik. „Wollen wir tanzen? Habt ihr Lust zu tanzen?" Amalia war bereits aufgestanden. Wollen? Lust? Tanzen? „Ähm, also ich ..." druckste ich herum. „Ach, genier' dich nicht. So wie man tanzt so liebt man auch. Das kannst du doch?" Verblüfft sah ich sie an. War das tatsächlich so?

„Willeke, tanz' mit deinem Vater. „Ihr beide", damit meinte sie anscheinend Willeke und mich, „habt noch euer ganzes Leben das ihr gemeinsam durchtanzen könnt". Schon hatte sie mich an der Hand auf die freie Fläche in dem Restaurant gezogen. Sie schwebte vor mir in ihrem edlen Kleid. „Was mach' ich jetzt?" Ich konnte mit der Musik nicht wirklich was anfangen. Geschweige dazu tanzen.

„Der rot-blaue Stuhl"

Amalia hatte aber schon den Arm um meine Schulter gelegt, meinen Linken Arm gegriffen und auf ihre Taille gelegt. „Der gehört hier hin. Und mit dem anderem nimmst du meine Hand". Sie zog mich näher an sich heran. „Und nicht so schüchtern". Der Duft ihres Parfüms strömte in meine Nase. Ich spürte ihre Brüste an meinem Brustkorb. „Du siehst toll aus …"

Ich hatte rechtzeitig den Satz beendet bevor ich sagen konnte „für dein Alter". Amalia sah mich an. „Willeke hat Recht, du bist ein kleiner Charmeur". Gut, dass sie jetzt nicht gesagt hatte „Willeke hat Recht, du bist ein kleiner Spritzer".

„Schau mal auf meine Füsse, du machst einfach die entgegengesetzten Schritte wie ich. Nur tritt mir nicht zu oft auf die Füsse". Das war leichter gesagt als getan. Ihr Kleid reichte bis an den Fussboden, ihre Füsse waren kaum zu sehen. Ich musste mich eh höllisch konzentrieren, kontrollieren. Nach nur wenigen „Runden" auf dem Parkett war meine Hand versehentlich von ihrer Taille zu ihrem Hintern gewandert.

„Willeke hat mir erzählt, dass sie gerne ein Kind mit dir hätte". Oohps, ich hatte das Mitzählen der Schrittfolge vergessen. „Was? Das hat sie dir erzählt?" „Ja, und auch dass du noch nicht möchtest. Willst du denn kein Kind mit ihr oder nur jetzt nicht? Und dann könntest du sie doch auch heiraten". Ich war komplett aus dem Tritt, musste sogar stehen bleiben. „Wie? Wann? Wann hat sie dir das alles erzählt?" Amalia legte „wie beiläufig" meine Hand wieder auf ihre Taille, tanzte weiter. Mit mir. Ich war irgendwie nur noch wie eine Puppe, die sie über die Tanzfläche manövrierte.

Merkwürdigerweise konnte ich mich ihr aber anvertrauen. Vertraute ihr. Erzählte ihr, während wir uns im Kreis drehten, dass wir, also Willeke und ich, uns erst ein paar Monate kennen. Und es für mich sowieso viel zu früh sei. Sowohl für ein Kind als auch Heiraten. „Aber du weisst schondass Willeke bald 32 wird. Biologische Uhr, du verstehst?"

„Naja, bis zur biologischen Uhr sind es ja noch ein paar Jährchen" versuchte ich abzuwiegeln. Das liess Amalia aber nicht gelten. „Eine junge Mutter – und ein junger Vater, das wärest du ja dann, haben viel mehr Zeit für ihre Kinder". Wie jetzt? Jetzt heisst es schon Kinder – nicht mehr nur Kind? „Weißt du Amalia, bevor ich Willeke kennengelernt habe war ich zuvor nie so lange mit einer Frau zusammen". „Das heisst?"

Wie konnte ich ihr erklären was wir in Deutschland „HwG" – Häufig wechselnder Geschlechtsverkehr – nannten. Mit umständlichen Umschreibungen versuchte ich es. „Du hast einfach nur rumgevögelt, meinst du das?" Das war es. „Ja, genau".

„Als ich so alt war wie du, ungefähr, ist Willeke geboren. Cornelis war genau so. Ein junger Typ, der auch alles gevögelt hat, was bei drei nicht auf den Bäumen war". Sie lachte. „Erst bei mir ist er ruhiger geworden".

„Was meinst du mit ruhiger? Weniger Sex?" „Das nicht, aber nicht mit jeder, nur noch mit mir. Daraus ist dann deine jetzige Freundin geworden".

Wir drehten ein paar wortlose Tanzrunden. „Wenn du dir sicher bist, dass Willeke es für dich ist, dann mach' den Sack zu". Amalia lachte laut, über das was sie selbst gesagt hatte. „Du weißt was ich meine? Lass' sie nicht ziehen. Und den Rest auch - so wie ich gesagt habe. Mach' den Sack zu. Vögel' nicht einfach in der Gegend rum".

Was sollte ich dazu sagen? So offen wie sie mit mir redete. „Weißt du Amalia ..." Sie nahm meinen Kopf und drückte ihn fest an ihre Brüste. „Mein Junge, ich würde mich sehr freuen, für Willeke, für dich, für euch".

Ihr Parfum stieg noch intensiver in meine Nase. Ich liess ihre „Führungshand" los, umfasste mit beiden Armen ihre Taille, genoss es an ihren weichen Brüsten zu liegen. Dann küsste ich sie auf den Hals. „Amalia, weißt du. Ich liebe dich, du weißt was ich meine?" „Ja, mein Junge, ich weiss".

Willeke hatte sich mit Cornelis „herangetanzt". „Mama, du machst jetzt aber nicht meinen Freund an, oder?" Ohne auf eine Antwort zu warten schob sie Cornelis herüber. „Du übernimmst jetzt mal". Der Tanz ging weiter, mit Willeke im Arm. Richtig eingeschaukelt waren wir beide ja durch ihre Eltern. „Was habt ihr da gequatscht? Musstest du sie so anpacken?"

„Ja, Willeke, das musste ich. Ich habe ihr gerade gesagt, dass ich sie liebe". „Was?" „Als deine Mutter". Und auch den Rest erzählte ich. Von ihren Fragen nach Kind, und Heirat. „Ja, das habe ich meiner Mutter erzählt. Und vorhin sogar meinem Vater. Das hätte ich mich nie getraut mich ihm so anzuvertrauen. Bis heute".

Willeke wirbelte mich in einer Drehung herum, wir standen jetzt direkt neben Amalia und Cornelis. „Mama, Papa. Das ist der Mann mit dem ich ein Kind möchte". Das Erstaunen war in meinem Gesicht abzulesen. Nichts, aber auch gar nichts konnte ich sagen.

Cornelis versetzte mir einen Hieb mit dem Ellenbogen in die Rippen. „Dann weißt du ja was zu tun ist, Schwiegersohn".

Ein Stuhl musste her. Und ein Schnaps. Hatten die sich abgesprochen? Das konnte aber nicht sein, oder doch?

Mir war, als würde man mir die Luftzufuhr abdrehen. Selbst nachdem ich den Krawattenknoten gelöst hatte. Auch das komplette Ausziehen der Krawatte nutzte nicht. Mir war schwindelig.

Mit einem Handzeichen bat ich die Bedienung an den Tisch. „Ein Vieux bitte. Ach quatsch, einen doppelten". Sowas nannte man dann wohl „kalte Füsse kriegen". Kind. Heiraten. Diese beiden Worte füllten meinen gesamten Denkapparat aus.

„Alles okay, Süsser?" Willeke hockte vor mir. „Ich ... Ich glaub' ich habe eine Panikattacke". Wie anders hätte ich es beschreiben sollen? Mir ging der Arsch – auf Grundeis. Das wäre sicher treffender, passender gewesen. Sollte ich das jetzt Willeke sagen? Nein. Es war so ein schöner Abend, und das sollte auch so bleiben. „Mir ist nur ein bisschen schwindelig, vom vielem im Kreis drehen. Vom Tanzen".

Es war deutlich nach Mitternacht als wir das Lokal verliessen. Der Dom, jetzt sehr schön illuminiert, wies uns den Weg. Willeke hatte sich bei mir eingehakt, am anderen Arm ihren Vater, Cornelis, der wiederum auf der anderen Seite Amalia im Arm hielt.

„Gute Nacht, ihr Lieben". Wir verabschiedeten uns. Küsschen links, Küschen rechts. „Und denk' dran, du hast zu tun". Cornelis grinste mir dabei zu.

Wir hatten nach dem Frühstück einen „Bummel" durch Utrecht verabredet. Noch einmal die Eindrücke aufsaugen. Entlang der malerischen Grachten - mit den „Werftkellern", in denen, direkt am Wasser Kneipen, Cafés und Restaurants untergebracht sind. Amalia wollte gerne zum „Lapjesmarkt", dem größten und ältesten Stoffmarkt Hollands. „Hier finden wir bestimmt Schönes für unser und euer Zuhause" stimmte Willeke ihr zu. Nähen lag beiden, Amalia und Willeke.

Danach gingen wir auf einen ausgiebigen Spaziergang in den „Wilhelminapark". Eine riesige grüne Oase, mitten in der Stadt. Das schöne an Utrecht war auch, dass alles irgendwie fussläufig erreichbar war.

In einem Café, direkt an der „Prins Hendriklaan", legten wir eine Pause ein. Zeit für Getränke, einen kleinen Snack, einen Plausch mit der „Familie".

Aus einem Regal, das neben der Toilettentür befestigt war, nahm ich einen kleinen Prospekt mit. „Bezoek Utrecht" stand darauf.

Die Sonne schien auf die Terrasse, brach sich in Willekes Diamant und glitzerte in alle Himmelsrichtungen. „Weißt du eigentlich, wie schön du bist? Hab' ich dir das heute schon gesagt?" Willeke lächelte ein wenig verlegen. „Dann muss ich das sofort nachholen. Du bist die schönste Frau – überhaupt. Von wo gibt auf die Welt".

Cornelis spuckte beinahe seinen gerade getrunkenen Schluck Kaffee wieder aus. „Einiges musst du aber schon noch lernen, was dein Holländisch anbelangt". Willeke schaute zu ihrem Vater hinüber. „Papa, das macht er absichtlich, ich finde das witzig –und es klingt so süss".

In dem Flyer hatte ich einen Hinweis auf das „Rietveld-Museum" gelesen. „Da würde ich gerne hin. Was ist mit euch?"

Der holländische Designer und Architekt Gerrit Rietveld hatte mich, auch schon vor unserem Besuch, sehr fasziniert. Ich mochte seine Arbeiten sehr, egal ob Möbelstücke oder Bauwerke. Ein Pionier des modernen Designs.

Cornelis war begeistert. Als Schreiner wusste er auch die Holzarbeiten sehr zu schätzen. „Wir haben in der Ausbildung sehr viel über – und vor allem von – Rietveld gelernt". Auch Willeke und Amalia schlossen sich dem Vorschlag an.

Der in Utrecht geborene Rietveld war wohl jedem, nicht nur in Holland, bekannt der auch nur ein bisschen von Ästhetik und Formensprache verstand.

Wie „zufällig" trug Willeke ihren Pullover im „Mondrian-Design". So sah auch das wohl bekannteste Möbelstück Rietvelds aus. Der „Rood-blauw stoel" entstand in der Zeit, in der Rietveld gemeinsam mit Piet Mondrian und Theo van Doesburg kreativ arbeitete. „Das war in den frühen 1920er Jahren" wusste Cornelis zu ergänzen.

Das „Rietveld-Schröder-Haus" lag am Ende der „Prins Hendriklaan", also nicht weit entfernt. Wir bezahlten und machten uns auf den Weg. Die beiden „Ladies" voran. Irgendwie hatte sich das von selbst „ergeben" dass die beiden Frauen – Amalia und Willeke – eine Gruppe bildeten. Ebenso wie Cornelis und ich. „Fast wie bei den Moslems, Frauen und Männer getrennt" scherzte Cornelis. Ja, aber zum Glück ohne Kopftuch – und auch nicht in die typischen, sackartigen Gewänder gekleidet.

Mein Blick wanderte auf die Hinterteile der beiden Frauen. Ihre Jeans betonten ihre „Knackärsche", die Formen und Proportionen waren sich sehr ähnlich.

„Geile Kiste. Verdammt geile Kiste" presste ich durch meine Lippen. Willeke drehte sich um. „Wer jetzt?" „Ihr beide" antwortete ich. Cornelis sah mich an. „Was heisst das?" „Da fragst du am besten mal deine Tochter, das sagt man so in Deutschland".

Als wir am Museumseingang standen fragte er Willeke „[22]*Wat betekent dat? Geile Kiste?*" Willeke musste lachen. „Dat betekent lekkere Billetjes". Cornelis schmunzelte, Amalia lachte. „Wenn sich doch einiges ändert im Leben, aber ihr Männer bleibt immer gleich. Zumindest was das anbelangt. Ihr denkt echt nur mit dem Pimmel".

---

[22] Was bedeutet das?

Der Geruch von Amalias Parfum war wieder in meiner Nase. Ich hatte meinen Kopf an ihren weichen Brüsten, meine Hände umfassten ihre Pobacken. Nur diesmal war sie nackt. „Wollen wir reingehen?" Die Frage riess mich aus meinen kurzen „Tagtraum".

Die ausgestellten Exponate – das Haus selbst –mit seinen abstrakten Kompositionen spiegelten den so genannten „De Stijl" wider.

„Harmonie durch Geometrie", das beschrieb die Arbeiten am besten. Horizontale Fenster durchfluteten die Räume mit Licht, Schiebetüren dienten als Raumteiler, die prägnanten Farben unterstrichen die geometrischen Formen. Das Haus erinnerte an ein dreidimensionales Gemälde von Mondrian - es zog mich vom ersten Moment an in seinen Bann.

An einer Wand hing ein grosses Gemälde von Mondrian. „Willeke, schau'. Da hängt dein Pullover".

Nach mehren Stunden Rundgang verliessen wir das Museum. „Ich müsste vielleicht auch mal wieder ein schönes Möbelstück bauen". Cornelis war mehr als angetan von den vielen schönen, aber zugleich auch extrem funktionalen Objekten.

In der Empfangshalle kaufte ich mir ein Buch über Leben und Schaffen Rietvelds, und auch gleich noch einige Kunstdrucke von Piet Mondrian. „Cornelis, magst du uns dafür die passenden Bilderrahmen schreinern?" Amalia hatte meine Frage gehört. „Das macht er sogar sehr gerne, nicht wahr mein Schatz". Geritzt. Beschlossene Sache.

Wir wollten noch etwas Zeit in der Altstadt Utrechts verbringen. Es war Nachmittag, wir brauchten maximal eine Stunde bis zurück nach Rotterdam. Also noch Zeit „satt".

„Dann lasst uns doch gemütlich zurückgehen, Richtung Oudegracht" schlug Amalia vor. Ich nahm Amalia an die Hand. „Komm', dann bist du jetzt unser Tour-Guide". Los ging es.

Ich wollte noch etwas mit ihr reden, hatte schon noch ein paar Fragen. An sie als Mutter meiner Freundin. Wollte ihr aber auch nahe sein, ihren Geruch aufnehmen. Ein wenig hatte sie mir schon den Kopf „verdreht".

Schon nach wenigen Metern war Amalia wieder bei ihrem Thema, das sie schon am Vorabend, während unseres Tanzes angesprochen hatte.

„Du denkst aber noch mal über ein Kind nach, oder?" „Amalia, ja, aber nicht jetzt". Meinen Arm hatte ich um ihre Hüfte, ihre Taille gelegt. „Ist das okay?"

Amalia legte einen Arm um meine Schulter. „Von mir aus, ja". Dann drehte sie sich um. „Willeke, ist das okay?" Meine Frage war aber eher auf das Thema Kind bezogen, nicht ob ich sie in den Arm nehmen durfte.

„Du enttäuschst meine - unsere Tochter nicht, versprich mir das". Amalia hatte mir tief und fest ins Gesicht geschaut. „Vergiss eins nicht – es sind die Frauen die sich die Männer für eine dauerhafte Beziehung aussuchen. Immer nur die Frauen".

„Ja Mama. Das versprech' ich dir". Hatte ich das jetzt gesagt? Ja Mama? Sie sah mich weiterhin an - „Danke mein Junge" – gab mir einen Kuss auf die Wange. „Mama" hörte ich Willeke etwas lauter sagen.

Wir waren angekommen, an der „Oudegracht". Setzten uns auf einen Kaffee auf eine Café-Terrasse direkt am Wasser.

Amalia hatte sich neben Willeke gesetzt. Nachdem wir unsere Bestellung aufgegeben hatten sagte sie zu Willeke „Und auch du versprichst, dass du deinen Mann nicht enttäuschst".

Willeke fragte „Wieso auch?" Amalia antwortete ihr, dass sie mich bereits das gleiche gefragt hatte. Mir das Versprechen abgerungen hatte.

Willeke beugte sich zu mir herüber, gab mir einen innigen Kuss. „Das verspreche ich dir. Und dir auch Mama".

Was war das für ein Gefühl? So als ob alles Glück der Welt gerade jetzt in meinen Körper eindrang. Ich wollte es nicht mehr hergeben.

„Gut, dass wir diesen Ausflug gemacht haben. Ich bin so froh, dass ihr so nett, so sympathisch, so offen, so ehrlich seid". Cornelis schlug mir leicht auf die Schulter. „Nun überschlag' dich mal nicht". „Nein, ehrlich. Ich danke euch vom ganzen Herzen. Ihr seid wundervolle Menschen".

Amalia durchbrach den Moment der Stille. „Und gleich machen wir was nur für uns Frauen. Wir gehen shoppen. Willeke, was sagst du?" Die Frage war doch müssig. Mutter und Tochter, beide mit der gleichen Passion.

Wie sonst liesse sich erklären, dass Amalia gestern ein sündhaft teures Kleid trug. Und wo Willeke ihr Faible für's Shoppen her hatte lag doch wohl auf der Hand. „Ja Mama, das machen wir". Cornelis nahm es mit Gelassenheit zur Kenntnis. „Das wird teuer, Junge".

In einer der Boutiquen hatte Willeke ein Kleid ausgesucht, ging damit in die Anprobe. Nachdem sie den Vorhang beiseite geschoben hatte drehte sie sich vor uns. „Ist das nicht schick?" Ein Chiffon-Kleid – navy, mit floralem Muster, das bis kurz unter ihre Knie reichte. Nur der untere Bereich, bis kurz über das Knie, war transparent, ansonsten sehr „züchtig".

Amalia fand es auch „toll". „Das könnte ich auch gut tragen, da sind wenigstens die Möpse nicht direkt zu sehen". Cornelis schmunzelte. „Schade eigentlich".

„Mama, probier' du das mal an." „Das wird mir nicht passen". „Probier' es an, ich hole eine andere Grösse".

Noch während Willeke das sagte war sie schon unterwegs, hatte das Kleid in der, für ihre Mutter passenden Grösse, über dem Arm. Frauen wissen so was einfach. Welche Grösse man hat.

Amalia verschwand mit Willeke zusammen in der Umkleidekabine. Man hörte beide durch den Vorhang hindurch kichern.

Wie sie da vor uns standen. Cornelis brachte es auf den Punkt. „Wie zwei Schwestern". Er ging zu Amalia, seiner Frau, gab ihr einen Kuss.

Zwar leise, aber immer noch nicht leise genug, dass es keiner, ausser Amalia, hören konnte sagte er zu ihr „Verdammt, ich will dich". Willeke kicherte.

„Dann möchte ich das gerne für euch beide bezahlen". Cornelis blickte mich fragend an. „Auch das für Amalia?" „Ja, nur zu gerne. Ihr habt bisher alles bezahlt. Das Hotel, das Restaurant. Jetzt sind wir mal dran. Und ihr ..." ich meinte damit Amalia und Willeke, „... lasst es bitte direkt an".

Sie taten mir den Gefallen. Da schlenderten jetzt quasi zwei blühende Blumensträusse mit uns durch Utrecht. Bei jedem Schritt schaukelte der leichte Stoff über ihren Knien hin und her. Cornelis gab mir einen leichten Ellenbogenstoss.

„Sehen sie nicht hinreissend aus?" Und ob sie das taten. Das Kleid - die Kleider – hatten ein breites Taillenband, das nur knapp unter ihren Brüsten ansetzte - etwa 10 Zentimeter breit

– und unweigerlich genau das bewirkte was sich der Modedesigner, oder die Modedesignerin beim Entwurf des Kleides gedacht hatte.

Bei beiden kamen die Brüste voll zur Geltung, unterhalb des Taillenbands fiel das Kleid verlockend über ihre Becken. „Erste Sahne, oder?" Cornelis stimmte mir zu. „Geschmack hast du schon". Ich grinste ihn an. „Du aber auch, mein Lieber. Du hast dir auch die Beste rausgefischt".

Der Dom zeigte die Richtung an, die wir einzuschlagen hatten. Unser Gepäck hatten wir am frühen Morgen in der Rezeption des Hotels „deponieren" können. Das mussten wir jetzt noch abholen, bevor es zurückgehen sollte - musste.

Die „Dame des Hauses" verabschiedete uns. „[23]*Bedankt Cornelis, en graag tot de volgende keer"*. Küsschen links, Küsschen rechts.

Willekes Vater hatte immer noch die Autoschlüssel. Schloss Kofferraum und Türen auf. „Darf ich wieder fahren?"

Nach einer knappen Stunde Fahrtzeit waren wir wieder in Rotterdam. Amalia hatte uns noch auf ein Getränk einladen wollen. „Nein, danke, aber ich muss heute zeitig ins Bett". Willeke schmunzelte. „Klar, du musst morgen wieder ran". So war es. Aus dem Kofferraum holte ich noch die Kunstdrucke, gab sie Cornelis. „Danke dass du die Rahmen für uns machst".

Bei Schiedam nahmen wir den „Beneluxtunnel", der, unter der „Nieuwe Maas" Rotterdam mit Pernis verband.

Pernis, das war eigentlich die SHELL, dort kamen wir wieder an die Oberfläche. „Schon eine fette Raffinerie, da arbeitest du jetzt" Willeke zeigte auf den Megakomplex SHELL.

---

[23] Danke Cornelis, bis zum nächsten Mal!

Sie hatte meine Hand gegriffen. „Das war so ein tolles Wochenende. So harmonisch. Du verstehst dich blendend mit meinen Eltern".

Es dauerte eine Weile, dann fragte Willeke erneut. „Magst du mir ehrlich antworten?" Wie sollte ich darauf reagieren? Ich kannte nicht einmal die Frage. „Was möchtest du wissen?"

„Wenn ich nicht die Tochter meiner Mutter wäre, würdest du sie anmachen wollen? Ich hab' da so was gespürt". Mein Kopf drehte sich fragend zu ihr herüber.

Was sollte ich darauf antworten? Ich fühlte mich schon von Amalia angezogen. Auch, und vielleicht auch gerade, weil sie deutlich älter war als ich. Insbesondere aber, weil sie wie Willeke war, nur älter eben. Eigentlich war sie nicht wie Willeke. Willeke war wie sie.

„Sei ehrlich, findest du sie attraktiv?" „Ja". Dann erklärte ich genau meinen Gedankengang. „Du bist wie sie, das macht bestimmt den Reiz aus". Willeke schmunzelte. „Würdest du mit ihr schlafen wollen?"

Das ging mir jetzt aber ein bisschen zu weit. „Willeke, es ist deine Mutter". „Und wenn das nicht so wäre?" „Dann sässen wir jetzt nicht hier". Ich musste das Thema beenden.

Ich hätte auch weder konkret „Ja" oder „Nein" antworten können. „Hör' jetzt auf mich zu löchern mit deiner Fragerei. Ich bin froh, dass Cornelis, dein Vater, mich nicht mehr töten will".

Und das würde er bestimmt, wenn ich mich an „seine" Frau ranwanzen würde.

Wir waren bereits kurz vor Brielle. Nur noch wenige Minuten, dann waren wir zuhause. Willeke hatte wieder angefangen zu fragen. „Würdest du denn …". „Willeke, bitte. Thema beendet". „Würdest du denn mit mir schlafen? Auch wenn du morgen arbeiten musst?" „Wie? Wann? Jetzt?" Willeke schmunzelte. „Nicht sofort, du musst schon warten bis wir zuhause sein. Dann, ja".

„Der zweite Frühling"

Die Frage zu überhören fiel mir nicht leicht, dennoch reagierte ich nicht darauf. Parkte den Mercedes in der Hofeinfahrt. „Ich geh' schnell rein und hole die Autoschlüssel, wir parken um – damit ich gleich morgen früh losfahren kann. Damit der Escort nicht eingeparkt ist".

„Ah, der Zettel von der PTT" fiel mir die Auftragsbestätigung ins Auge. Das konnte ich Willeke gleich geben und sie bitten an dem Tag des Anschlusses auch zuhause zu sein.

„Wir bekommen einen Telefonanschluss?" Ich erklärte warum - dass dies von der SHELL so gewünscht wurde. „Wie bei der Feuerwehr? Wenn es brennt musst du los?" So in etwa konnte man sich das vorstellen, wissen konnte ich es natürlich nicht genau. „So in der Art".

Wir tranken noch ein Bier zusammen, rauchten einen Joint. Von dem Auftrag der PTT hatte ich mir die „neue" Telefonnummer auf einen kleinen Zettel abgeschrieben, den ich in mein Portemonnaie steckte. Dann ging ich nach oben, in mein Zimmer.

Willeke war nach oben gekommen. „Ich wollte dir wenigstens noch eine gute Nacht wünschen". Sie war aber schon komplett unter die Bettdecke gekrochen. Jetzt, wo es deutlich wärmer geworden war hatte sie auf unseren Betten die warmen Plumeaus gegen leichtere Decken ausgetauscht. Sie zog sich unter der Decke aus, warf ihre Klamotten auf den Boden. Willeke streichelte mich fordernd und ein wenig provozierend, biss mir sanft in die Schulter. „Schlaf' mit mir".

Jetzt hatte ich also nur noch eine Woche als „Auszubildender" vor mir. „Schön, dass du dennoch weiterhin kommst, statt eine Woche frei zu machen. Würde bestimmt nicht jeder machen". Kees zeigte sich erfreut.

Das hatte ich aber doch gesagt. Naja, whatever. Aus meinem Portemonnaie kramte ich den Zettel. „Das ist dann meine Telefonnummer, die fehlte euch ja noch".

Die Woche über übte ich die Schweiss-Positionen, die Lagen, bei denen ich noch nicht so fit war. Die mir selber nicht zusagten. Wieder und wieder.

An den Abenden sassen wir, Willeke und ich, entweder im Garten, auf der Terrasse. Genossen unsere Zeit. Oder drehten mit den Fahrrädern kleinere Runden in und um Rockanje. Mal zum Strand, mal einfach ziellos über die Polder.

Für das Wochenende hatte ich Koos und seine Frau Dees, Ad und seine Frau Marja zu uns eingeladen. Meinen „amtlichen" Neubeginn bei SHELL wollte ich mit unseren Freunden feiern. Willeke hatte ich gebeten ebenso alle von der „Boerderij" einzuladen. Bei der Gelegenheit auch mindestens zwei von Albertos Schmorkaninchen zu ordern. Mit reichlichen Getränken, die ich Freitag nach Feierabend gekauft hatte, sollte das begossen werden.

Wilma war am Samstagmorgen sehr früh zu uns herübergekommen. Willeke hatte sie um ihre Hilfe gebeten. Ich rief bei Hans an - Ja, wir hatten ja jetzt einen Telefonanschluss – und lud ihn und seine bezaubernde Frau Marion ein. Willeke hatte aus der Küche das Telefonat gehört.

„Du lässt die Finger von ihr". Während ich den Telefonhörer auf den Apparat legte rief ich in die Küche. „Ja Sweetheart. Das Thema ist durch. Du bist meine Nummer Eins". Wilma kicherte hörbar. „Dann belästigst du mich auch nicht mehr mit deinem Tittenfick Dreckszeugs?"

Ich hörte die beiden tuscheln, ging zu ihnen. „Mal schauen, vielleicht". Willeke lachte, presste mit beiden Händen Wilmas Brüste zusammen. „Kann aber schon was Geiles sein".

Die beiden, Wilma und Willeke, lachten sich schlapp. Mir wurde schlagartig klar, dass Willeke ihr, Wilma, davon – meinem ersten Mal - erzählt hatte.

Bevor ich die Küche verliess sagte Willeke noch „Ich habe auch meine Eltern angerufen. Eigentlich nur um zu sagen, dass wir jetzt auch einen Telefonanschluss haben, sie aber auch gleich eingeladen". Das freute mich. Die beiden hatte ich gerne um mich.

Aus dem Küchenschrank holte ich so einiges an Geschirr und Gläser. Wollte mich auch ein wenig nützlich machen. Die beiden Frauen hatten in der Küche genug vorzubereiten. Dass unsere Freunde anständig was „wegspachteln" konnten war keine Neuigkeit.

Ad, Marja, Koos und Dees waren die ersten, die eintrafen. Die beiden Frauen gingen direkt in die Küche um zu helfen. Zuerst natürlich Küsschen links, Küsschen rechts. Ad drehte fast auf dem Absatz um. „Ich hole Adri".

„Dann kiffen wir uns einen, oder?" Koos hatte auf der Couch Platz genommen und war schon im Begriff einen Joint zu rollen. „Wir wollen den Frauen auch nicht im Weg stehen". Er grinste dabei. Mit der Tüte in der Hand stand er auf. „Wir gehen in die Sonne, nach draussen".

Koos klopfte fachmännisch prüfend auf den stabilen Gartentisch. „Gute Arbeit, wer hat das gemacht?" Guter Scherz, das war seine Arbeit. „Wir kennen da einen guten Zimmermann in Brielle, der hat uns den Tisch angefertigt".

Durch das Küchenfenster konnten wir das „Geschwader der Frauen" in der Küche rumwuseln sehen. Eigentlich sahen wir nur ihre Oberkörper und die Köpfe.

Koos hatte an die Fensterscheibe zur Küche geklopft, mit einem Handzeichen um ein Bier gebeten. „Wir haben schon Glück, dass wir solche Frauen haben, oder?" Dem war nichts hinzuzufügen. „Aber so was von".

Ich holte weitere Flaschen Bier aus dem Gang vor dem Badezimmer. Die Tür, die von dem schmalen Durchgang direkt zum Hof führte stand offen, sehr praktisch. Adri und Ad würden auch jeden Moment eintreffen, also schadete es nicht ein paar Flaschen mehr mitzubringen.

Alberto war auch direkt in Ads Truck mitgekommen. In gewohnter Manier lief auch er direkt in die Küche, stellte seine Töpfe ab und verstärkte die Küchencrew. Durch das Fenster winkte er kurz nach draussen.

Fast zeitgleich kamen dann auch Amalia, Cornelis, Marion und Hans. Küsschen links, Küsschen rechts. Marion war, wie immer, äusserst elegant gekleidet. Sie trug eine grosse Tasche bei sich, die sie Willeke hinhielt. „Hier, schau' mal. Ich hatte dir doch bei unserem letzten Besuch gesagt, dass ich ein paar Kleider für dich habe".

Amalia hingegen war lässig leger gekleidet. Ein helles geripptes Shirt mit einem Reissverschluss. Darunter konnte man eine goldene Kette sehen. Viel auffallender, für mich jedenfalls, waren ihre Brüste die sich unter dem straff sitzenden Shirt abzeichneten. Da sie keinen Büstenhalter trug waren die Rundungen sehr schön zu sehen. Ihre Brustwarzen standen leicht, drückten sich gegen das Shirt.

Willeke stellte die beiden vor. „Das sind meine Eltern". Amalia musste lachen. „Wir haben uns doch schon gesehen, bei der Hauseinweihung". Naja, schaden konnte es nicht. Der Grossteil unserer Gäste hatte das bereits vergessen. Koos hatte sich neben Willeke gestellt. „Das ist deine Mutter? Verdomme, was für eine lekkere". Er gab ihr einen Kuss auf die Wange. „Hoi, ich bin Koos". „Amalia. Und das ..." sie drehte sich um, „... das ist mein Mann Cornelis".

Ad war nochmals zu seinem Truck gegangen, holte einen Karton heraus. „Wir haben etwas zu trinken mitgebracht". Eine ganze Kiste, 6 Flaschen „Havana Club".

Wir feierten, futterten, lachten, tranken, rauchten - „dass die Schwarte kracht". Das konnten wir, aber richtig.

Dieses Mal ging es nicht ganz so heftig ab, so war zumindest mein Eindruck. Recht früh, für seine Verhältnisse früh verabschiedeten sich Ad und Marja. „Ich habe morgen noch einen kleinen Job zu erledigen". Küsschen links, Küsschen rechts. „Adri, Alberto. Sollen wir euch rüberfahren?"

Marion und Hans waren auch aufgestanden. „Wir sind auch weg". Und wieder. Küsschen links, Küsschen rechts. War das jetzt abgesprochen? Auch Amalia und Cornelis verabschiedeten sich. Von Willeke deutlich herzlicher. Ansonsten eben auch Küsschen links, Küsschen rechts.

Mir war schon ganz schwindelig von diesem Ritual. Dachte ich. In Wirklichkeit war es die Menge an Havanna Club, die ich „intus" hatte.

Koos war erst gar nicht mehr aufgestanden. Wir hatten uns unentwegt zugeprostet, ein Glas Rum nach dem anderen weggekippt.

Der „harte Kern", wie Dees es nannte, war übriggeblieben. Koos, seine Frau Dees, Wilma, Willeke und ich. Gut, wir wohnten ja hier.

An so einige Joints und noch einige Gläser Rum konnte ich mich noch erinnern, danach „schwarzer Vorhang".

In meinem Bett war es irgendwie „eng". Ich spürte weiche Brüste an meinem Brustkorb, griff mit einer Hand danach, um direkt anschliessend an der Brust zu saugen.

Verdammt, hatte Willeke über Nacht so eine üppige Figur bekommen? Ich streichelte über den Körper. Irgendetwas war seltsam. Auch an meinem Rücken spürte ich einen warmen Körper. Was war überhaupt los? Wieso lag ich im Bett? Hatte ich nicht eben noch mit meinem Freund gefeiert? Gesoffen? Gekifft? Ich saugte weiter an der Brust. Schlaftrunken öffnete ich die Augen. „Verdammt". Das war nicht Willeke. Oder hatte sie sich die Haare gefärbt. „Verdammt". Jetzt sagte ich es laut. Meine Augen waren nicht nur geöffnet, sondern ganz weit aufgerissen. Das war Wilma, das waren Wilmas Titten. Das waren ihre Haare. „Wilma? Wieso? Was?" Ich drehte mich um, hinter mir lag Willeke. „Verdammt, was ist hier los?"

Blitzartig stand ich auf, verliess mein Bett, lief zu Willekes Zimmer, öffnete die Tür. Dort schliefen Koos und Dees.

Zurück in mein Zimmer, ich wusste zwar immer noch nicht was hier lief. Ich wusste eigentlich gar nichts. „Wilma, sofort raus aus meinem Bett. Und zieh' dir irgendwas über". Willeke lachte. „Bleib' mal locker. Und zieh' dir selber was über". Meine Pisslatte stand schräg aufgerichtet Richtung Zimmerdecke. Ich setzte mich auf die Bettkante. „Kannst du mir bitte mal sagen ...". Willeke war an meinen Rücken gerutscht. „Koos und Dees sind drüben bei mir, sie schlafen in meinem Bett". „Ja, verdammt. Das habe ich gerade gesehen. Was ist hier los? Warum sind wir zu dritt in meinem Bett?"

„Na, eben weil ich mein Bett Koos und Dees gegeben habe. Wo sollten wir denn sonst schlafen?" Ich peilte es immer noch nicht. „Vielleicht im Gästezimmer?"

„Soll ich dir erzählen wie es war?" Willeke war ein wenig „amüsiert". Ich hingegen gar nicht. „Findest du das komisch?"

„So, mein Süsser, jetzt hör' mal gut zu". Willeke hatte mich an der Schulter sanft auf das Bett gedrückt und schaute mir von oben ins Gesicht.

„Du warst es, der uns darum gebeten hat. Du warst derartig besoffen, dass du irgendwann nach oben gegangen bist. Anscheinend hast du dann mitbekommen, dass ich ein Kissen bei dir holen wollte um mit Wilma im Gästezimmer zu schlafen. Und du warst es auch der gesagt hat komm' zu mir ins Bett. Du warst es, der uns beide aufgefordert hat zu dir zu kommen. Junge, du warst so blau, du hast gar nichts mitbekommen". „Wie mitbekommen? Wovon?" „Ja, von gar nichts, du warst so stramm. Das Einzige was du noch gemacht hast ist einen Finger in Wilma zu stecken. Und selbst dabei bist du eingepennt. Nichts, aber auch rein gar nichts war. Du hast nicht mal mehr einen hoch gekriegt. So war das".

„Wilma, sag' auch mal was". Ich blickte zwischen beiden hin und her. „Wirklich? War das so?" „Ja, verdammt. Es war nichts. Jetzt gerade, als du an meiner Titte rumgenuckelt hast, aber sonst nichts". Sie lachte. „Sollte man gar nicht glauben, wenn man jetzt deinen Ständer sieht". „Aah, fuck". Ich lag immer noch auf dem Rücken, meine Pisslatte reckte sich empor. Willeke gab mir einen zärtlichen Kuss. „Jetzt geh' mal pissen".

Nachdem ich im Bad war ging ich erst gar nicht mehr nach oben. „Meine Fresse, war das peinlich".

Willeke kam in die Küche, hatte mir eine Boxershorts mitgebracht. „Hier, zieh' dir was an". Ich mochte sie nicht anschauen, obwohl sie mit nacktem Oberkörper vor mir stand. Peinlich im Quadrat. Sie machte Kaffee. Kurz darauf kam auch Wilma, sie hatte sich zum Glück angezogen. Mit meinem Kaffeebecher ging ich nach draussen, auf die Terrasse. „Wie peinlich. Wie unangenehm". Das wiederholte ich laut, ich weiss nicht wie oft. Nur um mir eine Zigarette zu drehen ging ich ins Wohnzimmer, verschwand aber direkt wieder ins Freie.

Willeke setzte sich irgendwann zu mir an den Tisch. Ich vermied jeden Augenkontakt. „Alkohol ist schon eine schlimme Droge". Sie musste lachen. Erst grinste ich nur, liess mich aber dann durch ihr Lachen anstecken. „Wirklich? Es war nichts?" „Ja, es war nichts. Gewollt hast du sicher mehr, aber es war nichts. Ehrenwort Euer Ehren". Bei diesem Satz musste ich herzlich lachen - „Ehrenwort Euer Ehren".

Wilma war auch zu uns an den Tisch gekommen. „Darf ich mich zu euch setzen?" Mit einer Handbewegung bat ich sie sich zu setzen. Anschauen konnte ich sie nicht. „Können … können wir das vergessen?" Willeke legte einen Arm um meine Schulter. „Vergessen? Es war doch nichts".

Koos und Dees waren aufgestanden, hatten sich einen Kaffee genommen und kamen zu uns. „Gut geschlafen? Wieder nüchtern? Einigermassen zumindest?" Nickend bestätigte ich. Froh, dass unser Gespräch unterbrochen worden war.

„Kannst du uns gleich nach Brielle fahren?" Abgesehen davon, dass ich selbst noch viel zu blau war, wollte ich gar nichts. Vielleicht maximal im Erdboden versinken. Wilma stand auf. „Das kann ich machen. Gibst du mir dein Auto?" Wir gingen ins Haus, ich suchte meine Schlüssel. „Wilma?" „Ich sag' nichts, versprochen".

„Das ist ein feiner Zug von Wilma, dass sie Koos und Dees nach Hause bringt, nicht?" Willeke versuchte das Gespräch zwischen uns in Gang zu bringen. Immer noch mochte ich sie nicht anschauen. „Schau' mich doch an, ich bin es doch, deine Willeke, deine Freundin". Mein Blick traf ihren. „Man sagt nicht ohne Grund Kinder und Besoffene sagen immer die Wahrheit. Du hast zwar nichts gesagt, aber was du wolltest war dann in dem Fall die Wahrheit". Sie hob meinen Kopf am Kinn an. „Du musst - du solltest dir das einfach eingestehen. Das ist nichts Schlimmes. Das kam aus dir. Irgendwo in dir schlummert das, du wolltest mit uns beiden ficken. Du willst mit Wilma ficken". Sie lachte wieder. „Und Wilma auch mit dir, ihr solltet dem nachgeben. Und – sei ehrlich - wenn du einen hoch gekriegst hättest wäre das auch passiert. So what?"

Aus meinem Mund kam nicht einmal „piep". „Mein Süsser. Liebe und Treue, wahre Liebe kommt vom Kopf, vom Herzen. Alles andere aus unserem Unterleib. Und weißt du was wir uns gesagt haben?"

Fragend blickte ich Willeke an. „[24]*Jaloezie is kut*". Willeke stand auf. „Komm' mal mit, ich möchte dir was zeigen. Wir gingen hoch in ihr Zimmer. Sie zog sich aus. Was da grossartig noch auszuziehen war, wir hatten beide nur eine Unterhose an.

Wir schliefen miteinander.

Danach wollte ich reden. „Das wolltest du mir zeigen?" „Ja, dass ich dich liebe".

Wilma blieb lange weg. Erst am späten Nachmittag brachte sie den Ford Escort zurück. „Wilma – Danke, dass du die beiden gefahren hast. Und – ich habe mit Willeke geredet". „Und? Alles gut bei euch?"

Willeke kam dazu. „Ja, alles gut. Wir haben geredet. Du solltest es ihm jetzt auch sagen". Wilma schaute mit grossen Augen. „Was sagen?" „Du weißt was ich meine. Dass du mit ihm ficken möchtest".

---

[24] Eifersucht ist Scheisse.

„Willeke, wir sind Freunde. Das wäre danach vorbei, glaub' mir". Wilma schaute mich an. „Ich würde gerne mit dir ficken, aber nicht auf Kosten unserer Freundschaft".

Wir nahmen uns alle drei in die Arme, küssten uns, waren erleichtert alles gesagt zu haben. Offen und ehrlich.

Wilma blieb noch, half uns beim Aufräumen. Was für ein Dreck, was für ein Müll. Immer wieder aufs Neue erstaunlich was nach einer Party übrig bleibt. Willeke unterbrach die Arbeit, anders kann man das nicht nennen, Arbeit.

Willeke bereitete etwas zu essen aus den Resten des Vortags zu. „Ich glaub' ich geh dann jetzt gleich Mal rüber". Wilma machte Anstalten zu gehen. „Bleib' ruhig hier. Mein Süsser muss eh gleich ins Bett, er muss morgen arbeiten". Willeke grinste mich an. „Und wir können uns dann noch etwas unterhalten. Frauengespräche".

Mein Körper war ausgelaugt, ich war froh im Bett zu liegen. Der Rum war noch lange nicht „abgearbeitet", bis morgen früh sollte das aber erledigt sein. Mal von dem Stress in meinem Kopf abgesehen. Das sollte mich noch einige Tage beschäftigen.

Erster „offizieller" Arbeitstag auf der SHELL. Stolz wie Oskar betrachtete ich mich in der Spiegelwand der Umkleide. Die weisse Lederjacke mit dem SHELL Logo, darunter mein Name.

In der Werkstatt lag einiges an Flanschen in einer Gitterbox, draussen die Rohre, an die die Flansche für die späteren Verschraubungen angeschweisst werden mussten. „Dann lass' uns sehen was du gelernt hast. Lass' dir Zeit. Qualität geht vor Tempo".

Dieser Arbeitsschritt dauerte gut zwei Wochen an, die Verschweissungen wurden besser und besser. „Morgen schweisst du dann dein erstes Rohr komplett. Das geht dann zur Materialprüfung. Bruchtest und Dichtigkeitsprüfung, danach, wenn alles ok ist darfst du endlich raus". Kees war zu mir gekommen. „Das hast du im Griff, ganz sicher".

So war es auch, glücklicherweise. Ich war sehr erleichtert und irgendwie auch glücklich, stolz. Meiner Arbeit auf dem Plant stand nichts mehr im Wege.

Gut drei Wochen waren seit meiner „offiziellen" Party bei uns im Haus vergangen. Willeke schlief bereits als ich nach Hause kam. Dachte ich, es brannte kein Licht im Wohnzimmer, war auch schon recht spät. Kurz vor Mitternacht.

Leise öffnete ich die Türe zu ihrem Zimmer. Willeke lag auf ihrem Bett und las in einem Buch. Nur eine kleine Nachttischleuchte brannte. „Komm' rein. Du bist aber spät heute. Musstet ihr länger machen?" Ich setzte mich zu ihr auf die Bettkante. „Äh … ja". Dann sah ich sie an. „Nein". „Sondern?" Willeke zog meinen Kopf auf ihre Schulter, dann hob sie mein Kinn an.

„Du riechst …. Du riechst nach Sperma, ein wenig". „Was?" „Ja, du riechst etwas nach Sperma". Sie versuchte mich anzublicken, ich versuchte ihrem Blick auszuweichen. „Hast du …?" „Äh … Ja".

„Du warst bei Wilma, nicht?" Hundsmiserabel, ja Hundsmiserabel fühlte ich mich, versuchte mein Gesicht an ihrer Schulter zu verbergen. „Habt ihr es endlich gemacht. Gott sei Dank. Du hast sie gefickt. Endlich". Ich hob meinen Kopf. „Das ist alles was du sagst? Gott sei Dank?"

„Ja, Gott sei Dank. War doch klar, dass das passiert. Nur wann eben nicht. Erzähl'. Ist es ausgestanden? Oder willst du, wollt ihr mehr voneinander?" „Willeke, ich habe gerade mit einer anderen Frau geschlafen. Und du sagst Erzähl' mal".

„Erzähl' du es mir, das ist doch angenehmer als wenn Wilma es mir sagt. Und für dich ist es bestimmt befreiender. Das ist doch jetzt seit Monaten euer Thema. Du kannst mir das erzählen. Ich bin weder sauer oder böse, auch nicht eifersüchtig. Nicht auf dich, nicht auf Wilma. Oder ist es doch mehr als nur der Sex den ihr eben hattet?"

Ihre Reaktion verblüffte mich, sehr sogar. „Du bist nicht sauer? Nicht enttäuscht?

„Nein, erzähl' mir wie es war, dann werde ich dir erklären was ich denke. Das machte mich verlegen, ich vergrub mein Gesicht an ihrem Brustkorb. Als wenn mir das helfen würde in sie reinzusprechen. Dass Wilma es mir mit ihren Titten gemacht hatte, ich sie aber nicht küssen wollte. Und auch sonst wenig körperliche Nähe gewünscht hatte. „Du hast sie in den Arsch gefickt, nicht?" „Wie …? Woher …? „Das haben meine Freier auch mit mir gemacht. Ich habe dir das doch erzählt. Einfach brutal in den Arsch gefickt".

Mein Kopf lag immer noch auf ihrem Brustkorb. „Gott sei Dank. Habt ihr das endlich abgearbeitet. Du wolltest sie ficken, sie wollte von dir gefickt werden - ihr habt gefickt. Jetzt steht das nicht mehr im Raum". Willeke lachte laut auf. „Vor allem steht".

Sie nahm meinen Kopf hoch, schaute mich an. „War es schön?" Einige Tränen liefen meine Wangen herunter. „Nein". Willeke küsste die salzigen Tropfen auf. „Das sind Tränen der Erleichterung. Nicht wahr?" Meine Augen blickten nach unten, ihrem Blick konnte ich nicht standhalten. „Es tut mir leid".

Willeke legte beide Arme um meinen Hals. „Gut, dass du es mir gesagt hast. Besser als mir irgendwas erzählen zu wollen. Ich will dich, und keinen Typen der mich anlügt".

„Und du bist wirklich nicht sauer? Und das mit Wilma? Sie ist doch deine Freundin?" „Für mich ist das erledigt, das musste einfach passieren. Das macht jeder von euch mit sich selbst ab. Du wolltest das doch jetzt schon seit Wochen. Und Wilma auch. Deine Anmachsprüche, deine ständigen Anzüglichkeiten waren doch klar und deutlich. Warum sonst hast du sie erst vor ein paar Wochen zu uns ins Bett geholt? So oder so, über kurz oder lang wäre das passiert. Und jetzt ist es eben passiert. Weil ihr beide das so wolltet. Fertig. Ihr wart einfach geil aufeinander".

Sehr früh wachte ich auf, lag immer noch in Willekes Arm, komplett angezogen. Es war 04:40, so zeigte es ihre Digitaluhr auf dem Nachttisch an. Sehr vorsichtig stand ich auf, sah sie an. Ging leise in mein Zimmer, holte frische Wäsche, dann endlich duschen.

Das Wasser prasselte aus dem Duschkopf auf meinen Schädel. Wie kleine Nadelstiche drang es in mein Hirn ein. Es war nicht nur der „Spermageruch", den Willeke, wie auch immer wahrgenommen hatte, den ich abwusch, auch das Thema „Wilma" wollte ich von mir abwaschen.

Ich müsste eine Kerze in der Kirche für Willeke anzünden und Gott für dieses Wesen danken, dass er mir zugedacht hatte. Mindestens eine, wenn nicht gleich mehrere Kerzen. Wieder einmal wurde mir klar wie „unreif" ich noch war, welch spirituellen Vorsprung Willeke mir gegenüber hatte. In meinen simplen Worten hiess das einfach „Was bist du doch für eine arme Wurst".

334 – Gustav Knudsen
Die 1980er Jahre - prägend und einprägend

„Wilma"

Bevor ich zur SHELL losfuhr schlich ich nochmals in Willekes Zimmer, gab ihr einen ganz sanften Kuss, leckte etwas von ihrem süssen Speichelfluss aus dem Mundwinkel auf, flüsterte ganz leise „Danke, du Engel".

Vor einiger Zeit, kurz nachdem unser Telefonanschluss installiert wurde hatte ich meine Mutter angerufen.

Seit Weihnachten, meiner überstürzten Abreise, hatte ich nicht mehr mit ihr gesprochen. Entsprechend hatten wir viel zu reden. Lediglich zum „Heiligabend" konnte und wollte ich nichts sagen. „Du warst schon immer ein Einzelgänger, hast deinen Kopf durchgesetzt. Wenn du nicht darüber reden magst, dann eben nicht". Über alles andere freute sie sich natürlich sehr. Dass es mir gut ging, dass mit der Arbeitsstelle alles läuft, dass ich ein Haus und, wie sie sagte, ein gescheites Mädchen gefunden hatte.

War das der richtige Ausdruck – „ein gescheites Mädchen". Sie konnte ja nicht, nicht einmal ansatzweise, erahnen wie viel mehr Willeke war. Gescheit, sicher. Mädchen, ganz und gar nicht. Eine erwachsene Frau, die mir um „Lichtjahre" voraus war. In vielerlei Hinsicht.

Willeke war nicht im Haus. Ein Zettel lag auf dem Couchtisch als ich von der SHELL nach Hause kam. Es war ihre Handschrift. „Bitte anrufen", dann eine Rufnummer mit deutscher Vorwahl. Darunter noch „Kuss. Willeke". Das musste dann für mich sein. Erst aber nahm ich mir ein Bier aus dem Kühlschrank, drehte einen kleinen Joint.

Die Stimme am Ende der Leitung war mir bekannt, es war mein Bruder. Mein jüngerer Bruder. Knapp eineinhalb Jahre war ich älter. Wir erzählten lange. Er käme in zwei Wochen nach Holland, ob wir uns treffen wollen.

Willeke kam spät nach Hause, sie hatte einige Einkäufe gemacht und war danach mit Freunden in Rotterdam im Kino gewesen.

Für mich war es schon lange Zeit um schlafen zu gehen, war schon eine ganze Zeit in meinem Zimmer. Sie kam noch kurz zu mir ans Bett.

„Hast du meinen Zettel gesehen? Ich habe leider nichts verstanden, so gut ist mein Deutsch nicht. Irgendwas wie Bruder, oder so".

„Ja, das war mein Bruder, aber das erzähl' ich dir morgen alles. Du weißt ja ..." „Du musst schlafen, ich weiss. Ich erzähl' dir dann morgen auch wie mein Tag war. Schlaf' gut mein Schatz".

„Was war denn mit deinem Bruder?" brachte Willeke mir das Telefongespräch wieder in Erinnerung. Das hatte ich völlig vergessen. Bei unserem Telefonat hatte er mir erzählt, dass er mit Freunden nach Holland komme, um seinem neuen Hobby, dem Windsurfen, nachzugehen. Klar, natürlich auch um einfach mit Freunden ein Wochenende in Holland „abzuhängen". Ob wir uns treffen wollten? Immerhin hatte ich ihn schon einige Monate nicht gesehen. In Makkum, am IJsselmeer, würden sie zelten. Er erwartete sicherlich schon meine Rückmeldung.

Willeke gefiel das was ich erzählte. „Würdest du mich mitnehmen?" Das würde ich nur zu gerne. Unser letzter gemeinsamer „Ausflug" lag schon einige Zeit zurück. Am IJsselmeer, in Friesland, waren wir zuletzt im Winter. Jetzt, im Hochsommer, war die Landschaft mit Sicherheit noch reizvoller als sie es sowieso schon war. „Ja, nichts lieber als das". „Und wo genau trefft ihr euch?"

„Makkum", so hiess der Ort, den wir als Treffpunkt ausgemacht hatten. Schon nächstes Wochenende. Willeke holte sofort ihr Erdkundebuch, um darin nachzuschlagen. „Ach wie toll, dann kommen wir wieder über den Afsluitdijk. Weißt du noch wie schön es da war?"

Über den Ort selbst gab es nichts zu lesen, ausser dass es dort sehr viel Wassersportangebote gab. Aber in „Hoorn" war einiges zu sehen. „Das könnten wir doch für einen Abstecher nutzen, wenn wir dann schon in der Nähe sind". Willeke meinte, dass mich das garantiert interessiere, immerhin sei das „Kap Hoorn" nach dieser Hafenstadt Hollands benannt.

Es blieb uns noch eine gute Woche, Zeit um sich zu erkundigen, alles zu planen. Jetzt wo wir auch einen Telefonanschluss hatten war vieles einfacher. So konnten wir zum Beispiel im Voraus, vor Reiseantritt, eine Pension buchen. „Da kümmere ich mich drum" bot Willeke an.

An einem Tag in der Woche, bevor wir nach Friesland wollten, traf ich „zufällig" Wilma beim Einkauf. Wir hatten uns Wochen nicht mehr gesehen. Nicht mehr seit unserer gemeinsamen Nacht. Die aber eigentlich gar keine Nacht war, denn ich war ja nach unserem „Zusammensein" nach Hause, zurück zu Willeke gefahren.

Da standen wir nun, auf dem Parkplatz. „Hoi Wilma". Eine seltsame Situation. Wilma blockierte sofort das übliche Küsschen links, Küsschen rechts. „Lass' mich bloss in Ruhe, du bist für mich gestorben". Ihre Stimme klang schon recht aggressiv. Dennoch versuchte ich es mit einem „Small-Talk". Wollte wissen wie es ihr gehe. „Echt, du willst mich irgendetwas fragen? Nachdem was passiert ist? Du kannst doch nicht ganz sauber sein". „Wollen wir nicht mal reden? War bestimmt nicht so gedacht, du weißt schon. Irgendwie ist das aus dem Ruder gelaufen". Wilmas Gesichtsausdruck wurde „finsterer", ihr Kopf lief rot an. „Aus dem Ruder gelaufen? So nennst du das? Aus dem Ruder gelaufen? Hast du überhaupt eine Ahnung was da aus dem Ruder gelaufen ist?"

Tränen liefen ihr aus den Augen. „Du hast mich wie ein Stück Vieh behandelt, wie eine Nutte. Nein, mehr noch. Du hast mich nur benutzt. Mich mal schön in den Arsch gefickt, dich dann einfach verpisst. Du hast mich vergewaltigt. Nicht einmal mitbekommen, dass ich geweint habe als du das Zimmer verlassen hast. Du verdammtes Drecksschwein". Wutenbrannt kam sie einen Schritt auf mich zu. „Ich hatte mich auf den Sex mir dir gefreut. Schon so lange. Und du … die fickst mich einfach brutal in den Arsch".

„Wie jetzt gefreut? Was meinst du?" Wilma fuchtelte mit ihren Armen vor mir herum. „Du blöder Wichser. Was heisst denn wohl gefreut? Ich wollte das. Dass wir ficken. Ich hab' dir meine Titten angeboten. Von denen du immer gesprochen hast. Ich wollte deinen Schwanz in mir. Wie oft hast du mir deinen Pimmel hingehalten? Wie oft habe ich deinen Schwanz gesehen? Den wollte ich in mir. Vielleicht sogar mehr als einmal. Vielleicht wollte ich sogar mehr von dir. Aber ne, du fickst mich einfach. Dazu noch brutal in mein Arschloch. Wie eine dreckige Nutte hast du mich behandelt. Nichts, nicht mal einen Kuss hast du mir gegeben. Das war kein Sex, das war eine Vergewaltigung. Du hast mich vergewaltigt. Du gottverdammte Drecksau". Wilma verpasste mir eine schallende Ohrfeige. Ging weg. Weg von mir.

Völlig „durch den Wind" ging ich die wenigen Schritte zum Auto. Mir kamen die Tränen. Aber nicht wegen der Ohrfeige, die sie mir gegeben hatte.

Die Kiste mit den Einkäufen stellte ich in der Küche ab, sagte kein Wort. Auch nicht zur Begrüssung. Nichts. Gar nichts. Willeke kam zu mir. „Was ist …?" Sie hörte mitten im Satz auf. „Was ist passiert? Hattest du eine Schlägerei?" „Nein, alles okay".

„So, alles okay?" Willeke zerrte mich ins Bad, vor den Spiegel. „Das nennst du also alles okay?"

Auf meiner Wange waren alle Finger von Wilma als Abdruck zu sehen. Der Schlag hatte meine Gesichtshälfte gezeichnet. Alles war rot. „So sieht also alles okay bei dir aus?" Meinem Spiegelbild liefen Tränen über die Wangen. Natürlich liefen sie nicht meinem Spiegelbild, sondern mir höchstpersönlich übers Gesicht. Die Schmerzen kamen aber aus meinem Inneren, nicht von der Wange.

Willeke war in die Küche gegangen, hatte einige Eiswürfel in ein Handtuch gepackt, reichte es mir. „Leg' das auf die Backe – und jetzt raus mit der Sprache".

Mit Tränen im Gesicht erzählte ich von meinen Treffen mit Wilma. „Der Handabdruck ist von ihr?" „Ja, sie hat mich geohrfeigt". Völlig zu Recht. Was hatte ich ihr nur angetan.

Willeke erzählte mir davon, dass sie über Wilmas Gefühl Bescheid wusste. Sie trafen sich weiterhin. Wilma hatte es aber tunlichst vermieden auf mich zu treffen, wenn sie Willeke besuchte. Sie waren beste Freundinnen. Und dass sie, Willeke, vielleicht sogar einen Teil dazu beigetragen hatte, dass die Situation „aus dem Ruder gelaufen" sei, wie ich es ja genannt hatte.

„Wieso du jetzt?" wollte ich wissen. „Ich habe euch beide dazu animiert euch eure Begierde einzugestehen. Gefickt habt ihr natürlich, das war eure Entscheidung. Aber es wäre sowieso passiert. Irgendwann sowieso".

Meine Wange pochte. Von innen trommelte mein schlechtes Gewissen gegen meine Schädeldecke. „Willeke, was soll ich jetzt tun? Was kann ich tun?" Sie nahm das Handtuch aus meinem Gesicht. „Gar nichts. Gar nichts kannst du tun. Eure Freundschaft ist im Arsch". Wieder schossen Tränen in meine Augen. „Das wusstet ihr aber beide, schon bevor ihr gevögelt habt. Und trotzdem habt ihr es getan".

„Wenn ich das gewusst hätte ...". „Ach quatsch, du hast es gewusst. Ihr habt es beide gewusst. Über Wochen, über Monate habt ihr euch gegenseitig aufgegeilt. Mit eurer Scheiss Neckerei. Es MUSSTE einfach passieren".

Mit einem Bier ging ich nach draussen, setzte mich an den Gartentisch. Weinte bitterlich. Willeke war schlau genug mich meinem Elend selbst zu überlassen. Sie hatte Recht. Wir wussten es beide. Wir hatten es sogar laut ausgesprochen. „Nicht auf Kosten unserer Freundschaft".

„Süsser, du gehst jetzt schlafen". Willeke hatte einen Arm um mich gelegt. „Du musst morgen früh raus. Denk' an deine Arbeit". Sonst war ich es doch, der dieses Argument brachte. „Wenn du möchtest komm' ich zu dir rüber". „Nein, ich glaube ich möchte nur ins Bett und heulen".

Wochenende. Willeke hatte nicht nur eine Pension für uns telefonisch reserviert. Taschen waren gepackt, alles abreisefertig. „Du bist so ein Schatz". Wir konnten direkt los. Tauschten noch schnell die Parkplätze. Logisch, eine Reise machten wir mit ihrem Mercedes. Über die Autobahn sollten wir die knapp 200 Kilometer bis Makkum zügig „runternudeln". Willeke wollte fahren. Auch klar. Ihr Auto.

Es war nicht einmal acht Uhr als wir in Makkum eintrafen. Direkt zur Pension, kein langes Suchen, Einchecken, fertig.

Die Pension war wirklich klein und gemütlich. Nur 2 Zimmer, aber jedes davon verfügte über einen eigenen Eingang - mit eigener Terrasse. Direkt im Zentrum, in der Nähe des kleinen Hafens mit alter Schleuse. Strand und Boulevard ebenfalls zu Fuß erreichbar. Genau das Richtige um den Scheiss in meinem Kopf wegzublasen. Mann, was hatte ich mich in den letzten Tagen gequält, mich selbst verurteilt. „Du verdammte Drecksau", diese Worte von Wilma waren mir nicht aus dem Kopf gegangen.

Und endlich wieder einmal Zeit für das, was mir am Wichtigsten war. Zeit mit meiner Freundin Willeke verbringen, die mir immer zur Seite stand, immer zu mir hielt.

Wir schlenderten durch das kleine Dorf, ein beschaulicher Fischerort. Der laue Sommerabend war „wie gemacht" um in einem der Strassencafès, unweit unserer Pension, an der „Kerkstraat", zu sitzen, zu reden, ein kühles Bier dabei. Der Blick reichte über das IJsselmeer, das flach und ruhig bis ans Dorf reichte, bis hin zum „Afluitdijk". Makkum war mehr eine Insel, denn ein Ort. Nur durch eine Strasse mit dem „Festland" verbunden. Wenige Menschen lebten hier, alles war vorwiegend der Landwirtschaft gewidmet. Bis auf den Teil am und um den Hafen. Hier war alles auf Wassersport und Touristen ausgerichtet. Dennoch sehr überschaubar alles.

„Magst du spazieren gehen? Am Wasser?" Nur zu gerne. Wir liefen einen „ewig langen" Deich entlang. „Sotterumdijk" war irgendwo auf einem kleinen Schild am Wegesrand zu lesen.

Es war schön hier. Ruhig, beschaulich, idyllisch – einfach friedlich. Keine Menschenseele weit und breit, nur Kühe, die zufrieden auf den Polderflächen Gras futterten. Das Leben könnte so einfach sein – ist es aber nicht. Besser gesagt, der Mensch neigt sehr dazu es zu verkomplizieren.

„Der Mensch an sich ist Scheisse" hörte ich mich selbst sagen. „Macht alles kaputt, sich und alles um sich herum. Da hat selbst eine Amöbe mehr Verstand". Willeke lachte. „Du wirst jetzt aber nicht philosophisch oder gar depressiv?" „Nein, zum Glück gibt es so viel Schönes. Die Landschaft hier zum Beispiel. Und dass ich jeden Tag das Schönste um mich haben darf, dich".

Wir hatten uns auf den Deich gelegt. Hinter uns das satte Grün der Polder, vor uns das IJsselmeer, über uns der klare Nachthimmel. Zwei winzig kleine Häufchen

„Fliegenschiss" - von Milliarden im gigantischen Kosmos - die sich extrem wichtig vorkamen.

Mit meinem Bruder war ich erst für Samstag verabredet. Wir fuhren nach dem Frühstück nach Hoorn. Der Ort lag eigentlich „schräg gegenüber" von Makkum, aber getrennt durch das IJsselmeer. Also gute 70 Kilometer zurück, über den „Afsluitdijk".

Dieses Mal legten wir eine kurze Pause am „Vlietermonument" auf dem Damm ein. Zu beiden Seiten glitzerte das Wasser in der Sonne. Hier die Nordsee, dort das IJsselmeer. Das Monument erinnert an den Bau des „Afsluitdijk", die Ingenieursleistung und die Kraftanstrengungen, die damit verbunden waren. „Respekt". Was sollte man mehr und anerkennenderweise sagen.

„Hoorn", eine wunderschöne, historische Stadt. Voller Galerien, Ateliers, Cafés – und nicht zuletzt Namensgeber für den südlichsten Punkt des südamerikanischen Kontinents, Kap Hoorn. Die maritime Vergangenheit prägte das Antlitz der Hafenstadt. Wir besuchten den Nachbau des VOC-Schiffes „De Halve Maen" aus dem 17.Jahrhundert, im „Westfries Museum" bestaunten wir unzählige Objekte aus der Zeit, als Hoorn eine bedeutende Seefahrer-Stadt war, lange bevor sie durch den Afsluitdijk vom Meer abgetrennt wurde. Bummelten durch beeindruckende Gassen, wie „Nieuwe Noord", „Kruisstraat", „Lange Kerkstraat", „Nieuwstraat", „Kerkplein", „Kerkstraat" oder „Wisselstraat". Nach einem langen Fussmarsch gingen wir eine Kleinigkeit essen – Fisch versteht sich. Direkt am Käsemarkt Hoorn, dem ältesten Käsemarkt der Niederlande. „Schön, dass wir hier sind". Willeke gefiel es sehr, ich selbst war tief beeindruckt von diesem historischen Ort. „Der Besuch hat sich in jedem Fall gelohnt". Schöner, treffender hätte ich es auch nicht sagen können.

„Makkum"

Es war irgendwas zwischen 5 und 6 Uhr nachmittags als wir zurück in Makkum ankamen. Auf einem Zettel hatte ich notiert wo ich, wo wir uns mit meinem Bruder treffen wollten. Kramte in meinem Portemonnaie. „Houwdijk" hatte ich notiert. „Da irgendwo, du siehst das schon, da stehen ein paar Postbusse" so hatte mein Bruder mir den Treffpunkt beschrieben.

„Das kommt mir bekannt vor, ich glaub' hier war ich schon mal" sagte ich beim Blick über die Polder, an denen wir vorbeifuhren. Willeke lachte. „Ja, hier waren wir gestern Abend spazieren".

In einiger Entfernung machte ich zwei gelbe Kisten aus. „Das könnten sie sein". Wir kamen näher. Tatsächlich, das waren aber keine Kisten, sondern zwei alte Paket-Lieferwagen der Deutschen Post. Zwischen ihnen war ein Zelt aufgebaut und mit Schnüren an den Dächern festgespannt. Gleich daneben parkte ein 5er BMW, an dem ein Bootstrailer angehangen war. An den deutschen Nummernschildern erkannte ich - das mussten sie sein.

In einem der Postbusse, in Handarbeit aus- und umgebaut sassen drei oder vier Frauen, tranken Kaffee und schwatzten. Zwei von ihnen strickten dabei, zeitgleich. Das hatte mich immer schon gewundert - wie Frauen das machen, die Maschen zählen und „nebenbei" noch etwas anderes machen. Zum Beispiel quatschen.

„Hallo zusammen, ich suche meinen Bruder". Eine von ihnen antwortete uns. „Die Jungs sind alle auf dem Wasser, mit ihren Surfboards. Kommt doch rein. Wollt' ihr einen Kaffee?"

„Darf ich vorstellen? Das ist Willeke, meine Freundin". Die Frauen waren sehr erstaunt, dass Willeke sie direkt küsste. Also Küsschen links, Küsschen rechts. „Das macht man hier in Holland so" erklärte ich.

Dann erst erkannte ich die Freundin meines Bruders, er war also immer noch mit der gleichen Frau zusammen. „Hallo, wie geht es dir? Schön dich zu sehen".

Die beiden „Strickliesel", ihre Namen hatte ich schnell vergessen, waren eher kräftiger, stämmiger. Wogegen die Frau, die uns begrüsst und hereingebeten hatte, Sabrina oder so ähnlich, sehr zierlich und sportlich gebaut war. Sehr sportlich, sie hatte fast keinen Busen.

Willeke war wieder aus dem Inneren des Lieferwagens geklettert. „Das ist mir zu warm da drin. Ausserdem verstehe ich ja auch nichts, ich kann kein Deutsch".

Die Freundin meines Bruders war zu uns gekommen. „Wir gehen oben auf den Deich, da müssten wir sie eigentlich sehen".

Auf dem Wasser waren ein paar Segel zu erkennen. Das hätten natürlich x-beliebige Personen sein können. „Da sind sie". Ihr Redeschwall setzte direkt ein. Wie Frauen so sind, oder sein können. „Wieso? Weshalb? Warum?" Das musste ich schnell abblocken. „Können wir bitte Englisch reden? Willeke versteht kein Deutsch". Und auch dass ich gerne erzähle, erkläre. Aber später, dann müsste ich nicht alles noch einmal wiederholen. Mein Bruder würde garantiert die gleichen – oder ähnliche Fragen stellen.

Kurz bevor die Dämmerung einsetzte kamen die „Jungs", wie Sabrina gesagt hatte, mit ihren Surfboards vom Wasser. Die Segel zogen sie aus den Brettern und legten sie zum Trocknen auf die Böschung des Deichs. „Das ist mein Bruder", sagte mein Bruder. „Und das ist Willeke, meine Freundin" stellte ich vor. Mein Bruder Franz zeigte einmal in die Runde. Und das sind Martin, Walter und Micha. Erst einmal Küsschen links. Küsschen rechts. Dauerte einen Moment. Auch den Jungs war das Ritual nicht bekannt.

Willeke musterte die vier in ihren Neoprenanzügen. „Hoi jongens. Geile Kiste". Es kostete mich einige Beherschung um nicht einen Lachanfall zu bekommen. „Ah, du sprichst Deutsch?" fragte einer von ihnen. Willeke lachte auch. „Nein, nur Geile Kiste".

Wir gingen gemeinsam zu dem „Bus-Lager" zurück. Einer von ihnen, Micha, lud uns auf einen Joint ein. „Ihr raucht doch, oder?" Drehte eine grosse Tüte, machte den Cassettenrekorder im Fahrerraum an. „Das sind auch Hippies" sagte Willeke bei den ersten Zeilen des Lieds. „A Horse With No Name".

Mein Bruder rauchte sowieso nicht, nicht einmal Zigaretten oder Tabak. Von den Frauen auch keine. Leider stellte sich auch auf mein Bitten Englisch zu reden heraus, dass es damit bei allen nicht so weit her war. Also kifften wir einfach und hörten Musik. „Möchtet ihr denn was trinken?" „Ja, gerne. Ein Bier".

Was war das? Sie tranken keinen Alkohol. Keiner. Willeke gab mir einen leichten Kick mit dem Ellenboden in die Seite. „[25]Ongelooflijk. Dat is zeeldzam". Mein Bruder fragte nach. „Was hat sie gesagt?" Ich übersetzte frei Schnauze. „Nicht zu fassen, gibt's doch gar nicht". Mir war aber klar was Willeke in Wirklichkeit mir sagen wollte. „Wir verschwinden, gehen etwas trinken. Das ist doch nicht normal".

Die „Jungs" waren noch beschäftigt mit ihrem Surfequipment. „Wollen wir uns nachher in Makkum treffen? Zusammen essen?" fragte ich meinen Bruder. „Sagen wir um zehn? Am Markt in Makkum. Dort gibt es einige Lokale". Wir waren gestern Abend dort vorbeigekommen. Ein sehr einladender Platz. „Turfmarkt, so heisst die Strasse".

---

[25] Unglaublich. Das ist selten.

Wir wollten los, Willeke wollte los. „Warst du auch so ein Langweiler? Hast du dich erst hier in Holland so verändert? Dass man nichts trinkt, das verstehe ich nicht".

Nein, mein Bruder und ich waren immer schon unterschiedlich. Er war eher geradlinig, auch was sein berufliches Umfeld anging war er eher lieber „auf der sicheren Seite". Keine Experimente, kein Risiko. Und auch sein Freundeskreis unterschied sich von meinem. „Das sehe ich. Mann, sind die öde". Willeke grinste mich an. „Dann werden wir uns jetzt mal schön ein paar Bier reinpfeifen".

Erst als wir den Mercedes wendeten kam mein Bruder noch schnell an das Seitenfenster auf der Fahrerseite. „Schickes Auto". Zum Antworten kam ich nicht, Willeke war schneller. „Yes, a present from your brother".

Willeke steuerte unsere Pension an. „Ich möchte mich duschen und umziehen, dann gehen wir ins Dorf, okay?" Sie redete mit mir während sie unter der Dusche stand. Wie unvorstellbar es für sie war. „Das sind irgendwie Hippies, aber irgendwie doch nicht. Sehr anpasste Menschen". Das hatte sie nett formuliert.

Willeke trocknete sich in unserem kleinen Zimmer ab und kleidete sich auch hier um. Hatte das Kleid angezogen, dass sie sich gemeinsam mit ihrer Mutter in Utrecht ausgewählt hatte. „Genau das richtige für den schönen Sommerabend" sagte ich zu ihr. „Aber nicht nur das, du siehst besonders schön aus darin, die dunke Farbe des Kleids lässt deine Haare noch mehr leuchten".

„Willeke schaute mich an. „Besonders schön? Das ist alles? Wo ist mein Charmeur, mein Komplimentemacher abgeblieben?"

„Seit Wochen haben wir nicht miteinander geschlafen. Nicht mal angefasst hast du mich. Ich hab' Sehnsucht nach deiner Nähe" wurde Willeke direkter. Sie hatte Recht, wie so oft. Es ging von mir aus. Seit meinem „Ausrutscher" mit Wilma war ich anders. Zu ihr. Hatte Angst vor Nähe, vor Intimität. Ich fühlte mich scheisse, schuldig. „Willeke, ich hab' dich betrogen, dich bestimmt enttäuscht. Ich bin mir nicht sicher ob du das entschuldigst". Ihre Reaktion war ... unerwartet. „Verdomme. Du hast mich nicht betrogen, ich bin auch nicht enttäuscht. Und entschuldigen muss ich erst recht nichts. Ich nenne es mal höflich du hattest Sex mit einer anderen Frau".

„Aber Wilma ist deine Freundin". „[26]*Verdomme, verdomme, verdomme. **Jaloezie is kut!** Wat ben jij toch een klootzak*". Das sass. Das musste ich erstmal abarbeiten. „Arschloch" war der richtige Ausdruck. „Wenn du überhaupt wen betrogen hast, dann nicht mich, sondern dich selbst. Du hast dich selbst verraten. Und deswegen verweigerst du dich mir gegenüber?" Was sollte, was konnte ich sagen? Nichts. Wie schon so oft.

Willeke zeigte mir wie man miteinander umgehen sollte wenn man sich liebt, wirklich liebt. Offen und ehrlich. Ohne Vorwürfe. Ohne Verurteilung. Sich einfach nur wertschätzen. Die Liebe immer gewinnen lassen.

„Ich möchte mit dir schlafen. Spüren wie sehr du mich liebst. Wie sehr wir verbunden sind. Wir sehr wir zusammengehören. Auch unsere Körper".

Willeke hob meinen Kopf an, weil ich verlegen auf den Boden geschaut hatte während sie mit mir sprach. „Deswegen sage ich dir das immer. Schau' mich an. Augen lügen nie. Schlaf' mit mir". Sie war in die Hocke gegangen. „Und fang' bloss nicht an zu heulen. Nimm mich lieber in den Arm. Und jetzt hab' ich Durst. Und wir Termine. [27]*Kom op*".

---

[26] Verdammt, verdammt, verdammt. **Eifersucht ist scheiße!** Was bist du doch für ein Arschloch!

[27] Mach' voran.

Jetzt wusste ich wieso man die Redewendungen benutzt. „Begossener Pudel". „Geprügelter Hund". Nur war ich in dem Fall derjenige, der sich selbst, den Hund, geprügelt hatte.

Vom Marktplatz aus sah man direkt auf den Hafen, das „Makkumerdiep" und die Boote, die hier vor Anker lagen. Wir hatten einen Platz auf dem Markt gefunden. Die umliegenden Cafés und Bistros hatten den Platz in eine grosse Terrasse verwandelt. Willeke bestellte zwei „Mojitos". „Lass' uns etwas trinken und fröhlich sein. Nur nicht so viel, dass du miteinander schlafen mit stumpfen Ficken verwechselst". Sie prostete mir zu, lächelte mich an. „Du verstehst mich?" „Willeke". „Ja, mein Süsser". „Aber du auch. Du zerkratzt mich nicht – und du beisst mich auch nicht".

Ihren gerade angesetzten Mojito spuckte sie in hohem Bogen wieder aus. „Da bist du endlich wieder. So kenn' ich dich. So mag ich dich". Sie drehte sich um, rief erneut die Bedienung an den Tisch. „Einen Mojito bitte". Ihr Glas war zwar leer, getrunken hatte sie nichts, alles ausgespuckt.

Ein Citroën GS kurvte mehrfach um den Markt, darin bemerkte ich meinen Bruder samt Freundin. Mit einem Handzeichen machte ich mich bemerkbar. Jetzt mussten sie nur noch einen Parkplatz finden. Vorhin, am Deich war mir das Auto gar nicht aufgefallen.

„Hoi, da seid ihr ja, setzt euch zu uns". Willeke schob einen Stuhl etwas vom Tisch ab, gab der Bedienung ein Handzeichen, sie kam an unseren Tisch. „Wir sind komplett, die Speisenkarte bitte". Willeke stellt sich nochmals vor, und abermals Küsschen links, Küsschen rechts.

„Mögt ihr Vis? Frag' sie mal ob sie Vis mögen". Vis, das hatten sie verstanden, ist ja auch kein grosser Unterschied zum deutschen Wort Fisch.

Willeke wollte bestellen. Schnell. „Ich hab' Hunger". Die Bedienung kam, nahm unsere Bestellungen auf. Wieder bat ich meinen Bruder und seine Freundin mit Willeke bitte Englisch zu reden.

Rasch wurde es ein sehr intensives Gespräch zwischen meinem Bruder und mir. Was ich mache? Wie es so geht? Wie ist die Arbeitsstelle? Wo wohnt ihr? Wie wohnt ihr? Und so weiter. Nur die Frage oder die Fragen warum ich Weihnachten nicht auch bei meinen Eltern war liess er aus. Dafür kannte er mich natürlich zu gut, darauf würde ich eh nicht antworten – zumindest nicht zufriedenstellend.

Zu allem anderen hatte ich natürlich reichlich zu erzählen. Die Monate, die ich jetzt bereits in Holland lebte waren extrem erlebnisreich verlaufen. Bei einigen Worten, die Willeke aufschnappte schaltet sie sich ins Gespräch ein. So zum Beispiel bei SHELL. „Er arbeitet für unsere Königin". Mein Bruder sah mich an. „Echt?"

Das war natürlich quatsch, das hatte ich schnell erklärt und richtig dargestellt. Auch die eine oder andere Eskapade liess ich aus. Von den kurzen kriminellen Ausflügen brauchte niemand etwas wissen. Renate, die Freundin meines Bruders, bewunderte Willekes Platin-Halskette mit dem Diamant Anhänger. „Die hat mein Mann mir geschenkt". Wieder fragte mein Bruder nach. „Mein Mann? Hast du geheiratet?" Auch das bedurfte der Richtigstellung. Dass Willeke mich zwar gerne so nannte, insbesondere vor anderen Leuten, wir aber „nur" zusammenlebten, zusammenwohnten.

„Und du und Renate?" Mein Bruder war da ähnlich ausweichend. „Wir kennen uns doch noch nicht so lange". „Ja, erst vier Jahre". Renate sah das anscheinend ein wenig anders. „Aber wie ich das so sehe habt ihr da schon das gleiche Gen, oder?"

„Bist du denn glücklich? Mit deiner Entscheidung? Und allem?" Gerade jetzt war ich zwar nicht 100% glücklich. Nicht zufrieden mit mir selbst. Dennoch kam meine Antwort „wie aus der Pistole geschossen". Ich griff zu Willekes Hand. „Schau' doch selbst. Hätte ich eine bessere Frau finden können?"

Willeke unterbrach ihr Gespräch mit Renate einen kurzen Augenblick, sie hatte sich mittlerweile mit Renate „eingegroovt". Sie lagen auf einer Wellenlänge. Auch wenn sie, Renate, im Vergleich zu Willeke einfach noch lieber und zurückhaltender war – das lag aber garantiert an den bereits anständig weggebecherten Mojitos, von Willeke – waren sie ähnlich „Hippiemässig" unterwegs. Hatten einen ähnlichen Musikgeschmack und auch sonst, in Punkto Umwelt und Spiritualität passten sie gut zueinander.

„Ich bestell' uns nochmal eine Runde, oder?" Willeke hielt ihr leeres Glas in die Höhe. Sei es als Zeichen für „Durst" oder aber, um der Bedienung mitzuteilen „Nachschub bitte". „Für euch auch?" Renate verneinte. „Ein Mineralwasser für mich". Willeke war schon richtig in Feierlaune. „Zumindest ein Bier oder ein Glas Wein. Wasser – da ficken doch Fische drin". Sie prustete laut heraus. Mein Bruder musste mitlachen. „Die ist lustig, deine Freundin".

„Ne, die ist nicht lustig, die ist lebensfroh. Genau das was ich brauche. Ein Mensch der Freude am Leben hat". Willeke hob ihr Glas. „[28]*Gezondheid, mensen*". Stiess mit uns an.

Wie liebte ich den Menschen, den ich da sah. Der Gedanke war nicht einmal zu Ende gedacht, da sagte mein Mund genau das. „Ich liebe dich Willeke". „Und ich dich". Sie stiess erneut mit ihrem Mojito gegen mein Glas, dass es nur so schepperte. Ein Eiswürfel sprang aus ihrem Glas. „Oohps". Sie kicherte.

---

[28] Prost Leute.

Mein Bruder und Renate wollten los. Ob wir uns denn morgen nochmals sehen, zu ihrem Surflager kommen wollten. Das war noch nicht klar, noch nicht besprochen. „Mal schauen, wir wissen ja wo es ist. Wenn nicht, seid ihr gerne zu uns eingeladen. Der Strand ist direkt vor der Tür".

„Jullie zijn uitgenodigd". Willeke sah mich fragend an. „Wie sagt man das auf Deutsch?" Ich übersetzte ihr. „Ihr seid eingeladen". Willeke nahm Renates Hand. „Ihr seid eingeladen". Ich musste lachen. „Das habe ich doch gerade gesagt". Ne, das hast du mir übersetzt, gesagt hab' ich das". An ihrer Stimme konnte ich hören, dass es bei ihr von „leicht blau" bis „richtig blau" nicht mehr weit war.

„So, letzte Runde. Wir müssen die Terrasse schliessen". Die Bedienung wollte gerne abrechnen und sicherlich auch Feierabend machen. „Okay, die Rechnung dann – aber vorher noch einen Mojito. Und du?"

„Danke, nein. Mir reicht es für heute" sagte ich nett aber bestimmt. Mir war unser Gespräch in der Pension wieder in Erinnerung gekommen. Vielleicht hatte sie ihren Wunsch nach „Körperlichkeit" ja vergessen. Vielleicht.

Willeke hatte sich mit ihrem linken Arm bei mir eingehakt. In der rechten „balancierte" sie den Mojito. „Hast du das Glas echt mitgenommen?" Ja klar. Haben wir doch auch bezahlt". Sie kicherte. Jepp, sie hatte gut getankt.

Willeke feuerte ihre Schuhe in das Zimmer. Selbst dafür hatte sie den Mojito nicht abgestellt. Mit den Füssen hatte sie ihr „Schuhwerk" abgestreift. Sie stand jetzt vor mir, schüttelte ihr langes, blondes Haar. „Zieh' mich aus, aber langsam".

Ihr Kleid war vom Decolletè bis zur Hüfte geknöpft. Langsam öffnete ich ihr das Kleid, streifte es über ihre Schultern ab. Den Rest machte sie mit Bewegung ihrer Hüften selber. Das Kleid sank zu Boden. Wie doof war ich eigentlich, dass ich diesen Körper nicht berühren wollte?

Aus der Hosentasche ihrer Jeans, die sie zuvor, bevor wir loszogen, über die Stuhllehne geworfen hatte zog Willeke ein kleines Alufolie-Irgendwas heraus, liess sich bäuchlings aufs Bett fallen. Stopfte ein Kissen unter ihren Bauch. Ihr Hinten ragte etwas in die Höhe. „Leckst du mich? Ich dreh' uns eine Tüte". „Hmmm, so wie du da jetzt liegst?" Sie knickte ihre Waden an, spreizte ihre Schenkel. „Ja".

„Darf ich mich erst ausziehen? Oder muss es sofort losgehen?" Mit Mühe versuchte ich mich zu beherrschen. Wie sie da vor mir lag. Dieser wohlgeformte Hintern. Ich gab ihr einen Klapps auf die Pobacke. „Aber nicht zu feste, etwas schon, aber nicht schlagen". Sie hatte über ihre Schulter geschaut, während sie auf Ellenbogen gestützt den Joint auf der Matratze drehte. „Nicht sofort in sie eindringen. Nicht sofort in sie eindringen". Die Stimme in meinem Kopf hatte gut reden. Ich kroch zu ihr aufs Bett, streichelte ihren Hintern. Sie wackelte auf dem Kissen provozierend hin und her, begann einige Dinge zu sagen. Wie sollte ich mich verhalten? Fühlte mich unsicher. Dann „gehorchte" ich, steckte einen Finger in ihren Po. Willeke atmete tief ein, drehte sich um – mit ihrem Unterschenkel knallte sie gegen meinen Kopf. „Aua". Dann warf sie das Kissen beiseite. „Erst kiffen wir mal einen fetten Joint". Sie zog mich an ihre Brust. „Komm' zu mir, mein kleiner Spritzer". Mir war klar wass passieren würde. Sie war gut besoffen, sagte versautes Zeug zu mir. „Kleiner Spritzer" war noch harmlos. Zwischen den Zügen am Joint streichelte ich ihre Brüste. Immer wieder tauchte das riesige Fragezeichen in meinem Kopf auf. „Wie konntest du nur?" Wir schliefen miteinander. Sehr intensiv, sehr schön. Sie war so warm, sie war so weich. Sie war so heiss. Und sie war so brutal. Alles was sie selbst gesagt hatte galt nicht mehr.

„Leiden"

Nicht nur ihre Hemmungen, ihre Beteuerungen - auch ihre Versprechen hatte sie „über Bord" geworfen. Stattdessen reichlich obszöne Worte mit auf die Reise genommen. Ja, es war schön mit ihr zu schlafen. Es war schön endlich wieder ihren Körper und ihre Wärme, ihre Nähe zu spüren. Es war schön die Liebe zu spüren, die uns durchströmte. Nur der nächste Morgen war nicht ganz so schön, optisch zumindest. Ich hatte wieder eine Nacht mit „Wolverine" verbracht.

Mein Rücken war zerkratzt. Selbst meine Pobacken hatten Spuren ihrer Fingernägel. Wenn ich es genau formulieren sollte – ich war nicht zerkratzt – ich war zerfurcht. Knutschflecken und Bisswunden an Hals und Schlüsselbein. Man hatte locker einen Gebissabdruck von ihr an meinem Schulterblatt abnehmen können. Wie man es so für medizinische Zwecke macht.

Als ich aus dem Bad kam, ich hatte eine Dusche genommen, sagte Willeke das auch. „Es war schön mit dir, es war schön mit uns - es war einfach nur schön". „Ja, mein Schatz".

Mehr wollte ich dazu nicht sagen, davon wären die Blessuren auch nicht weggegangen. Aus ihrer Tasche kramte ich ein Kopftuch von ihr heraus, wickelte es ein paar Mal zusammen, band es mir wie ein Halstuch um. So konnte ich unmöglich „raus" gehen. Maximal in ein Haus für geschundene Ehemänner.

„Hast du das echt nicht vermisst, dass wir so zusammen sind?" Willeke strahlte wie die Morgensonne. Was wollte sie hören? Dass ich darauf stand, dass sie mich so zurichtete? Dass sie zügellos war? Dass sie mich trotz allem mit ihrem „Dirty-Talk" voll anmachte? „Willeke, du kannst du dir nicht vorstellen wie sehr ich dich vermisst habe". Bloss keine Miene verziehen. Bloss kein Wort zu meinen schmerzenden Schulterblättern.

„Ein Indianer kennt keinen Schmerz". Á propos Indianer. Wenn sie Stiefel-Sporen hätte, würde sie mir die auch in die Flanke hauen. Garantiert. Da war ich mir ganz sicher.

Nachdem Willeke auch geduscht und sich angekleidet hatte räumten wir die Pension und gingen Frühstücken. Als erstes bestellte ich mir eine Cola. „Bitte mit viel Eis". „Seit wann trinkst du Cola?" wollte sie wissen. In Wirklichkeit wollte ich nur die Eiswürfel, die ich aus dem Glas „rausfischte". Damit – und einer Serviette verschwand ich auf die Toilette des Lokals.

Sie hatte mich echt übel zugerichtet, meine Schulterblätter brannten und nässten. Dafür waren die Eiswürfel, die ich jetzt in die Serviette gewickelt darauflegte.

Später kaufte ich mir, auf dem Weg zum Parkplatz, wo Willeke den Mercedes abgestellt hatte „Hydrofilm Kühlpflaster". „Wofür ist das?" wollte sie wissen. Nur leicht schob ich mein T-Shirt über die Schulter und liess sie einen Blick darauf werfen. „Siehst du wie sehr ich dich vermisst habe? Ich hab' dich so sehr vermisst". Wir mussten beide lachen.

„Wollen wir auf dem Rückweg in Leiden vorbeifahren?" Willeke sah zu mir herüber, tippte auf die Strassenkarte. „Also ich bin schon da, in Leiden, wenn du mich fragst". Mein Gesicht verzog sich zu einem breiten, sehr breiten Grinsen – vermischt mit etwas Wehleid, vor Schmerzen. Willeke verstand das nicht sofort. Bedeutet „Leiden" doch im holländischen „Führen".

Aber warum eigentlich nicht. Leiden soll sehr schön sein, lag auf dem Weg. Es waren gut 150 Kilometer von Makkum aus. Zum „Surfcamp" wollten wir nicht mehr. Von Leiden bis nach Rockanje waren es dann nur noch schlappe 60 Kilometer. Abgemacht.

Um die Mittagszeit empfängt uns Leiden mit seinen Brücken, Grachten und Singels, mehr dvon gibt es wohl nur

Amsterdam. Insgesamt durchziehen die Stadt knapp 28 Kilometer Wasserwege, über die fast 90 Brücken führen. Um die historische Innenstadt läuft eine sechs Kilometer lange Festungsgracht. Auch sonst hatte die Stadt einiges zu bieten, zumindest was wir in den wenigen Stunden sehen konnten. Ich musste auf jeden Fall zeitig in Rockanje zurück sein, zeitig ins Bett. Allein.

Der historische Stadtkern war mit Kopfsteinpflaster ausgelegt, eine belebte Fußgängerzone, kleine historische Häuser. Der Abschluss war ein ausgiebiger Spaziergang durch den botanischen Garten, der sich direkt hinter den Gebäuden der Universität von Leiden erstreckte. Auf einer Parkbank setzen wir uns, einfach mal für eine Stunde die Seele in dem weitläufigen Park baumeln lassen. Wir waren beide auch ziemlich ausgelaugt, hatten wir es doch heftig getrieben nach der wochenlangen Pause.

Umarmung war nicht, selbst „leisestes" Handauflegen empfand ich als Höllentortur. Dennoch scherzten wir, lachten über uns selbst. „Nicht mal unser eigenes Wort können wir halten".

Einen kleinen Kuss gab ich Willeke. „Können wir uns irgendwie darauf verständigen wie wir miteinander umgehen wollen?" „Was genau meinst du jetzt?" fragte Willeke zurück. „Du weißt schon. Du verstehst es sehr, mich richtig aufzuheizen, da steh' ich auch drauf. Aber – du musst dich, und das meine ich jetzt genau so, du musst dich etwas zurücknehmen. Du siehst ja wie du mich zugerichtet hast. Und das ist jetzt auch kein platter Spruch. Meinen Rücken hast du ja gesehen". Mit einer Hand schob ich das Halstuch weg. „Ich bin zerbissen, zerkratzt. Schau selbst. Was soll ich antworten, wenn einer fragt?"

356 – Gustav Knudsen
Die 1980er Jahre - prägend und einprägend

„Die Gärtnerin"

Willeke entschuldigte sich. „Das ist schon okay, ich hab' dich ja gewähren lassen. Aber du tust mir echt weh. Also richtig". Sie wollte mich umarmen. „Bitte nicht". Da musste ich selbst lachen, als ich das sagte. Das klang nämlich auch so richtig gequält.

Schnell, in einem Moment ohne Passanten im Park, zog ich meine Hose über die Pobacken. „Hier, du hast mich überall … ich kann noch nicht mal sagen was genau du mich hast".

Dann führte ich nochmal das Beispiel an, als sie mich geohrfeigt hatte. Klar, der Gedanke den sie dabei hatte war sicherlich ein anderer. Vermutlich um „auszuloten" was möglich ist. Sicherlich nicht mich zu schlagen, eher um herauszufinden ob diese „Sexpraktik" in unserem Leben Platz hat. „Aber auf die ganz harte Tour steh' ich echt nicht". Manche mögen das vielleicht, ich gehörte nicht zu dieser Gruppe.

Willeke war ein wenig verlegen. „Aber so ein bisschen geht doch, oder?" „Süsse, das kommt darauf an wo die Grenze zwischen ein bisschen und Wolverine ist". Hä? Wolverine? Was ist das?" Als ich ihr von der Marvel Comic-Figur mit den langen Krallen erzählte musste sie lachen. „Ja, ein bisschen sieht das so aus".

Es war warm, um nicht zu sagen heiss. Der Sommer hatte Einzug gehalten. Aber so richtig. Nach Feierabend gab es nur eins, direkt zum Strand. Nur eben schnell das Auto geparkt, Fahrrad aus dem Schuppen, ein Handtuch eingepackt – ab ins Wasser. Willeke war meist bereits seit Stunden dort, das war sehr schlau von ihr. Wir hatten uns einen „festen Platz" in der Nähe der Dünen gesucht wo wir uns dann trafen. Willeke war mittlerweile sehr braungebrannt, ihre blonden Haare waren noch blonder geworden, bildeten einen nicht zu übersehenden Kontrast zu ihrer bronzefarbenen Haut.

Sie wartete auf mich, entweder gingen wir auf ein abkühlendes Bad in die Nordsee, dann auch mal ins „Badlust" um ein, zwei kühle Bierchen zu zischen oder zurück in die Dünen, um dort völlig relaxt einen Joint zu rauchen, uns von unserem Tag zu erzählen.

In der Regel waren auch immer mindestens drei oder vier Freunde da. Bewohner der „Boerderij", also beispielsweise Nico oder Alberto. Manchmal auch Wilma, die sich dann, wenn ich eintraf, schnell „verabschiedete". Sie wollte mich weder sehen, noch sich mir nackt präsentieren. Reden konnten wir sowieso nicht miteinander, uns nicht mal in die Augen schauen.

Wenn das mal nicht der Fall war, also Willeke allein am Strand, also an „unserem" Platz in den Dünen war – allein war man natürlich nie, aber der Rest tummelte sich direkt am Strand - verzogen wir uns auch mal schnell weiter in die Dünen hinein, ins Dünengras.

Eigentlich ist das gar kein Gras, sondern Strandroggen oder Strandhafer, der der Dünenbefestigung dient. Hübsch anzusehen mit seinen großen, blaugrau gefärbten Horsten.

Der Grund war aber weniger das Interesse an den Pflanzen, sondern dass wir hier, etwas vom Strand entfernt, miteinander schlafen konnten. Es war reizvoll - zum einen der Gedanke man könnte von einem der Leute „erwischt" werden, die sich zum Pissen oder Scheissen in die Dünen begaben - also beim Sex gestört werden. Blieb natürlich die Frage wem das unangenehmer sein könnte? Uns, weil wir miteinander schliefen oder für den anderen - weil er beim Kacken beobachtet werden konnte?

Zum anderen war es auch ein besonderes Hautgefühl den feinen Sand am Körper zu spüren.

Der Anblick von Willekes nacktem Körper war irgendwie „drollig". Ihre Brüste und ihr Schambereich waren, im Vergleich zum restlichen Körper, „käsig" - es sah aus als wenn sie einen weissen Bikini trug.

Mein ganzer Körper bekam immer nur für kurze Momente Sonne ab, den ganzen Tag über war ich in die schützende Ledermontur der SHELL eingepackt. Nur mein Kopf, mein Gesicht, war durch die Strahlung des Lichtbogens beim Schweissen braungebrannt. Es sah ein wenig aus wie ein Leuchtturm, der über meinem Rumpf herausragte. Willeke rieb mir sogar den Hintern mit Sonnenmilch ein. „Nicht dass du auf dem Arsch einen Sonnenbrand bekommst".

Die Abende verbrachten wir meist auf der Terrasse hinter unserem Haus. Abends war Willeke damit beschäftigt die Gemüsepflanzen und Blumen zu wässern, Unkraut zu zupfen. Am Tisch sitzend sah ich ihr dabei gerne zu. Also nicht, weil ich ihr gerne beim Arbeiten zusah, sondern weil sie jetzt, in der warmen Jahreszeit wieder nackt unter ihrer Latzhose war. Ihre Brüste baumelten verlockend an den Hosenträgern vorbei. Mehr als einmal konnte ich nicht widerstehen. Mir war natürlich klar, dass sie das aus Berechnung machte, ihre Titten raushängen liess. Als Aufforderung, der ich nur zu gerne nachkam.

„Wollen wir heute einen französischen Abend machen?" Es war richtig heiss gewesen tagsüber, ich hatte frei, es war Wochenende. Tagsüber war ich mit dem Fahrrad über die Polder gefahren, hatte einfach nur dem Wasser in den Grachten zugeschaut wie es ganz langsam vor sich hindümpelte.

Willeke sah mich fragend und lachend zugleich an. „Soll ich dir einen blasen, oder was meinst du?" Nein, das hatte ich nicht gemeint, sollte aber über dieses Angebot doch mal ernsthaft nachdenken. „Nein Süsse. Wir trinken uns eine Flasche Wein, den wir in Frankreich, im Burgund bei der

Weinkellerbesichtigung gekauft haben und setzen uns gemütlich zusammen".

„Das ist ein guter Vorschlag. Weißt du wie lange das schon her ist? Und wie schön das war?" Genau das meinte ich. Gemeinsam und verbunden an unser Erlebtes zurückdenken. Natürlich auch den leckeren Wein vom „Château Meursault" trinken. „Wenn du mir aber unbedingt einen Blasen möchtest nehm' ich das Angebot natürlich gerne an".

Um den Wein etwas zu kühlen legte ich eine Flasche für einige Minuten ins Eisfach des Kühlschranks. Willeke hatte eine kleine „Käseplatte" vorbereitet.

Da war so einiges was wir auf unserer Reise durch Frankreich, auf den fast 3.000 zurückgelegten Kilometern, erlebt hatten. Eine Reise nicht nur durch ein Land mit einer grossartigen Historie – vor allem war es eine Reise mit meiner Freundin, eine intensive Zeit. Ich war froh, dass wir das gemacht, gewagt hatten. „Eine Reise zu dir, mein Schatz", so nannte ich das.

Der Wein hatte mittlerweile die richtige Temperatur. Nicht zu kalt, denn es ist ein Irrglaube, dass Wein aus dem Kühlschrank kommen muss. Früher, zu Zeiten als man den Wein „erfand" gab es keine Kühlschränke, nur kühle Keller.

Der Chateau de Meursault Savigny-Lès-Beaune war ein „Gedicht". Ein reiner Ausdruck des Pinot Noir, mit Aromen von Kirsche, Erdbeere und einem Hauch von schwarzer Johannisbeere. Der Geschmack der Jahrzehnte lang kultivierten Trauben, das „Terroir" wie es der Fachmann nannte, liess vor unserem geistigen Auge direkt wieder die Landschaft des Burgunds spüren - steinige, dunklen Böden - erscheinen. „Haben wir da nicht irgendwo in dem Schloss übernachtet?" „Ja Süsse, schön, dass es dir wieder einfällt. Da hast du deinem Johan dermassen einen eingeschenkt, erinnerst du dich auch daran?" Wir mussten beide lachen, Willeke hob ihr Glas. „Gezondheid Johan".

Spät in der Nacht brachte „Johan" seine Königin in ihr Gemach. Der Diener und „ihre Majestät" schliefen miteinander.

Es war ein Mittwoch. Ich erinnere mich deswegen so genau, weil es Willeke war, die nicht nur beim Metzger einkaufen war, sondern auch in der Küche stand und brutzelte. „Hoi, heute mach' ich mal den Frika-Day für uns".

Der Tisch im Garten war gedeckt. Frische Schnittblumen standen als Deko auf dem Tisch, es war alles sehr schön vorbereitet. „Setz' dich schon mal, nimm Bier mit, ich hab' dir einiges zu erzählen" sagte Willeke während sie die Frikas formte und in die heisse Pfanne legte.

„Wie war dein Tag?" wollte Willeke wissen, aber mehr als Einleitung für das was sie mir erzählen wollte. Wie sich dann herausstellte. Denn es war nur noch sie, die redete, wie ein Wasserfall. Sie habe am Vormittag, als sie unterwegs war um einige Einkäufe zu erledigen, am Rathaus im Aushang-Schaukasten, der dort neben der Eingangstüre montiert war, eine Stellenausschreibung gelesen. „Gärtnerin dringend gesucht". Und sei auch direkt mit dem Fahrrad dorthin.

„Die Gärtnerei ist in Stuifakker, gar nicht weit von Rockanje entfernt". Nachdem sie sich vorgestellt habe und zwei oder drei Stunden dort „zu Probe" gearbeitet habe, sei ihr der Job angeboten worden. „Klar, ist kein leichter Job. Man muss sich auch viel bücken, aber wenigstens werde ich da nicht gefickt, wenn ich mich vornüberbeuge". Sie fange „schon morgen" an. „Weißt du wie froh ich bin? Wie sehr ich mich freue?" Es war ihr anzusehen.

Willeke hatte sich ja bereits seit geraumer Zeit von ihrem alten „Job" verabschiedet. Jetzt hatte sie endlich etwas gefunden das ihrem Naturell entsprach. Die Arbeit im Garten, mit Pflanzen. „Damit fällt das auch komplett von mir ab – nie mehr meinen Körper verkaufen müssen".

Ich freute mich sehr für sie. „Aber da kannst du sicher nicht deine Latzhose anziehen und die Titten raushängen lassen, oder?" Willeke lachte laut. „Nein, ich habe natürlich auch andere Klamotten. Das mit den Titten mach' ich nur für dich, mein Schatz".

Willeke war in der Küche. Sehr verwundert fragte ich „Du bist schon wach?" Das war eigentlich nie der Fall, wenn ich zur Arbeit fuhr. „Ich bin so aufgeregt, heute ist mein erster Arbeitstag". „Aber wann fängst du denn an?" „Erst um neun, aber ich kann es kaum erwarten".

Leider hatte ich wenig Zeit um noch mit ihr zu reden. Morgens trank ich mir einen „schnellen" Kaffee und fuhr dann direkt zur SHELL. Richtiges Frühstück gab es dort. „Ich wünsch' dir einen schönen Tag, Süsse". Weg war ich.

Tagsüber musste ich ein paar Mal an Willeke denken. Nicht dass ich sonst nicht an sie dachte, aber eben heute, an ihrem ersten Arbeitstag, besonders. Wie es ihr ging? Der Job war bestimmt auch anstrengend satt, insbesondere jetzt im Hochsommer.

Sie war noch nicht zuhause als ich zurückkam. „Oh, dann ist das auch ein langer Tag für sie". Also machte ich mich daran das zu übernehmen was sie sonst tat. Ein wenig aufräumen, essen zubereiten. Es war etwas nach sechs Uhr, durch das Küchenfenster sah ich Willeke auf ihrem Fahrrad in den Garten kommen.

Sie kam ins Haus, gab mir einen flüchtigen Kuss. „Ich mach' uns schnell Essen, dann muss ich duschen. Ich bin fix und fertig". Sie war aufgedreht und hektisch. „Geh' direkt duschen, ich habe schon alles gemacht".

Das Essen war fertig, ich servierte im Garten. „Na, lass' hören, wie war dein Tag?" Willeke hatte direkt angefangen zu essen. Sie war hungrig, das sah ich am Tempo wie sie die Mahlzeit „reinspachtelte". Zwischen zwei Bissen sagte sie „Morgen muss ich auf jeden Fall Broodjes oder so was mitnehmen, ich hab' voll Hunger. Und irgendwas Flüssiges. Wasser".

„Na, erzähl' schon". Ich war gespannt. Und dann sprudelte es aus ihr hervor. „Tolle Arbeitskollegen. Anstrengende Arbeit. Aber sehr abwechlungsreich. Sicher, nicht alles am ersten Tag". Ihr Chef hatte ihr gezeigt was alles auf sie zu kommen würde. Es war mehr ein Gartenbaubetrieb denn eine Gärtnerei. Willeke holte eine Broschüre der Firma, die sie mitgebracht hatte. Die Beschreibungen waren natürlich sehr blumig. Aber welche Firma würde schon schreiben „Bei uns musst du dir den Arsch abbraseln und wirst schlecht bezahlt".

„Viele gestalterische Möglichkeiten, deine Arbeit findet draussen statt, Hier ist Bewegung angesagt, nicht wie in einem Büro, wo du den ganzen Tag sitzen kannst. Klar, deine Aufgabe besteht nicht nur aus Harken und Pflanzen zurückschneiden – obwohl das natürlich auch dazu gehört. Die Mischung aus Pflanz- und Steinarbeiten macht den Beruf interessant. Man sollte allerdings auch keine Probleme mit Hitze und Kälte haben, da man das ganze Jahr draußen arbeitet und man sollte körperliche Kraft, Durchhaltevermögen, Ehrgeiz und Biss mitbringen".

„Also Süsse, wenn einer das alles hat, nämlich körperliche Kraft, Durchhaltevermögen, Ehrgeiz und Biss, dann bist du es doch". Willeke sah mich an. „Danke für die Komplimente, aber ehrlich? Ich bin so was von kaputt. Jetzt verstehe ich warum du immer früh schlafen gehst".

Sie räumte das Geschirr ab, kam mit der kleinen Holzdose, in der wir unsere „Kiffutensilien" hatten wieder zurück. „Wollen wir noch einen Joint zusammen rauchen?

Dann muss ich ins Bett". Das kannte ich nur zu gut, dennoch musste ich herzlich lachen. „Ach schau' an, das ist aber doch mein Satz".

Und in der Tat, Willeke verabschiedete sich recht flott. „Ich geh' ins Bett. Bei dir". Mit fragendem Blick hakte ich nach. „Wieso bei mir, was ist mit deinem Bett?" „Dann kann ich mit dir zusammen aufstehen, du stehst ja immer früh auf". „Ich kann dich auch wecken". „Nein, ich möchte bei dir sein".

Später, viel später, ich hatte mir noch ein paar Bier getrunken, etwas geraucht und den Abend im Freien genossen, kroch ich zu ihr ins Bett. In mein Bett.

$$***** $$

Gut vierzehn Tage später, Willeke hatte sich in ihrem Job gut eingelebt, war auch schon lange nicht mehr so körperlich fertig wie in den ersten Tagen erzählte sie mir von einer Arbeitskollegin, Linda. „Sie ist total nett, wir verstehen uns blendend. Ich habe sie eingeladen, sie kommt morgen nach Feierabend direkt mit". Dann noch, dass sie, Linda, alleine lebe, noch niemanden kenne, weil sie nur für die Saison hier in Rockanje sei, eigentlich aus Roosendaal in Noord-Brabant komme. „Du wirst sie mögen". Das sollte mir nicht schwerfallen, ich mochte Frauen generell.

„Das passt doch, ist dann ja sowieso Wochenende. Wir können gerne was zusammen unternehmen". Es freute mich, dass Willeke auch in ihrem Arbeitsumfeld eine Freundin um sich hatte.

„Heiligenschein der Sünde"

Die beiden kamen angeradelt. Ich hörte sie schwatzen. „Geh' direkt mal duschen, komm' hier lang". Dann erst kam Willeke zu mir. „Hoi, Sweetheart". Gab mir einen Kuss zur Begrüssung. Verschwand aber direkt nach oben, in ihr Zimmer. Mit Klamotten bepackt kam sie wieder. „Das ist für Linda, dann kann sie sich umziehen".

Willeke hatte Bier aus dem Kühlschrank genommen, sich die „Dope-Dose" geschnappt. „Wollen wir uns draussen hinsetzen?" Das war aber gar keine Frage, sie war schon unterwegs.

Linda kam zu uns an den Tisch. Küsschen links, Küsschen rechts. „[29]*Hoi, ik ben Linda*". Mir hatte es die Sprache verschlagen. Willeke hatte ihr nicht nur schöne Sachen von sich rausgesucht – sie war eine Schönheit. Nicht im „klassischen" Sinne, zumindest nicht in meinem klassischen Sinne. Aber sie war eine Schönheit, weil sie so ganz anders aussah als andere. Linda hatte rote Haare, ihr Gesicht war übersät mit Sommersprossen, die bis zu ihrem Decolleté heruntergingen. Und ein Lächeln – zum Niederknien. „Setz' dich, unterhaltet euch ein wenig. Ich bin gleich bei euch, ich geh' auch schnell duschen". Und weg war Willeke.

Mir gingen sofort Sätze durch den Kopf – wie „Rote Haare, Sommersprossen sind des Teufels Artgenossen". Oder „Rote Haare, krauser Sinn, da steckt der Teufel drin". Und dann noch „Rotes Haar, nimm dich in Acht, hat noch jedem Leid gebracht".

Linda begann etwas zu erzählen. Ich hörte nicht wirklich zu, sah sie nur an. „Hast du auch rote Schamhaare?"

---

[29] Hallo, ich bin Linda.

sagte mein Mund. Linda lachte. „Ja, ich bin eine richtige Rothaarige, nicht gefärbt - eine Hexe".

Nachdem Willeke aus dem Bad zurück war nahm die Unterhaltung „Fahrt auf". Wir hatten noch nicht so viel geredet, ich hatte sie, Linda, mehr oder minder nur „angeglotzt". Sie hatte das bemerkt. „Das geht mir oft so, dass ich Besonders angesehen, gemustert werde. Es sind aber nur rote Haare. Gut, dass sich die Zeiten geändert haben - früher wurden rothaarige Frauen verbrannt". Mir geisterten die Klischees durch den Kopf. Rothaarige - Untreue oder Übersensibilität wurde damit verbunden. Aber vor allem eins – ich war scharf auf sie.

Sie, die Rothaarige war schon eine Seltenheit, nur zwei Prozent der Menschheit, haben durch eine Mutation des Gens MCR1 rote Haare, blasse Haut und Sommersprossen. Willeke blieb das nicht verborgen. Als wir für einen Moment gemeinsam im Haus waren - sie wollte eine Kleinigkeit zu essen vorbereiten, ich Bier holen - sagte sie „Rot ist die Farbe von Eifer, Wein, Fieber und Blut. Aber denk' dran - Rot signalisiert Gefahr. Die macht dich an, oder?"

Wir hatten anständig gebechert. Willeke hatte Linda angeboten bei uns zu übernachten. „Wir wollen ja morgen sowieso etwas zusammen unternehmen, bleib' einfach bei uns".

Direkt nach dem Frühstück wollten wir zum Strand. Bereits morgens war es so warm, da musste man sich abkühlen. „Dann kann ich Linda auch unseren Platz zeigen, dann kann sie auch immer da hinkommen, wenn sie Lust hat".

„Ich geh' nicht so gerne an den Strand" war Linda's Antwort. „Mit meiner hellen Haut ist das so eine Sache, lieber nicht".

Willeke hatte bereits einiges an Zeugs in ihren Fahrradsatteltaschen verstaut. Handtücher, Bikini und was weiss ich noch alles. Sie griff in eine der Taschen, holte zwei Bikinis heraus. „Den habe ich für dich eingepackt". Hielt den Zweiteiler Linda vor die Nase. „Die brauchen wir aber nicht, fahren zum Quackjeswater. Da ist es schattig – und schwimmen können wir da auch. Nackt sogar".

Die beiden Frauen radelten voraus, selbst während der Fahrt hörten sie nicht auf zu schwatzen. Es fiel mir schwer mich zwischen den beiden sich auf und ab bewegenden Hintern vor mir zu entscheiden. „Scheiss drauf, zieh' es dir einfach rein" sagte der kleine Mann in meinem Ohr. Wie Recht er hatte. Zwei Knackärsche, an deren oberen Ende einmal blondes Haar war, einmal rotes.

Es war genau wie Linda gestern gesagt hatte, ihr Schamhaar war kraus und rot. So etwas hatte ich noch nie gesehen. Jetzt konnte ich auch sehen, dass ihre Sommersprossen bis auf ihre Brüste reichten. Nicht so viele wie im Gesicht und am Hals, aber dennoch. Viele kleine Punkte waren auf ihren Titten versprenkelt. Ich musste schnell ins Wasser. „Mach', bevor den beiden auffällt, dass du gleich einen Ständer bekommst".

Die Abkühlung tat gut, in jeder Hinsicht. Mit den Handtüchern hatte Willeke so eine Art „grosse Decke" ausgelegt. Wir erzählten, kifften, lachten.

Linda war sehr nett, sehr sympathisch.

Bei der zweiten „Kiffrunde" rutschte Willeke an mich heran. „Du hast dich extra so gesetzt, dass du Linda zwischen die Beine gucken kannst, nicht?" Grinsend fasste sie meinen Penis an. „Aber da läuft nichts, okay?" Ich zog an der Tüte. „Ja, und damit meine ich beides. Linda ist die erste rothaarige Frau, die ich nackt sehe, ich kann gar nicht anders als sie ansehen – und nein, es läuft nichts". Willeke schmunzelte. „Linda, der steht auf dich". Sie hielt meinen Penis immer noch in der Hand, bewegte sie auf und ab. „Also beide, er und sein Pimmel, siehst du".

Was für ein Luder sie doch war. Fummelte mir solange am Pimmel herum bis er stand um dann Linda den steifen Penis zu präsentieren. Linda kicherte. „Ja, ist nicht zu übersehen". Ich musste schleinigst ins Wasser.

Schwomm im erfrischend kühlen Wasser, musste mir aber selbst eingestehen, dass es gelogen war, dass ich sagte „es läuft nichts". Ich wollte mir ihr, mit Linda, ficken. Dann aber fiel mir genauso siedend heiss ein, wie scheisse diese Begierde mit Wilma geendet war. Aber irgendetwas musste an dem Mythos der rothaarigen Frauen Wahres dran sein. „Die hat der Teufel höchstpersönlich geschickt um dich in die Hölle zu holen". „Vergiss es besser".

So langsam wurde es in dem bewaldeten Gebiet rund um den See doch kühl. „Wollen wir nicht langsam mal abhauen? Ich könnt' auch gut was essen" schlug ich vor. Linda sagte, dass sie auch bald mal nach Hause müsse. „Dann gehen wir vorher noch zum China-Restaurant. Du bist eingeladen" war Willekes Reaktion.

Mit den Rädern war das auch nicht weit. Wir verputzten reichlich und ausgiebig, tranken ein paar Bier dazu. „Kein Problem, wir können ja morgen alle ausschlafen".

Nach gut zwei Stunden verliessen wir „De Chinese Muur", satt und angetrunken. Linda verabschiedete sich. Küsschen links, Küsschen rechts. Von Willeke noch zusätzlich mit einer innigen Umarmung. „Wir sehen uns".

Willeke hielt während der Fahrt meine Hand. „Sie ist nett, nicht wahr?" Das war absolut richtig. „Ja, sehr nett. Schön dass ihr euch so gut versteht".

Ein bisschen, oder gar ein bisschen mehr war es ja auch mir „zu verdanken", dass Wilma nicht mehr so oft kam. Daher erschien es mir umso wichtiger, dass Willeke eine gute Freundin gefunden hatte.

Wir schoben die Fahrräder in den Schuppen. „Wollen wir da weiter machen, wo wir eben aufgehört haben?" Willeke sah mich an. Ich wusste mit der Frage nichts anzufangen. „Was meinst du?"

Jetzt grinste sie. „Na, als du Linda deinen Ständer gezeigt hast". „Hör' mal, erstens hab' ich ihr nicht meinen Ständer gezeigt, das warst du, das hast du doch extra gemacht". „Ja, haargenau, das habe ich extra gemacht".

Meine Arme legte ich um sie herum um sie festzuhalten. „Na warte, du Luder". Willeke befreite sich mit einer Drehung aus der Umklammerung, machte zwei Schritte nach vorne, rief mir schelmisch zu „Hol' dir dein Luder".

„Lang zal ze leven"

Mit ein paar schnellen Schritten war ich bei ihr, warf sie im Wohnzimmer auf die Couch. „Ich hab' dich". „Dann nimm mich".

Während wir miteinander schliefen redete Willeke mit mir. Nicht nur obszönes Zeugs, auch „normale" Dinge, wenn man das als „normal" bezeichnen konnte. „Hättest du Bock auf Linda? Ich meine, würdest gerne mit ihr …?" „Willeke, ich kann das nicht". „Was? Mit Linda?" „Nein, ich kann nicht mit dir schlafen und dabei grossartig reden. Erst recht nicht über eine andere Frau".

Willeke war ins Bad gegangen, hatte eines unserer Handtücher geholt, die wir mit zum Baden genommen hatten, legte es auf die Couch, setzte sich darauf. Wenn wir miteinander geschlafen hatten lief danach immer viel Sekret aus ihrer Vagina heraus. „Damit die Couch nicht versaut wird". Dass sie selbst in den kuriosesten Situationen auf „Ordnung" bedacht war – das nannte man wohl Marotte. Sie rieb sich mit einem Zipfel des Handtuchs zwischen den Beinen trocken. „Na, dann sag' doch jetzt mal. Hättest du gerne was mit Linda".

Ja, den Gedanken fand ich reizvoll. Weil sie optisch so ganz anders war als alle anderen. „Ja, schon. Insbesondere weil sie rothaarig ist".

Dann erzählte ich Willeke, dass ich den Gedanken auch am Quackjeswater hatte. Aber auch wie schnell mich das mit Wilma eingeholt hatte. „Ich hab' es schon einmal verkackt. Nicht nur für mich. Wilma verabscheut mich. Und du hast wegen mir eine Freundin verloren. Zumindest ist es zwischen euch nicht so wie vorher".

„Verkackt ist kein guter Ausdruck, insbesondere nach dem Arschfick". Willeke lachte. Das fand ich aber nicht unbedingt eine lustige Pointe.

Die Zeit der heftigen Hitze war vorbei, zwar immer noch Sommer, aber eben etwas kühler, etwas erträglicher. Für Willeke war das auch eine mächtige Erleichterung. Gärtner zu sein hat auch mitunter anstrengende Seiten. In den letzten Wochen hatte sie mit ihren Kollegen und Kolleginnen einen grossen trassenförmigen Garten bei vermögenden Kunden anlegen müssen.

Mir machte die Temperatur nicht so viel aus. Es war sowieso immer heiss beim Schweissen. Sommer oder Winter machte da keinen grossen Unterschied.

Linda kam jetzt auch öfters zu Besuch, auch „unter der Woche" - mal auf ein oder zwei Bierchen. Meist sass sie dann mit Willeke im Garten oder sie machten sogar in unserem, eigentlich natürlich Willekes Garten, etwas gemeinsam. Sich um die Pflanzen und Blumen kümmern. Sie waren echte Gärtnerinnen, durch und durch.

Ich mochte Linda. So richtig, als Freundin. Der Wunsch mit ihr „intim" zu werden war verflogen, im gleichen Masse wuchs unsere Sympathie füreinander. Ihrem Aussehen, ihren roten Haaren, ihrem, mit Sommersprossen übersätem Gesicht – aber vor allem ihrem Lächeln war ich weiterhin erlegen. Sie hatte einfach diesen Reiz des nicht Alltäglichen. Sie war einfach anders als die anderen. Sie sah, wie man so sagt – und zum Klischee passend – „teuflisch gut" aus.

Vor einigen Tagen hatte abends mein Bruder angerufen. Er wolle zum Surfen kommen, mal den Strand bei uns probieren. Und ob er zwei Freunde mitbringen könne, die ich bereits in Makkum gesehen hatte. Er würde dann am kommenden Wochenende kommen.

Aber genau an dem Wochenende wollten wir Willekes Geburtstag feiern. Unsere Freunde, Willekes Freunde und Eltern waren bereits eingeladen. Trotzdem sagte ich meinem

Bruder zu. Willeke war weniger begeistert. „Aber egal, wir feiern sowieso, da fallen ein paar mehr auch nicht auf". Dann sagte sie im Gehen noch „Die fallen gar nicht auf, die trinken doch sowieso nichts".

Für den darauffolgenden Freitag konnte ich mir ab mittags „Urlaub" nehmen. Willeke hatte ebenfalls frei bekommen. „Das ist total nett von meinem Chef, dass er das genehmigt hat". Allerdings war das alles andere als „frei". So eine Party zu organisieren ist bei unserem Freundeskreis, bei der Meute, schon Schwerstarbeit.

Der Ford Escort war mit Bierkästen randvoll geladen. Dennoch fuhr ich noch eine zweite Tour, auch jetzt machte ich den Kofferraum randvoll. Dann noch ein drittes Mal. Zu Albert Heijn und zum Metzger.

Ein paar Tage zuvor hatte ich bereits in Brielle zwei Grills gekauft. Und Alberto hatte ich gebeten, dass er doch ein Lamm zubereiten möchte. Wenn das einer könnte, dann er. Die hungrigen Mäuler konnten gestopft werden. Und weil ich ja schon da war, auf der „Boerderij" hatte ich Wilma gebeten auch zu kommen. „Du machst Willeke eine grosse Freude, es ist ja ihr Geburtstag. Vielleicht können wir ja …". Wilma unterbrach mich. „Willeke hat mich bereits eingeladen. Aber du zeigst dann doch Grösse, dass du mich fragst. Und mutig bist du auch".

Wie sollte ich mich jetzt verhalten? Allen Mut hatte ich zusammengenommen um ihr das zu sagen, um ihr gegenüber zu treten – und sie war schon eingeladen. Ich wackelte ein wenig hin und her. Verdammt, wie verhalte ich mich Wilma gegenüber? Dann, völlig unerwartet, überrumpelte Wilma mich mit ihrer Antwort. „Wir sollten uns das verzeihen, oder? Wir haben das beide vergeigt. Es tut mir so weh, dass ich mit Willeke gebrochen habe. Weil wir beide so doof waren". Sie kam einen Schritt auf mich zu. „Willst du? Wollen wir?"

Ich war überwältigt, Tränen schossen mir in die Augen. „Wilma, wirklich?" „Damit das aber klar ist, es gilt - [30]*vergeet nooit, vergeef altijd*".

Mit ausschlafen war, trotz Samstag, nichts. Wir hatten den Arsch voll Arbeit. Willeke war schon „zugange", aufgeregt und aufgedreht. „Sag' mal, wieviel Leute kommen denn eigentlich?" Sie hatte nicht wirklich Zeit für mich und meine Frage. „Ich weiss es nicht genau, aber schon einige".

„Nicht einmal in Ruhe Kaffee trinken kann man". Linda war eingetrudelt, kurz darauf kam auch Wilma schon. Ein wenig überrascht war ich schon. „Es ist nicht einmal zehn Uhr, geht es schon los?" Aber es freute mich dennoch sehr, die beiden zu sehen. „Hallo Ladies". Küsschen links, Küsschen rechts.

Nicht nur ich, auch Willeke war überrascht, dass Wilma und ich uns in der Art begrüssten. „Wir haben uns wieder vertragen" erklärte Wilma. Dabei schaute sie zu mir. „Haben wir doch, oder?"

Willeke umarmte ihre beiden Freundinnen herzlich und innig. „Schön, dass ihr schon da seid". Sie waren schon so früh gekommen um Willeke zu helfen. Wie nett und aufmerksam. Dann doch echte Freundinnen.

Willeke setzte sich einen Moment zu mir. „Schön, dass du dich mit Wilma ausgesprochen hast. Das bedeutet mir sehr viel". Sie machte eine Kopfbewegung in Richtung Linda. „Und die Scheisse machst du jetzt nicht noch einmal, mit ihr. Oder?"

Mein Kaffee war „runtergestürzt", ich musste zu Albert Heijn. Fertig portionierte und abgepackte Eiswürfel kaufen, die

---

[30] Vergiss niemals, vergib immer.

Getränke mussten gekühlt werden. Zumindest ein Teil, damit der Rest normal im Kühlschrank runterkühlen konnte.

„Ich fahr' schnell mit dem Rad, mit deinem, da sind grosse Taschen dran". Willeke nickte mir zu. „Ja, aber mach' voran, trödel' nicht rum".

Es war schwierig die Einfahrt zum Haus direkt zu sehen. Die Strasse war zugeparkt. Zugeparkt mit einem gelben Mercedes Postbus, dahinter ein VW Fridolin, ebenfalls ein ehemaliges Postauto und dann ein BMW mit einem Bootstrailer, darauf ein „Hobie Cat", ein kleiner Segel-Katamaran. Auf dem Dach des grossen Busses waren etliche Surfbretter befestigt. „Scheisse", das hatte ich vergessen. Das musste mein Bruder mit seinen Freunden sein. Er stand mit drei weiteren Typen im Garten um den Tisch herum. „Hallo" klang es fast synchron aus ihren Mündern.

Mein Bruder stellte die drei nochmals vor, hatte er zwar schon einmal in Makkum getan, aber das war gut. Ich hatte weder ihre Namen behalten, noch mir ihre Gesichter gemerkt. „Das sind Reinhard, Martin und Micha". Er zeigte durch das Küchenfenster in die Küche. „Und das ist Sabina, Michas Freundin". Hatte ich in Makkum nicht „Sabrina" verstanden? Oder einfach nur verstehen wollen?

Sie hatte sich direkt zu den drei Mädels gesellt und war auch schon dabei irgendein Gemüse klein zu schneiden oder zu schälen, putzen.

„Seid mir nicht böse, ich hab' das völlig verpeilt, dass du … dass ihr kommt. Seht ihr ja selber was hier los ist. Ich habe echt keine Zeit für euch".

„Wieso? Was ist denn los hier?" wollte mein Bruder wissen. Kurz erklärte ich die Situation. Dass alles auf „Hochtouren" laufe - für Willekes Geburtstagsfeier. Und dass daher, „verständlicherweise", alles andere hintenanstehen müsse.

„Dann kommst du nicht mit zum Strand?" Pfff, was für eine Frage. „Natürlich nicht".

Der Weg zum Strand war schnell erklärt, die Surfkarawane zog davon. Lediglich Sabina blieb. „Haben die dich vergessen?" Jetzt erst hatte ich einen Moment Luft um Sabina zu begrüssen. „Nein, ich helfe lieber, das ist ja auch mehr ein Ding der Jungs, diese Surferei".

Sie war mir direkt sympathisch. Eine nette, junge Frau, sehr ruhig. Mit leiser Stimme, irgendwie „nur lieb". Aber extrem hilfsbereit und empathisch, das spürte ich sofort.

Im Bad stellte ich mehrere Schüsseln und kleine Plastikwannen auf. Die Eiswürfel hinein, dann die Bierflaschen und ein paar, wenige Flaschen Cola, Seven-Up und Tonic. Es ging jetzt „Schlag auf Schlag".

In der Küche sah es mittlerweile aus wie auf einem Schlachtfeld. „Kannst du dann jetzt die Grills aufbauen?" Willeke war auch zum General auf diesem Schlachtfeld geworden. Aber eine musste ja den Überblick haben. Und das war eben Willeke. Das war mir recht, konnte ich so auch ein wenig der Hektik entkommen. Und auch dem Geschnatter der Frauen in der Küche. So war das bestimmt früher, am Hof irgendeines Königs. Die „Weiber" kümmerten sich um alles. Und redeten dabei, vor allem durcheinander, laut und schnell.

Nach und nach füllte sich der grosse Tisch mit allen möglichen, schon vorbereiteten Dingen. Kartoffelsalat, Nudelsalat, Reissalat und was es sonst noch vorzubereiten galt.

„Damit könnt ihr eine Armee versorgen" musste ich lachen. Wilma war kurz an den Tisch gekommen. „Du kennst doch unsere Freunde, die fressen das alles weg, egal was und wieviel wir auch hinstellen". Jepp, das war in der Tat so.

Lediglich durch eine kleine „Kiffpause" unterbrochen liefen die Vorbereitungen in der Küche weiter. Sabina kam zu mir. „Ich hab' vorhin gesehen, dass ihr Fahrräder habt. Kann ich mir wohl eins ausborgen?" Und wie sie denn in die Stadt komme? Und wo dort ein „Geschenkeladen" sei? „Was für eine Stadt?" wollte ich wissen. „Rockanje, das ist eigentlich ein Dorf. Und was für ein Geschenkeladen?"

Sie müsse doch zumindest ein Geburtstagsgeschenk für Willeke besorgen, und wenn es nur eine „Kleinigkeit" sei. Wir gingen zum Schuppen, ich erklärte Sabina den Weg ins Dorf. „Musst du einfach mal schauen, was es da gibt".

Der Grill benötigte meine Aufmerksamkeit. Schnell etwas Grillkohle nachlegen. Durch das geöffnete Küchenfenster fragte Willeke „Du hast das im Griff?"

Die Zeit verging. Schnell. Hektisch. Aus dem Bad hörte ich lautes Gekichere. Ich warf einen Blick hinein. Willeke, Wilma und Linda duschten. Zu dritt. „Ihr scheint ja Spass zu haben". Sie waren dabei sich gegenseitig einzuseifen. „Muss jetzt schnell gehen, wenn jede einzeln duscht dauert das ja ewig". So einfach war die Erklärung. „Hau ab, geh' raus".

Da musste ich aber doch noch mal schnell einen Blick drauf werfen. Drei nackte Frauenkörper – in meiner Dusche. Jede anders. Blond. Dunkelhaarig. Rothaarig. Auch die Schambehaarung. Mich dazu zu „gesellen" war allerdings nur ein „feuchter" Traum. Wie sollte das gehen? Mit nur einem Pimmel? „Jetzt geh' endlich raus".

Es dauerte eine ganze Weile bis das „Trio" nach draussen, in den Garten, kam. Frisch geduscht, geschminkt, umgezogen. Willeke hatte alle mit frischen Klamotten ausgestattet.

Das fand ich schon irgendwie seltsam sie alle in Willekes Wäsche neben mir sitzen zu haben.

Wilma hielt es aber nicht lange. „Ich hol' Adri und Alberto ab. Kann ich dein Auto nehmen?" Wer war jetzt mit „dein Auto" gemeint? Willeke war ins Haus gegangen, nur ganz kurz. Legte Wilma die Schlüssel des Ford Escort auf den Tisch. „Sicher, klar". Wilma nahm den Schlüssel. „Ich zieh' mich dann noch schnell um. Dein Shirt ist mir schon ein wenig zu klein". Wilma hatte Recht. Das Oberteil sass dermassen stramm, ihre grösseren Brüste, grösser als die von Willeke, zogen das Shirt weit nach oben, so dass die Titten noch mehr hervorstachen.

Die ersten Gäste waren Amalia und Cornelis, Willekes Eltern. Sie gratulierten ihrer Tochter, küssten sie innig. „Alles gute mein Schatz". Willeke strahlte. „Schön, dass ihr gekommen seid". Dann kamen sie zu uns, Linda und mir. Küsschen links, Küsschen rechts. Willeke stelllte Linda vor. „Meine Arbeitskollegin, meine Freundin".

Dass Willeke jetzt schon geraume Zeit in einer Gärtnerei arbeitete wussten sie ja. Unser Telefonanschluss hatte auch Vorteile, die „Kommunikation" untereinander deutlich vereinfacht und beschleunigt.

Sabina war auch aus dem Dorf zurück, stellte das Fahrrad zurück in den Schuppen. Ich stellte sie Amalia und Cornelis vor. „Das ist Sabina". Das jetzt zu erklären wer sie war - wieso, weshalb – zu kompliziert. „Eine Freundin".

Kurz darauf kam auch Wilma zurück, in Begleitung von Adri und Alberto. Und mit jeder Menge Töpfen. „Hoi, wir liefern ihre Bestellung". Willeke wusste nichts von meiner Order bei Alberto, bis jetzt. „Welche Bestellung?" fragte Willeke entsprechend erstaunt.

Alberto hatte die Töpfe abgestellt, hob einige Deckel an. „Geschmortes Lamm, Lammschulter". Wilma hielt ein grosses Blech in den Händen, das mit einem Handtuch abgedeckt war. „Und für den Grill - Lammkeulen und Lammkoteletts".

„Alberto, danke. Danke vielmals. Was bekommst du noch? Geld? Fehlt noch etwas?" Mit einer Handbewegung winkte er ab. „Ne, ist alles gut. Bezahlt hast du ja schon".

Er brachte mit Wilma alles in die Küche, machte sich direkt an Herd und Ofen. „Lediglich das Grillfleisch muss noch mariniert werden. Hast du irgendwas dafür?"

Aus dem Küchenschrank holte ich einige der verschiedenen Dijon-Senf Sorten. „Perfekt Mann, danke". Das war seine Welt – Fleisch und Grillen - das Südländische in ihm kam durch.

Und dann war ein Punkt erreicht an dem praktisch alle eintrafen, als hätten sie sich abgesprochen. Ein Tohuwabohu sondergleichen. Das Küsschen links, Küsschen rechts schien nicht abzureissen. Permanent hatte man irgendeinen „an der Backe kleben".

Alle waren sie gekommen. Willeke wurde immer hektischer, rannte fast wie der „geköpfte Klaus Störtebeker" von einem zum anderen. Immer wieder auf's Neue wurde ein Ständchen gesungen. *„Lang zal ze leven, Lang zal ze leven, Lang zal ze leven. Hieperdepiep Hurra!"*

In einer Reihe standen wir an, um Willeke zu gratulieren und ihr Präsente zu überreichen. Ein bisschen wie bei der Oscar-Preisverleihung. Umarmung, einfach nochmals Küsschen kinks, Küsschen rechts. Der Holländer mag es „gezellig". „[31]*Gefeliciteerd met jouw verjaardag".*

---

[31] Herzlichen Glückwunsch zum Geburtstag.

Die Hütte, samt Garten, war voll, unzählige Autos und Motorräder waren auf der Strasse geparkt. Ich versuchte mir einen Überblick zu verschaffen. Linda, Amalia, Cornelis, Wilma, Sabina, Adri, Alberto, Nico und drei seiner Bandkollegen, Koos, Dees, Ad, Marja, Hans, Marion, Jack - in seiner Begleitung eine brasilianische Schönheit - Ursula. Hinter ihm zwei Personen. Die Gesichter kannte ich. Luc und Catherine aus Montpellier. Sie waren wieder bei Jack um irgendein Business zu erledigen. Selbst der „Zwarte Piet" war aus Rotterdam gekommen. Dann noch einige von Willekes Freunden aus Hellevoetsluis.

Hier turnten mal locker 25 Leute, wenn nicht mehr, durch die Gegend. War doch gar nicht verkehrt, dass wir zwei Autoladungen Getränke und reichlich zu essen am Start hatten.

Willeke hatte sich einen Platz auf dem Couchtisch frei gemacht wo sie die Geschenke ablegte. Anfangs hatte sie zwei oder drei geöffnet, kam aber dann nicht mehr nach. „Danke Freunde. Das schau' ich mir alles später an. Danke dass ihr alle gekommen seid".

Aber nicht nur Geschenke. Fast jeder hatte noch mindestens eine Flasche mit irgendwas dabei, Genever, Whisky, Gin. Ad hatte wieder einen Karton „Havana Club" im Arm. „Da ist aber nicht für dich" grinste er mich an. „Vor allem lässt du dich nicht so volllaufen wie letztes Mal".

In einem ruhigeren Moment, den abzupassen war gar nicht so einfach, gab ich Willeke einen Briefumschlag. „Das ist für dich meine Süsse. Alles Gute zum Geburtstag". Ich umarmte sie. „Aber mach' ihn erst auf, wenn du absolute Ruhe für dich hast. Vielleicht in ein paar Tagen". Sie bedankte sich mit einem Kuss. „Ist das so ein Geheimnis?"

Es hatte bereits die Dämmerung eingesetzt, lass' es so gegen acht oder neun Uhr gewesen sein, als die „Jungs" auch von ihrem Surfabenteuer zurückkehrten. Mit ihren drei Autos samt Anhänger versperrten sie die Strasse komplett. Das ging natürlich gar nicht. „Ihr müsst woanders parken, die Durchfahrt muss frei bleiben" bat ich sie. „Und wo?" Ja, gute Frage, nächste Frage. „Irgendwo, nur hier eben nicht". Mehr konnte ich dazu auch nicht sagen. Die Karawane zog weiter.

Erst nach fast einer Stunde kamen sie dann wieder bei uns an. Hatten im Dorf, auf dem Marktplatz, einen Stellplatz gefunden, der ausreichend Platz für Bus und Anhänger bot. Reinhard, so hiess der mit dem Hobie-Cat, hatte seinen BMW abgekuppelt und alle mitgenommen.

In Haus, Einfahrt und Garten wurde bereits mehr als anständig gefeiert. Verdammt, das konnten sie wirklich, unsere Freunde, Feiern dass die Schwarte kracht.

Der Anblick der Surferboys war allerdings auch sehr drollig – alle in ihren Neoprenanzügen, mit Taschen in der Hand - mal abgesehen davon, dass ich das komplett vergessen hatte, dass sie da waren. Waren sie ja eigentlich auch nicht, nur Sabina war die ganze Zeit über bei uns. Und irgendwie war es so, als würde sie immer schon zu unserem Freundeskreis gehören. Lediglich die Verständigung war ein wenig holprig. „Können wir schnell duschen, uns das Salzwasser abspülen?" fragte mein Bruder. „Klar, sicher".

Zuerst mussten sie sich aber durch die anderen Gäste „begrüssen". Nicht nur dass die Prozedur ihnen neu war. Küsschen links, Küsschen rechts. Auch bei der Menge an Leuten dauerte das schon eine Zeit.

Einer nach dem anderen ging ins Bad. Der „normale Betrieb", also eventuelle Toilettengänge musste aber gewährleistet bleiben.

Willeke kam zu mir, ich sass bei Linda. „Muss das sein, dass die jetzt mit ihren nackten Ärschen in der Dusche rumturnen?"

Was sollte ich sagen? Anscheinend schon. Linda stand auf. „Das will ich sehen, wie die ohne die schwarzen Anzüge aussehen". Ungläubig schaute ich sie an. „Wie? Ohne die Anzüge?" Linda schmunzelte. „Quatsch, ich will mir nur die Pimmel anschauen".

„Linda". Das war eine Mischung aus Lachen und Erstaunen bei Willeke. Linda erklärte. „Ich bin jetzt seit Wochen hier in Rockanje und hab' weder einen Pimmel gesehen – noch gehabt". Sie grinste. „Nur deinen Ständer, aber der ist ja besetzt". Willeke warf mir einen Blick zu. „Und das bleibt auch so". Ich musste hier weg. Aber schnell. Versuchte mich zwischen den beiden durchzuschlängeln. Linda scherzte, als ich an ihr vorbei ging, mit einem Lachen „Schade eigentlich". Ich spürte wie mein Kopf eine ähnliche Farbe wie ihr Haar bekam – Rot.

Die Surfer waren aber auch schnell wieder verschwunden. Lediglich Micha und seine Freundin Sabina blieben noch. Ihnen gefiel es anscheinend. Auch wenn sie keinen Alkohol tranken, aber sie passten sonst ganz gut in den Kreis der Hippies und lebensfrohen Menschen.

Micha hatte sich in einen Kreis von „Toxikomanen" gesetzt, drehte einen Joint nach dem anderen. Ein echter Kiffer. Gut, die Verständigung war nicht so, er sprach kein Englisch, aber das Wort, die Aufforderung, „Joint" war ja eh „international".

Es war ein rauschendes - berauschendes - Fest. Es wurde gelacht, getrunken – quatsch – gesoffen und gegessen, gekifft „was das Zeug hält", bis sich nach und nach alles in das Haus verlagerte. Die Musik war laut, es wurde getanzt, bis tief in die Nacht, den frühen Morgen.

Wann wer wie nach Hause gekommen war, darüber hatte ich den Überblick verloren. Was aber auch so nicht stimmt. Ich wollte ihn erst gar nicht haben. Nur eines wusste ich genau.

Ausser Willeke würde diesmal keine andere in meinem Bett landen. Damit das auch erst gar nicht passiert war ich mehr oder minder der letzte, der die Party verliess. Koos und Dees blieben wieder über Nacht. Linda bekam das Gästezimmer.

Schlimmer als in der Wohnung, im Garten – eigentlich überall bei uns – kann es bei der „Schlacht um Midway" nicht ausgesehen haben. Das war zumindest mein erster Eindruck als ich nach unten kam.

Nach und nach trudelten unsere Gäste, die bei uns genächtigt hatten, auch ein. „Ein echtes Trauerspiel" was ich da sah. Wie konnte man so Scheisse aussehen? Höchstwahrscheinlich dachten die drei - Koos, Dees und Linda - genau das gleiche bei meinem Anblick.

Koos hatte die erste, und wahrscheinlich die beste, Idee des Tages. „Bierchen jemand?" Er blickte in die Runde. Stummes Nicken war die Antwort. Von jedem. „Also alle?" „Jepp".

Willeke war auch wach, zumindest hatte sie die Augen geöffnet, stand im Türrahmen. „Für mich auch Bier, aber kalt". Sie legte sich die Flasche erst ins Genick. „Au, mein Schädel". Ein lautes Ploppen des Bügelverschluss, Willeke setzte die Flasche an. Ein riesiger Rülpser begleitete ihre Worte. „Ah, das tut gut". Die Flasche war leer. Dann setzte sie sich an den Couchtisch. „Dann pack' ich mal meine Geschenke aus".

Das war sozusagen jetzt doppelte Überraschung. War doch nur noch schwer nachvollziehbar was jetzt von wem war. Nur wir vier konnten das auflösen, zum Teil. „Das ist von mir, das ist von uns". Das war aber auch der einzige Anhaltspunkt. Willeke hielt meinen Briefumschlag. „Und das ist von dir".

Noch bevor sie ihn öffnen konnte bat ich „Mach' den später auf, bitte. Der ist wirklich nur für dich". „Meine Fresse, du machst es aber echt spannend. Na gut, du wirst es ja eh besser wissen".

Nachdem wir eine ganze Zeit vor uns hin „gelitten" hatten war es Dees, die den Anfang machte. „Wir räumen das schnell zusammen auf". Hatte ich da gerade gehört „schnell"?

Sie hatte einen Plan. „Linda und Willeke die Küche. Koos und ich das Wohnzimmer. Du den Garten".

Da konnte ich nur müde lächeln. "Oui, mon General". Dann fiel mir der Satz ein, den Kees, mein Kolonnenführer auf der Raffinerie gesagt hatte. „Viele Hände, schnelles Ende". Hoffentlich war das auch so.

Wobei ich mit dem Garten noch ein glückliches Los gezogen hatte. Der beschissenste Job war die Küche. Berge von Geschirr und Essensresten. Das musste ich jedes Mal feststellen, wenn ich etwas nach drinnen brachte. „Der Garten" war im Vergleich dazu ein Zuckerschlecken. Geschirr und Leergut nach drinnen tragen, Fall erledigt. Willeke und Linda hingegen hatten echt die „Arschkarte" gezogen.

Wir setzten uns zu einer Pause an den Gartentisch. Willeke zeigte ihre Hände. „Die sind schon total schrumpelig, ich krieg' Schwimmhäute zwischen den Fingern, wenn das so weiter geht. Diese Scheiss Geschirrspülerei". Sie hatte Recht, ihre Haut war schon völlig weich. „Ich lös' dich ab meine Süsse".

Aber irgendwann war dann alles geschafft. Wir inbegriffen. Man konnte wieder erkennen, was es ursprünglich mal war, Tischflächen, Küchenablage, Fussboden. „Alles erledigt" lachte Dees. „Siehste, ging doch schnell". Der Blick auf die Uhr zeigte es – Ein Uhr.

Linda kam aus Willekes Zimmer, hatte wieder „ihre" Klamotten an, hatte sich umgezogen. „Dann hau' ich jetzt ab.

Danke für den schönen Abend". Zum Glück war ich auch schon fit genug in der Birne um zu schalten. „Magst du Koos und Dees nach Hause fahren?"

Linda sah zu Willeke. „Oh ja, denn ich fahr' nirgends und niemanden irgendwo hin". Das war die Gelegenheit für mich, aber auch die Wahrheit. „Ich möchte zum Strand, da wartet mein Bruder".

Wir hatten uns so gut wie nicht unterhalten. Wie denn auch? Willeke sprang auf diesen „Strohhalm" auf. Und dann komm' doch später zum „Badlust". Ich nehm' dein Fahrrad mit und wir tauschen dann. Auto gegen Fahrrad". Das war pfiffig.

Willeke und ich radelten zum Strand. Jetzt mussten wir „nur noch" die Surfer finden. Leichter gesagt als getan. Wenn überhaupt, waren die Surfer auf dem Wasser, also hiess es für uns Ausschau nach Sabina halten. Wenn sie denn überhaupt am Strand war und nicht irgendwo auf dem Parkplatz - welchem? - im Bus wartete.

Wir hatten Glück, muss ja auch mal sein. Die Gruppe sass zusammen. Neben ihnen lagen die Surfbretter und Segel im Sand verstreut. Sabina war die erste die uns bemerkte. „Hallo. Na, wie geht es?" Wollte sie das wirklich wissen? Unser Anblick sagte doch schon alles. „Desolat, sehr desolat".

„Wir wollten gleich den Kram in die Autos laden und dann etwas essen bevor wir zurückmüssen. Wir haben ja noch ein paar Stunden Autofahrt vor uns. Kommt ihr mit?" wollte mein Bruder wissen.

Das war sehr gut. Etwas trinken, etwas reden. Und vor allem etwas essen, etwas Fettiges, das den Alkohol bindet. Willeke war dabei. „Jetzt weiss ich wie das für dich sonst ist. Ich muss morgen auch wieder arbeiten – und bin noch sooo fertig".

Es war gegen acht Uhr, Linda war mittlerweile auch gekommen, setzte sich einen Moment zu uns.

Die ganze Zeit hatten wir uns unterhalten. Sehr schön, mit meinem Bruder gesprochen zu haben, dazu hatten wir uns an einen Nachbartisch verzogen.

Sabina umarmte uns zum Abschied sehr herzlich. „Wenn ihr mal nach Deutschland kommt, ihr seid jederzeit herzlich willkommen".

Wir wünschten noch eine gute Fahrt.

Willeke tauschte mit Linda Fahrrad gegen Auto um. Der Geburtstag war zu Ende.

„Annemieke"

Willeke drehte sich mit den Füssen zum Kopfende ihres Bettes, legte die Beine hoch an die Wand. „Das hättest du mal machen sollen als ich noch in dir drin war" lachte ich vergnügt. Sie sah mich an. „Ich bin schwanger". „Was? Wie bitte? Seit wann?" „Seit jetzt". Erstaunt schaute ich sie an. „Wie? Seit jetzt?" „Ja, seit jetzt. Ich spüre das. Wir haben gerade ein Kind gezeugt. Ich spüre das ganz deutlich".

Sie lag da, als würde sie in dieser Position bloss vermeiden wollen, dass irgendetwas von unserem Sperma-Scheidensekret-Gemisch aus ihr rauslaufe. Wie eine Flasche, die man auf den Kopf stellt um den letzten Tropfen rauszubekommen. Nur andersherum, dass ja nichts herauslaufe. „Wie kann man das spüren?" wollte ich wissen. „Ich weiss es einfach" zog Willeke mich an sich heran. „Ich weiss es einfach. Ich spüre das". Küsste mich. „Ich bin schwanger. Hundertpro".

Vor Wochen schon hatte sich Willeke die Spirale entfernen lassen. Sie, ich, wir wollten ein Kind. Sie war überglücklich, dass ich ihren sehnlichsten Wunsch zu ihrem Geburtstag erfüllt hatte. Ich wusste einfach nicht was ich ihr als Geschenk zu ihrem Geburtstag machen sollte, hatte mir seit Tagen den Kopf zermartert – dann kam mir der Gedanke: „Sie wünscht sich ein Kind mit mir, lass' ihren Wunsch wahr werden".

Auf eine kleine Karte hatte ich drei „Strichmenschen" gemalt. Eher stümperhaft. Dem „Weibchen" hatte ich zwei Kreise hinzugefügt, die Brüste, dem „Männchen" einen kleinen Strich zwischen den Beinen, den Pimmel. Beide hielten ein kleines „Strichkind" an der Hand. Darunter hatte ich geschrieben „Nicht nur zu deinem Geburtstag sollen alle deine Wünsche in Erfüllung gehen."

„Dann können wir endlich eine richtige Familie werden". Das hatte sie gesagt, nachdem sie einige Tage nach ihrer Geburtstagsfeier meinen Umschlag geöffnet hatte.

Anfangs fand ich das sehr „belastend", immer wieder diese Temperaturmessungen vor dem Eisprung und krampfhaften Versuche aus etwas Sperma einen Menschen werden zu lassen. „Heute muss es klappen". Ein wenig hatte das was von Trainingslager – „wir müssen miteinander schlafen, heute". Nicht weil wir miteinander schlafen wollten, Lust auf uns hatten. Nein, mehr so wie der Scheiss Wecker morgens klingelt. „Jetzt! Aufstehen!"

Oder die ästhetische Beobachtungsfrage - „Wie sieht der Schleim im Gebärmutterhals aus?" Ja, war ich Doktor Pillemann? Ich wusste gar nicht was es für einen Stress bedeuten kann. Statt einfach nur, wie bisher, miteinander schlafen - und dann ist die Frau irgendwann schwanger.

Was ging mir mitunter durch den Kopf. Hatte die hohe Temperatur, der ich beim Schweissen immer ausgesetzt war mich sterilisiert? Waren meine Eier einfach nur gekocht? Sollte ich zum Urologen gehen? Aber auch ganz Banales wie „Hättest du nicht einfach weiter vögeln sollen wie bisher? Einfach den Kinderwunsch beiseiteschieben?"

Überhaupt hatte sich viel verändert. Nicht nur der Winter hielt langsam wieder Einzug. Ich hatte mir mein erstes „fabrikneues" Auto gekauft. Einen BMW E30 M3. Eine Rakete mit weit über 200 PS. Für den Ford Escort konnte ich bei Hans noch ein paar Gulden rausschlagen. Der Wagen war noch gut in Schuss, ich hätte ihn auch behalten, aber das war ausgemachter Quatsch. Was sollten wir mit drei Autos? Willeke fuhr ja auch noch ihren „Strichachter".

Und so war es nur eine Frage der Zeit. Es kam wie es kommen musste. Willeke kam mir ganz aufgeregt entgegengelaufen als ich nach Feierabend in die Einfahrt vor unserem Haus einfuhr. Sie wedelte mit einem Zettel oder irgendetwas hektisch in der Luft herum. „Schau'. Es wird ein Mädchen. Annemieke". Diesen Namen hatte sie von Anfang an im Kopf. „Ich war beim Frauenarzt, sieh nur". Selbst zu Zeiten als wir über ihren Kinderwunsch nur sprachen war nie die Rede von Kind, sondern immer von „Annemieke".

Ihr Bauch war schon rundlicher, man, jeder konnte sehen, dass sie schwanger war. Ihre Brüste waren auch etwas grösser als zuvor. Das fand ich einen tollen „Nebeneffekt".

Das Saugen an ihren Nippeln bezeichnete ich als Übung. „Dann weißt du schon mal wie das ist, wenn du permanent abgepumpt wirst". Es war natürlich alles andere als eine Übung. Das machte mich schon etwas geil.

„Ich war schon bei Wilma und habe es ihr gezeigt. Unsere Annemieke". Das Verhältnis zwischen Wilma und mir hatte sich, nach Monaten, einigermassen normalisiert. Allerdings vermied ich es tunlichst irgendetwas zu ihr zu sagen, was auch nur den Hauch von Anzüglichkeit haben könnte. Nicht einmal ein Kompliment, wenn sie sehr hübsch gekleidet oder geschminkt war.

Uns war beiden klar, dass meine „Vergewaltigung", so hatte sie es genannt, sagen wir mal „sehr unglücklich" war. Wobei auch das nicht zutreffend formuliert war. Ich hätte sie nicht brutal in den Arsch ficken sollen. Hätte, hätte – Fahradkette.

„Wir fahren am Wochenende nach Rotterdam, zu meinen Eltern, das müssen sie sehen". Angerufen hatte Willeke sowieso schon bei ihnen. Überhaupt turnte sie durch die Gegend wie der legendäre „Duracell-Hase", war nicht zu bremsen.

Amalia und Cornelis, Willekes Eltern würden garantiert auch „voll am Rad drehen". Wie oft hatte Amalia mich darauf angesprochen. „Willeke wäre überglücklich. Das ist ihr sehnlichster Wunsch. Denk' doch nochmal drüber nach". Das hatte irgendwann dann bei mir den gleichen Stellenwert wie „Bringst du bitte ein Paket Butter aus dem Supermarkt mit, denkst du dran".

Willeke hatte aufgehört zu kiffen, generell zu rauchen. Trinken war auch tabu. Dafür stellten sich andere Gelüste ein. „Brote mit Pindakaas und Gewürzgurke". Oder „Oud Amsterdamer mit Marmelade". Und auch unser Sexleben war anders. Ich traute mich nicht auf ihren Bauch auch nur den geringsten Druck auszuüben, deshalb drang ich nur noch von hinten in sie ein. Nicht anal, so wie die Tiere halt. Erst als Willeke mir eindringlich sagte „Wir können ganz normal miteinander schlafen" änderte ich das wieder. Sie war sehr amüsiert darüber. „Du hast echt keine Ahnung vom Frauenkörper".

Unser Haus veränderte sich ebenfalls. Aus dem Gästezimmer wurde mehr und mehr ein Kinderzimmer. Willeke kaufte allen möglichen Krempel. Das würde jetzt bestimmt noch etwas exsessiver. Jetzt wo klar war, dass es „Annemieke" wird.

Amalia und Cornelis waren, genau wie von mir vermutet, restlos aus dem Häuschen. „Schau' dir an wie schön unsere Willeke ist". Das stimmte. Ihre Haut war noch rosiger als schon vorher. Ihre Augen, ihr Gesicht strahlte nur so. Ja, sie war schön. So wie es Frauen generell sind, wenn sie schwanger sind.

In den ersten Monaten. Dann kommt irgendwann die Phase wo sie ihre Füsse nicht mehr sehen können. Und der Punkt erreicht war, den ich immer als Bedenken angeführt hatte. Dass sie dich dafür hassen, dass du sie aufgepumpt hast.

Ich hielt Willeke im Arm. „Ich finde ihre Titten besonders attraktiv" sagte ich zu Amalia. „Das ist klar, das ist typisch Mann. Das kommt daher, dass wir, wir Frauen euch geboren haben und ihr von Anbeginn an unseren Brüsten genuckelt habt. Diese orale Phase geht nie weg. Titten, das ist was euch interessiert". Sie lachte. „Da bist du keine Ausnahme. Nicht wahr Cornelis?" Cornelis zuckte mit den Achseln. „Da ist was dran". Mein Blick wanderte wieder zu Willeke. Zu ihren Brüsten. „Bei der nächsten Gelegenheit würde ich gerne einen Tittenfick mit dir haben" flüsterte ich ihr leise ins Ohr. Sie schmunzelte, legte ihren Kopf an mein Ohr. „Kriegst du".

Wir setzten uns ins Wohnzimmer. Amalia machte Kaffee, serviert dazu „Gebak". Kleine Mandelkekse.

„Und ich führe dann unsere Tochter zum Altar" begann Cornelis. „Hä? Moment mal. Was für einen Altar?" „Ihr werdet doch sicher heiraten, nicht wahr?" Das war mir gänzlich neu. Hatte ich irgendetwas verpasst? Willeke griff zu meiner Hand. „Du hattest mich mal gefragt".

Hey, mal ganz langsam. Ich hatte gefragt, das war richtig. Aber die Frage lautete damals „Würdest du ...?" Nicht „willst du ...?" Erst recht nicht „Wirst du …?" Die Situation war „beklemmend", für mich. Zu viert sassen wir am Tisch. Drei gegen einen. Das war alles andere als „Fair-Play". „Willeke. Können wir das in Ruhe besprechen? Nur wie beide? Später? Nicht jetzt. Nicht hier".

Als wir später im Auto sassen um den Heinweg anzutreten machte ich einen vorsichtigen Vorschlag. „Ich möchte nicht heiraten. Aber ich möchte dir schon zeigen, dass du meine Frau bist. Wie wäre es, wenn ich dir nur einen Ring schenke? Als Symbol meiner Liebe, meiner Treue zu dir". „Wie nur? Aber wenn wir heiraten bekommen wir doch beide einen Ring". Auch das war für mich nicht zwingend logisch. „Und in den Ring lassen wir Annemieke eingravieren". „Eigentlich gehören da unsere beiden Namen rein, das verstehe ich nicht".

392 – Gustav Knudsen
Die 1980er Jahre - prägend und einprägend

„Epilog"

Von Schiebroek aus steuerte ich schnurstraks die Rotterdamer Innenstadt an. Willeke sollte eh kein, oder wenig Autofahren. Ich machte mir schon Sorgen um die beiden. Also um Annemieke, in ihrem Bauch, und Willeke. Man weiss ja nie welche Idioten unterwegs sind.

Vor dem Bahnhof fuhr ich auf einen Parkplatz. „Was hast du vor? Wo willst du hin?" Ganz schnell war ich um den Mercedes gelaufen, öffnete Willeke galant die Beifahrertür. „Wir gehen jetzt zu Brunott".

Brunott, das war „die" Adresse in Rotterdam, ein Juwelier, der seit mehr als 80 Jahren in der Innenstadt ansässig war.

Wir schlenderten runter zum „Oude Binnenweg". „Du willst das also wirklich machen, mir einen Ring schenken?" Ja, will ich".

„Wenn du dir etwas in den Kopf gesetzt hast, dann machst du einfach. So bist du nun mal. Warst du immer schon".

„Ja Süsse, sonst hätte ich dich auch nicht". „Naja, ausgesucht hab' ich dich. Nicht andersrum". Willeke gab mir einen Kuss. Ich griff ihr an die Brust.

„Weißt du denn was ich mir noch in den Kopf gesetzt habe, was ich dir ins Ohr geflüstert habe?" Sie schob meine Hand beseite. „Den Tittenfick? Den kriegst du. Ob mit oder ohne Ring. Den kriegst du".

Ein älterer Herr begrüsste uns, bot Willeke sofort einen Stuhl an. Nein, keinen Stuhl, einem geposterten Sessel. „Setzen Sie sich bitte". Willeke schaute sich um. Überall glitzerte und funkelte es. „Was suchen Sie denn?"

Mit geübtem Blick betrachtete der Herr Willekes Halskette. „Für einen besonderen Anlass? Vielleicht passend zu ihrer Halskette?"

„Ja, für einen ganz besonderen Anlass. Für die Liebe meines Lebens. Für die strahlendste Schönheit auf diesem Planeten. Einen Ring für meine Freundin".

Der Mann ging hinter seinen Tresen. Eigentlich war es eine meterlange Glasvitrine. Holte einige Ringe hervor. Erst aber nahm er mit einem winzigen Massband den Umfang von Willekes Ringfieber ab.

„Sie wollen heiraten?" Nö, das wollten wir nicht. Ich jedenfalls nicht. „Nein, einfach nur einen Ring". „Entschuldigen Sie, ich dachte ..." Er zeigte auf Willekes Babybauch.

Nach unzähligen Ringen, die der ältere Herr Willeke auf den Finger gesteckt hatte war es dann entschieden. „Den Ring finde ich ganz toll". Der Mann nickte zustimmend. „Eine sehr gute Wahl". Wahrscheinlich hätte er das bei jedem Ring gesagt, vermutete ich.

Ähnlich wie beim Juwelier in Antwerpen liess er in seiner Beschreibung des Schmuckstücks nichts aus. Nur dass er eine viel blumigere, emotionale Umschreibung formulierte.

„Eleganz ist die Essenz der Schönheit. Ein bedeutungsvolles Schmuckstück, das jede Frau vor Liebe strahlen lässt, so wie Sie, meine Dame. Das schlichte Design mit glatter, polierter Oberfläche und funkelndem Diamanten – 0,50 Karat - verleiht diesem Ring aus 18 Karat Gelbgold einen klassischen und schicken Look".

„Und dann soll noch ein Name eingraviert werden. Ist das möglich?" „Aber sicher mein Herr. Da dauert natürlich etwas".

Er hantierte aus seiner Vitrine einen Block samt Stift hervor. „Wenn Sie mir bitte den Namen aufschreiben wollen?" Bevor ich überhaupt den Stift aufnehmen konnte hatte Willeke es bereits gesagt. „Annemieke. Es soll Annemieke drinstehen".

Ein wenig verwundert schaute der Mann schon, sagte aber nichts. Dass ich schwerlich Annemieke sein konnte war ihm klar. Und Willeke? Er kannte ihren Namen ja nicht, aber wieso sollte eine Frau sich ihren eigenen Namen in einen Ring eingravieren lassen?

Ich musste grinsen. Vielleicht dachte er ja auch dass ich gerade eine Geschlechtsumwandlung erfolgreich hinter mich gebracht hatte. Mein eigener schwachsinniger Gedanke amüsierte mich.

In Druckbuchstaben notierte ich ANNEMIEKE auf dem Block. „Aber bitte in geschwungener Schreibschrift eingravieren – nicht in Blockschrift". Der Verkäufer schmunzelte jetzt auch. „Versteht sich von selbst, der Herr".

Aus meinem Portemonnaie nahm ich die „Rabo Gold Card", legte sie auf den Vitrinentresen. „Ich zahl' gerne die Hälfte an, den Rest dann, wenn ich den Ring abhole. Wann wäre das möglich?" Er blätterte in einem Kalender. „Passt es Ihnen in vier Tagen?" „Ja, passt. Um 18 Uhr?"

Wir verliessen das Juweliergeschäft. Wir verliessen Rotterdam. „Das ist das zweite sündhaft teure Schmuckstück, dass du mir schenkst. Bin ich dir soviel Wert?

Was war das jetzt für eine Frage. „Willeke, das ist alles Peanuts gegen das Geschenk, dass du für mich hast. Einen kleinen Menschen. Eine Annemieke".

Ein paar winzige Tränen kullerten aus ihren Augen. „Verdammt, wie gut, dass ich dich ausgewählt habe". Das war eine Mischung aus Reden und Küssen.

Zuhause angekommen drehte ich einen kleinen Joint – ähnlich einer Zigarette, nahm mir ein Bier und ging auf die Terrasse. Das Rauchen in ihrer Nähe hatte ich mir schon länger verkniffen. Nicht nur weil Willeke selber nicht mehr rauchte. Ich musste „die beiden" ja nicht ausräuchern.

Willeke hat ein wenig den Kamin angeheizt, es war angenehm warm im Wohnzimmer. Es war zwar noch nicht richtig kalt, aber leicht kühl war es schon, auch ein wenig Luftfeuchtigkeit war bereits zu spüren.

Sie hatte ihren Pullover und ihr Shirt ausgezogen. Ihre Brüste, gross – grösser als noch vor einigen Wochen, standen immer noch prall ab. „Hol' dir deine Wünsche. Komm' her".

Willeke zog mich zu ihr heran, öffnete meine Hose und holte meinen Penis hervor. Mit beiden Händen drückte und knetete ich ihre Brüste. Ihre Brustwarzen wurden fester und härter. Dann striff sie meine Hose komplett herunter, bis an die Knöchel, griff mit einer Hand fest meinen Hodensack, mit der anderen zog sie meine Vorhaut weit zurück.

Anders als beim letzten Mal musste sie ihre Brüste nun nicht mehr mit den Händen zusammenpressen. „Du hast so geile Titten bekommen. Von mir aus kann das so bleiben".

„Willst du labern oder deinen Schwanz dazwischen stecken?" Willeke hatte ihren Oberkörper aufgerichtet, vor ihr stehend schob ich meinen Unterleib vor und zurück. „Du hast so geile Titten". Meine Atmung wurde etwas heftiger. „Beides, labern und meinen Schwanz dazwischen stecken. Sag' irgendwas Dreckiges zu mir" keuchte ich Willeke an.

Sie knetete weiter meinen Sack, geilte mich mit ihren Worten auf. Meine Bewegung wurde schneller, meine Atmung wurde schwerer, ich wurde lauter, spritzte ihr auf den Hals.

Meine Beine zitterten. Willeke war amüsiert, nahm ihre Halskette in die Handfläche. „Das leckst du jetzt aber sauber", grinste sie mich breit an.

Ich musste mich hinknien, so puddingmässig war ich auf den Beinen. Schleckte mein Sperma von ihrem Hals und ihrer Kette, dann sog ich „wie der Teufel" an ihren Nippeln und knetete fest ihre Brüste.

Sie lachte wieder. „Ist schon verrückt, dass aus dem Rotz unser Kind entstanden ist, oder?" Sie nahm meinen Kopf und drückte ihn zwischen ihre Brüste. „Wirklich, das ist das schönste was ich von dir habe, unsere Annemieke".

„Heb' mal deinen Hintern hoch, ich möchte dich ausziehen und lecken". „Oh, das möchtest du?" Willkeke lupfte ihren Po so weit an, dass ich ihre Hose und Slip zwischen Couch und Hintern herunterstreifen konnte. „Wenn du das möchtest, dann solltest du das auch tun".

Mit meinem Kopf verschwand ich zwischen ihren Schenkeln. Hielt dann aber schnell inne. „Kann da nix passieren? Kann ich da nichts kaputt machen?" Willekes Unterleib wackelte beim Lachen. *Klootzak, dat is mijn kut*[32].

Ja, und? Das war nicht meine Frage. Sie streichelte mir über den Kopf. „Das ist meine Muschi und kein rohes Ei das du ausschlürfen kannst. Was soll da passieren? Du kannst da doch auch was reinstecken. Das Einzige was passieren kann - passieren soll – ist das ich einen schönen Orgasmus bekomme. Leck' mich. Mach's mir".

✳✳✳✳✳

---

[32] Arschloch, das ist meine Muschi.

Vor einigen Tagen hatte ich nach Feierabend in Rotterdam, bei Brunott, wie vereinbart den Ring für Willeke abholen können.

Aufgeregt steckte ich ihr ihn an dem Finger, direkt nachdem ich das Haus betreten hatte. „Jetzt hab' ich Annemieke gleich mehrfach. In mir und an mir". Sie drehte den Ring immer wieder an ihrer Hand. „Weißt du was, mein Süsser?" Klar, ich wusste schon so einiges. Allerdings eben nicht was ihre Frage bedeuten sollte.

Meine Augen trafen ihre. „Das war vielleicht nicht der geilste Fick den wir hatten, als wir Annemieke gezeugt haben. Aber der Beste". „Wie nicht der geilste?" „Nein, der Beste. Weil du mich geschwängert hast. Das wird für immer der sichtbare Beweis unserer Liebe sein. Unsere Annemieke".

Sie strahlte. Aber so was von. Das war es für sie. Ihr sehnlichster Wunsch war in Erfüllung gegangen. Ganz innig umarmte sie mich. Lange. Dabei spürte ich ihren Bauch an mir. Wir bekamen ein Kind. Wir bekamen Annemieke.

✱✱✱✱✱

Willeke wollte nach „Roosendaal". Dort ihre Freundin Linda besuchen, die sie vor einiger Zeit bei ihrem Job in der Gärtnerei kennen gelernt hatte. Sie hatte mich gebeten sie zu fahren. Das machte ich gerne. Schlappe 100 Kilometer, wir nahmen den BMW, das sollte flott gehen.

Es war um die Mittagszeit als wir die Autobahn verliessen und die N268 befuhren. Die Sonne stand sehr tief, blendete ein wenig. Zusätzlich zur Sonnenbrille, die ich auf der Nase hatte, klappte ich die Sonnenblende herunter.

Eine gefühlt ewig lange Strecke tuckerten wir hinter einem Traktor her, bis ich endlich überholen konnte. Schnell einen Gang runter geschaltet, der BMW beschleunigte mehr als zügig.

*****

Ich sah die weit aufgerissenen Augen einer jungen Frau, die am Steuer des uns entgegenkommenden PKW sass. Dann ein dumpfer, harter Schlag. Ich spürte wie sich der Sicherheitsgurt gegen meinen Brustkorb presste. Glas platzte, Splitter flogen durch den Innenraum. Dann war es dunkel und still.

*****

Ganz weit entfernt hörte ich Stimmen. Irgendwas oder irgendwer bewegte meinen Körper. Zu sehen war nichts. Alles war dunkel.

Die Stimmen - das Stimmenwirrwarr - waren lauter geworden. Immer noch dunkel, aber anscheinend bewegte ich mich. Merkte das aber nur am kühlen Luftzug an meinem Körper. Zu sehen war nichts.

Kurz darauf bemerkte ich ein leichtes Ziehen auf meinen Handrücken, sonst nichts. Ich spürte gar nichts. Drehte meinen Kopf leicht. Dunkel. Immer noch. Was war passiert? Wieso dunkel? Es ist Mittag.

Mit der Hand, in der ich das leichte Ziehen verspürte, tastete ich mich voran. Das war ein Bett. Wieso bin ich im Bett? Ich sass doch im Auto. Wieder drehte ich meinen Kopf ein wenig.

Immer noch dunkel. Unbehagen, nein, Panik kam in mir hoch. Mein Tasten wurde hektischer.

Dann hörte ich wieder eine Stimme. Eine Männerstimme. „Bleiben Sie ruhig liegen".

*****

Wieso sollte ich liegen bleiben? Und vor allem – wieso ruhig liegen? Meine Hand ging zu meinem Kopf. Da war irgendetwas. Etwas Weiches. Aber auch Feuchtes. Was ist das?

Wieder hörte ich die Stimme. „Bitte bleiben Sie ruhig liegen". Und wieso in Teufelsnamen war es hier so dunkel?

Dann wurde die Stimme lauter, ich hörte auch Schritte. „Bleiben sie ruhig liegen, ich nehme Ihnen jetzt vorsichtig den Verband ab".

Verdammt, was für einen Verband? Dann hörte ich mich das nicht nur denken, sondern auch sagen. Allerdings klang meine Stimme ganz dumpf.

„Ich nehme Ihnen jetzt den Verband ab. Bitte bleiben Sie jetzt ruhig liegen". „Ja, verdammt. Was für einen Verband?"

„Sie sind in Roosendaal, im Krankenhaus. Sie hatten einen Verkehrsunfall".

✳✳✳✳✳

Die Stimme hatte meinen Arm gegriffen. Je mehr die Stimme an meinen Kopf irgendetwas machte umso heller wurde es. „Versuchen Sie bitte Ihre Augen zu öffnen".

Ich blinzelte erst, dann war es hell. Sowas von hell. Nach wenigen Sekunden hatte ich mich an die Helligkeit gewöhnt. Tatsache, ich war in einem Krankenhaus. So sehen nur Krankenhäuser aus. Alles weiss.

An meinem Bett stand ein Mann, das musste die Stimme sein. „Ich bin ihr Arzt. Wie ich schon sagte, Sie hatten einen Verkehrsunfall. Verstehen Sie?"

Während er sprach tastete ich wieder an meinen Kopf. Das Weiche war weg, das Feuchte nicht.

„Bitte lassen Sie das. Lassen Sie ihre Hand da weg. Bitte".
Meine Hand tastete einfach weiter. Mein Gesicht fühlte sich
taub an.

„Ich bitte Sie nochmals, ein letztes Mal. Nehmen Sie Ihre Hand
weg, machen Sie gar nichts".

Die Stimme - der Arzt - nahm mit „sanfter Gewalt" meine Hand
und dückte sie nach unten.

„Ihr Gesicht ist sehr zerschnitten, sie bekommen sofort einen
neuen Verband. Verstehen Sie was ich sage?"

*****

Die Worte hatte ich gehört, verstanden hatte ich nichts.

„Was ist …?" Der Arzt sprach jetzt ruhiger, bedächtiger. Aus
ihrer Stirn ist sehr viel Blut in Ihre Augen gelaufen, sie waren
total verklebt. Das habe ich gerade gereinigt. Sie sollten also
alles wieder erkennen. Ist das so?"

*****

Mein Blick wanderte über die Wände, hin zu einem Fenster,
ans Fussende des Bettes. Jetzt sah ich die Stimme, den Arzt.
Er hatte mit beiden Händen den Metallrahmen des Bettgestells
umfasst.

„Was ist mit Willeke? Was ist mit Annemieke?" „Wer ist
Annemieke?" fragte die Stimme. „Unser Baby. Was ist mit
Willeke? Wo ist sie? Wo ist meine Freundin?"

Der Arzt schwieg. Tagelang, so kam mir das vor. „Was ist mit
Willeke? Was ist mit meiner Freundin?"

*****

„Wir konnten nichts mehr für Sie tun. Sie hat es nicht geschafft".

„Für sie tun? Was tun? Was geschafft?"

„Es tut mir sehr leid. Sie sind beide tot. Ihre Freundin und das Baby".

voor Willeke

ik zal je nooit vergeten

Lektorat: Rolf Schade

Klappentext: Judith Mücher

Coverfoto: Pixabay

Was man tief in seinem Herzen besitzt,
kann man nicht durch den Tod verlieren.
Johann Wolfgang von Goethe

****
Von Herzen bedanke ich mich bei Ihnen, liebe Leser*innen. Sie haben bis hierhin gelesen, was keine Selbstverständlichkeit ist. Ich hoffe, Sie hatten viel Freude dabei und ich konnte Ihre Neugier wecken, wie es in den folgenden Buchtiteln weiter geht.

Wenn Ihnen mein Buch gefallen hat, würde ich mich über eine Rezension und/oder Ihre Weiterempfehlung in Ihrem Freundeskreis sehr freuen!

Wenn Sie sich auf meiner Website für den Newsletter anmelden werden Sie immer über neue Bücher, Aktionen und Leseproben informiert.

Gerne höre ich Ihre Meinung und Ihr Feedback
www.gustavknudsen.com
autor@gustavknudsen.com
****

Gustav Knudsen

Der Autor Gustav Knudsen fand schon in jungen Jahren heraus, dass er es liebte zu schreiben. Erlebtes festzuhalten und mit seiner eigenen Sicht zu interpretieren. Nach einigen beruflichen Ausflügen fand er zu seiner eigentlichen Passion, dem Schreiben zurück.

In seiner Buchreihe beschreibt der Autor in kurzweiligen Romanen aus den Lebenserfahrungen des jungen Gustav, die in den 1980er Jahren in den Niederlanden, Frankreich, Belgien, Grossbritannien und Norwegen spielen. Die Bücher sind durchgängig packend geschrieben und fesseln einen von Anfang an.

Große Träume – ob die auch in Erfüllung gehen?
Retrospektiv die Vergangenheit und Jugend durchleben – darum geht es in Gustav Knudsens Romanen. Eine Zeitreise in die 1980er Jahre – Back to the roots. Knudsen erzählt Erlebnisse aus der Ich-Perspektive, nimmt die Lesenden dabei quasi mit in eine andere Zeit. In eine Zeit, in der man noch unsicher war, was man aus seinem Leben machen soll, erreichen will, auf wen man sich verlassen kann.

In seiner Buchreihe "Die 1980er Jahre – prägend und einprägend" beschreibt der Autor in kurzweiligen Romanen aus den Lebenserfahrungen des jungen Gustav, die in den 80er Jahren in den Niederlanden, Frankreich, Belgien, Grossbritannien und Norwegen spielen. Die Bücher sind durchgängig packend geschrieben und fesseln einen von Anfang an.

Mit diesen Büchern erhält man einen tiefen und abenteuerlichen Einblick in die Welt eines jungen heranwachsenden Mannes, dessen lektionreiches Leben sich während den 80er Jahren abspielt. Zudem wird dem Leser durch die gereifte und trotzdem emotionale Sprache das Gefühl gegeben die Konfrontationen des jungen Mannes mit Liebe, Lust und Begierde selbst miterlebt zu haben. Somit sammelt man durch die authentisch übermittelten Aspekte wichtige Erfahrung und Lebenstipps, obwohl man es in der Realität nicht erlebt hat.

Der avangardistisch flüssige Schreibstil des Autors ist versehen mit einem amüsanten, aber auch berührenden Touch, der es dem Rezipienten leicht macht, sich mit dem Protagonisten zu identifizieren.

Die eloquente Ausdrucksweise des Autors und die in der Ich – Form geschriebene Geschichte lassen mühelos im Kopf des Lesers intensive Bilder der beschriebenen Situationen entstehen, so dass dieser den Eindruck hat, selbst am Geschehen beteiligt zu sein.

Hervorragend gelingt es dem Autor, sich als Lebensbeobachter zu betätigen und seinen Hauptakteur in Situationen zu begleiten, mit denen der Rezipient sich mühelos aufgrund eigener Erfahrungen identifizieren kann.

*** Judith Mücher

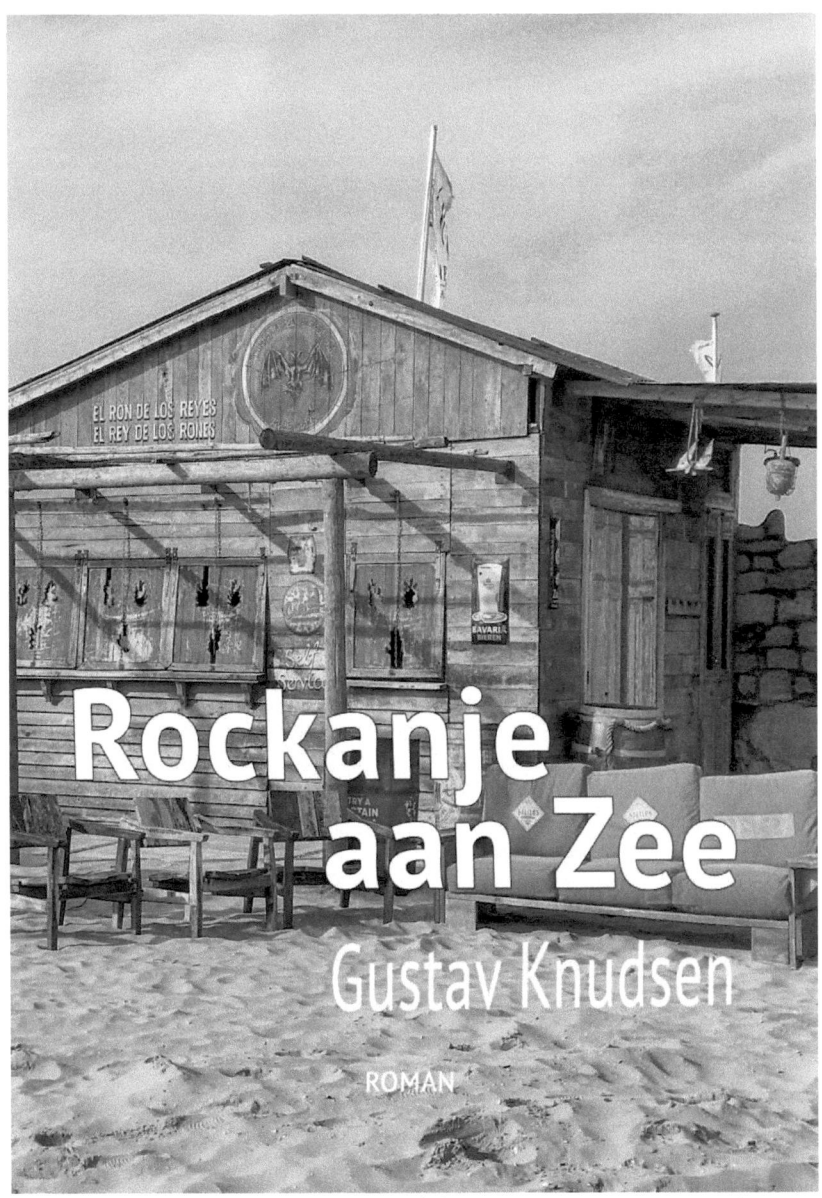

Rockanje
aan Zee

Gustav Knudsen

ROMAN

Band 01

Blaues Licht

Gustav Knudsen

ROMAN

Band 02

414 – Gustav Knudsen
Die 1980er Jahre - prägend und einprägend

Liebe ist ein
fremdes Land
Gustav Knudsen
ROMAN

Band 03

What about ...

Love? Trust?

Gustav Knudsen

ROMAN

Band 04

416 – Gustav Knudsen
Die 1980er Jahre - prägend und einprägend

Wie lange ist
für immer?
Gustav Knudsen

ROMAN

Band 05

Kognitive
Dissonanz
Gustav Knudsen

ROMAN

Band 06

Statt der Liebe

Gustav Knudsen

ROMAN

Band 07

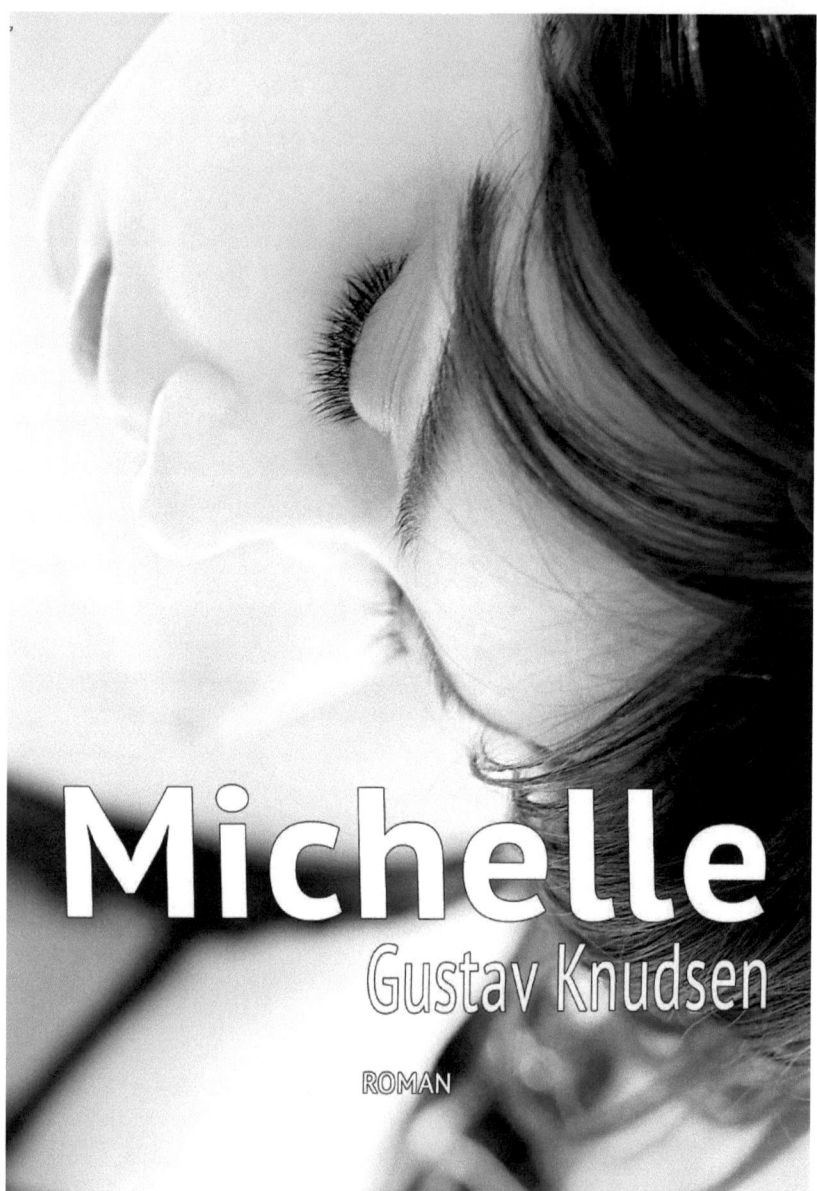

Michelle

Gustav Knudsen

ROMAN

Band 08

420 – Gustav Knudsen
Die 1980er Jahre - prägend und einprägend

Vitaros & Chlamydia

Gustav Knudsen

ROMAN

Band 09

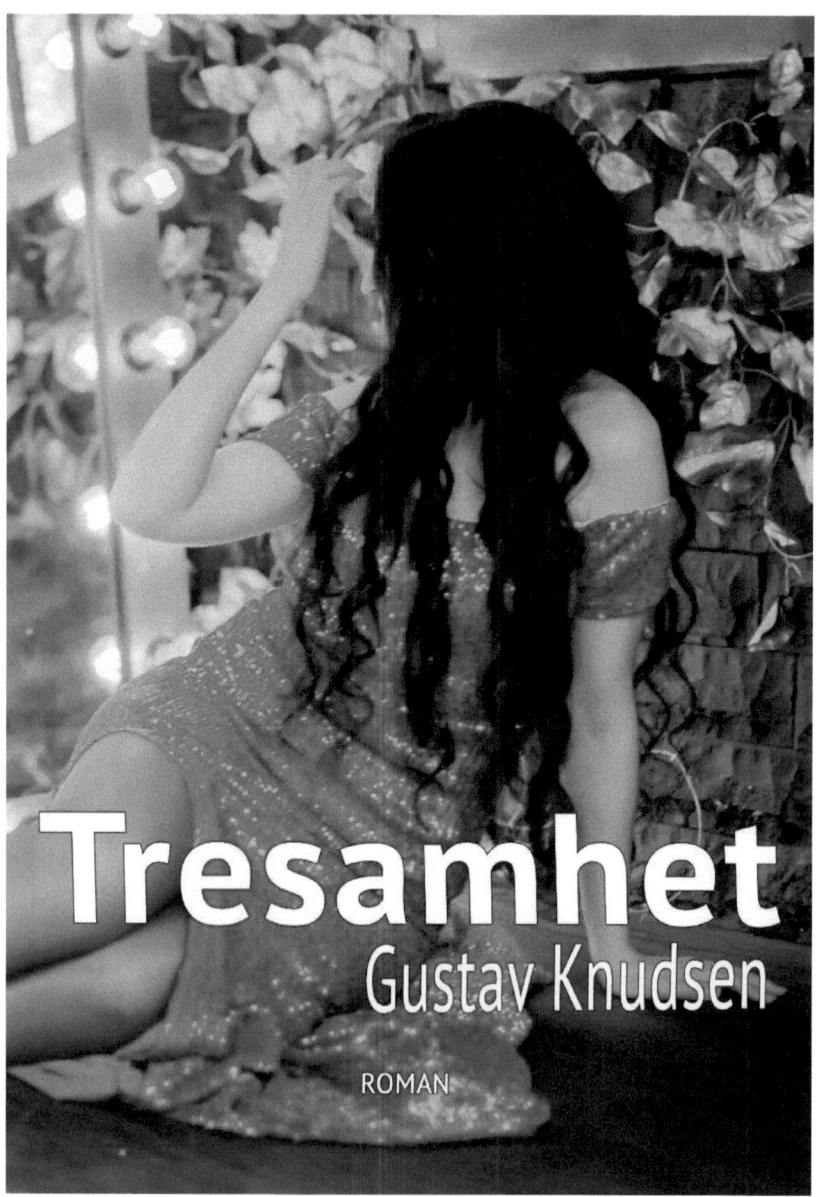

Band 10

Locker bleiben
Gustav Knudsen

ROMAN

Band 11

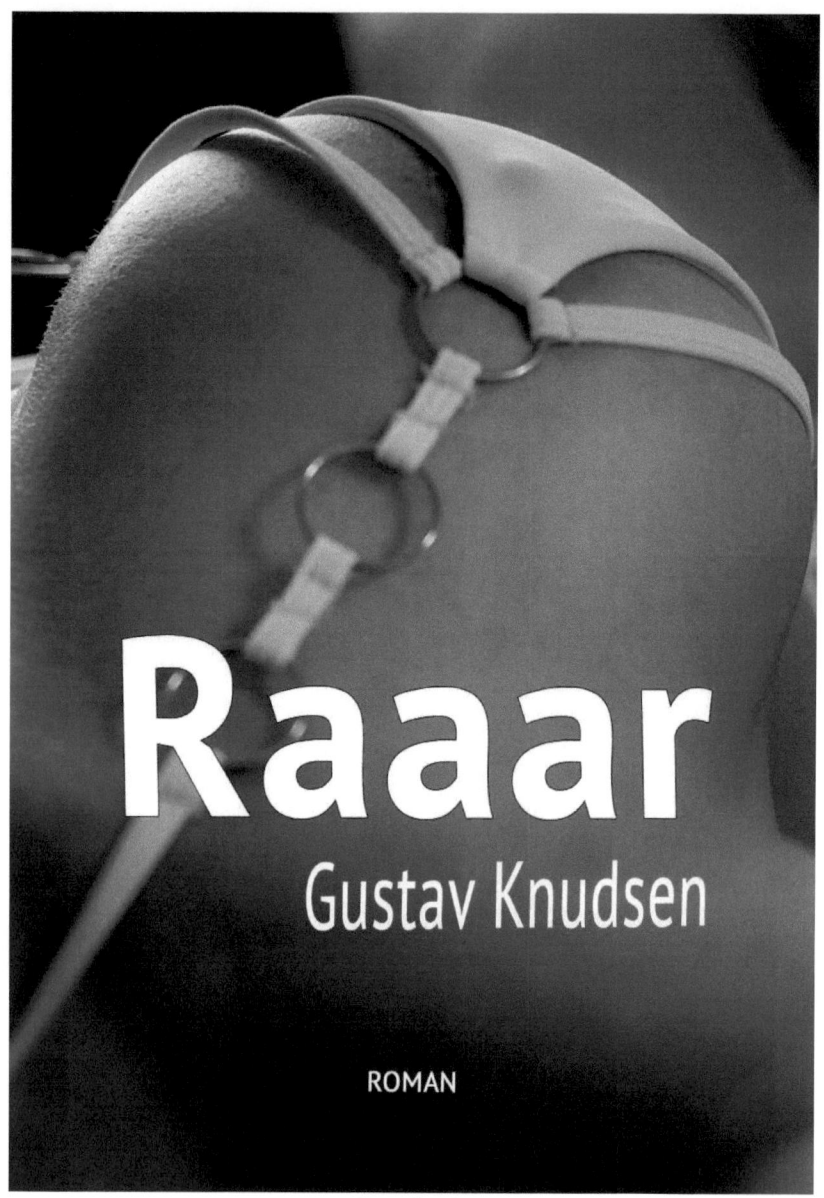

Raaar
Gustav Knudsen

ROMAN

Band 12

Weil's so **schön** war

Gustav Knudsen

ROMAN

Band 13

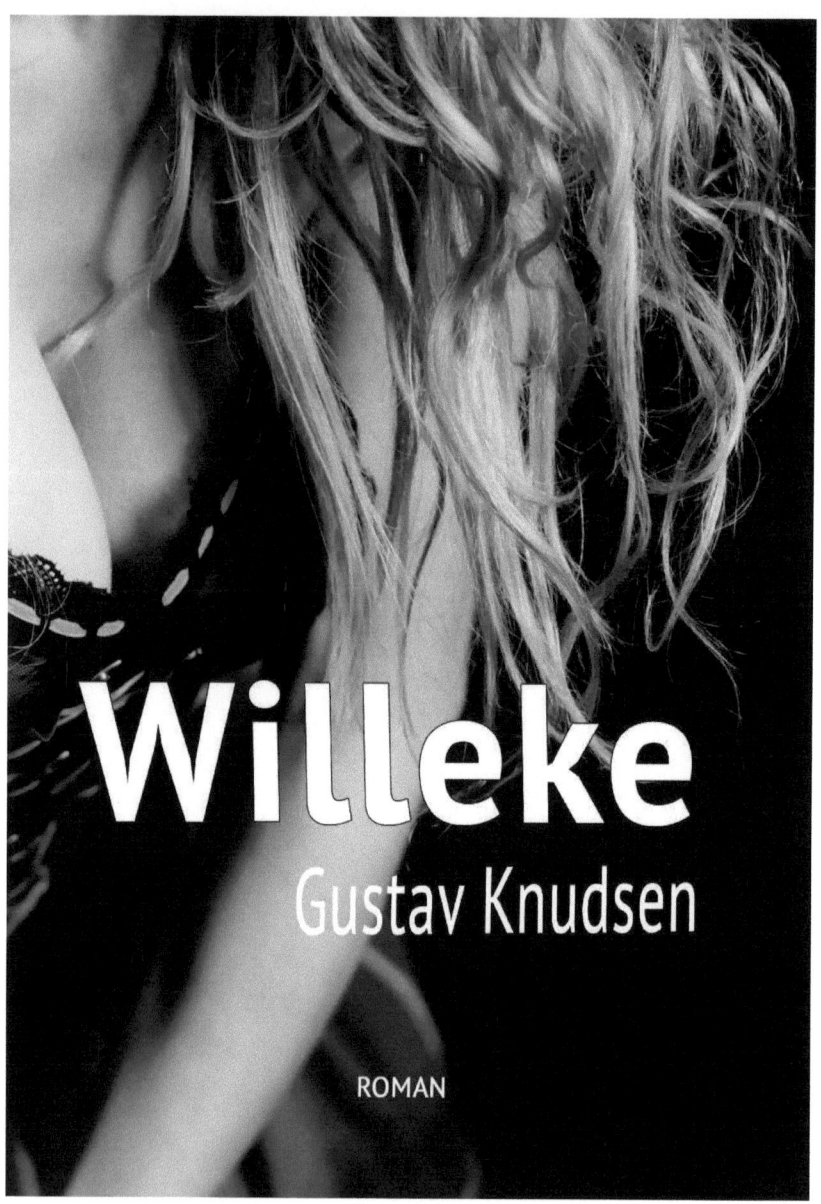

Willeke

Gustav Knudsen

ROMAN

Band 14

Freundschaft
ist ein langer Weg

Gustav Knudsen

ROMAN

Band 15

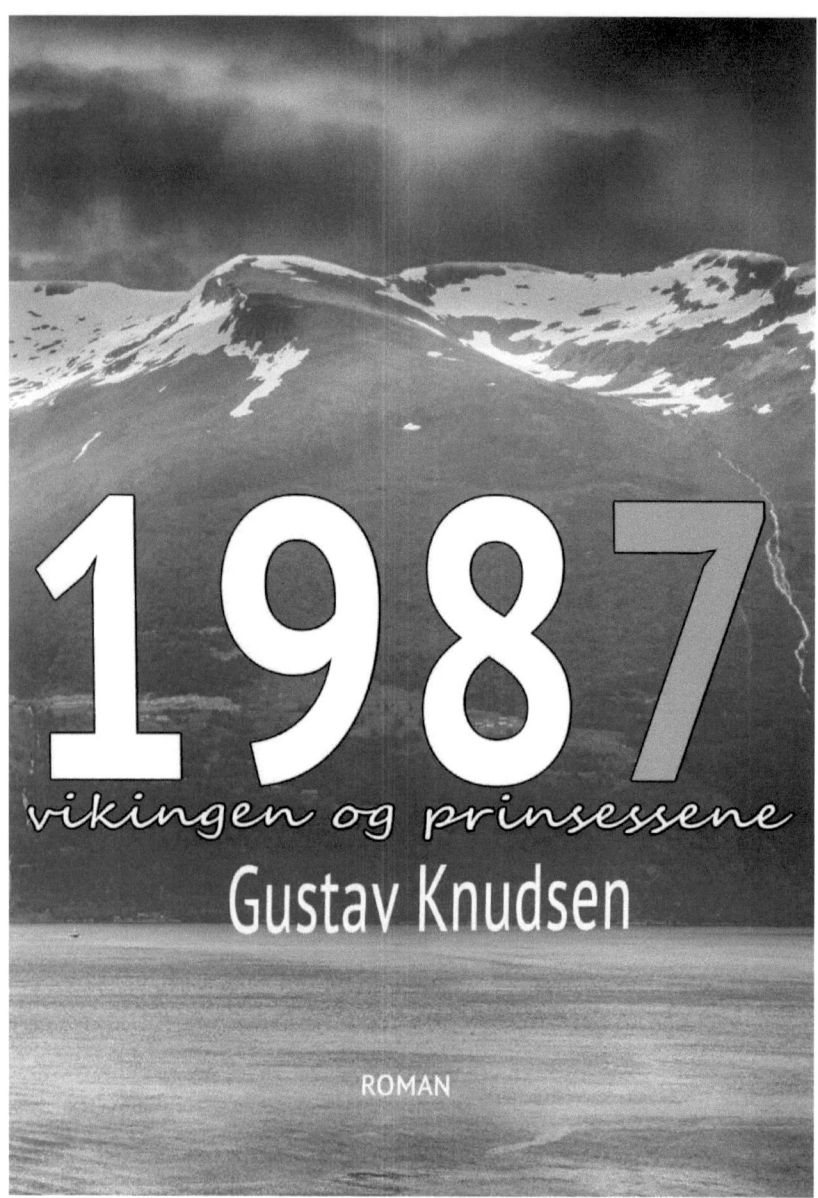

1987

vikingen og prinsessene

Gustav Knudsen

ROMAN

Band 16

Serendipity

Wenn man etwas sucht ...
... aber etwas ganz anderes findet

Gustav Knudsen

ROMAN

Band 17

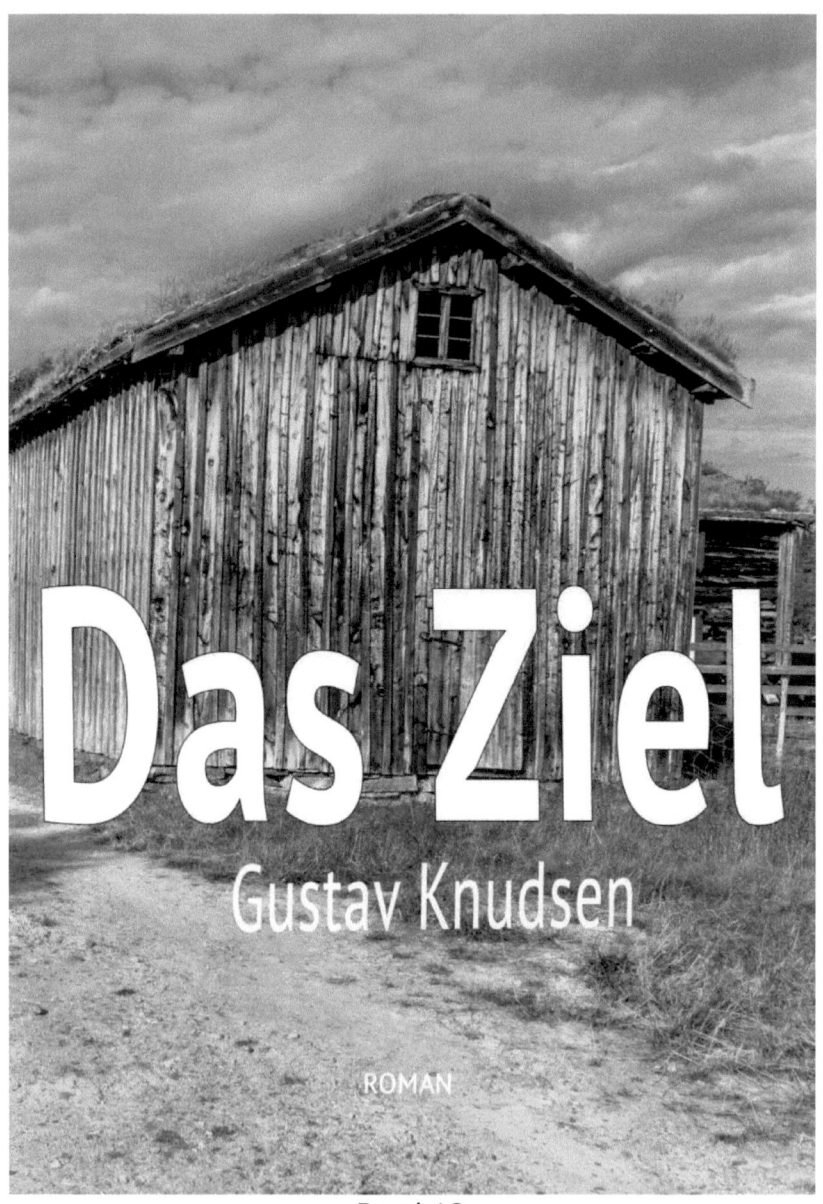

Das Ziel

Gustav Knudsen

ROMAN

Band 18

430 – Gustav Knudsen
Die 1980er Jahre - prägend und einprägend

Dichotomie

Gustav Knudsen

ROMAN

Band 19

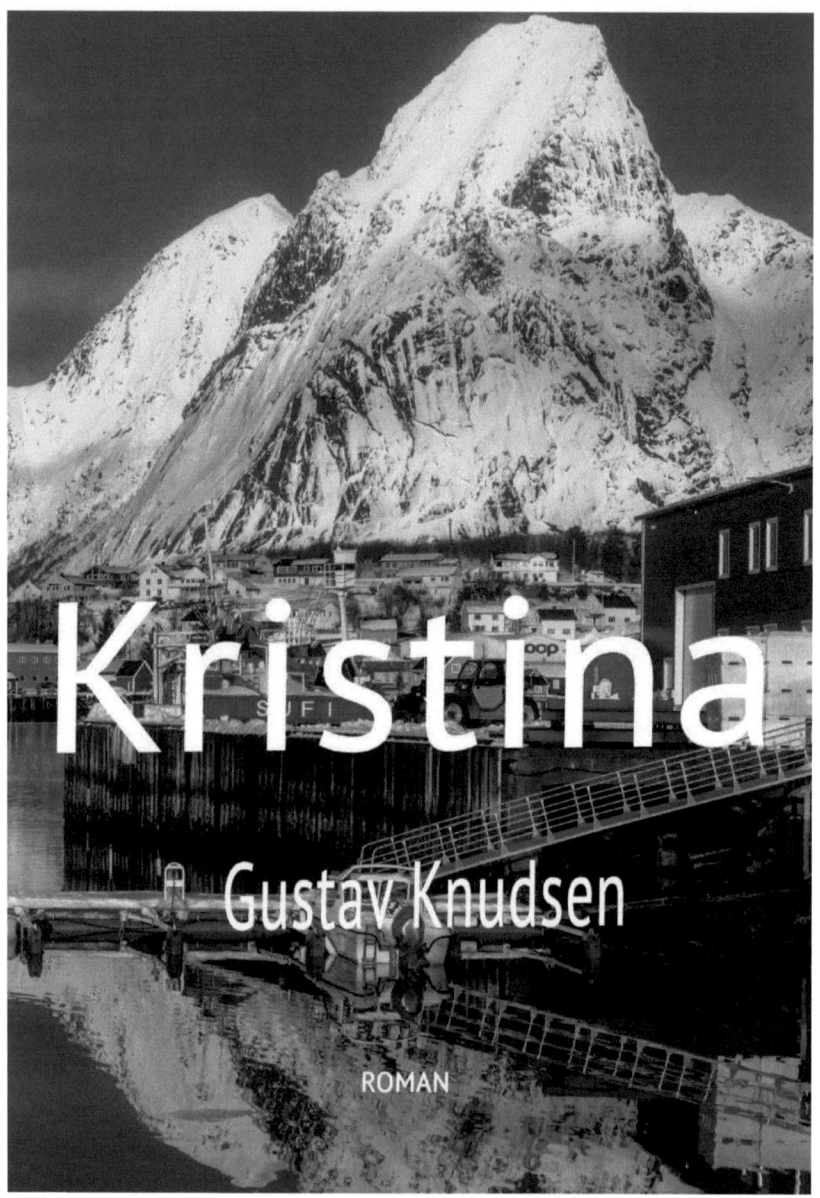

Kristina

Gustav Knudsen

ROMAN

Band 20

432 – Gustav Knudsen
Die 1980er Jahre - prägend und einprägend

Heute ist mehr als das Gestern von Morgen.

Reflexivum

Gustav Knudsen

ROMAN

Band 21